中国戏曲学院"十四五"规划教材
THE 14TH FIVE-YEAR PLAN TEXTBOOK OF NACTA

伦理·主体·审美

跨文化戏曲改编案例与创意

ETHICS
THEMES
AESTHETICS

The Creative Cases of Cross-Cultural
Xiqu Adaptation

钟鸣 著

学苑出版社

图书在版编目（CIP）数据

伦理·主体·审美：跨文化戏曲改编案例与创意 / 钟鸣著. — 北京：学苑出版社，2023.9
ISBN 978-7-5077-6726-1

Ⅰ.①伦⋯ Ⅱ.①钟⋯ Ⅲ.①戏曲—改编—研究—中国 Ⅳ.①I207.3

中国国家版本馆CIP数据核字（2023）第141922号

出 版 人：洪文雄
责任编辑：周　扬
出版发行：学苑出版社
社　　址：北京市丰台区南方庄2号院1号楼
邮政编码：100079
网　　址：www.book001.com
电子邮箱：xueyuanpress@163.com
联系电话：010-67601101（营销部）、010-67603091（总编室）
印 刷 厂：北京建宏印刷有限公司
开本尺寸：710 mm×1000 mm　1/16
印　　张：22.75
字　　数：340千字
版　　次：2023年9月第1版
印　　次：2023年9月第1次印刷
定　　价：98.00元

中国戏曲学院"十四五"规划教材编辑委员会

主　　任	李必友　尹晓东
执行主任	韩骏伟　冉常建
委　　员 （按姓氏笔画排序）	于建刚　王　莹　王利峰　王绍军 尹晓东　冉常建　刘　坚　李必友 吴新苗　张　威　陈国卿　韩骏伟 谢振强　谭铁志　颜全毅
秘　　书	樊保玲　殷继元

总　序

　　戏曲是中华文化的瑰宝，繁荣发展戏曲事业关键在人。中国戏曲学院（简称"国戏"）是新中国成立的第一所戏曲学校，也是迄今为止全国唯一一所独立建制的培养戏曲艺术高级专门人才的大学，是中国戏曲教育的最高学府，被誉为"中国高端戏曲人才培养的摇篮"。学院在党的教育方针、文艺方针指引下，秉承"德艺双馨、继往开来"的校训，弘扬"薪火相传、守正创新"的传统，始终以继承和弘扬中华优秀传统文化为己任，坚持为党育人、为国育才，为新中国戏曲事业的繁荣和发展提供了有力支撑，为中华优秀传统文化的传承和创新做出了突出贡献。2020年10月23日，在建校70周年之际，习近平总书记给国戏师生回信，充分肯定了学院办学取得的可喜成果，对传承发展好戏曲艺术提出殷切期望。

　　教材作为教育目标、理念、内容、方法、规律的集中体现，是教育教学的基本载体和关键支撑，是教育核心竞争力的重要体现。建校70多年来，学院通过持续加强教材建设，紧密对接国家发展重大战略需求，紧紧围绕人才培养目标，不断更新教材内容，陆续推出了《中国艺术教育大系·戏曲卷》《中国戏曲学院高等艺术教育丛书》等戏曲特色教材，为不同时期的人才培养提供了必要保障。

　　加强高质量教材体系建设，既是高质量教育体系的应有之义，也是教育高质量发展的重要基础和保障。党的二十大报告对建设教育强国、文化强国、人才强国做出战略部署，并首次在党代会报告中提出"加强教材建设和管理"要求，表明了教材建设国家事权的重要属性，凸显了教材工作在党和国家事业发展全局中的重要地位，体现了党中央对教材工作的高度重视和对"尺寸课本、国之大者"的殷切期望。学院第三次党代会明确了建设"中国一流、世界知名戏曲艺术大学"的奋斗目标和建设"戏曲人才培养中心、戏曲理论研究中心、戏曲传承与创新中心、中外戏剧交流与合作中心"的发展路径，并就"加强教材规划建设，出版一系列高水平精品教材"做出专门部署，助力戏曲教育高质量发展。学院"十四五"发展规划进一步明确了加强教材建设与管理的具体措施。

这套教材的编辑出版，是我们贯彻党的二十大精神、落实学院第三次党代会部署的重要举措。学院把全面推进习近平新时代中国特色社会主义思想和党的二十大精神进教材作为首要任务和持续推进的重大工程，坚持马克思主义指导地位，体现马克思主义中国化要求，体现中国和中华民族风格，体现党和国家对教育的基本要求，体现国家和民族基本价值观，体现人类文化知识积累和创新成果，体现戏曲艺术特色和人才培养特点。坚持以习近平总书记给国戏师生重要回信精神为根本遵循，全面贯彻党的教育方针，落实立德树人根本任务，扎根中国大地，站稳中国立场，以社会主义核心价值观为引领，引导学生坚定道路自信、理论自信、制度自信、文化自信，成为担当中华民族复兴大任的时代新人。

编辑出版这套教材，会集了院内外一批具有丰富教学经验、较高理论水平、扎实学术功底的专家、学者、教师和育人团队，他们紧紧围绕学院人才培养目标，系统总结教育教学经验，充分吸纳最新研究成果，着力打造培根铸魂、启智增慧的精品教材，力求构建具有中国戏曲学院特色、符合戏曲人才培养规律的高质量教材体系。

我们希望这套教材能为戏曲相关专业的教师、学生以及戏曲爱好者从事教学和研究提供有益参考。同时，也诚挚希望广大读者对本套教材提出宝贵意见建议。我们将立足办好人民满意的戏曲教育，着力提升戏曲人才培养质量，更好实现戏曲创造性转化、创新性发展，努力担负起推动文化繁荣、建设文化强国、建设中华民族现代文明的新的文化使命。

李必友　尹晓东
2023 年 7 月

序

尹晓东

  钟鸣老师是中国戏曲学院颇有学术建树的青年学者。他毕业于上海戏剧学院，是戏剧戏曲学博士，主要研究方向是戏曲编剧理论和跨文化戏曲创作。他积多年研究心得，将其观察和思考融进这部《伦理·主体·审美——跨文化戏曲改编案例与创意》著述之中，为戏曲学科建设和创作研究增添了新的内容，是一件可喜可贺的事。

  中国戏曲不仅是一门独特的艺术，也是一门学科，加强对戏曲艺术的研究及其文化价值的阐发，构建具有自身特质的戏曲学科体系、学术体系、话语体系，既是建设文化强国的重要内容，也是扩大戏曲海外传播、促进文明互鉴、不断提升国家文化软实力和中华文化世界影响力的必然要求。2016年，习近平总书记在哲学社会科学工作座谈会上强调，要加快构建中国特色哲学社会科学，在指导思想、学科体系、学术体系、话语体系等方面充分体现中国特色、中国风格、中国气派。因此，加强对戏曲创作实践的理论总结，加快构建戏曲"三大体系"，是新时代赋予中国戏曲人的时代使命。

  新时代中国戏曲"三大体系"构建中的"跨文化戏曲创作与理论"是一个很有价值的研究领域。首先，在以戏曲学科布局和发展、理论建设、教材建设等为重点的学科体系建设中，需要加大对新内容新发展的补充，需要更多、更新、更好的跨文化戏曲改编创作教材来支撑学科体系。其次，在系统总结已有学术成果和以新时代艺术实践及理论问题为研究对象的学科体系建设中，需要加大对当代跨文化戏曲优秀剧目的专门研究，使之更好地反哺戏曲改编创作的高质量发展。再次，在以建立适应中国特色社会主义文艺发展要求、面向国际的话语体系构建中，需要以不忘本来、吸收外来、面向未来的研究方法，滋养更具"主体性"和"创造性"的跨文化戏曲实践。因此，跨文化戏曲创作与实践正是在文化交流领域做着提供"中国智慧、中国方案、中国力量"的工作。当下，我们不仅要讲好戏曲中蕴藏的中国人的哲学思想、价值追求、道德情操的中国故事，也要讲好中国人开放的文化胸襟以及在中西文化交流与互鉴过程中实现更高层次的文化互动与创造性成果的故事。

《伦理·主体·审美——跨文化戏曲改编案例与创意》这本书，通过系统分析跨文化戏曲改编的历史传承与美学追求，拓展戏曲专业的美学视野与国际视野，针对跨文化戏曲改编的类型、特征、路径、重点、难点以及方向，做出了较为深入的探讨，提出了守住"中国化"与"时代化"两个改编维度，在创造性转化与创新性发展中开辟新时代跨文化戏曲改编新境界的命题。同时，又注意结合教育教学的特点，用问题意识激发学生深入学习的兴趣，并通过比较同题材的西方经典戏剧小说与戏曲剧目之间的创作差异与审美差异，帮助学生建立具有"主体性"与"创造性"的审美意识。

"文明因交流而多彩，文明因互鉴而丰富。"中国戏曲的传承发展也需要不断吸纳世界文明成果，与当代观众形成精神共鸣。跨文化戏曲改编已历百年，但在具体的艺术创作中还有许多实践和理论问题值得研究和探讨。相信钟鸣这本书的出版，会让更多从事跨文化戏曲改编的创作实践者和研究者来关注这个课题，让戏曲创作在遵循戏曲艺术发展规律和审美特征的基点上找到传统与现代的衔接点和平衡点，实现新时代戏曲艺术守正创新的新跨越。这也正是这部书的价值所在。

是为序。

2023 年 5 月

（作者系中国戏曲学院院长）

目 录

绪 论

当代跨文化戏曲改编新论 3
 一、当代跨文化戏曲改编类型 4
 二、当代跨文化戏曲改编的系列化特征 8
 三、当代跨文化戏曲改编的"中国化"与"时代化" 10

当代跨文化戏曲改编的伦理审美 15
 一、以世情伦理智慧转换宗教哲理表达 17
 二、重塑与重构反伦理叙事 20
 三、在守正创新中寻求现代化表达 22

上 编

《俄狄浦斯王》戏曲改编刍议 29
 一、伦理叙事与人物塑造 30
 二、线性叙事与回溯式结构 34

《美狄亚》《安提戈涅》《俄瑞斯忒亚》戏曲改编刍议 43
 一、《美狄亚》的河北梆子改编 44
 二、《安提戈涅》的河北梆子与高甲戏改编 48
 三、《俄瑞斯忒亚》的评剧改编 59

《哈姆雷特》京剧改编刍议 …………………………………… 63
    一、行动的"模糊性"和"多义性" …………………………… 64
    二、奥菲利娅的形象与爱情场面的创造 …………………… 67
    三、鬼魂叙事与伦理关系 …………………………………… 69
    四、伦理智慧与哲理表达 …………………………………… 72

《李尔王》戏曲改编刍议 ……………………………………… 77
    一、家庭叙事与故事结构 …………………………………… 78
    二、父女重逢与伦理叙事 …………………………………… 82
    三、守正创新与结尾转换 …………………………………… 88

《麦克白》戏曲改编刍议 ……………………………………… 91
    一、重塑"巫"的形象和开拓"巫"的功能 ………………… 94
    二、夫人形象的革新与夫妻关系的重塑 …………………… 98

《榆树下的欲望》川剧改编刍议 ……………………………… 105
    一、中国化的改编要求审美转换 …………………………… 105
    二、重构"杀子"与"恋母"的反伦理情节 ………………… 107
    三、创造戏曲化的场面 ……………………………………… 113

《朱丽小姐》豫剧改编刍议 …………………………………… 119
    一、情欲叙事的创造性发展 ………………………………… 120
    二、朱丽的个性与男仆的奴性 ……………………………… 124

《图兰朵》川剧改编刍议 ……………………………………… 129
    一、故事发展与情节重构 …………………………………… 129
    二、主题的新表达与意境的新追求 ………………………… 141

《吝啬鬼》戏曲改编刍议 ……………………………………… 145
    一、喜剧结构与人物刻画 …………………………………… 145
    二、《看钱奴》的喜剧性与形象刻画 ……………………… 148
    三、形象的新组合与情境的新创意 ………………………… 151

《小吏之死》京剧改编刍议 ... 161
  一、突出表达官场文化主题 ... 163
  二、独角戏的设计突出表演特色 ... 165
  三、守正创新提升行当美学 ... 168

《春琴传》越剧改编刍议 ... 171
  一、强化原作的爱情关系 ... 173
  二、解构与重塑虐恋情节 ... 175
  三、极致刻画人物内心 ... 178

《悲惨世界》戏曲改编刍议 ... 185
  一、小说结构与核心事件 ... 185
  二、京剧、韵剧的改编特色与启示 ... 189
  三、"戏曲化"的新场面与"中国化"的新情境 ... 193

《堂吉诃德》戏曲改编刍议 ... 201
  一、小说结构与音乐剧改编 ... 201
  二、内容跨文化与改编新视角 ... 206
  三、改编创意与新"女性观" ... 208

《高加索灰阑记》的跨文化改编 ... 213
  一、反伦理标准与合情理叙事 ... 215
  二、转化题材与挖掘意义 ... 218

下 编

《悲惨世界》故事新编"三部曲" ... 225

当贾仁遇到阿巴贡 ... 285

附 录

表一　跨文化戏曲改编剧目（1902—2021）············321

表二　台湾当代传奇剧场跨文化戏曲改编剧目（1986—2017）············344

表三　中国戏曲学院（兼附中）跨文化戏曲改编剧目（1999—2021）············345

表四　跨文化戏曲改编剧种（1902—2021）············350

绪 论

当代跨文化戏曲改编新论

【德育思考与要点提示】

跨文化戏曲改编历经了百年发展，在理论与实践上有许多重要的且需要总结的经验。新时代背景下，跨文化戏曲改编在类型化与系列化创作方面活力突出，无论是从艺术发展的逻辑看，还是从中华文明传承的历史看，其本质上已经成为戏曲艺术自觉融入世界文化艺术之林的重要桥梁，而其未来发展的关键在于对"中国化"与"时代化"两种精神的把握。

跨文化戏曲改编已历百年，指的是用中国戏曲的形式表现西方经典小说、戏剧的思想、情节和人物。这种特殊的艺术形式虽然是"西学东渐"的产物，但从1903年的《经国美谈》、1904年的《瓜种兰因》开始，就保持着和中国现实社会、时代主题的密切联系。改革开放以来，随着中国与世界各国的交流日益频繁深入，跨文化戏曲改编进入了百年中发展的高潮阶段，取得了显著成就。

2012年据学者郑传寅、曾果果统计，以京剧为主要载体的跨文化戏曲，百年中共有至少50部作品问世，其中1978年至2010年期间有近30部。在这近30部作品中，"根据英国戏剧名著改编的13部；根据古希腊文学戏剧名著改编的5部；根据法国文学名著改编的3部；根据俄国文学戏剧名著改编的2部；根据意大利戏剧名著改编的2部；根据丹麦、挪威、瑞士、爱尔兰文学、日本戏剧名著改编的各1部"。"京剧之外，拥有跨文化剧目最多的是越剧，共有13部。其次是沪剧和川剧，它们拥有的跨文化剧目均不足10部。"[①] 发展到2021年，据笔者统计，剧目增速在2011—2021十年间已翻了近两倍，使总量达到了129部。（见附录表一《跨文化戏曲改编剧目（1902—2021）》）

在以京剧为代表的跨文化戏曲改编热度不断升温的同时，量变引发了质变，这突出地表现在以下两个方面。

第一，初步形成类型化的架构。跨文化戏曲改编已由单个作品的创作，聚合成有一定规模与范畴的类型划分。如果我们借用"共同体"这个概念来代指其不同的类型，那么大致可以划分出五类，即内容共同体、结构共同体、意象共同体、形象共同体、文化共同体。

第二，初步形成具有规模效应的系列化创作。跨文化戏曲改编正在由前期无序的、随机的、任意的创作态势，向有引领、有主要团队、有品牌建设、有聚焦的格局迈进。虽然，无论是个人还是院团都在不同阶段、不同时期、不同机遇下推动着跨文化剧目的创作，但真正形成品牌影响力的主要有两个阵地：一是以台湾地区当代传奇剧场为代表的、以戏曲革新为定位的私人演出团体；另一是以中国戏曲学院为代表的、以戏曲人才的教育与培养为主要目标的专业教育机构。

如果把当代跨文化戏曲改编放在整个世界文化的大格局下思考，那么它在本质上体现了中国文化自觉融入世界文化艺术之林的主动作为，是文化交流在戏剧领域的具体实践，从目前中国"话剧—戏曲"二元共生的格局来看，它又有沟通两种艺术形式和开拓戏曲艺术现代化可能性的天然使命，意义和潜力不可忽视。

一、当代跨文化戏曲改编类型

类型化的"共同体"分类架构，是从"块"的横向对比中寻找跨文化戏曲在创作上的关系。需要指出的是，虽然创作者未必都是从类型化的角度出发去

[①] 郑传寅、曾果果《"跨文化京剧"的历程与困境》，载于《东南大学学报（哲学社会科学版）》，2012年第11期。需要说明的是，此处的统计有一定的局限性和遗漏。依据刘叙序的《两岸戏曲跨文化改编比较研究》及相关台湾地区学者的专著论文，如果将台湾地区豫剧团、歌仔剧团纳入进来，不仅跨文化豫剧的创作数量十分丰富，而且像歌仔戏这样比较受地域局限的剧种，由于特殊的文化氛围，取得了引人瞩目的成绩。

创作,但这些看上去无关的剧目,在主题思想、作品题材、风格塑造等方面体现了某种共性。

第一种是内容共同体。20世纪初,在戏曲改良和启蒙运动的推动下,舞台上出现了具有启蒙特色的"时装京剧"演出高潮。这些剧目以《瓜种兰因》(1904年)、《新茶花》(1909年)为代表,强调从主题内容到历史背景、人物设定等都尽可能地还原或接近原著。这种以戏曲形式直接呈现西方故事和人物的方式,是跨文化戏曲改编的早期形态,也是运用最广泛的一种形态。到了新时期,这样的剧目还有北京实验京剧团的《奥赛罗》(京剧,1983年)、上海戏剧学院的《培尔·金特》(京剧,2005年)、中国戏曲学院的《悲惨世界》(京剧,2006年)等。

内容共同体早期形态的跨文化戏曲改编作品,带有较强的功利性——政治功利性和商业功利性:一方面通过机关布景、歌舞表演、服饰装扮等创造出某种视觉奇观,给观众带来惊奇、新鲜、浪漫的异域风情体验;另一方面通过引入西方的历史文化、故事情节、经典人物,使教化和启蒙更具全球化的意义,不知不觉中将中国戏曲卷入世界文化的大格局中。

当"启蒙与救亡"的时代主题过去,20世纪80年代"和平与发展"成为新的时代背景后,使内容共同体的创作具有了文化交流与文化反思的新色彩。如1986年在上海、北京两地同时举办的首届中国莎士比亚戏剧节,1994年在上海举办的国际莎士比亚戏剧节,相继推出了一系列跨文化戏曲剧目,使我们看到即便是旧的剧作也在努力表达新的追求。学者孙福良认为,这些剧目在"借鉴和容纳中,滤析并凝聚人类文明创造的精华,并从瑰丽的风致和深沉的思辨中获得美学和哲理的陶冶"。[1] 更具意义的是,这些新编剧目表达出一个共同的时代主题,即"中国的对外开放已经成为一个不可阻挡和逆转的历史潮流,这其中必然有与外来优秀文化的交流和沟通"。[2]

第二种是结构共同体。这是跨文化戏曲改编的另一个重要形态,其特点是除了保留主要的故事框架和人物设定外,其他如背景、时间、地点、场面、人物的身份和性格等均力求实现"中国化"和"戏曲化"的移植效果。结构共同体的作品力图以观众的现实接受能为导向,"洋为中用",一定程度上更加接近

---

[1] 孙福良主编《'94上海国际莎士比亚戏剧节论文集》,上海文艺出版社1996年版,第11页。
[2] 同上,第11页。

戏曲原有的创作规律与欣赏习惯。因此，此种类型逐渐成为跨文化戏曲改编的主流样式，代表作品有成都川剧院的《欲海狂潮》（川剧，2006年）、杭州越剧团的《心比天高》（越剧，2009年）、中国戏曲学院的《朱丽小姐》（豫剧，2015年）等。

结构共同体类型的作品有三大叙事特色。其一，"互文性"叙事。因为具有相同的主题与相似的人物，从而与原著形成深刻观照的"互文性"叙事关系，并呈现出宗教、哲学、种族、性别的差异化，使作品具有特殊的意味。其二，虚化的时空背景。为了让故事情节在移植过程中最大限度地摆脱地域、环境和历史背景的束缚，其叙事会尽可能地把有关"民族"与"历史"的内容虚化，只凸显情节本身。其三，在对形式感的追求中，强化戏曲的外部技术手段。比如，京剧《王者俄狄》，主演翁国生运用箭衣武小生、短打武生、官生、穷生四种行当，全景式地展现了人物的性格命运。在悲剧的高潮阶段，主人公的"刺目舞"更是达到了情境交融的艺术境界。

第三种是意象共同体。这是由具有实验精神的戏曲演员自觉开拓出来的新形态，其特点是强调"形而上"的审美意象，凸显表演者自身的思考与表演技巧，而原著的故事情节、人物性格等既可为此服务，也可为此牺牲。此种类型的代表作品，如当代传奇剧场的《李尔在此》（京剧，1998年）、柯军的"新概念昆曲"《浮士德》（昆曲，2004年）和上海昆剧团的《椅子》（昆曲，2016年）等。

意象共同体的"意"往往带有艺术家主体强烈的个人体验，正如昆曲演员柯军在采访中所说的："我想唱多久就唱多久，想停顿多久就停顿多久，无拘无束；我甚至能听到自己的脚步声、衣服抖动的声音、自己的呼吸声，连自己的眼睛也锐利的仿佛有了声音。我竟然感受到一种前所未有的自由，感到自己与表演的本质靠得更近了。我体悟到了做减法的意义。"[①]可见，意象共同体类型的剧目突出地取决于艺术家在调动文化资源时的能动性和创造性，既有极强的原创性，也有极强的破坏性。

意象共同体类型的作品有三大叙事特色。一是身份叙事。因为此类型的作品往往是创作者从独特而又强悍的个人生命体验中获得的，所以不可避免地带

---

① 《素昆，演给两百年后看》，https://new.qq.com/rain/a/20200518A0IND200，访问日期：2019年6月。

上了"个人化"的风格。它与戏曲舞台上一度盛行的"名角制",相关又不完全相同。因其本质中融入了西方文化所倡导的个人意志,所以有追求个人化表达的色彩。如台湾当代传奇剧场的创始人吴兴国,以京剧"叛逆者"的身份创作的一系列跨文化戏曲作品。二是身体叙事。戏曲演员长期经受"四功五法"的技能训练,实际上就是一种独特的身体语汇。虽然他们中的很多人没有接受过高等教育,但却能在身体表达上找到替代口语表达的技巧。实际上,肢体语言的表达效果比口头语言更加具象,更加具有"言外之意"。如吴兴国在《李尔在此》中"一人分饰十角",其跨行当、跨角色的高难度表演实现了对角色的成功塑造。三是物象叙事。该形态往往强调创作主体某种思想与感受的表达,弱化了事件的逻辑和人物的性格。在对"意"的追求中注重细节,甚至连服饰道具也都带有强烈的象征色彩。如"新概念昆曲"《浮士德》中的"扇子"。

第四种是形象共同体。这是一种全新的跨文化戏曲改编类型,其特点是以东西方共有的类型人物为基础,通过对原著情节的再设计、情境的再创造,将故事与人物进行元素化的整合,使不同故事中的主人公跨越时空直接对话,从而促成故事情境的高度融合。这样的作品有中国戏曲学院的戏曲音乐剧《当贾仁遇到阿巴贡》(2014年)。

形象共同体类型的作品有三大叙事特色。一是交错的"互文性"叙事或多重的"互文性"叙事。不同于内容共同体的作品,此种类型是在新情境中直接保留传统经典里为人所熟知的人物和情节,将"原创"与"经典"杂糅,给人一种既新又旧的观感。其叙事的"互文性"不在故事之外的分析语境中,而在故事内部的事件发展与人物关系中。比如,《当贾仁遇到阿巴贡》中贾仁的形象与元杂剧《看钱奴》中贾仁的形象,就体现了一种人物间的互文性关系;阿巴贡的形象与《悭吝人》中阿巴贡的形象,也是一种人物间的互文性关系。同时,原剧中没有直接呈现出来的场景,通过时空转换在新的人物关系里呈现出来。比如,剧中"家宴"的场面,就形成了一种场面间的"互文性"。二是"原创性"与"杂糅性"。结合戏剧艺术的假定性,将经典的类型形象聚合在某个事件当中,使故事的整体叙事带有传奇色彩与喜闹剧的风格,往往适用于开拓以喜剧或闹剧为主要基调的跨文化作品。三是类型化的叙事。通过将中外喜剧、闹剧、荒诞剧等作品中类型突出的人物形象进行"剪接"与"组合",如吝啬鬼、风流鬼、贪吃鬼、机灵女仆、媒婆等,在规定情境下进行"搬家式"的新叙事,从而形成类型化的作品序列。

第五种是文化共同体。根据上海戏剧学院孙惠柱教授的研究,广义的"跨文化戏剧"最早可以追溯到古希腊戏剧,其发展至今已经产生了"形式跨文化"、"内容跨文化"以及"形式与内容结合的跨文化"三种形态。其中,将跨文化的矛盾直接展示在作品中,使作品的主题带有文化冲突、文化对话的特点,甚至新的作品"解构"原作带有文化偏见的内容,是一种全新的跨文化戏剧形态。如魏明伦根据普契尼的歌剧《图兰朵》改编的川剧《中国公主杜兰朵》(1998年)、孙惠柱根据布莱希特的话剧《四川好人》改编的实验戏剧《神仙与好女人》(2003年),都有以上特点。

文化共同体的作品具有鲜明的三大叙事特色。一是民族叙事。此类作品往往有着强烈的民族主体意识,在跨文化对话中表现出文化自觉。其中,故事主体或叙事主体的民族观念、文化态度、讨论限定以及交流期待等共同构成了民族叙事的基本内容。如川剧《中国公主杜兰朵》对原作曲解东方形象的内容进行了拨乱反正,体现出民族叙事的特色。二是殖民主义批判。自从西方学者爱德华·赛义德的"东方主义"理论发表以来,人们对东西方文化的认识越来越透彻,使文化共同体类型的作品更加强调创作者的殖民主义心态,具有很强的现实批判性。三是反讽叙事。当跨文化戏曲把两种不同的文化观点并置时,会形成强烈的反讽效果。如实验戏剧《神仙与好女人》中,"洋神仙"到中国寻找"好人",由于大家对"好"的标准理解不同引发了一连串的故事,从而使观众进一步思考文化差异下人物行为的荒诞。

以上是对跨文化戏曲改编类型做的简单划分,但实际上具体策略、改编方式要更加复杂,因为每种类型的作品不仅数量和质量不同,发展的时间和成熟程度也不同,所以旧的类型有没有可能再分化、新的类型有没有可能再增加,都还需要时间验证。可见,从发展的角度看,跨文化戏曲改编还处在一个大的整合阶段和上升期。

二、当代跨文化戏曲改编的系列化特征

新时期跨文化戏曲改编的另一个特色是在个人与院团广泛参与的基础上,逐渐摆脱无序的、随机的、任意的态势,一些具有标识意义的创作团队走到了台前。他们序列化的、策略性的、教育与探索性质相结合的跨文化创作有了特色聚焦,形成了风格鲜明的"品牌"或"口碑",这方面突出的代表有中国台

湾地区的当代传奇剧场和中国戏曲学院。

台湾当代传奇剧场创立于1984年，创始人吴兴国。该团不仅是中国台湾地区较早进行跨文化戏曲改编实践的机构，而且因其创新的"颠覆性"色彩，引发了业内人士的广泛关注。而随着相关剧目的积累，该团的跨文化作品已经成为其标志性的名片。（见附录表二《台湾当代传奇剧场跨文化戏曲改编剧目（1986—2017）》）

除了以"我"为主的独立创作，他们也积极邀请国际知名戏剧导演、演员、剧装师、舞美师共同参与相关项目的制作。比如，1995年10月美国著名戏剧家"环境戏剧"的创始人理查德·谢克纳受邀赴台，执导了根据古希腊悲剧《奥瑞斯提亚》改编的同名"环境京剧"《奥瑞斯提亚》。虽然一直以来人们对当代传奇剧场的创新褒贬不一，但持续的影响力和深耕的专注力反而造就了这一民间剧团的学术品质和高端气质，使其作品不再被看成一般意义上的商业演出，而是具有某种特殊魅力的文化现象和研究对象，受到两岸学者的广泛关注。

与之形成鲜明对比的是，以戏曲人才的教育和培养为主要目标的中国戏曲学院，虽然同样在该领域做出了非同一般的贡献，取得了相当的成绩，但后续的研究成果寥寥无几。据笔者统计，从1999年到2021年中国戏曲学院或团队或个人先后创作的跨文化剧目达26部，数量远远超过了台湾当代传奇剧场。（见附录表三《中国戏曲学院（兼附中）跨文化戏曲改编剧目（1999—2021）》）

进一步考察这26部跨文化作品，涉及的剧种、风格、类型十分丰富且相当全面。除了以京剧为主，还有不少地方剧种，如豫剧、蒲剧、河北梆子等，甚至包括戏曲与话剧、戏曲与音乐剧融合的新样式。

更具体而言，从演出规模上看，既有较大规模的剧目，也有更具实验性质的独幕剧、短剧、折子戏；从创作主体的合作方式上看，既有院校教学性质的独立创作，也有文化交流性质的联合创作；从体裁选择上看，既有古希腊悲剧、莎士比亚戏剧、自然主义戏剧等，也有小说、童话等文学样式；从类型化的角度看，这26部作品几乎覆盖了上述所有的创作类型，如京剧《悲惨世界》，属于内容共同体类型；豫剧《朱丽小姐》、川剧《欲海狂潮》、京剧《明月与子翰》，属于结构共同体类型；京剧《麦克白的四次方》，属于意象共同体类型；《当贾仁遇到阿巴贡》（又称《×××NO MONEY》），属于形象共同体类型。另外，虽然法国轻喜剧《丑角中国行》是一部原创作品，不属于真正意义上的跨文化戏曲改编，但该剧在内容与形式上与文化共同体类型的作品有诸多契合之处，值得肯定。

如此全面的创作格局，在跨文化戏曲领域是比较少见的。但或许是因为其中的大部分作品不面向社会和市场，甚至个别作品单纯是为了短期的文化交流而创作，故这些剧目在生产、提升、推广和传播上没有一个长期完整的规划。这就导致了这些作为"项目"存在的作品没有真正实现创作上的价值和目的，从而也就造成了不但许多普通观众不知道这些作品，甚至很多业内专家也没能完整地观看过这些作品，遑论剧目的研讨、剧本的完善以及后续的开发。那么，作为一个不以剧目生产为目的的教学单位，怎样处理好教学与实践的关系，如何借鉴其他剧团的精品创作模式，如何避免"演而后则藏"，实现"演而优则精"的良性发展，这恐怕是中国戏曲学院未来在创作上的一个重要方向。

三、当代跨文化戏曲改编的"中国化"与"时代化"

这里有两种关于跨文化戏曲改编的观点需要辨析：第一种观点认为，西方戏剧根植于西方的文化背景和土壤，如果用完全不同的艺术形式改编，很难做到原汁原味，自然也就起不到引进新思想、新观念的目的，在艺术呈现上必然大打折扣；第二种观点认为，中国戏曲有着独特的美学样式，中国戏曲的审美与西方戏剧的审美是无法兼容的，所以用戏曲演出西方题材势必产生不伦不类的演出效果。总之，基于以上两点得出的结论是中国戏曲与西方戏剧（主要指戏剧文学）完全风马牛不相及，不宜进行艺术上的"嫁接"。

乍一听，这两种观点似乎很有道理，也确实可以在百余年的跨文化戏曲改编历程中举出不少失败的案例或不伦不类的舞台实践，但难道由此就要怀疑这种创作的意义与前景吗？如果说20世纪初的跨文化戏曲具有启蒙功能，20世纪80年代的跨文化戏曲带有实验性质，那么进入新时代其价值与功能是否需要重新定位？从文化传承的角度看，对跨文化戏曲当代价值的认识，实质上是对中华文明发展历程与戏曲的社会功能的认识。

考察中华文明的起源和发展，可以发现中华文明与外来文明之间有一个基本关系是得到了普遍认同的，即中华文明始终是不断地吸收外来文明，并在转化外来文明优秀成果的过程中有序传承的。中华文明与外来文明之间，不是共生和并行发展的状态，而是逐渐汇聚融合并最终使外来文明成为新的中华文明的组成部分。习近平新时代中国特色社会主义思想"四个自信"理论，就是这方面内容最重要的理论表述。为此，只要将跨文化戏曲百年的发展放在整个中华文明的发展历程中考察，就很容易理解这样一个事实，即跨文化戏曲的改编本质上是戏剧领域内中华文化不断吸纳西方优秀文化的一个过程、一种模式、一座桥梁。作为一种文化交流手段，它既不是为了传播而交流，更不是为了启蒙而交流，因为这两者都不能体现戏曲的主体精神。所以，无论是从历史发展的逻辑看，还是从文化发展的逻辑看，跨文化戏曲改编的当代价值或当代精神一定是自觉地走出单纯的启蒙和革命的动机，从民族关怀向人类关怀的方向发展，为戏剧文化中人类命运共同体提供一种具有中国思想和中国审美的表达。从这个意义上说，新时期的跨文化戏曲在本质上已经成为中华优秀传统文化自觉融入世界文化艺术之林的一个代表。因此，也必然要求比以往更高的主体精神和创造能力。

跨文化戏曲改编的重点是"中国化"，而"中国化"的具体内涵落实在"戏曲化"上，即戏曲程式的转化和戏曲审美的转型。前者主要包含了唱、念、做、打的戏曲程式，后者主要指向戏曲伦理精神的追求、抒情写意的风格以及具有人文情怀的表达和表现。实现中国化、戏曲化的改编，绝不是简单的形式替换，而是在原著与新作之间实现既有继承又有发展的创新。因此，本书所论述的当代跨文化戏曲改编绝不是内容与形式的简单"挪用"或"替换"，改编者也绝不是"故事的搬运工"，而是要有主题价值、审美表达和叙事结构的新追求——这种改编精神就是我们常说的创造性转化与创新性发展。

"中国化"含义的丰富性还体现在跨文化戏曲改编的特殊张力上。习近平总书记在中国文联十一大、中国作协十大开幕式上的讲话中提出"用情用力讲好中国故事，向世界展现可信、可爱、可敬的中国形象"，要"创作更多彰显中国审美旨趣、传播当代中国价值观念、反映全人类共同价值追求的优秀作品"。[①] 这里主要指的是"原生态"的中国故事。那么，对于根据西方故事改编的跨文化作品——不是完全意义上的"中国故事"，是否也能起到以上作用呢？答案是肯定的，甚至更有意义。因为，用一个根植于西方文化背景的故事衍生出"中国审美旨趣"，传播"中国价值观念"，引发能够体现"人类共同价值"的人性思考，不是能更好地使西方观众理解中国人的价值观念和中国人的

---

① 习近平《在中国文联十一大、中国作协十大开幕式上的讲话》，新华社北京 2021 年 12 月 14 日电。

审美旨趣吗？不是能更好地通过艺术上的对比以及带有思想论与方法论意义的对照，使人们看到在相似的戏剧情境下、在相同的人类命运面前，两种不同文化给出的智慧方案吗？党的二十大报告指出，"为解决人类面临的共同问题提供更多更好的中国智慧、中国方案、中国力量，为人类和平与发展崇高事业做出新的更大的贡献"，[①]跨文化戏曲不正是在文化艺术交流的领域做着提供"中国智慧、中国方案、中国力量"的工作吗？因此，我们不仅要讲好中国故事，更要讲好带有世界色彩的中国故事，在"民族的与世界的"这对基本矛盾里，形成多层次、多角度的文化互动，让西方经典在差异化的改编中得到"中国化"的呈现，在保留与尊重故事基本内核、人物基本关系、事件基本发展逻辑的前提下，形成"中国化"的大文化格局。

推动对"中国化"的认识不断深入的是理论与实践层面的"时代化"。这里的"时代化"应该包含"现实的"与"当代的"两层意思，在一定程度上反映的是跨文化戏曲的现实意义。其实，传统戏曲一直以来都十分强调戏曲的现实功能，尤其是教化功能，这主要体现在两个方面：一是戏曲对普通人的情感和行为有巨大的影响力。如杨恩寿在《词余丛话》中引陶石梁所述："每演戏时，见有孝子、悌弟、忠臣、义士，激烈悲苦，流离患难，虽妇人、牧竖，往往涕泗横流，不能自已。旁观左右，莫不皆然。此其动人最恳切、最神速，较之老生拥皋比讲经义，老衲登上座说佛法，功效百倍。"[②]二是戏曲剧本"寄托""讽喻""所本"的是"感愤时事而立言"的创作精神。[③]其实，中国戏曲不仅强调与现实生活的关系，更强调对历史文化传承的意义，即所谓"剧之有所原本，名手所不禁也"，[④]就是从现实角度出发强化戏曲的社会功能。即使到了清末民初，倡导戏曲革新、贬斥戏曲价值的新知识分子，也都是从传统戏曲不能传播启蒙思想的角度贬斥戏曲的。戏曲的这种现实功能之所以被重视，既是倡导者的一种意愿，也和它本身在历史发展中所体现的与时代密切相关的特

[①] 习近平《高举中国特色社会主义伟大旗帜　为全面建设社会主义现代化国家而团结奋斗——在中国共产党第二十次全国代表大会上的报告》，新华社北京2022年10月25日电。

[②] （清）杨恩寿《词余丛话》，《中国古典戏曲论著集成》（第九辑），中国戏剧出版社1959年版，第250页。

[③] （清）焦循《剧说》，《中国古典戏曲论著集成》（第八辑），中国戏剧出版社1959年版，第171页。

[④] 同上，第170页。

色有关——从某种角度说，引发各种争议的戏曲现代戏的创作，其实也是戏曲"时代性"内在要求的另一种体现和反映。中国戏曲的晚熟与它之所以能够绵延发展的现象，或许是戏曲艺术强大的现实结合能力和再造能力的另一个注脚。

既然时代性、现实性是戏曲生命力的重要体现，那么借助这点完成跨文化戏曲的再生产、再创造就是一件既有可能又很必要的事——跨文化本身就是一种强大的"现实"，西方戏剧文学的主题、思想、性格、情感、叙事等也都是一种"现实"，戏曲在这些新的"现实"文本里进行创造性转化与创新性发展，确实是一种艺术能力与文化自信的体现。其实，在当代戏曲不同于传统戏曲的诸多对比中，"时代化"既是最突出的表现，也是最重要的成果。1951年5月，中央人民政府政务院颁布了《关于戏曲改革工作的指示》，提出戏曲改革的基本方针。1956年6月和1957年4月，文化部为繁荣戏曲召开了两次全国性的戏曲剧目工作会议，有组织地在全国范围内展开对传统剧目的挖掘、整理工作。经过几代优秀剧作家与艺术家的共同努力——包括对优秀作品的完善、对驳杂的传统作品化腐朽为神奇的改造——一大批兼及思想性与艺术性，在审美趣味、思想格局、艺术效果等诸多方面迥异于传统戏曲的经典作品脱颖而出，如《新亭泪》《南唐遗事》《徐九经升官记》《傅山进京》等。

"时代化"包含着发展性，契合了与时俱进的精神。它意味着跨文化戏曲的"中国化"不是简单的回归传统，也不是所谓的"复古"——尤其是新改编中既要体现当代人的当代趣味，又要体现"文化既是民族的也是世界的"这一具有普遍共鸣的审美趣味。

跨文化戏曲是当代戏曲的重要组成部分，在思想主题、人物刻画、趣味追求等方面有别于传统戏曲，自是情理之中。同时，它也必然有别于所取材、所来源的西方戏剧（主要指戏剧文学）——尤其在对经典悲剧的改编中，需要坚持时代化的处理。比如，在对古希腊戏剧及相关命运悲剧的改编中，提供更具共情和思考效果的内容；在对具有抽象风格和宗教色彩的悲剧改编中，提供更具历史感和反思意义的思想认同，既不轻易地追求喜剧性的"大团圆"效果，也不轻易地把悲惨生活与悲剧命运等同为"悲情效果"，这样显然更符合当代跨文化戏曲理论与实践的美学追求。

如果说"中国化"是"时代化"的前提与保障，那么"时代化"就是"中国化"的活力与方向。只有全面、准确、有机地理解二者的内涵及其关系，才是未来跨文化戏曲改编的关键。

当代跨文化戏曲改编的伦理审美

【德育思考与要点提示】

新时代跨文化戏曲改编要求高质量发展,而守正创新是高质量发展的必由之路。它不仅要求全面掌握和深入理解原著的内容与精神,更要求从主体性出发,守住"中国化"与"时代化"两个改编维度,发扬创造性转化与创新性发展的精神,开辟新时代跨文化戏曲改编的新境界。

历经百年的跨文化戏曲改编之路正在迈向新的阶段,其中最关键的是坚持戏曲伦理审美的主体性。伦理审美是戏曲审美的主要内容和情感特质,这其中有几个非常突出的问题绕不开:一是宗教哲理化与世情伦理化转换的关系;二是反伦理情节与合伦理场面重构的关系;三是跨文化改编"守正"与"创新"的关系。处理好以上这些问题,是提升跨文化戏曲改编质量、拓展跨文化改编整体格局的关键。

伦理生活是传统戏曲突出表现的内容,忠孝节义类故事、忠臣孝子类人物成为其主要审美对象。戏曲通过"感人"与"入情",实现风化功能,达到审美效果。黄周星说:"论曲之妙无他,不过三字尽之,曰'能感人'而已。感人者,喜则欲歌、欲舞,悲则欲泣、欲诉,怒则欲杀、欲割。"[①] 袁于令说:"盖剧场既一世界,世界只一情。人以剧场假而情真,不知当场者有情人也,顾曲者尤属有情人也。即从旁之堵墙而观听者,若童子,若瞽叟,若村妪,无

---

① (清)黄周星《制曲枝语》,中国戏曲研究院编《中国古典戏曲论著集成》(第七辑),中国戏剧出版社 1959 年版,第 120 页。

非有情人也。"①之所以强调伦理情感在戏曲中的重要作用,并非是说戏曲的审美只有这一种情感在发挥作用,实际上娱乐性的、游戏性的"非伦理"情感在戏曲中同样存在,且起到不可替代的作用。不过,因为与西方话剧在审美取向上存在巨大差异,戏曲"向善"的伦理导向显然更具内容和审美的标志性意义。

西方戏剧的源头是古希腊悲剧,按照亚里士多德在《诗学》中对其美学效果的分析,其主要情感作用被称为"卡塔西斯"(Catharsis),意为宣泄和净化。这本来是一个医学用语,但亚里士多德显然是看到了古希腊悲剧中大量残忍的情节会使人产生"怜悯与恐惧",会带给观者强烈的恶的刺激,所以为了避免产生如导师柏拉图所指责的那些弊病——"看见旁人在做我们自己所引为耻辱而不肯做的事,不但不讨厌,反而感到快活,大加赞赏,这是正当的么?"②,便借用"净化"一词将这种"以毒攻毒"的方式合理化,或者说从理论上规避有可能受到的道德指责。

从文化差异看艺术上的差异,中国戏曲体现的是"礼乐精神"。中国戏曲在娱乐大众的同时,为了提供更多的道德理想范本,其舞台上的主导形象往往是正面的、向善的,而以古希腊悲剧为代表的西方戏剧突出表现"人性的恶",突出反面教材的恶行恶果,开创了以强化和警示作用为主导的舞台传统。

但戏曲舞台上并非完全没有"反伦理"或"非伦理"的情节和叙事。例如,"赵氏孤儿"的故事从《左传》《史记·赵世家》等史传取材,经过元杂剧、明清传奇的不断演化,成为多个剧种的代表作,如京剧《搜孤救孤》、豫剧《程婴救孤》等。其中,主人公程婴"舍子换子"的行为固然有"义"的目的——作为父亲眼睁睁地将自己的儿子送走为赵氏孤儿"代死",但也不可否认,这样的行为带有一定的"恶"的色彩。再如,京剧和秦腔中都有的传统剧目《九更天》(又名《马义救主》),其故事同样具有启示意义。仆人马义为了营救被冤枉的主人米进途,居然愚昧糊涂到回家杀女儿并把女儿的人头拿去结案的程度。在万般痛苦中,女儿自刎于父亲面前。

以上这些"恶"的行为通常是赋予反面人物的,现在反其道而行用在了正面人物身上,使悲剧人物跳出了"脸谱化"的设定,带有反思色彩。这种伦理

---

① (明)袁于令《焚香记·序》,陈多、叶长海编《中国历代剧论选注》,上海古籍出版社2010年版,第252页。

② 〔古希腊〕柏拉图《柏拉图文艺对话录》,朱光潜译,商务印书馆2013年版,第81页。

悖论引发了人们的辩证思考——通过反伦理的"恶"强化合伦理的"善",观众被主人公"恶"的行为震撼,但同时又被他"善"的义举深深感化,在"恶的行动"与"善的目的"之间产生了一种特殊的戏剧张力——主人公自身是恶行的施予者,也是恶行的受害者。显然,这比常规的"好人好事"的叙事更加具有情感效果与教化影响。这种"中国化"的剧作法,与古希腊戏剧的"以毒攻毒"很不一样。

长期以来,人们对戏曲艺术的伦理有这样一个认识上的误区,即认为戏曲的伦理主要体现了戏曲的教化功能,而教化本身又往往与"君臣/夫权"这样的封建观念联系在一起,因而戏曲的伦理不仅与戏曲审美疏远,更容易受到现代性的批判。这就导致了戏曲外在的形式审美很发达,内在的精神审美却没得到应有的重视。但实际上,戏曲的伦理是一个包含着人情世故、人生百态的大范畴,不能将其狭隘地单纯地理解为"教化",更不能将其与戏曲审美剥离。戏曲的伦理是将内容与情感缝合,占据着戏曲审美的核心地位。因此,跨文化戏曲改编首先要认识到戏曲的审美特质和其主体地位,要从伦理角度出发观察、思考和解决改编中的突出问题。

一、以世情伦理智慧转换宗教哲理表达

跨文化戏曲改编早期的历史背景是20世纪初兴起的"西学东渐"与"西艺东传",是在一种不对等的政治历史格局下展开的。因此,对于代表西方艺术的话剧和代表东方艺术的戏曲来说,它们二者往往会被人为地用诸如"先进与落后""文明与野蛮""高级与低级"等带有进化论色彩的时髦政治用语比附,这在当时引发了强烈的思想震荡,甚至在新文化运动中掀起了一场"关于戏曲艺术存废的大辩论"——我们既要看到其之所以产生的具体历史原因和积极的启蒙动机,也要看到事件底层所反映出的深深的文化不自信以及对后世产生的消极影响。但随着中国逐渐摆脱半殖民地半封建社会的历史重负,成为独立自主的共和国,尤其改革开放后文化复兴格局的彻底打开,使跨文化戏曲改编有了新的土壤和历史契机。

从某种角度来说,走出狭义的具有"启蒙"色彩的跨文化戏曲更加富有创造力,应该对传统的"改编的两分法"做出新的审视和调整。所谓"改编的两分法",指的是固守原剧的主题和思想,尽可能地保留原剧"形而上"的价值

观念和叙事规则，用戏曲的呈现方式尤其戏曲的表演形式，承担"形而下"的外在呈现。但稍加考察就会发现，"改编的两分法"本身就带有明显的"以西为师"的旧色彩，因为其潜意识里把戏曲看成技术性大于思想性的艺术。在这种错误观念的统摄下，跨文化戏曲亦被看成是技术形式上的重新呈现和思想上的启蒙提升。

诚然，跨文化戏曲当然要解决改编中的技术难题，比如如何把话剧的台词"化"成戏曲唱词，如何把话剧的实景场面"化"成戏曲的虚拟场面。但对其而言最根本的转化应该是思想的转化，是审美主体的转化，是从哲理化思维过渡到伦理化思维的认识上的转化。

然而在"哲理化"与"伦理化"的认识上，人们还存在这样一个误区，即把西方戏剧的哲理化看成一种深刻，而深刻便是一种"高级"；与此同时，把东方戏剧的伦理化看成一种浅俗，而浅俗便成了"低级"的代名词。但需要指出的是，在戏曲舞台上面对伦理道德的人性思考同样富有智慧，而这种智慧一点也不比人们固有观念中的"深刻"令人惭愧。仅从文学发展的角度看，戏曲故事所传承的伦理观完全具有自身的美学意义。如果把"哲理化的深刻"荒唐地看成所有艺术作品的终极追求，或许就会出现为当代作家曹文轩所诟病的"深刻病"和"恋思癖"。

> 这个时代是讲思想神话的时代，悠悠万事，唯有思想——思想宝贝。文学企图使人相信，在这个世界上，唯一值得人们尊重的就是思想，思想是高于一切的；谁在思想的峰巅，谁就是英雄，谁就应当名利双收。正是在这样的语境中，我们患上了"恋思癖"的毛病。对思想的变态追求，已使我们脱离了常识。……思想崇拜，会导致思想迷信，而思想迷信则一定会导致思想的变态，其结果就是我们放弃常识，进入云山雾罩的思想幻觉。更何况，这世界上有力量的并不只有思想。①

因此，把戏剧中"哲理化"的场景、语言过度移植在戏曲中，就会产生一系列的"夹生饭"问题，这在莎士比亚作品的跨文化改编中非常突出。比如，上海京剧院排演的《王子复仇记》（京剧，2005年），其戏曲念白中居然夹杂

---

① 曹文轩《草房子》，天天出版社2018年版，第6页。

着"苍天垂悯众生""书中嘲笑那些老头儿,说他们胡须苍白,满脸皱纹,走起路来摇摇摆摆,头颅内却空空荡荡。我虽然信其所言,却恨它说得不够厚道。老先生,说你像一只螃蟹。倒退行走,那青春就会再来""但愿我可与我的生命告别"等说教性的语言,令人大感不适。其实,将这些语言置换成佛家的"轮回观"、老庄的"无为思想"以及儒家的"中庸之道"等有东方色彩的语言,更加贴切,也更加生动。当然,在那场王子和母亲发生激烈冲突的戏中,不仅不应该挪用原剧的语言和比喻——"我要在你的面前竖起一面明镜,照一照你的灵魂""你背弃了誓言玷污了贞节,叫苍天蒙羞令大地痛心"等[①],反而更应该认真思考的是这个冲突性场面的性质,使其尽可能地与剧中富有伦理色彩的语言形成无缝衔接。

"万恶淫为首",哈姆雷特的核心表达无非是对"淫"的攻击,而中国的文艺作品中有大量的格言、警语可以参考和借鉴。如明代著名的世情小说《金瓶梅》,其开篇就对"财色"二字做了一番精彩评述:

> 这"财色"二字,从来只没有看得破的。若有那看得破的,便见得堆金积玉,是棺材内带不去的瓦砾泥沙;贯朽粟红,是皮囊内装不尽的臭淤粪土。高堂广厦,玉宇琼楼,是坟山上起不得的享堂;锦衣绣袄,狐服貂裘,是骷髅上裹不了的败絮。……假饶你闭月羞花的容貌,一到了垂眉落眼,人皆掩鼻而过之;比如你陆贾隋何的机锋,若遇着齿冷唇寒,吾未如之何也已。倒不如削去六根清净,披上一领袈裟,参透了空色世界,打磨穿生灭机关,直超无上乘,不落是非窠,倒得个清闲自在,不向火坑中翻筋斗也。[②]

跨文化戏曲改编还要认真思考的是如何把西方戏剧过于"哲理化"的内容,转化为戏曲"生活化"或"世情化"的内容,要相信脱离了西方语境的事件、冲突,以及那些从人物思想、情感中挖掘出的伦理智慧和伦理叙事,同样发人深省。因此,从某种角度来说,坚持戏曲伦理的主导地位,已经成为衡量当代跨文化戏曲由单纯的"改编"向更深层次的"创作"转型的标志。

---

① 空中剧院,京剧《王子复仇记》,http://v-wb.youku.com/v_show/id_XMzYyNDAzNTg0NA==.html,访问日期:2012年7月。
② (明)兰陵笑笑生《新刻绣像批评金瓶梅》,齐烟、汝梅校点,齐鲁书社1989年版,第2页。

二、重塑与重构反伦理叙事

　　古希腊神话孕育了古希腊悲剧。古希腊悲剧在对神话人物悲剧命运的展示中，完成了从神话叙事向英雄叙事的转变，戏剧功能也由"为神服务"转向"为人服务"。只有明白了这一点，才能真正懂得《俄狄浦斯王》不断上演的意义——它的主题绝不会是为了强调"神的强大，人的渺小"，更不会是为了宣示"命运无比可怕，人类无能为力"这种悲观丧气的结论——试问，这样的主题怎能起到"娱人"的作用呢？但令人遗憾的是，这种明显背离了戏剧与人生关系的基本认识，背离了戏剧发展逻辑的说法现在仍有很大影响，这突出地体现在许多跨文化戏曲改编作品对原作"神谕"的理解和处理上。

　　在浙江京剧团排演的《王者俄狄》（京剧，2010年）中，"神谕"被替换成三个鬼魅的"巫"的形象，既是为了保留故事的神秘性，也为了便于模糊故事的时代感，使观众能与呈现的事件之间拉开一些距离。这样或许"弑父娶母"的反伦理情节就可以被古老而又模糊的时空"消解"一些，让观众不去较真。但实际上，这个努力并没有完全达到预期，"消解"的力量太过有限。如果把这个设计形容为给反伦理的情节蒙上了一层纱，那么显然这层"纱"太薄了，蒙的效果不够。编剧孙惠柱教授在其《戏曲剧本创作论》中专门针对演出过程中这部作品的"文化排异性"现象做了认真反思：

> 浙江京剧团的《王者俄狄》应邀到各地热演了138场，但有一年春节去农村演出却遇到大麻烦。该剧的团长、导演兼主演翁国生记录下了那晚演出尚未结束时农民敲鼓冲上台阻止演出的情境。……剧团反复道歉一个多小时，第二天又加演一场喜庆团圆的《包公打銮殿》以后，农民才让他们拿走扣押的戏箱。从此他们再也不敢在农村节庆期间去演这个戏。……西方经典话剧移植到中国会产生文化排异性，改编创作中确实需要根据国情而做修改，尽量让主人公的行动合理化，注入正能量——如强调俄狄为拯救国民而大义灭己。[①]

　　"文化排异性"表现在很多方面，核心在于对伦理情节的处理上，具体来

[①] 孙惠柱《戏曲剧本创作论》，上海书店出版社2021年版，第142—143页。

说，就是对戏曲伦理的认识不能简单化。尤其需要提醒的是，不能简单地认为西方观众喜欢反伦理的故事，中国观众喜欢合伦理的故事。由于缺乏对古希腊文化背景——尤其是神话传说的大致了解，大部分的中国观众可能很难意识到，"俄狄浦斯王"的传说和戏剧之间有着巨大区别。那个所谓"狗血"的戏剧情节其实并不是索福克勒斯的原创，而是神话里"自带的"内容。索福克勒斯很可能是那个时代众多改写过这个题材的戏剧家中最"不狗血"的一位，比较明显的证据就在他的作品中。比如，他在主体事件之外，还添加了一条俄狄浦斯王与舅舅克瑞翁进行政治斗争的副线，使人们对这个"蒙在鼓里"的国王充满了同情；另外，他把那个最可怕的"反伦理"场面和许多容易刺激观众的血腥场面，尽可能地只是交代一下或一笔带过。其实就是一种充分考量了观众观感的做法。基于以上所述，我们认为之所以索福克勒斯的改编最为成功，除了他开创了一种独特的戏剧结构（"锁闭式"结构）外，更在于他用一种新的伦理精神改造了这个反伦理色彩浓厚的故事。那么2500年后，当人们用一种更富伦理色彩的艺术形式——戏曲——重新诠释这部古老的作品时，难道不应该沿着索福克勒斯已经开辟的方向继续前进吗？

在一个具有浓厚的"反伦理"色彩的故事框架中努力建构正面的、合伦理的戏剧场面，是这类作品跨文化改编的关键。这里有两个重要的工作需要完成：一是挖掘伦理事件受害者的态度线和情感线，二是梳理伦理事件受害者的行动过程。古希腊悲剧《俄狄浦斯王》以俄狄浦斯为绝对的第一主人公，剧中所有的事件和情节都紧紧地围绕着他展开，以至于作为王后/母亲的伊俄卡斯忒的人物形象被大大地弱化，使这个女性有近20年的人生成了空白。然而实际上，伊俄卡斯忒所遭受的打击、侮辱和伤害一点也不比俄狄浦斯王的少。但可惜的是，索福克勒斯将"破案"写成了悲剧的主线，继续成为众多跨文化戏曲改编本的主线——无论是浙江京剧团的《王者俄狄》，还是中国戏曲学院的"一本两剧"（蒲剧、豫剧）《俄狄王》，王后仍然是俄狄浦斯追查杀人凶手和个人身世的"工具"和"环节"，原剧中没有得到展现的伦理情感在戏曲改编本中继续缺失。戏曲擅长刻画女性人物形象，然而缺少对母亲丢弃孩子后内心痛苦过程的描述，其实就是错失了运用戏曲手段刻画一个悲情女性形象的机会。这样来看，话剧艺术在结构上的特长往往会成为戏曲艺术结构上的壁垒，阻碍戏曲艺术发挥抒情性特长的优势。

本剧由结构导致的另一个内容空白，即俄狄浦斯王的"前史"。原剧从俄狄浦斯"弑父娶母"多年后写起，即从大错铸成后写起。这就导致了不太了解故事背景的中国观众，无法清楚地看到男主人公反抗"神谕"的完整过程，也无法真切地感受男主人公拯人民于水火救国家于危难的英雄成长过程。照搬原剧的叙事时序，这段历史便成了"空白"，英雄也就失去了应有的光彩：一方面他努力维护自己伦理正当性的行动得不到展现；另一方面他破坏伦理的恶果被"大书特书"。试问，这样的主人公如何能得到戏曲观众的同情、认可和喜爱呢？

因此，本剧跨文化改编的关键在于，尽可能完整地展示俄狄浦斯的一生，尤其是他那些"善"的行动，这不仅包括反抗"神谕"的全过程、保护伦理道德的清白，还包括为了别国和城邦的人民脱离苦难挺身而出斩妖除怪的一系列行动。这些戏剧情节的构建当然会改变原剧的基本结构，但却能深刻地改变原剧中"恶"的主导作用，使主题更加符合戏曲"向善"的伦理精神。主题和内容的新建，也同时为建构更加自由，更加富有视听效果，也更加富有戏曲美感的时空提供了契机。

三、在守正创新中寻求现代化表达

跨文化戏曲改编既然要深入到思想内容、结构场面的调整，就必然面临着守正创新的问题。所谓"守正"，指的是跨文化戏曲与传统戏曲的继承关系，或者说传统戏曲的优秀遗产究竟能不能在跨文化戏曲中发挥重要作用。看戏多的观众经常会有这样一个体验，那就是在这个戏中看到的场面和听到的唱腔，在别的剧中似乎也见过。这就不得不提戏曲艺术在场面创造和人物塑造上有一个非常独特的方法，即善于"化用"或"挪用"其他剧目相似的戏曲程式、表演技巧为新剧目服务。应该说，这是戏曲创作中一个极为常见的方法，其好处是打破了剧本与剧本之间本来就有的鸿沟和壁垒，在不同剧目的场面、人物、表演之间形成了一种"你中有我、我中有你"的特殊关系。

据统计，中国戏曲拥有 348[①] 个剧种，不同剧种之间交流借鉴的最主要方式就是剧目移植。比如，梅兰芳的京剧《穆桂英挂帅》根据同名豫剧改编，京剧《秋江》根据同名川剧改编，京剧《挂画》根据蒲剧《梵王宫·挂画》改

---

① 截至 2015 年 8 月 31 日前文旅部普查结果。

编，京剧《春草闯堂》根据同名莆仙戏改编。再如有"活关公"美誉的王鸿寿把徽剧《雪拥蓝关》带到京剧中来，又将《徐策跑城》《扫松》《斩经堂》等戏移植成京剧，经过周信芳的精心打磨，成为"麒派"代表剧目。除了以上这些整体性的剧目移植，各剧种之间借用、化用表演程式和表演技巧的现象更是数不胜数。

梅兰芳在《舞台生活四十年：梅兰芳回忆录》中记载："《状元谱》的陈大官以王楞仙最负盛名，他的跌步好看，就是从《断桥》里许仙的滑跌身段上来的。"① 他在编创时装新戏《邓霞姑》时说："我在霞姑掩护雪姑逃走的时候，因为要延宕郑琦，好让雪姑从容逃跑，所以加上装疯的插曲。身段唱腔，都采用了一点《宇宙锋》的精华。"② 梅兰芳设计古装新戏《天女散花》的"绸舞"时，就借鉴了老戏《陈塘关》（《哪吒闹海》）里的"耍龙筋"，以及《金山寺·水斗》一场白娘子"双手拈着胸前的两条白彩绸的身段"。③ 著名的梅派京剧《霸王别姬》里，虞姬的"剑舞"与"夜深沉"的音乐配合起来如此让人难忘。梅兰芳回忆说，"夜深沉"这个曲牌来源于昆腔《思凡》，最早是用在京戏《击鼓骂曹》里作为打鼓的伴奏。自从配合进了《别姬》的"剑舞"里，便成为一部经典剧目音乐与舞蹈成功配合的典范。④ 梅派古装新戏《嫦娥奔月》《霸王别姬》被人们形容为"嫦娥花镰，抡如虹霓之枪；虞姬宝剑，舞同叔宝之锏"，"他们的言外之意，就是说我偷用了老身段"。实际上，"偷用"和"模仿"不可能有真正的进步，梅派艺术的真谛在于推陈出新，即将老身段和旧程式进行"新组织"——"嫦娥的'花镰舞'，我的确是运用了'虹霓关'的东方氏和王伯党对枪的身段，加以新的组织的"，⑤ 而且梅兰芳还进一步将这种经验升华为一种艺术观：

> 艺术的本身，不会永远站着不动，总是像后浪推前浪似的一个劲儿往前赶的，不过后人的改革和创作，都应该先吸取前辈留给我们的艺术精粹，再配合了自己的功夫和经验，循序进展，这才是改革艺术的一条康庄

---

① 梅兰芳《舞台生活四十年：梅兰芳回忆录》，新星出版社 2017 年版，第 78 页。
② 同上，第 252 页。
③ 同上，第 484 页。
④ 同上，第 621 页。
⑤ 同上，第 270 页。

大道。①

那些比较成功的跨文化戏曲作品，常常运用这种方法。如四川川剧院的《欲海狂潮》（川剧，1898年）改编自美国剧作家尤金·奥尼尔的《榆树下的欲望》，剧中有一段男女主人公"隔墙感应"的片段，表现的是实实在在的屋墙两边，两个躁动难耐的男女青年情感和欲望不断膨胀的过程。戏曲改编本把"墙"虚化了，通过演员的表演把二人缠绵悱恻、不断加强的情感关系进一步"美化"。这样的表现手法借鉴自川剧《梵王宫》中"花云射雕"一折，这个著名的爱情桥段表现的正是两个年轻人短时间内由相互吸引到不断靠近的过程：

> 嫂嫂看破此情不忍惊扰，一心成全。一旁用手从两人视线中一抽，将两人视线拴在一起。随着嫂嫂的手上下前后的挪动，两个人仿佛被无形的线牵动着，时仰时俯，时进时退，两眼只关注对方，如入无人之境。出神入化的"牵线"，夸张的艺术处理，将两颗热恋中的心揭示得淋漓尽致。②

"花云射雕"里有三个主要人物：叶含嫣、花云和嫂嫂。《欲海狂潮》里也有三个主要人物：蒲兰、白三郎和欲望女巫。相较而言，欲望女巫比嫂嫂似乎更无所不能，无所不知。如果在第一个较为现实的场面里，嫂嫂的喜剧性表演可以让观众忽略"现实性"，那么具有预言性质的女巫更是可以堂而皇之地发挥神奇作用——由她将原剧中明确交代的"墙壁"进行解构，引出"牵线"的神奇行动，设计出一系列不可思议的"吸引"程式，进而最大限度地表现出男女相悦的狂喜情绪。这样做既符合剧情的需要，也最大化地展示了戏曲擅长刻画此类情境的高超手段。

由此推想，根据古希腊悲剧《俄狄浦斯王》改编的跨文化戏曲，如果想要表现之前所说的年轻英雄反抗"神谕"、摆脱厄运的"逃亡"过程，如果想要表现主人公战胜各种野兽、鬼魅的"除害"过程，那么传统戏中如《夜奔》《徐策跑城》《昭君出塞》等"赶路戏"，以及《水漫金山》《大闹天宫》《武松打虎》等"神怪戏"和"武打戏"，都是取之不尽、用之不竭的创作资源。

---

① 梅兰芳《舞台生活四十年：梅兰芳回忆录》，新星出版社2017年版，第270页。
② 周传家、王安葵、胡世钧、吴琼、奎生编著《戏曲编剧概论》，浙江美术学院出版社1991年版，第98页。

"守正"就是要学会从传统剧目里寻找塑造人物和表演场面的灵感,"创新"就是要考虑新的伦理叙事是否能与现代审美兼容,这是一个问题的两个方面。我们强调,跨文化戏曲改编要尽可能地从伦理视角挖掘原剧中被忽视的情感、被边缘的人物、被简化的人生,尽可能地把剧中能够反映伦理观念、伦理情感、伦理关系的内容提炼出来,以"伦理性"为基础建构原故事的新叙事——必须指出的是,"新"不仅仅针对经典原著本身,也同时指向传统叙事。

越剧《五女拜寿》是一出与《李尔王》的故事十分相似的优秀新编剧目,该剧主要讽刺了封建社会嫌贫爱富的思想对亲情伦理的破坏。该剧讲述了杨继康夫妇有五个女儿,在他举办寿宴的当天,养女三春及女婿邹应龙因礼薄而被众人嘲笑,也被杨继康夫妇当场冷落。杨继康后来受到政治迫害被革职,当老两口想要托庇于其他几个女儿、女婿时,四处碰壁。在南京郊外,饥寒交迫的老两口偶遇三春,他们共患时艰。在经历过一番波折后,杨继康夫妇终于认识到了亲情的可贵。最终,邹应龙高中状元,杨继康重获重用。在又一次举办的寿宴上,重新团聚的一家人都受到了精神洗礼和人伦教育。

《五女拜寿》显然是一个"大团圆"结局,是"伦理+政治"的叙事模式。其中政治环境的改变对伦理道德的修正起到相当大的作用——通过政治手段重新调整了家庭人伦——这是比较典型的戏曲和小说里的情节。但是,这种对政治过于"乐观"的看法值得商榷。实际上,在改编中大可不必把政治上的正确与伦理的善恶强行捆绑在一起。换句话说,就是可以借用《五女拜寿》的伦理叙事来改造《李尔王》的故事,但不必把李尔王的故事结尾轻率地处理成政治正确——就算最终家得以安、国得以定,这个历经了沧桑的老人必然有对权力、地位、财富、亲情的全新认识,而不仅仅是简单的悔悟。这样的例子在中国历史上不胜枚举,如由皇帝变成阶下囚的南唐后主李煜,由皇帝变成和尚最后隐身江湖的建文帝,等等。李尔王的流浪身影,很自然地可以与这些历史人物照应。经过这样的改编,观众将从李尔王身上体会到一种更加苍凉的人生况味,这就超越了一般化的对整个事件意义的理解,达到"意境化"的审美效果。

当代戏曲的伦理审美是一种源自传统的美学架构与内在表达,同时需要不断吸收现代文明成果,与当代观众形成精神共鸣。跨文化戏曲改编的守正创新要想找到传统与现代的平衡,既要遵守传统的叙事规范,又要实现现代审美的追求,在此过程中挑战与机遇并存,这也正是当代跨文化戏曲改编的魅力所在。

上 编

《俄狄浦斯王》戏曲改编刍议

【德育思考与要点提示】

《俄狄浦斯王》的跨文化戏曲改编探讨了伦理审美在改编中的主体地位,从伦理审美的角度挖掘主人公的英雄叙事和情感叙事,从原著中探索出一条新的富有戏曲美学精神的改编之路。

该剧的跨文化改编要想符合伦理审美,就要对伦理叙事与人物塑造做出新的处理,寻找与伦理生活紧密相关的人物行动:一方面是对王后伊俄卡斯忒的悲剧形象进行挖掘;另一方面是从文化异同的角度,重新梳理索福克勒斯开创的"回溯式"结构。只有深刻认识戏曲的线性叙事结构的独特功能与表达,才能实现戏曲抒情表意的审美追求。

《俄狄浦斯王》是古希腊悲剧的经典之作,其崇高的地位与深远的影响与它在剧作法上的开创性贡献密切相关。索福克勒斯在悲剧《俄狄浦斯王》中呈现的天才般的故事讲述方式,被后人总结为"锁闭式"结构,又称为"纯戏剧式"结构:

> 人物设置十分经济,大都贯串始终,人与人之间关系错综复杂,往往以一家人为主,围绕着一个处于全剧焦点的"结"——或是重要秘密,或是紧急事件——展开冲突,不仅全剧是一个集中的冲突,大部分场面也都由人物之间的冲突来表现,将亚里士多德所谓的"行动的统一"表现得特别突出,剧中交代、发展、必需场面、高潮、结局各个层次较为分明,首尾贯通,浑然一体……其极端的表现就是时间、地点、事件的"三一律"。①

---

① 孙惠柱《第四堵墙:戏剧的结构与解构》,上海书店出版社 2006 年版,第 24 页。

古希腊戏剧是西方戏剧的源头，《俄狄浦斯王》是古希腊戏剧的代表性作品。因此，《俄狄浦斯王》的跨文化戏曲改编意义自然不同一般，值得关注。近年来，根据《俄狄浦斯王》改编的戏曲作品有浙江京剧团的《王者俄狄》（京剧，2018年），以及中国戏曲学院排演的"一本两剧"《俄狄王》（蒲剧、豫剧，2021年）。

《俄狄浦斯王》的故事取材于古希腊神话，主要讲述了英雄俄狄浦斯受到"神谕"诅咒，虽然他全力和自己"弑父娶母"的可怕命运抗争，但最终没能逃避诅咒，刺瞎双眼，自我流放。这个故事明显带有神秘主义色彩和不可知论，但这种神秘色彩在戏曲改编中尽可能地保留，还是尽可能地消解，是一个值得思考的问题。

其实，从《俄狄浦斯王》的神话传说到戏剧故事的发展，这个过程不单纯是故事形态的变化，而是故事精神内核的变化。同时改编俄狄浦斯王故事的剧作家也不只有索福克勒斯一人，但和没有作品流传下来的其他人相比，他的作品得到了最普遍的接受和高度的认可，其原因就在于他将一个乱伦色彩浓厚的故事改造得尽可能被大家接受。如剧中的死亡场面和自残行动被隐藏在幕后，不直接出现在观众面前；如对乱伦的夫妻关系没有多少正面的描述，王后主要作为"破案"的环节存在。其实，所有这些处理体现的正是一种伦理精神。因此，《俄狄浦斯王》的神话传说与戏剧的区别在于——神话故事更多地体现了"娱神"的功能，戏剧更多地体现了"娱人"的功能；神话故事更多地传达出"命运无比可怕、人类毫无办法"的宿命论，戏剧更多地体现出英雄反抗神谕的个人意志。这就是2500年前索福克勒斯戏剧改编的精神实质。

一、伦理叙事与人物塑造

无论是蒲剧、豫剧版《俄狄王》，还是京剧版《王者俄狄》，它们都在故事的开场努力营造神秘的气氛——历史遥远的古代、阴森诡异的音乐，甚至京剧《王者俄狄》中丑扮的三个"巫觋"替代了原作的神明，直接向主人公说出可怕的预言。这种有意强化的"神秘"色彩，不仅仅是为了营造戏剧氛围，更是为了给情节"蒙上一层纱"，即利用神话本身的不可理喻性减弱后面不可思议的"反伦理"情节带给观众的刺激，使这个剧本尽可能地让普通观众更容易接受。但实际的演出效果可能并不明显,因为时间和地点的"模糊化"只是一种修旧如旧,甚至因为过分强化"恐怖"的戏剧效果以及将神谕过度"神秘化"而偏离了戏剧应有的娱人精神,这在不知不觉中又将戏曲拖回"传说阶段"。所以真正的改编方向是回到戏剧的路径,沿着索福克勒斯开拓的改编道路继续深入挖掘。简单地说,就是没有叙事上的改变,很难做到真正的跨文化改编。

戏曲深受传统文化影响,通过动人的伦理叙事达到符合要求的伦理审美。戏曲版《俄狄浦斯王》如果想要符合伦理审美,就要在叙事结构上有所突破。那么,首先要做的就是寻找剧中和伦理生活紧密相关的人物行动和人物心理,其中王后伊俄卡斯忒的形象非常值得重视。

伊俄卡斯忒是俄狄浦斯王的母亲,也是他的妻子,她是这个悲剧的另一个悲剧人物。从情理上看,她是当之无愧的"女一号",可是在索福克勒斯的笔下,她只是一个功能性的人物——为俄狄浦斯王的"破案"和寻找身世真相服务。原剧中,王后在得知丈夫俄狄浦斯与哥哥克瑞翁发生了激烈的争吵后,匆忙赶来,为的是调解矛盾。当她得知事情的原委后,开始宽慰丈夫不必为先知的话恼火。但随着话题的深入,她预感到问题的严重性,千方百计阻止俄狄浦斯继续追查真相。王后的行动始终围绕着刻画和衬托男主人公"不顾一切"的偏执性格展开,而她个人的心理变化和情感变化没有被放在突出的位置。

然而跳出索福克勒斯在本剧中的视角,换成戏曲的伦理视角重新审视整个事件,就会发现对王后形象刻画的"留白"恰恰是戏曲改编的重心。她是一个比丈夫更加不幸的人——失去孩子,死去前夫,改嫁后的命运更加悲惨。从某种意义上说,王后经历的人生和忍受的痛苦,使她带有强烈的悲情色彩——戏曲在刻画不幸的女性人物方面有许多可以借鉴的经验和方法。那么,为什么不去回溯一下十几年前她丢弃孩子的痛苦经历?为什么不去说明一下那个丢弃孩子的真实原因?她是被迫的还是自愿的,她是否有过自责自悔并在痛苦中煎熬度日?她有没有和老国王发生冲突并因此导致夫妻关系的彻底改变?老国王的突然死亡对她而言究竟意味着什么?

"娶母"是本剧另一个受到伦理挑战的地方,但戏曲改编不能回避这个重大挑战。这或许是伊俄卡斯忒"误嫁"的结果,但随后的"误生",即孩子的出生,导致了更大的伦理悲剧,或者说成为母子乱伦的红线。因此,从伦理叙事的角度出发,就要重新去讲述这个事件的实际情况,让表面的情节具有一些合理性。比如,大多数演出都删除了原剧中他们所生的一对孩子,既是出于精简线索的需要,更是由于伦理上的某种"禁忌"。当然不让孩子出现,并不是根本的解决办法,因为孩子只是不出现而不是真的不存在。其实更加符合伦理审美的叙事是,说清楚孩子的出生便可以了。比如,他们并不是俄狄浦斯与母亲伊俄卡斯忒的亲生骨肉,而是老国王的遗腹子。也就是说,俄狄浦斯只是孩子名义上的"父亲"。这样的改编思路其目的其实很简单,就是为了给主人公"娶母"的行为留一些余地。同时"遗腹子"的设计,也有利于重新解释当年伊俄卡斯忒为什么会选择在老国王死后很快就嫁给新国王——显然,这个充满善意的细节是为了给观众一个理解和认同王后的渠道。

王后的再嫁除了可以与"误生"联系起来,也可以与另一个人物联系起来,那就是她的哥哥克瑞翁。克瑞翁与俄狄浦斯王的矛盾冲突是原剧的重要场面,那么他们兄妹之间的关系如何呢?原剧并没有直接呈现和说明。在克瑞翁与俄狄浦斯王的冲突中,可以明显感到为权力斗争的紧张气氛,可以发现一条隐蔽的政治斗争线索。因此,王后"再嫁"可能对这条线索做一定的补充。比如,她的"再嫁"除了出于爱子之心,也还需要为了家族利益,在哥哥克瑞翁的催逼下脱去丧服换嫁衣,这就为伊俄卡斯忒的形象塑造又增加了一条情感线索。

原剧中还有一个在逻辑上没有说清楚的地方,即老国王明明是被杀的,但为什么一直没有人追查杀人凶手呢?若不是这场瘟疫,若不是"神谕"的提醒,估计所有人早就忘记了这件惊天大案。这是人们无意的"失忆",还是有意的"忘记"?就算用喜新厌旧的心理可以解释人们集体的"失忆"现象,但是作为遗孀的王后似乎不该如此。那么,她的"忘记"是否有主动色彩?是否带有一定的选择性?毕竟这么多年来,伊俄卡斯忒和俄狄浦斯二人居然从没谈论过老国王的死,也从没谈到过死亡的地点和时间这些关键信息,这多少说明其中一个人在有意选择回避。因此,可以大胆假设一下伊俄卡斯忒之所以选择"下嫁",不是因为俄狄浦斯身上有除掉妖魔斯芬克斯的英雄光环,而是因为他非常"像"或"正是"那个牧羊人口中的杀人犯。她要保护他的最好办法,当然就是嫁给他——当年老国王强行丢弃骨肉的恶行终于"恶有恶报"。她心中积压的恨意,当然可以促使她挺身而出保护这个冒失的、一切都蒙在鼓里的、四处奔波的流浪汉。

因此,可以这么说,"伦理的"还是"神谕的"是两种叙事策略:一种是把"神谕"作为整个故事的第一推动力,使故事的神秘色彩压倒了伦理叙事;

另一种是消解"神谕"力量的神秘性,从伦理角度审视人物身上那些表面上不可理喻的行为,找到背后由世情伦理推动的基本逻辑,拉近观众与人物的距离。

重视人情事理,就要重视事情发生和发展的因果关系。如果只强调"果"的不可思议,不去认真解释"因"的来龙去脉,就会使故事滑向传说中的"神秘主义"。以戏曲为代表的中国传统艺术在叙事上重视因果关系的创造,即便带有神话色彩的作品,往往也会通过虚构"前史"来完成叙事链条的闭合。比如,《红楼梦》中"还泪"的设定,就是对宝玉和黛玉分分合合、吵吵闹闹关系的最好说明。那么,俄狄浦斯"弑父娶母"究竟有没有原因?为什么他会有这样一个恶毒的又逃不掉的"诅咒"?为什么偏偏要诅咒他而不是别人?在原剧里,诅咒是前史,不做交代,使观众和人物把注意力完全放在对杀人真相的寻找上。戏剧也确实表现了这个诅咒对俄狄浦斯造成的严重伤害,但最早听到诅咒并受到折磨的应该是他的父亲。也就是说,观众仅仅看到的是神对儿子的惩罚,却没有看到诅咒的另一面——对老国王的惩罚。甚至,我们可以这么说,从老国王听到诅咒后一心想要丢弃或杀死儿子的这个行为看,这个诅咒一开始就是针对老国王的——更何况从俄狄浦斯一生的经历来看,找不到他应该受到惩罚的任何理由,他真正做错的一件事就是杀死了生父,但这仅仅代表的是惩罚降临而不是被惩罚的原因。看上去,俄狄浦斯像是代父受过,这似乎有点像中国人常说的"父债子偿"。所以,按照中国戏曲在叙事上重视因果关系的创造这点来看,补充俄狄浦斯受到神谕诅咒的"前史"至关重要。

从老国王曾经为了个人安危"杀子"的行为来看,说他自私和残暴也许并不过分。一个不择手段的国王不顾一切的作恶,惹怒了神,并招来了神的恶毒报复,这或许就是整个事件的源头。作恶的君王在中国历史上并不难找,但大部分"天理昭彰"的故事一般只惩罚作恶者或一起作恶者,如商纣王、妲己、隋炀帝等。那么,怎么理解无辜的后代受到牵连这件事呢?何况,这个后代还是一个了不起的英雄——他越是悲天悯人,富有正义感和牺牲精神,就越容易产生行动悖论,从而制造出非常特殊的戏剧情境和戏剧张力。当代武侠小说《天龙八部》中乔峰的悲剧形象,就是一个最好的例子。一方面,乔峰像俄狄浦斯一样不顾一切地寻找三十年前"雁门关一战"的真相,想要知道带头大哥究竟是谁。但是查来查去,他自己却不断地被当成凶手;另一方面,乔峰有一个来自原生家庭的悲剧,即在当时宋辽对立的历史语境下,做了三十年"汉人"的他不知如何面对突然降临到自己身上的"契丹人"身份。从某种角度来说，这种身份矛盾像极了隐藏的"诅咒"，让乔峰四处逃亡。最后，他以为逃离中原可获长久的安稳，却没想到还是逃脱不了命运，不得不选择跳崖解脱。

应该说，金庸先生所写的这个大侠形象完全是中国化的，几乎看不到所谓古希腊悲剧英雄的影子。如果这个故事完全是金庸的原创，那么可以说该作既有现代精神又符合伦理叙事，无意间为我们打开了通向《俄狄浦斯王》跨文化改编的道路，让原创的那个"无缘无故"的诅咒和惩罚有了一个明确的来源——来自父辈或祖辈的某个恶行，作为后代必须承担恶行所带来的后果。因此，不可改变的出生成为主人公一生不能摆脱的"影子"——建立在伦理叙事基础上而不是神谕叙事基础上的悲剧，自然而然就更具情感效果，更容易发挥戏曲的抒情性特长。

二、线性叙事与回溯式结构

《俄狄浦斯王》开创的经典剧作法是索福克勒斯的一个重大理论贡献，成为编剧的伟大传统之一。中外也都有不少成功的作品是这个传统的继承者，如西方有易卜生的《玩偶之家》，中国有曹禺的《雷雨》。只不过从辩证的角度看，世界上没有放之四海皆准的真理，实践才是检验真理的唯一标准。跨文化戏曲改编继续沿用这个方法，还是根据需要改造故事的叙事结构，需要通过比较、分析来进行判断。

悲剧《俄狄浦斯王》的叙事采用的是一种"回溯式"结构，虽然讲述的是一个时间跨度长达二十年的事件，但呈现在观众眼前的故事发生时间，即从秘密即将暴露到一切真相大白只有不到一天。故事发生的地点也非常集中——不管是人物的上下场还是争吵、讨论、审问、惩罚等过程，几乎都在王宫门口完成。因此，悲剧的呈现方式以"对话"为主。但无论是从时间还是从空间来看，这都与戏曲自由的时空观相悖——当然这个简单的判断是基于对戏曲审美的认识做出的，更深入一层研究后会发现，回溯式结构的优点在于可以制造尖锐的冲突、紧张的悬念和密集的叙事，缺点在于对人物生活的全面表现、性格的真实刻画有所不足。有一个很明显的现象能说明这个问题——作为一个神话中的英雄人物，主人公俄狄浦斯在悲剧中似乎显得一点也不"英雄"。但按照古希腊悲剧理论的集大成者亚里士多德的意思，悲剧人物应该是"表现比今天的人好的人"①，表现出来的效果应该能使观众产生"怜悯与恐惧"。他认为俄狄浦斯"声名显赫，生活顺达"，"不是因为本身的罪恶或邪恶，而是因为犯了某种错误"。②亚里士多德口中所谓的"好的人"，是指比普通人优秀伟大的人，如神仙、英雄、帝王、贵族等，因为他们具有比普通人更加优秀的品质和能力，如过人的智慧、不屈的精神、坚强的意志等。显然，这也是俄狄浦斯在神话传说中的基本形象。但为什么在悲剧尤其是跨文化戏曲改编中我们的感受并非如此呢？一个很重要的原因，就是经过2500年的发展，观看本剧的观众发生了变化。古希腊观众的心目中基本上都有一个在神话中"预先"建构的英雄形象，可以很好地与戏剧舞台上的人物勾连。可是对于现代观众尤其是完全不同文化背景下的中国戏曲观众而言，他们完全不了解故事的背景。这个重要差异导致了部分戏曲观众只看到了一个处在人生"晚期"的国王，在短短的几个小时内就走向了穷途末路。这样的叙事焦点和叙事结构，当然无法使观众产生"怜悯与恐惧"，也无法令人产生通常应该有的对主人公的强烈同情——没有了英雄叙事，就减弱了英雄色彩；集中描述人生晚期的生活，哪里还能表现出英雄气概。悲剧对主人公的过错惩罚明显超过了他曾经对国家的贡献，这显然不是真正的"英雄叙事"，必然导致俄狄浦斯人物形象的大打折扣。

所以，重建俄狄浦斯英雄成长的历程既是一种人物形象上的重构，也是观众认知水平和欣赏水平的重构，更是美学结构的重构。戏曲的叙事不是集中的、点状的，而是延展的、线性的。因此，戏曲往往会将事件与人物进行时间和空间的全面展开，以此为基础形成程式化和行当化的叙事风格。

俄狄浦斯从小被父母抛弃，在异国他乡成长。长大后，为了躲避不好的预言，四处流浪。在流浪过程中，他拥有了强大的本领和复杂的性格。更重要的是，他遭遇了几次重大危机，并在解除危机的过程中误杀了亲生父亲。这样的人生经历本来就具有传奇性，如果展现在舞台上，哪怕是片段式的展示，必将呈现出戏曲化、场面化、歌舞化的视听效果。更何况戏曲中有大量的剧目可以借鉴、参考，如《宝莲灯》《除三害》《武松》等，可以通过挪用、化用相似情节的艺术手段来展示这个过程——传统剧目中丰富的表现手段（行当的、程式的、场面的、服装的、化妆的、道具的）是建构跨文化戏曲改编形式与内容的

---

① 〔古希腊〕亚里士多德《诗学》，陈中梅译注，商务印书馆1996年版，第38页。
② 同上，第97页。

重要支撑。

仅从"回溯"的技术手段来看,话剧与戏曲各有不同——这并不是指表面上的差别,而是指两者在功能与审美追求上的不同。悲剧《俄狄浦斯王》中,回溯的主要功能是揭示过去,暴露真相。因此剧中的"回溯"是不断的、连续的、递进的,且每次回溯都揭示出一个"小真相",最终这些"小真相"汇合成一个"大真相"。这种回溯的方式决定了它主要是一种"揭秘"的手段,其结果比方式本身具有更重要的戏剧价值。请看原作中的某个"回溯"段落:

伊俄卡斯忒　你所说的这件事,你尽可放心;你听我说下去,就会知道,并没有一个凡人能精通预言术。关于这一点,我可以给你个简单的证据。

有一次,拉伊俄斯得了个神示——我不能说那是福波斯亲自说的,只能说那是他的祭司说出来的——他说厄运会向他突然袭来,叫他死在他和我所生的儿子手中。

可是现在我们听说,拉伊俄斯是在三岔路口被一伙外邦强盗杀死的;我们的婴儿,出生不到三天,就被拉伊俄斯钉住左右脚跟,叫人丢在没有人迹的荒山里了。

既然如此,阿波罗就没有叫那婴儿成为杀父亲的凶手,也没有叫拉伊俄斯死在儿子手中——这正是他害怕的事。先知的话结果不过如此,你用不着听信。凡是天神必须做的事,他自会使它实现,那是全不费力的。

俄狄浦斯　夫人,听了你的话,我心神不安,魂飞魄散。
伊俄卡斯忒　什么事使你这样吃惊,说出这样的话?
俄狄浦斯　你好像是说,拉伊俄斯被杀是在一个三岔路口。
伊俄卡斯忒　故事是这样;至今还在流传。
俄狄浦斯　那不幸的事发生在什么地方?
伊俄卡斯忒　那地方叫福喀斯,通往得尔福和道利亚的两条岔路在那里交会。
俄狄浦斯　事情发生了多久了?
伊俄卡斯忒　这消息是你快要当国王的时候向全城公布的。

俄狄浦斯　　宙斯啊，你打算把我怎么样呢？①

我们看伊俄卡斯忒口中国王被杀的"前史"，这里的"回溯"如同滚雪球一般越滚越大，层层递进，紧接着报信人和牧羊人先后上场，分别说出前史的其他部分，使真相得以完整地呈现在观众和俄狄浦斯王面前，起到了"发现"与"突转"的戏剧效果。而许多戏曲作品中的"回溯"，是为了展示经典唱段和念白。主人公在回溯中夹叙夹议，使观众听到他心声的同时感受到戏曲艺术的魅力。如京剧《四郎探母》中"坐宫"一折，杨四郎因怀念母亲有一段追思往事的"自思自叹"：

【西皮慢板】杨延辉坐宫院自思自叹，
　　　　　想起了当年事好不惨然。
　　　　　我好比笼中鸟有翅难展，
　　　　　我好比虎离山受了孤单。
　　　　　我好比南来雁失群飞散，
　　　　　我好比浅水龙困在沙滩。
　　　　　想当年沙滩会，
【二六】　一场血战，
　　　　　只杀得血成河尸骨堆山。
　　　　　只杀得杨家将东逃西散，
　　　　　只杀得众儿郎滚下马鞍。
　　　　　我被擒改木易身脱此难，
　　　　　将杨字改木易匹配良缘。②

在"回溯"的本质上，戏曲与话剧也不同：其一，从内容上看，话剧的回溯是将没有呈现的内容"补述"出来，戏曲的回溯是将已呈现的内容"复述"出来；其二，从戏剧的功能上看，话剧的回溯是为了揭示真相，而戏曲的回溯不一定要揭示真相，其更强烈的目的在于加深对所发生事件的记忆和情感

---

① 《罗念生全集》（第二卷），上海人民出版社2004年版，第365页。
② 柴俊为主编《京剧大戏考》，学林出版社2004年版，第1页。

共鸣；其三，从整体性上看，话剧的回溯一般是分阶段、分步骤的，而戏曲的回溯一般是完整的、全面的、从头到尾的；其四，从出现的位置上看，话剧的回溯往往处在事件发展的过程中，而戏曲的回溯往往处在一个事件的最开头或结尾，起到总起或收束的作用。

因此，我们大致可以说，话剧的"回溯"是功能性的，戏曲的"回溯"是审美性的，且审美作用的发挥并不局限于唱腔和身段的外在表现。明末清初剧作家吴伟业的传奇《秣陵春》，就写出了另一种审美效果的"回溯"。故事讲的是南唐徐铉之子徐适与黄展娘"双影相会"的爱情传奇。（南）唐末北宋初，金陵城中遗民之子徐适终日埋首前朝古董，前朝李后主宫妃黄保仪的兄长黄济是其近邻。黄济家中有两件前朝旧物——宜官宝镜和晋唐法帖。为了得到法帖，徐适以家传于阗玉杯和祖产宜官阁交换，并随后赴洛阳投奔曾受恩于父亲的长官独孤荣，但没想到独孤荣忘恩负义，霸占了半幅法帖。与此同时，在幽冥世界李后主与黄保仪有意促成黄展娘与徐适的婚事，派耿夫人施法，让徐适在宝镜中见到了黄展娘的影子，展娘也在玉杯中见到了徐适的影子，两人魂魄相遇，并被赐婚。后来，黄展娘的灵魂回到金陵家中，徐适中了状元返乡，夫妻二人团圆。

剧中黄展娘因魂灵缥缈远遁，肉身染病不起，对其生父黄济寻术士作法禳灾是这样描写的（第二十三出"影觑"）：

（外）〔福马郎〕看蟾窟清虚光几寸，（小丑）有一个姐姐走出来了。（外）早有个袅袅婷婷影，乍远近。俺心中事，在病中人，何来镜中身？重添出个小真真。

（净）这不是别个，一定就是令爱的元神现出来了。（小丑指介）那边有个嬷嬷，和这姐姐厮拉着说话哩。（外）那女人既是我女，这嬷嬷又是何人？

〔红芍药〕深闺里有甚情亲，怎闲拖逗月姊云君。（小丑叫介）好看好看，现出一座大房子来了，四围柱子都是金装的，柱上盘着五爪金龙哩。（外）更变幻出楼台似海中蜃，划地里费人思忖。（小丑）那房子里面坐着一个皇帝，一个皇后，两傍立着许多太监宫女。那嬷嬷领了这姐姐，向上边拜哩跪哩。（外）这是什么所在？那班君王妃后都从何来，我那女儿却到那边去？娇魂此时何处存，闷弓儿难咽难吞。嘎！我晓得了，定花妖木魅缠身,(哭介)我那儿嘎!敢一夜雨断送红粉。

(净)老爷且莫烦恼,看那光中再现出什么来。(小丑)奇呀,奇呀,如今那姐儿、嬷嬷和这皇后、宫女都不见了。那皇帝带着许多军马、许多鹰犬出去。那边又走出个秀才来,和那一行人行礼讲话。呀!那秀才竟跟了皇帝回去了。(外)这一发奇怪。

〔耍孩儿〕怪杀那万骑虮蜉鹰马俊,羽猎平原过,肯分地遇着郎君。那酸丁与帝子有甚乔缘分,到做得个渭水非熊稳。只是这些影像,与我女儿病体一些相干也没有,好哑谜难猜问。

……

(小丑)呀!不好了,如今满纸都是人了。先前那姐姐也来了,嬷嬷也来了,又添上许多老的少的、长的短的、瘦的胖的、村的俏的、像皇帝的、像官员的、像道士道姑的,齐齐的摆在两傍,又有许多女娘们,在那里吹弹歌舞哩。咦!那姐儿做了新人,和那秀才做亲,在那里跪拜哩。身边又立着两个冠冕待诏,替他喝礼哩。①

这里的"招魂"其实是另一种形式的回溯,但区别在于它不完全是"说"或"唱"出来的,而是可以被"看见"——将黄展娘"离魂"后的奇遇,即部分剧情展示给父亲看。这种表现方式在传统技巧之外又增加了喜剧效果。

后来黄展娘的灵魂回归,母亲前来询问病情。剧本再次用传统的"回溯"方式,将前情复述给她的母亲。请看第三十五出"诘病":

(旦)母亲面前,不敢分毫隐瞒,待孩儿细细说来。

〔仙吕过曲〕〔风入松〕多时鬼病没腾那,一刹清凉不过。(老旦)那时节觉得怎么样光景?(旦)好像下阶踏着些儿蹉,逗乱影碧天云破。瞥眼见红墙翠窝,初入梦,小南柯。母亲道孩儿到那里去?却是姑娘的宫里。(老旦)你那里认得姑娘?(旦)孩儿也不认得,是个嬷嬷,道这是保仪姑娘,教孩儿拜了。(老旦)他说什么来?(旦)他说道:

〔前腔〕〔换头〕家山回首隔嵯峨,(老旦)思量我两口儿么?(旦)

---

① (清)吴伟业《吴梅村全集》,李学颖集评标校,上海古籍出版社1990年版,第1300—1301页。

念高年爹嬷。（老旦）待得你好么？（旦）看承爱女同眠坐。他膝下无人一个，闲消遣兴亡话多。他说旧时有句说话，母亲可晓得么？曾提起，旧盟么？（老旦）没有什么旧盟。（旦）说道摄山寺，同游幸，有个徐学士，爹爹许、许他结丝萝。（老旦）嗄！是徐铉学士。这句话你爹爹不曾对我讲，只说李皇爷当日曾有甚言语。如今年代已久，提他怎么？（旦低声介）母亲，姑娘说徐学士有个儿子，叫作徐适，后来当中头名状元，如今在，西京市，闲游荡，婚姻事，莫蹉跎。（老旦）呀！那时该推辞才是。（旦）

〔前腔〕〔换头〕待行推托紧儿罗，招就个书生停妥。（老旦）啊呀！怎么招赘起来？你姑娘也欠斟酌了。（旦）这是天缘注定，不关姑娘事。那书生在洛阳市上买一面镜子，镜子里现出一个美人，竟与孩儿容貌一般的。那书生呵，使心作悻风流我，用不尽胡觑狂睃。不语笑花枝自可，重会面，慢瞧科。（老旦）后来又怎的？（旦）做了几日亲，又送孩儿到别处去。他道家乡远，从夫去，京师住，长堤道，马儿驮。（老旦）既然如此，你却怎么样回来的？（旦）偶然一日，在那里弹琵琶。（老旦）你那里晓得弹呢？（旦）也是姑娘教的。（老旦）这也奇怪。你弹琵琶便怎的？（旦）蓦地里一班人雪片样打来，把孩儿的魂一惊，就惊散了。（老旦摸旦心头介）儿惊坏了。（旦）这还不打紧，孩儿走去，又闯出祸来。才行动，昏惨惨，烟尘乱，山坳里，一声锣。

（老旦）这又是那个？（旦）是皂角大王刘银。（老旦泣介）苦了我孩儿也！（旦）孩儿被他抢去，誓死不从。还亏仙人搭救，才走出来。①

《秣陵春》的这两种回溯方式与话剧的回溯有一个共同点，那就是其目的不在于"补述"不为人知的信息，而是要体现戏曲的观赏价值。"前史"不仅是"之前的事情"，而是具有了观赏性与审美性。

名剧《琵琶记》剧末"寺中遗像"一出，也有回溯段落。在正式的夫妻重会之前，剧作家高明特意让北上寻夫的赵五娘在洛阳城弥陀寺唱了一段《劝世曲》。这支兼具回溯和教化功能的"养子歌"，居然与两个"风（疯）子"的插科打诨结合，形成了一种特殊的戏剧效果——当然，歌唱本身是对蔡伯喈"不

---

① （清）吴伟业《吴梅村全集》，李学颖集评标校，上海古籍出版社1990年版，第1338—1340页。

孝"之举的讽刺：

> （旦白）凡人养子，怀抱最艰辛。欲语未能行未得，此际苦双亲。（介）
>
> （唱）〔前腔〕凡人养子，最是十月怀胎苦，更三年劳役抱负。休言他受湿推干，万千劳事。真个千般爱惜，千般爱护。儿有些不安，父母忧惶无措。直待他可了，可了欢忻似初。（净、丑白）弹得好！是好！（末）真个。（净、丑）钱那里不使？那里不用？与你一领好袄子。（介）（旦）儿渐长，父母渐欢忻。教语教行并教礼，一意望成人。
>
> （唱）〔前腔〕儿行几步，父母欢相顾，渐能言能出路。指望饮食羹汤，自朝及暮。悬悬望他，知他几度？为择良师，又怕孩儿愚鲁。略得他长俊，可便欢忻赏赐。（净、丑白）弹得好！（末）是好。（净、丑白）钱那里不用？那里不使？再与你一领好袄子。（介）（末）这两个是疯子。（净、丑）你再弹。（旦）勤教导，暮史及朝经，愿得荣亲并耀祖，一举便成名。（唱）
>
> 〔前腔〕朝经暮史，教子勤诗赋，为春闱催教赴。指望他耀祖荣亲，改换门户。悬悬望他，望他腰金衣紫。儿在程途，又怕餐风宿露。求神问卜，把归期暗数。（净、丑）弹得好！弹得好！钱那里不用？那里不使？再把一领袄子与你。（末白）原来里面都是破衣裳。我且问你：官人，你袄子都脱了，身上寒，什么意思？（净、丑）寒也自寒，不可坏了我局面。咱每这般人使钞惯，怕什么寒？再唱。（末）且看他这番把什么与他。（旦）儿在路，须是早回程。五（忤）逆儿男和孝子，报应甚分明。
>
> （唱）〔前腔〕儿还念父母，及早归乡土，念慈乌亦能反哺。莫学我的儿夫，把双亲耽误。常言养子，养子方知父慈。算五（忤）逆儿男，和孝顺爹娘之子，若无报应，果是乾坤有私。①

这四支〔前腔〕取材于蔡伯喈父母死难瞑目的悲剧情节，唱词中不直接提及蔡伯喈的名字，似乎表达出对他的不满，使曲子具有了更广泛的社会意义和感情色彩。这段唱腔的"回溯"不以求证和揭发为主要目的，所以细节不算多，类似"莫学我的儿夫，把双亲耽误""若无报应，果是乾坤有私"这样的

---

① 王季思主编《全元戏曲》（第十卷），人民文学出版社 1990 年版，第 241—242 页。

情感抒发，更加劝谕有力，同时贴合了戏曲的抒情表意功能。

　　这样的创作思路启发了《俄狄浦斯王》的跨文化戏曲改编，尤其是对其中回溯部分的艺术处理。戏曲改编本对那段痛苦往事的回溯，不是为了讲清楚事实，也不再以"揭秘"为目的，而在于表达情感。无论是王后回溯当年抛弃骨肉的过程，还是俄狄浦斯王讲述自己逃亡以躲避预言的心路历程，在回溯的场景、道具、演唱方式和表演方式上，都要尽可能的戏曲化。总之，"回溯"要成为一个催动热血的精神场面，而不仅仅是为了让观众看到一个冷冰冰的真相，戏曲观众永远关注的是情绪、情感和情怀。

《美狄亚》《安提戈涅》《俄瑞斯忒亚》戏曲改编刍议

【德育思考与要点提示】

古希腊悲剧的跨文化改编更强调对女性情感与伦理生活的挖掘,更加突出抒情美学与戏剧美学在悲剧中的重要价值,体现了东方艺术独特的精神内涵。

本文以《美狄亚》《安提戈涅》《俄瑞斯忒亚》这几部古希腊悲剧的跨文化戏曲改编为研究对象,重点讨论了剧中重大伦理矛盾的改编思路、戏曲场面的创造以及悲喜杂糅的格调处理。

我国对古希腊文学戏剧的翻译研究起步于 20 世纪初,早在 1917 年周作人就撰写了《希腊文学史讲义》,之后他又陆续翻译了古希腊喜剧《财神》(阿里斯托芬著)、《希腊神话》、《伊索寓言》(全译本),古希腊悲剧《欧里庇得斯悲剧集》(与罗念生合译)等。1926 年,杨晦完整地翻译了《被幽囚的普罗密修士》(埃斯库罗斯著)。另外,赵家璧、石璞、陈国华、叶君健等人也都有过翻译作品。此后,罗念生成为从事古希腊文学戏剧研究的集大成者。他在 20 世纪三四十年代对古希腊戏剧的介绍和翻译作品,不仅数量最多,而且影响最大。1933 年前,他翻译出版了欧里庇得斯的《伊菲革涅亚在陶洛人里》(欧里庇得斯著);1934 年归国后,他又相继翻译了索福克勒斯的《俄狄浦斯王》(1936)、《波斯人》(1936),阿里斯托芬的《云》(1938),欧里庇得斯的《美狄亚》(1940)、《阿尔刻提斯》(1943)、《特洛亚妇女》(1944),以及埃斯库罗斯的《普罗米修斯》(1947)。

罗念生的儿子罗锦鳞在戏剧导演领域传承并延续了父亲开创的古希腊文学

事业。罗锦鳞出生于1937年,毕业于中央戏剧学院导演系,20世纪80年代以来,他一共执导了7部古希腊戏剧作品,其中既有话剧《俄狄浦斯王》《安提戈涅》《地母节妇女》《特洛亚妇女》,也有跨文化戏曲改编之作——河北梆子《美狄亚》(三个版本)、河北梆子《忒拜城》以及评剧《城邦恩仇》。罗锦鳞的这些艺术实践尤其用地方戏形式改编的作品,既表明了他努力地、系列化地、系统地对古希腊戏剧探索实践的决心,也体现了他想进一步找到能够促进古希腊戏剧在中国更为广泛传播、更为深入影响的路径与方法。

一、《美狄亚》的河北梆子改编

2002年12月20日,北京市文化局、北京市艺术研究所、北京市河北梆子剧团联合召开了河北梆子《美狄亚》研讨会,其主题是对过去几十年来罗锦鳞指导的河北梆子《美狄亚》的成功经验做总结。会上,罗锦鳞首先介绍了古希腊悲剧与中国戏曲结合的过程。他说:"最初建议用中国民族的艺术形式排演古希腊悲剧是国外戏剧界同行。"因此,他先后在1989年、1995年分别两次与河北梆子剧团合作。直到2002年,通过与北京市河北梆子剧团合作,完成了这个剧的最终版本。这三个版本均由姬君超编剧,罗锦鳞亲自导演。其中,前两版由青年演员彭蕙蘅饰美狄亚,后一版由著名艺术家刘玉玲饰美狄亚。

  两位女主演的表演也有不同侧重,彭蕙蘅由于年轻矫捷,武功底子厚实,偏重于表现美狄亚性格中的凌厉凄美和强烈的复仇主义;年龄偏大的刘玉玲则扬长避短,从"情"字上下功夫,诠释了美狄亚既是钟情的天使,又是被无情厄运摧残与扭曲的悲剧性格。戏剧行家赞赏刘玉玲在"情变""杀子"两场戏中刻画人物性格的深厚功力,以及创新性地把河南豫剧、川剧板腔和西方歌剧中的咏叹调糅入梆子声腔中对传统梆子唱腔框架的突破。[①]

[①] 陈戎女《古希腊悲剧跨文化戏剧实践的历史及其意义——以中国戏曲改编和搬演为中心》,载于《中国文化研究》2018年第2期"夏之卷",第173页。

两位艺术家出色的人物塑造能力不仅得到了业界人士广泛的认可,且凭借本戏青年演员彭蕙蘅获得了第十三届中国戏剧"梅花奖",刘玉玲摘下了"二度梅"的桂冠。

古希腊悲剧《美狄亚》讲述的是科尔喀斯国公主美狄亚爱上了青年英雄伊阿宋,为此她背叛父兄,盗走国宝"金羊毛",逃到了科任托斯国。几年后,伊阿宋为了和科任托斯国公主结婚,狠心地抛弃了美狄亚。美狄亚面临失去丈夫、被逐出境的命运。绝望中的她不仅杀死了科任托斯国公主和国王,还杀死了自己和伊阿宋的孩子,以此来报复变心的丈夫。最后,美狄亚乘车逃走。

在欧里庇得斯的悲剧中,美狄亚的"复仇者"形象大于其"受害者"的形象:一方面美狄亚对待仇人的反击十分凶狠,不顾一切地置对方于死地,甚至连自己的亲生骨肉也不放过;另一方面原剧对美狄亚的"复仇"行动表现得比较完整,但对其作为受害者的受害过程描写得不够充分——剧情集中在她被丈夫抛弃后,但是有关她和父兄亲情断绝的方面只是前史和背景,观众一无所知。罗锦麟显然意识到了构建一个完整的情感故事,对于戏曲改编的重要意义——"补述"他们的情感史,有利于观众对主人公受屈辱与被伤害的经历有一个更加全面的认识和体会:

> 为了使中国观众能看懂剧情,为了增加剧本的可视性和动作性,我们决定,在原剧的基础上,增加两场戏:第一场是"取宝定情",表现美狄亚和伊阿宋相会定情,美狄亚帮助伊阿宋冒险夺取"金羊毛",此场故事取材于希腊神话《金羊毛》。第二场是"复仇煮羊",表现伊阿宋回宫向杀父篡权的叔叔复仇,不幸被缚,美狄亚用魔法,铜锅煮羊,救出伊阿宋。第三场进入原剧。原剧最后一场,天神驾神车接走了美狄亚,我们去掉了这个情节而增加了伊阿宋逃出火宫,见到了被美狄亚杀死的两个爱子,强化了对伊阿宋为贪荣华、王权而背叛爱情的惩罚。①

河北梆子《美狄亚》共五场戏,包括"取宝""煮羊""离家""情变""杀子"。前两场是改编者考虑到中国观众对古希腊神话缺乏基本的了解而增加补充的内容,是对美狄亚与伊阿宋爱情的完整叙述。从第三场开始,进入原作。

---

① 罗锦麟《用中国传统戏曲表演古希腊悲剧》,载于《大舞台》1995年第4期,第50页。

这样改编的好处在于，不仅使人物的行动和心理变化过程展现得更加完整，也有利于调动戏曲丰富的艺术手段，使"戏"更好看。

第一场"取宝"，讲述了二人历险的过程，如闯暗礁、越险山、斗火龙、取羊毛等，富有传奇性。其中的"红绸舞"不仅表现出美狄亚的舞姿与神力，也表现出波涛汹涌的危境。第二场"煮羊"，讲述了伊阿宋闯宫报仇，"双方在打斗的过程中，配合有紧凑、快速的打击乐，开打前的'急急风''跑圆场''夺枪'，都使得整个舞台展现出气势磅礴的恢宏场面"。①

以上新加的两场戏，其核心目的在于刻画人物，尤其是使主人公的整体行为有了更加充分的逻辑依据——后半部分美狄亚的行为有多疯狂，前半部分她的情感经历就要有多复杂，要传达给观众这样一个感觉，即美狄亚的被抛弃与其他女人的被抛弃是有区别的，这个差异之处与她和伊阿宋的爱情密不可分——这段爱情给美狄亚带来的根本改变是，她不得不背叛自己的亲人和祖国，由公主变成叛国者——她帮助"外国人"盗走了自己国家的宝贝，正因为如此，她不得不与亲人决裂，甚至不惜一切害死他们。因此，最后美狄亚与伊阿宋的私奔，不是一走了之，而是负罪逃亡。在火爆的"盗宝戏"与"炽热的爱情戏"背后，其实是一个女人为了爱情而付出的绝对没有退路的牺牲。

有专家认为，美狄亚这个人物类似中国的"秦香莲"，而伊阿宋对应的人物便是"陈世美"。如果简单地从夫妻关系的表面冲突来看，他们确实有相似性，即男方一心想要摆脱眼前的困境，但在得到皇家公主的垂青后，又不顾一切地抛弃她，这就必然引起原配的强烈不满。但是美狄亚与秦香莲二人的差异很大，不仅仅是身份和性格的差异，其更大的差异在于她们实现正义的方式不同——在戏曲中复仇只针对坏人，可是古希腊悲剧却把复仇扩展到了无辜的人身上——美狄亚最后通过"杀子"来实现对伊阿宋的报复。这对观众来说是一个巨大的伦理挑战，必将深刻地影响他们对女主人公的态度和接受能力。

戏曲评论家王安葵说："对美狄亚的杀子行为要进行中国观众易于理解和能够接受的解释。"戏剧理论家马也认为："本剧的核心是美狄亚亲手杀了与伊阿宋所生的亲生儿子，是美狄亚'骇人听闻的犯罪'。因此，形成美狄亚与伊阿宋关系的支撑点不应该改，美狄亚杀子前的心理矛盾不应该改，美狄亚为伊

---

① 刘荣荣《古希腊戏剧在中国的接受研究——以罗锦鳞执导移植的古希腊戏剧为例》，山西师范大学2018年硕士学位论文。

阿宋做出的巨大牺牲不应该改，给美狄亚杀子以'合理性'。而改编者恰恰改掉了这些，使后来'骇人听闻的犯罪'没有了铺垫，本来就很难让人接受的情节更加无法接受。"①

所以，"杀子"行为如果处理得不好，不仅会使戏曲观众的观感大打折扣，更会使人物的性格发生断裂：

> 美狄亚的性格发展趋向大体可归结为这样一个过程，即"纯情少女—贤良妻子—慈爱母亲—杀子巫女"的演变。其性格发展前三场具有一致性、连续性，这与后两场性格的突变形成断裂层面……然而，毕竟美狄亚这种性格、心理的裂变是为中国伦理所不容的，于是，《美狄亚》的创作者们在情节接续、美狄亚的个性特征发展中，始终隐喻了其敢作敢为、敢恨敢爱的品性，这种品性渗透了她的每一个感情段。②

在古希腊"男尊女卑"的家庭观念中有这样一个很特别的认识，就是大家普遍认为儿子是"父亲的儿子"，母亲只是生育这个儿子的工具。所以美狄亚不是作为母亲杀死了"自己的孩子"，而是作为被抛弃的女人杀死了"仇人的儿子"。如果从这个角度出发，或许可以解释2500年前古希腊观众看待此剧相对释然的态度。可是在历史背景不同、时代观念存在巨大差异的中国，美狄亚肯定是要面对"母亲"这个具有普遍意义的身份的。所以，为了让"杀子"行为显得合理可信，改编者一定要想办法在舞台叙事和外在表现上找到可以让普通观众接受它的依据，找到一个相对符合情感逻辑与美学逻辑的解释。

另外，虽然美狄亚不像秦香莲那样温柔，但在传统戏中仍有不少性格有力量，通过"复仇"行动来寻求正义的女性形象可以借鉴，如《情探》中的敫桂英，《红梅记》中的李慧娘，等等。所以，这个戏只要讲清楚美狄亚为伊阿宋做出的巨大牺牲，讲清楚伊阿宋和科任托斯国公主对她的冷酷无情，就可以引起观众对主人公的同情和认可。

（欧里丕得斯）他把美狄亚和伊阿宋之间十多年的恩怨集中到两个小

---

① 他山整理《〈美狄亚〉演出成功与艺术价值——北京河北梆子剧团〈美狄亚〉研讨会综述》，载于《戏曲艺术》2003年第1期。
② 孙志英《试论河北梆子〈美狄亚〉的舞台思维》，载于《大舞台》1995年第3期，第33页。

时里来解决，于是观众就只能看到她复仇的计谋和行动：先是对国王克瑞翁装可怜，骗得时间好下手；再是诱伊阿宋让孩子去给新娘送衣服，让衣服烧死她；最后就亲手杀死孩子。但是在这以前，美狄亚这么多年来为伊阿宋所做的好事——也就是她为什么要复仇的原因——观众一点也看不到。虽然那些前史也在角色的嘴里说了出来，但对于观众来说，听见的总不如看见的来得印象深刻。①

全剧另一个十分重要的改编就是重构美狄亚的"杀子"过程，而不是"杀子"的目的，为美狄亚的"杀子"行为找到情感和逻辑依据。比如，当年帮助爱人盗宝以后，她犯下了叛国罪，甚至害死了自己的父亲和哥哥，这使她常年处于痛苦的自责中。再如美狄亚敏感多疑的性格，使她心中潜伏的"幻觉"（舞台上可以是一个具体的人物，类似川剧《欲海狂潮》里的"欲望女巫"或《麦克白》里的"女巫"）不断地勾引她的欲望，趁机给她"献计"，引她报复，从而将她真正地引向"杀子"之路。通过对这个过程不断深化、细化，使美狄亚的"杀子"责任进一步分化。正是因为在整个"杀子"过程中不断有这样或那样的人物、意象参与其中，所以在巨大的情感旋涡形成以后，美狄亚自己无法控制——哪怕她要反抗，也必然失败。只有建构这样一个扎实的"杀子"场面，才能保证这个戏的基本走向，让观众因为"杀子"行为所造成的心理伤害降到最低。总之，"杀子"应该是一个内外部行动充实、感受复杂的过程，或许这样一个精神恍惚、被邪恶的幽灵摆布，在失控的行为中反抗自己潜藏的杀人动机的美狄亚，才是最具震撼人心力量的女性形象。

由此可见，跨文化戏曲改编不仅可以丰富已有的剧目，促进中外文化的交流，更可以实现艺术上的脱胎换骨，在一种更高级的对话中产生"1+1＞2"的魅力。

二、《安提戈涅》的河北梆子与高甲戏改编

2008年8月，北京市河北梆子剧团在长安大戏院上演了由罗锦鳞执导的又一部跨文化戏曲作品《忒拜城》。此戏后来参加了第十一届古希腊戏剧节、

---

① 孙惠柱《谁的蝴蝶夫人——戏剧冲突与文明冲突》，商务印书馆2006年版，第49页。

第九届中日韩 BEETO 戏剧节和第十届拉丁美洲国际戏剧节。《忒拜城》取材自多部作品，分别是《俄狄浦斯在科洛诺斯》《七将攻忒拜》和《安提戈涅》，但故事基本以索福克勒斯的《安提戈涅》为主体，讲述了城邦公主安提戈涅背负家族使命，付出了生命的故事。该故事具体讲述的是底比斯国王俄狄浦斯发现了自己弑父娶母的罪过后自我放逐，由他的妻兄（舅舅）克瑞翁当上了国王。俄狄浦斯有两个儿子，其中的一个儿子波吕涅刻斯勾结外邦讨伐底比斯，而另一个儿子埃忒奥克勒斯誓死保卫城邦，两人在战场上成为仇敌，最终双双战死。战后，克瑞翁给埃忒奥克勒斯举办了盛大的葬礼，却不肯安葬"叛国者"波吕涅刻斯，并下令说谁敢埋葬他就会被处死。但这是安蒂戈涅（俄狄浦斯王的女儿）所不能接受的，她不顾一切地以遵循"天条"为由埋葬了哥哥。克瑞翁也不顾安蒂戈涅"准儿媳"的身份，下令处死她。最后，安蒂戈涅和海蒙（克瑞翁的儿子）以及欧氏（克瑞翁的妻子）相继自杀。

河北梆子《忒拜城》的编剧是著名剧作家郭启宏。后来，他在第一版的基础上将这个戏改编成高甲戏《安蒂公主》，不仅保留了河北梆子的精华，同时丰富了戏剧场面。因此，我们以这两个戏为例来讨论跨文化戏曲改编的思路和方法。

首先，高甲戏《安蒂公主》弱化了原剧的神秘主义色彩与宗教气息，更加注重伦理叙事和情感叙事。古希腊悲剧的神秘主义色彩浓厚，这与其宗教性的起源有关，而中国戏曲起源于市民文化、商业文化相对发达的宋元时期，因此更加倾向于世态人情的表达。戏曲理论家陈多先生说："戏曲长于'直取心肝'，表达人们的情感和内心状态；而拙于描绘行动细节和叙事；以'妙在人情''动人以情'为艺术特征。"①

《安蒂公主》改变了原剧突出表达的内容，即"是否要遵从神律"，把重点放在了手足之情、恋人之情的表现上。在这个过程中，安蒂与两个哥哥（称为执政王与流亡王）之间，有充分地表现"兄妹情"的场面。

执政王　（挥戈高呼）杀！（率众人下）
　　　　〔流亡王率兵上，一色的白盔、白甲、白枪、白盾，一派肃杀之气。

---

① 陈多《戏曲美学》，四川人民出版社 2001 年版，第 189 页。

流亡王　（念）还我城邦，夺伊权杖，

　　　　　　赌一把贼寇君王！

　　　　〔执政王率将士上，一色的金盔、金甲、金枪、金盾。沉闷的号角声响起，两军行阵，戈矛往复。安蒂缓缓行来，高贵而肃穆，一无惧色穿行于阵列之中。

二　　王　（惊呼）大妹！不要过来！

安　　蒂　（径行孤往）兄长！

　　　　　（唱）劝兄长罢兵戎家宴重开！

二　　王　（讪讪地）笑话！

安　　蒂　（唱）扪心问，毁了邦国谁能开怀？

　　　　　想一想啊，故园温馨犹然在，

　　　　　儿时的记忆、成长的风采、高耸的廊柱、侵阶的青苔！

　　　　〔忽然间隐隐传来童声二重唱《好辰光》：

　　　　　小溪潺潺响，

　　　　　朝露迎初阳。

　　　　　水车、染坊、打谷场，

　　　　　小丘、田埂、山坡羊。

　　　　　四时皆清爽，

　　　　　童年好辰光！

　　　　〔在歌声中兄妹三人时而神往，时而怅惘……一曲歌终。

流亡王　（猛然狂喊）宁可战死，决不放弃！不是君王立城头，就是贼寇暴荒野！杀！

　　　　〔战鼓声大作，三军呼喊。安蒂被围在核心。正危急，海蒙策马奔来，救出安蒂。两军开打，杀声震天，鼓笳齐响，盔甲交辉。……

　　　　〔二人各自挥手，两边将士退下。二人开打。二人同时中剑倒地，奄奄一息。

执政王　（拼力喊出）哥哥！

流亡王　（同样喊出）弟弟！

二　王　（同时）我爱你！（气绝身亡）①

兄弟二人在即将死去时，均心生悔意，这时对于亲情修复的渴望成为全剧的主旋律。这是改编本新加的内容，且剧中还有多个地方表现出相似的主题。比如最后安蒂死去，王后欧氏为安蒂和海蒙合办了"冥婚"，这个场面也是亲情修复的证明：

〔鼓乐声作。众精灵取出婚纱和鲜花等物，为死者装扮起来。流亡王与执政王轿抬着安蒂，递给海蒙马鞭。一个仪式化的冥婚典礼进行着……
〔幕后伴唱：天神主婚三界贺，
　　　　　婆婆高唱洞房歌！
　　　　　打破玉笼开金锁，
　　　　　度尽劫波浴爱河！
　　　……
〔冥婚行列继续欢乐行进，安蒂和海蒙，流亡王和执政王，还有欧氏等亡灵过场，时而单行，时而双至，时而混编，时而逆向……仿佛为大将军的咏叹调伴舞。②

这一点在河北梆子《忒拜城》第三场"冥婚"中也有所体现，甚至这场戏是安蒂与海蒙之间情人之恋的升华：

〔升光。
〔安提戈涅独坐闺房。
安　　　呀！
　　　（唱）一荣一辱别霄壤，
　　　　　败者为寇胜者王……
　　　　　不，不！

---

① 郭启宏《郭启宏文集戏剧编》（卷五），文化艺术出版社2006年版，第543页。
② 同上，第541—543页。

依我看血亲伟力胜权杖，

天地为之常低昂！

（一阵倦意袭来，睡介）

〔海蒙头戴常春藤花冠，手举十八枝玫瑰，踏着太空步走来。

海　蒙　（柔声呼唤）安蒂！安蒂！我的爱人！

安　　　（发现海蒙，欣喜）海蒙！我的诗人！（指玫瑰）这是……

海　蒙　你忘了么？今天是你的生日！（献上玫瑰，又给安蒂戴上花冠）安蒂！

（唱）十八枝玫瑰十八年的爱，

常春藤的花冠戴起来！

美丽无须假粉黛，

诗人的手啊胜似梳妆台！（忘情地欣赏起来）

安　　　（羞涩）海蒙！你真好！（不由自主挽起海蒙的手）

海　蒙　（拉着安提戈涅）我的未婚妻，那边是婚床，跟我来！

（唱）我和你，

少男少女，

青春风采……

安　　　（半推半就）海蒙！不要……

海　蒙　（唱）玫瑰，玫瑰，为谁开？（抱起安蒂戈涅，向内走去）

〔手杖的"笃笃"声。俄狄浦斯内声："安蒂戈涅！"上。

安　　　（闻声一惊）快走！

海　蒙　（一耸肩膀）老爷子来了，赶紧溜！（悄然逸去）

俄狄浦斯　女儿呀！（唱）

你怎能一心思男欢女爱？

你忘了兄长们裸露的尸骸！①

第三场"冥婚"也被认为是河北梆子《忒拜城》里最具代表性的场面之一："在舞台演出方面，《忒》剧的成功之处在于结局用'冥婚'的方式进行演绎。罗锦鳞在对历史的回溯中，用传统鬼戏中的冥婚形式，赋予了作品大团圆的结

---

① 郭启宏《郭启宏文集戏剧编》（卷五），文化艺术出版社2006年版，第381—382页。

局。……演员在演出这一幕时,灯光师将红色灯光调到最亮,在舞台灯光的照射下,营造出一种喜庆的氛围。……罗锦鳞充分运用歌舞化的叙事手法,化用程式化技巧,将作品中的悲剧倾向消解在对新时代的期盼中,表现了自身独特的自我创新精神。"①

其次,郭启宏在"爱情"和"亲情"两种叙事取向上,有一定的偏向。河北梆子《忒拜城》倾向于爱情叙事,《安蒂公主》则更多的倾向于亲情叙事,爱情似乎被有意弱化了。比如,安蒂公主被困于牢室石窟准备自尽,她在"幻觉"中先后见到了哥哥波吕涅刻斯的幽灵、海蒙以及王后欧氏,他们依次与安蒂告别。令人有些意外的是,这场戏中安蒂与海蒙这对情人之间的互动似乎并不突出,没有特别地触动观众的情感:

〔"安蒂!"流亡王呼唤;"安蒂!"海蒙呼唤;"安蒂!"欧氏呼唤。俱若隐若现。

流亡王　妹妹!你有怨恨么?

安　蒂　我的哥哥!

（唱）你一死害苦了活着的我,
　　　你毕竟向故国动武挥戈!
　　　我天生向往光和热,
　　　葬遗体,慰孤魂,成就我扑火小飞蛾!

〔流亡王叹息一声走开。

海　蒙　我的爱人!你有遗憾么?

安　蒂　我的诗人!

（唱）我无憾,我是天顶花一朵,
　　　万里长空,彩云为我舞婆娑!
　　　我有憾,我不曾享受婚床的快乐,
　　　更无缘摇篮边低唱育儿歌!

〔海蒙颓然后退。

欧　氏　我未婚的儿媳,你有欢乐么?

---

① 刘荣荣《古希腊戏剧在中国的接受研究——以罗锦鳞执导移植的古希腊戏剧为例》,山西师范大学 2018 年硕士学位论文,第 73 页。

安　蒂　感谢天神！
　　　（唱）天地间四时皆春色，
　　　　　　我懂得了爱，珍惜着生活。
欧　氏　欢乐加上遗憾，才是完整的人生！
安　蒂　谢谢！
　　　（唱）只事耕耘，不问收获，
　　　　　　无论丰腴，还是瘠薄。
　　　　　　无语的神灵在祭坛端坐，
　　　　　　完美的辍笔是作品的解脱。
　　　　　　保持了女人最终的沉默，
　　　　　　携一缕余音归天国！
　　　〔绰绰人影从安蒂的意识流中消失。安蒂梳妆打扮着，向舞台深处走去……①

显然，在惜别的场面中"亲情"比"爱情"表现得更加突出。一般来说，戏曲擅长塑造女性形象，尤其是恋爱中的女性。那么，为什么安蒂与海蒙的"爱情戏"反而在戏曲中不突出了呢？这是否因为受到原剧的影响呢？古希腊悲剧《安提戈涅》中，安提戈涅最突出且最重要的行动就是对国王克瑞翁的反抗——她坚持要按照"神的法则"埋葬死者，克瑞翁则从维护社会秩序的角度，要求惩罚叛国者。显然，安提戈涅是人伦亲情的维护者和强权的反抗者，她身上的"斗士"色彩多多少少地掩盖了其他较为女性化的色彩和行动。这一点被高甲戏《安蒂公主》继承下来：

大将军　我的外甥女！告诉我，你知道禁葬令吗？
安　蒂　知道。
大将军　你敢违抗法令？
安　蒂　敢。
大将军　（愕然）为什么？
安　蒂　因为宣布法令的不是天神，是凡人！

---

① 郭启宏《郭启宏文集戏剧编》（卷五），文化艺术出版社2006年版，第565—566页。

　　　　（唱）此处凡间非天上！
大将军　（唱）这位凡人是国王！
安　蒂　（唱）天神的律条胜王杖，
　　　　　　　君主如流水，永恒是穹苍！
大将军　（唱）片时水能覆舟形同反掌，
　　　　　　　生杀权一人揽，匹夫志夺全邦！
安　蒂　（唱）话语权也一并君王豢养，
　　　　　　　天下无非独言堂！①

这里安蒂与大将军的冲突，就是这种斗士色彩的延续。斗士色彩确实是安蒂身上与众不同的气质，这可能来自原剧中宗教与世俗对抗的主题。但也不可否认的是，这在戏曲化的改编中导致了这个女性爱情形象的弱化以及爱情场面的单薄。

再次，喜闹剧场面的设置也是戏曲化改编的一个重要方面，河北梆子《忒拜城》和高甲戏《安蒂公主》中都加入了不少以这种风格为主的"游戏化"场面。请看《安蒂公主》第三场守兵向大将军报告情况的场面，就充满了喜剧效果：

　　　　〔锣经"急急风"。"主上！主上……"大头兵"串小翻"上。
大将军　（转过身来，和颜悦色）这是宫廷，不可以大声喧嚷。
　　　　〔大头兵翻一跟斗，跪下。
大头兵　禀告……主上！大，大……大事不好！
大将军　怎么啦？我的王室亲兵！是天塌了下来，还是你尿了裤子？
大头兵　没，没尿裤子！就是有点水汁汁……
大将军　勇敢的人永远言简意赅，懦弱的人常常语无伦次！
　　　　……
大将军　（震怒）哪个汉子胆敢违抗王命？
大头兵　（偷着乐）我要知道哪个汉子干的，就 Very good！
大将军　难道连蛛丝马迹都没有吗？

---

① 郭启宏《郭启宏文集戏剧编》（卷五），文化艺术出版社 2006 年版，第 554—555 页。

大头兵　（一个"鹞子翻身"，念快板）

　　　　没有鹤嘴锄，

　　　　不见双齿铲，

　　　　知他怎么翻？

　　　　没有车轮过，

　　　　不见马蹄现，

　　　　知他怎么瞒？

大将军　你当真不知道？

大头兵　主上，我开始勇敢了，言简意赅，就三个字——不知道！

大将军　混账！（盯着对方）我看得出来，是你、你们干的！你们曾经是从前王室的亲兵，一定是受到金钱的收买！金钱，金钱，肮脏的金钱！

大头兵　（一听，望海蒙，翻白眼）王子救我……（"摔僵尸"）

大将军　起来！

　　　　〔大头兵一个"鲤鱼打挺"，站了起来。

大头兵　（颓丧地）主上，我尿裤子了！①

各种夸张的行动、语言穿插进这场本来是严肃的冲突中，使令人紧张的一场戏松弛下来，更具"歌舞化"的视听效果。沿着这个方向，《安蒂公主》确实开创了不少类似的"新场面"——它们都非常"好看"，也非常"热闹"。比如，开场的"兄弟厮杀"场面，结尾的"冥婚游行"场面。

这些新开创的场面，大致又可分为"仪式性"场面和"舞蹈性"场面。而这种场面的创造，在河北梆子《忒拜城》中也有。请看第四场对埃忒奥克勒斯（即执政王）进行国葬，就是一场集体的"巫之舞"，仪式感很强：

　　　　〔幕后男声伴唱：

　　　　烛光，泪光，星光点点，

　　　　谁挽银河落人间？

　　　　欢乐，悲伤，轮回转换，

---

① 郭启宏《郭启宏文集戏剧编》（卷五），文化艺术出版社2006年版，第548—549页。

我送英雄上九天！

〔一长列白色的送葬队伍，擎着一支支白蜡烛，正忧伤地络绎而行。其间，有新国王克瑞翁，执王杖行在前头；有安提戈涅和伊斯墨涅姐妹，泪光莹莹……

〔送葬队伍渐渐远去……

……

〔送葬队伍行来，队列前多了一个巫师。队伍立定，由动态转为静态，却由巫师在原地作法，众人随之舞蹈，复归动态。

〔幕后男声伴唱《安魂曲》：

天苍苍兮野茫茫，

魂魄飘摇兮向何方？

向东方，东方黑如漆，

向西方，西方冷如霜，

向南方，南方腥如血，

向北方，北方狠如狼。

天苍苍，野茫茫，魂兮何往？

向着玄黄，向着洪荒，向着悲壮，向着昂扬！

〔暗转。又现月光下的头盔，又闻鸟啼犬吠，却忽然飞沙走石，地暗天昏，似乎由静态转为动态。[①]

第六场，安提戈涅埋葬曝尸的兄长，也是歌舞化的场面：

安　　（唱《大招》）

凝云滞雨一笼罩，

以太充盈静悄悄。

几曾见栎树枝头精灵鸟，

用哀歌应和着我的悲号！

脱去蒙面纱，抡起鹤嘴镐，

（掘地，捧土）

---

① 郭启宏《郭启宏文集戏剧编》（卷五），文化艺术出版社 2006 年版，第 386—388 页。

　　　　　解下押发圈，敞开亚麻袍。
　　　　　（以袍盛土，撒向头盔）
　　　　　给死者当一个悲哀的先导，
　　　　　顾不得少女的羞涩、双颊的红潮！
　　　　　（泼洒橄榄油）
　　　　　橄榄油清洁了阿兄仪表，
　　　　　像当年披一袭白色长袍……
　　　　〔为众精灵包围着的波吕涅刻斯渐渐浮现，自歌自唱。
波　　（唱）那时节健壮的肌肉堪自傲，
　　　　　　曾记否？竞技场上压锦标！
安　　（用水壶倾水祭奠，望东天）哥哥！
　　　　（唱）水和蜜相交融两倾三倒，
　　　　　　愿阿兄莫忘却血亲同胞！
波　　（作啜饮状，作遐思状，唱）
　　　　　曾记得堂皇的神殿、弯曲的街道，
　　　　　王宫里流泉涌玉艳阳高！
安　　（又取出金币和面饼，一一作交代）哥哥呀！
　　　　（唱）渡冥河谢艄公金币酬报，
　　　　　　遇冥犬送面饼切莫动刀。
　　　　　　阿兄的坟茔阿妹造，
　　　　　　原谅我寸土未能气势豪！
　　　　（不由泪下）
　　　　哥哥呀！（跪地祷告）
　　　　〔波吕涅刻斯欲言不得，掩面而泣，为众精灵簇拥着，隐下。①

　　从《忒拜城》和《安蒂公主》这两个戏的亲情叙事、喜剧元素的运用以及场面的创造等方面可以看出，跨文化戏曲改编要尽可能地想办法调动戏曲的表演手段，以戏曲审美为主体进行创造性转化与创新性发展。

---

① 郭启宏《郭启宏文集戏剧编》（卷五），文化艺术出版社2006年版，第397—399页。

三、《俄瑞斯忒亚》的评剧改编

评剧《城邦恩仇》于 2014 年 6 月创排，是评剧史上改编西方经典、演绎古希腊名剧的首次尝试，仍是郭启宏编剧、罗锦鳞导演。

与河北梆子高亢激昂，擅长表现宏大、火爆的场面和落差巨大的情感不同，评剧哀婉深沉，擅长表达以哲思与抒情性见长的题材，使编导选取了古希腊悲剧的另一个题材。

《城邦恩仇》改编自"悲剧之父"埃斯库罗斯创作的《俄瑞斯忒亚》。这是一部三联剧，分别为《阿伽门农》《奠酒人》《报仇神》，讲述了一个家族成员间彼此仇杀的悲惨故事。古希腊迈锡尼国王阿伽门农战争归来，被妻子克吕特墨斯特拉与情夫埃勾斯联手杀死。他的儿子俄瑞斯忒亚在姐姐的要求和催逼下，追杀叔父和母亲。他的弑母行为触怒了天神，但最后在雅典娜的主持下，天神宽恕了他。

评剧《城邦恩仇》共有"火""血""奠""鸩""审"五幕，以杀夫、弑母、审判为主要线索，基本保留了单线叙事模式。导演在改编剧本时强调，这个故事里亲人之间的"循环仇杀"需要被化解，而消灭仇恨的最好方法就是"爱"。在演出形式上，评剧追求"杂糅"的艺术效果，在一定程度上削弱了剧种应有的色彩。

> 总导演罗锦鳞向本社记者解释说，"唱"以评剧为主，着力表现评剧各个流派的艺术魅力；"念"则学习希腊戏剧的表现风格，尽量靠近欧洲人的生活习惯；"做"借鉴歌剧表演的肢体语汇，同时加入中国戏曲的锣鼓经；"打"则尊崇中国戏曲的"毯子功"和"把子功"。[1]

故事开场，王子欧瑞思（俄瑞斯忒亚）闻知父亲阿伽门农突然死亡，遂化装改扮回国。在父亲墓前祭奠时，王子遇见姐姐艾珞珂。艾珞珂要求弟弟"一剑了结恩仇账，血债今朝血来偿"，但欧瑞思不愿杀死前来祭拜父王的母亲，姐姐怒斥他忘记了杀父之仇。在姐姐的言语激怒下，欧瑞思"指天拔剑奔家邦"，下了"报仇"的决心。欧瑞思赶到王宫，要求母亲柯绿黛（克吕特墨斯

---

[1] 曾袁媛《古希腊悲剧遇上中国评剧》，《民主与法制时报》2014 年 6 月 23 日，第 45 期。

特拉）自鸩，但其实他只想毒死叔父。没想到，性格刚强的母亲选择了有毒的雄杯酒。显然，编导是想减轻儿子身上"弑母"的罪责，使之更符合戏曲伦理叙事的要求：

> 作品中阿伽王的无辜死亡，给了王子杀死母亲的合理理由。然而，母子之间的血脉联系，又让这层关系变得复杂。导演从人性的角度解剖作品，在细节上做了略微的调整，将故意杀害变成了误杀，使得剧情更为流畅自然。①
>
> 从独立杀人到误杀，二者都强调了俄瑞忒亚在杀母过程中表现出的复杂情感，……从古希腊人的命运观来看，罗锦鳞导演从中国传统伦理道德出发，选用"误杀"一节，在一定程度上弱化了仇杀的悲剧性，增加了命运的不可测性和戏剧性成分。②

从《美狄亚》到《城邦恩仇》，表现出不同的伦理改编难题——《美狄亚》是"杀子"，《城邦恩仇》则是"弑母"。与"杀子"相比，"弑母"可能更让人难以接受。因此，为了尽可能地维护儿子的正面形象，编导把"谋杀"改成了"误杀"。但需要注意的是，"误会"毕竟是一种被动的状态，让外部的偶然因素对事件发展起决定性的作用，会使剧情和人物变得不够积极。

另外，王子欧瑞思的出场时间也非常晚，直到第三幕"奠"才第一次登场。在之前的介绍与交代中如果没有足够的铺垫，就很难令观众对人物后面的行动有强烈的期待。与此类似的情节如莫里哀的《伪君子》，故事中答尔丢夫虽然出场较晚，但前几场戏都围绕着与他有关的事件展开，因此即使他到了第三幕才出场，观众心中早已充满期待。

所以，跨文化戏曲改编需要对王子欧瑞思与母亲柯绿黛母子关系的"前史"做大量的补充，而母子见面的场景是一系列线索汇集到一起产生出的"必需场面"和"期待场面"。比如，应该有叔父对姐弟行踪的时刻了解和密切关注，应该有关于欧瑞思收到父亲死讯的过程描述，应该有他的猜测、怀疑以及他对这些猜测的下一步行动和打算，尤其是他怎样看待接下来要见到的母

---

① 刘荣荣《古希腊戏剧在中国的接受研究——以罗锦鳞执导移植的古希腊戏剧为例》，山西师范大学 2018 年硕士学位论文，第 82 页。

② 同上，第 83 页。

亲——这个态度直接反映了母子关系的前史和现状。当然，在对这一系列过程的描述中，应该编织进一些有次要人物参与的副线，如艾珞珂、奶妈、老东西等人都或多或少地可以从各自的角度参与到主要的"复仇"事件当中。随着情节的推进，欧瑞思的"弑母"行为越来越成为无法改变、无法阻拦的行动——在这个重大行动中，那些"复仇女神"应该起到一定的作用或反作用，而不是等到"弑母"行为完成后，才出来做"评判"的工作。总而言之，剧情是由人物推动的，是人物在为剧情服务。所以，"杀夫""弑母""审判"各个阶段的重要行动都要增加这样的人物参与其中。

在"鸩"中，柯绿黛高傲地饮下了毒酒，这样的改编确实可以减轻王子的伦理罪责——但是这个行动是不够戏曲化的，没有做到戏曲化与伦理化的高度统一。最后一幕"审"，也几乎复刻了原剧的主要内容。女神和长老们讨论是否要杀死罪犯，且用"投票"的方式来推动剧情，这样的总体构思即使加入了一定的唱腔和舞蹈，也是一种外在的技术转化，而不是真正的内涵转化。因为这样的场面在本质上是话剧的，其思维也是话剧的，自然戏剧效果也是话剧的。这就提醒我们，跨文化戏曲改编的"主体性"和"创造性"对于剧目的重要意义。如果主体性丧失或不起作用，作品就很难建立起符合戏曲审美的叙事结构、人物刻画以及意义表达。在汲取教训和经验的过程中，我们要不断地总结；在改编和创作的过程，我们也要"永矢弗谖"，随时提醒自己。

《哈姆雷特》京剧改编刍议

【德育思考与要点提示】

《哈姆雷特》主人公"犹豫"的性格,是这部作品之所以产生不同解说和解读的重要原因。如何理解这种"行动性不足",对于跨文化戏曲改编有着重要的意义。同时,对于哈姆雷特与奥菲利娅的关系也要重新梳理,因为这关系到爱情场面的创造和处理问题。另外,莎剧改编中还有一个绕不开的难题,就是哲理化的语言和思想如何转化与表达,对此要有创造性转化和创新性发展的思维。

《哈姆雷特》是莎士比亚最负盛名的剧作之一,被看成莎翁"四大悲剧"的代表作。相对于其他几个悲剧作品,它充分体现出多线索、多角色、多场景的特色,展示出莎士比亚擅长刻画人物性格的标志性特点。

孙惠柱教授在对东西方戏剧结构的分类中指出,莎士比亚戏剧开拓出一种迥异于古希腊悲剧的剧作结构,即"史诗式戏剧"。这种戏剧类型完全不同于"锁闭式"的戏剧。但有趣的是,其线性叙事方式与中国戏曲有许多相同之处,如场景变化多、人物角色多、事件线索多等,且故事往往富有传奇色彩。当然,它们之间也有一些重要的区别——莎剧以刻画复杂矛盾的人物性格著称,戏曲则注重用程式化的手段展示流动的生活画面。同时,莎剧中蕴含了文艺复兴与宗教革新的时代主题,这就造就了它在审美趣味与世态表达上的不同趋向。

悲剧《哈姆雷特》大致分为五幕。第一幕紧紧围绕"鬼魂"的出现展开叙事。从霍拉旭首先见到鬼魂,到哈姆雷特与鬼魂面对面交谈,这一系列过程揭示出全剧最重要的"前史"。第二幕哈姆雷特"装疯",从而开始应对来自国王和大臣的第一次"试探"。第三幕"试探"行动继续深入，哈姆雷特针对鬼魂所说的秘密，采取了冒险行动——导演了一场宫廷大戏"捕鼠机"。这次"反试探"，也激化了哈姆雷特母子之间的矛盾。第四幕国王决定把哈姆雷特送回英国，以便在路上除掉他，却被哈姆雷特识破阴谋。同时，雷欧提斯回国要找哈姆雷特复仇。第五幕在国王的安排下，哈姆雷特与雷欧提斯展开决斗。最终，国王、王后、哈姆雷特、雷欧提斯同归于尽。由上海京剧院制作、傅希如主演的京剧《王子复仇记》基本上延续了以上的情节脉络。接下来，我们以这部跨文化戏曲改编作品为参照，就人物性格刻画、宗教哲理的转化、戏曲场面的创造等问题展开分析。

一、行动的"模糊性"和"多义性"

哈姆雷特是知名度很高的莎剧人物，在剧中他"最受争议"的性格特点是"犹豫"，换句话说，就是"行动性不足"。如果把中外两部著名的"复仇题材"戏剧——《哈姆雷特》与《赵氏孤儿》放在一起比较，就会发现主人公在"复仇"这一点上有着十分突出的对比。

赵氏孤儿（赵武）要想实现复仇的愿望，有"两个半"的外部阻碍：一是他本人还未长大成年，没有复仇的实际能力；二是他一开始并不知道真相，因此不明确自己复仇的使命和对象；另外半个阻碍是，他本人后来由仇人（屠岸贾）养大，也就是说，复仇者与仇人之间又多了一层父子关系。当然，这层伦理关系并没有血缘的支撑，且在实际的故事中，这是个"不是问题的问题"。但对于哈姆雷特王子而言，以上两个半的阻碍都是可以忽略的：一方面从时间上看，哈姆雷特在故事一开始就知道自己的复仇使命，同时年富力强的他既有智慧又有能力；另一方面虽然已经成为国王的叔父有着权势，但是莎士比亚也为哈姆雷特的复仇创造了许多机会。其中，有一次最佳的复仇时机出现在哈姆雷特"反试探"成功后，在去往母后寝宫的路上，他居然看到国王一个人待在忏悔室毫无防备的祈祷。哈姆雷特确实一度举起了手中的剑，但在万众期待中，他又停了下来——这一幕定格成为本剧最具标志性的画面。请看原文：

哈姆莱特　他现在正在祈祷，我正好动手；我决定现在就干，让他上天
　　　　　堂去，我也算报了仇了。不，那还要考虑一下：一个恶人杀

死我的父亲；我，他的独生子，却把这个恶人送上天堂。啊，这简直是以恩报怨了。他用卑鄙的手段，在我父亲满心俗念、罪孽正重的时候趁其不备把他杀死；虽然谁也不知道在上帝面前他的生前的善恶如何相抵，可是照我们一般的推想，他的孽债多半是很重的。现在他正在洗涤他的灵魂，要是我在这时候结果了他的性命，那么天国的路是为他开放着，这样还算是复仇吗？不！收起来，我的剑，等候一个更残酷的机会吧；当他在酒醉以后，在愤怒之中，或是在荒淫纵欲的时候，在赌博、咒骂或是其他邪恶的行为的中间，我就要叫他颠顺在我的脚下，让他幽深黑暗不见天日的灵魂永堕地狱。我的母亲在等我。这一副续命的药剂不过延长了你临死的痛苦。（下）①

哈姆雷特此处的大段独白其实质内容是什么？为什么会有这么一大段独白？莎士比亚似乎意识到了这样一个问题，即要想让哈姆雷特主动放弃这个千载难逢的复仇机会，就要给观众一个解释、一个交代、一个说明。但有意思的是，这个解释由主人公自己说出来。那么，他是说给观众听的吗？显然不全是，更为重要的是他要说给自己听。需要注意的是，这里理由的给出并不是在哈姆雷特"行动"之前，而是在他"行动"之后，实质上是他先采取了"不行动"，然后再寻找一个不行动的理由。因此，不行动的理由比不行动本身更为重要，与其说他是在努力说服自己不行动，不如说他是在努力寻找不行动的理由，让"不行动"看上去更合法，也更合理。这样一个不同寻常的心理逻辑，说明哈姆雷特也认识到了自己性格中的致命弱点——"犹豫"，但他又无法克服、无法改变，只能为这个弱点寻找到存在的合理性。

对于哈姆雷特的犹豫性格，人们一直以来聚讼纷纭，正所谓"一千个读者就有一千个哈姆雷特"。在对哈姆雷特的性格与行为的众多分析中，最著名且最不可思议的一种来自奥地利现代精神分析学派大师弗洛伊德。按照他的说法，哈姆雷特的"不行动"源自其"俄狄浦斯情结"，即"弑父娶母"的潜意

---

① 〔英〕莎士比亚《莎士比亚四大悲剧》，朱生豪译，人民文学出版社2012年版，第153页。此剧本中的"哈姆莱特"即"哈姆雷特"。

识。他在《释梦》一书中说："然而他为什么对于自己的父王鬼魂给予他的任务却表现得犹豫不决呢？这个答案只得又一次归之于任务的特殊性质。哈姆雷特什么事都能干得出来——只除开向那个杀了他父亲娶了他母亲、那个实现了他童年欲望的人复仇。"①

这个怪异又耸人听闻的观点与其他牵强附会的解释（多从宗教信仰和人文主义角度分析）相比，其实更有说服力，也得到了一些学者的认可和响应。比如，有的学者认为："在哈姆莱特的无意识中，为父复仇的憎恨被其内心的自责替代了，他无法向那个代替他实现愿望的人动手，那是他自己的化身。他在俄狄浦斯情结中被压抑的弑父娶母的欲望由其叔父代为完成，出于良心上的不安，他认为自己并不比真正弑父娶母的凶手高明。"②

弗洛伊德把一个虚构的戏剧人物作为自己的"病例"看待，这种分析方法是否恰当暂且不论。但从戏剧实践的角度来看，这个观点对哈姆雷特的舞台形象过于颠覆，因而没有成为主流。很难想象，舞台上有这样的一位王子——他仇恨自己的父亲，暗恋自己的母亲；他的叔父杀死了他的父亲，娶了他的母亲，实际上是帮他实现了"相似的"愿望。所以，观众要想接受弗洛伊德的观点，就必然要接受哈姆雷特是"潜在的凶手"这样一个事实——他根本不是什么忧郁的王子，也与人文主义丝毫不沾边。

总体来看，弗洛伊德的"反伦理"阐释不利于塑造一个戏曲版的哈姆雷特形象。但也要认识到，他的解释里包含着一定的宝贵经验——他主要是针对哈姆雷特的"反行动性"做出回应，或者说他毫不避讳地努力从心理层面找到哈姆雷特"犹豫"的源头。

从题材上看，《哈姆雷特》是一个典型的宫廷斗争戏、政治斗争戏，但是读者和观众的观剧体验并非如此，其原因一方面与本剧在叙述上不突出王子与王叔的斗争有关，甚至剧本有意减弱了王子和王叔之间围绕着权力交接而导致的重大矛盾——从哈姆雷特的角度看，在得知了父亲死亡的真相后，他除了"装疯"和演出"捕鼠机"两个行动外，与复仇直接相关的行动几乎没有；从国王的角度看，他对哈姆雷特更多的是笼络而不是防备、监视。另一方面是哈姆雷特与王叔之间"行动"与"反行动"的矛盾。正因为莎士比亚没有将关注

---

① 〔奥〕弗洛伊德《释梦》，孙名之译，商务印书馆2017年版，第262页。
② 蒋趁心《从个体无意识到社会表征：多重视野下的俄狄浦斯情结研究》，华中师范大学2019年硕士学位论文，第57页。

的重点放在外部行动与叙事上，而是放在哈姆雷特的内部视角以及较弱的"行动力"上，所以导致人物性格具有"模糊性"与"多义性"。与此不同的是，戏曲中有关政治斗争、宫廷斗争的戏却非常强调外部行动，如《程婴救孤》《一捧雪》《二进宫》等，反面人物施加迫害、制造危机往往是推动剧情的重要动力，也是造成正面人物处于困境、险境、进退两难之境的重要策源。因此，行动的"多义性"和"模糊性"是本剧进行跨文化改编首要解决的难题。

二、奥菲利娅的形象与爱情场面的创造

不仅哈姆雷特的复仇行动让人费解，就连他对奥菲利娅的爱情也暧昧不明。一般人来看，奥菲利娅虽然不是公主，也是重臣之女，出身豪门。她年轻美丽，与哈姆雷特早年相识，二人有很好的交往——王子偷偷地塞给她的情书便是证明。因此，我们很自然地就将两人看成天设地造的一对情侣。但令人疑惑的是，剧中他们所有的戏剧行动，居然没有一场是恋人之间的情感戏，且自始至终也都没有一场真正的爱情戏。

奥菲利娅在全剧中的行动可做如下梳理：情书示父—兄妹告别—试探被辱—陪伴看戏—父死而疯。她整个的行动过程，基本上是被伤害、被欺骗、被利用、被侮辱的过程，其中最重要的伤害来自哈姆雷特。请看原文：

哈姆莱特　哈哈！你贞洁吗？

奥菲利娅　殿下！

哈姆莱特　你美丽吗？

奥菲利娅　殿下是什么意思？

哈姆莱特　要是你既贞洁又美丽，那么顶好不要让你的贞洁跟你的美丽来往。

奥菲利娅　殿下，美丽跟贞洁相交，那不是再好没有吗？

哈姆莱特　嗯，真的，因为美丽可以使贞洁变成淫荡，贞洁却未必能使美丽受它自己的感化；这句话从前像是怪诞之谈，可是现在的时世已经把它证实了。我的确曾经爱过你。

奥菲利娅　真的，殿下，您曾经使我相信您爱我。

哈姆莱特　你当初就不应该相信我，因为美德不能熏陶我们罪恶的本性。我没有爱过你。

奥菲利娅　那么我真是受了骗了。

哈姆莱特　进尼姑庵去吧！为什么你要生养一群罪人出来呢？我自己还不算是一个顶坏的人，可是我可以指出我的许多过失；一个人有了那些过失，他的母亲还是不要生下他来的好。我很骄傲、使气、不安分，还有那么多的罪恶，连我的思想里也容纳不下，我的想象也不能给它们形相，甚至于我没有充分的时间可以把它们实行出来。像我这样的家伙，匍匐于天地之间，有什么用处呢？我们都是些十足的坏人，一个也不要相信我们。进尼姑庵去吧。你的父亲呢？①

这段对话里包含着哈姆雷特对奥菲利娅"贞洁"的质疑，这对一个未婚少女而言，是莫大的耻辱。哈姆雷特之所以这么做，或许是为了掩饰"疯病"；他要奥菲利娅去"尼姑庵"，也有可能是为了保护她。但问题是，这样的保护以羞辱为代价。这是他们在剧中的第一次正式交谈。随后，上演的"捕鼠机"，二人又有了第二次交流，对话充满了"戏谑"色彩：

哈姆莱特　不，好妈妈，这儿有一个更迷人的东西哩。（在奥菲利娅脚边躺下）

波洛涅斯　（向国王）啊哈！您看见吧？

哈姆莱特　小姐，我可以睡在您的怀里吗？

奥菲利娅　不，殿下。

哈姆莱特　我的意思是说，我可以把我的头枕在您的膝上吗？

奥菲利娅　嗯，殿下。

哈姆莱特　您以为我在转着下流的念头吗？

奥菲利娅　我没有想到，殿下。

哈姆莱特　睡在姑娘大腿的中间，想起来倒是很有趣的。

奥菲利娅　什么，殿下？

哈姆莱特　没有什么。

---

① 〔英〕莎士比亚《莎士比亚全集》（5），朱生豪译，裘克安、沈林校，译林出版社1998年版，第331页。

奥菲利娅　　您在开玩笑哩,殿下。
哈姆莱特　　谁,我吗?
奥菲利娅　　嗯,殿下。①

哈姆雷特粗俗的"玩笑",与前一段"尼姑庵"的对话一脉相承,这也是两个年轻人最主要的对手戏。除此外,他们之间再没有情感的直接交流。显然,这不是"爱情应有的样子",更不符合许多移植剧目搬演该剧的理念。事实上,无论是话剧还是戏曲,人们都有意无意地对莎剧进行重新处理——无论是不是误读,重新诠释哈姆雷特与奥菲利亚的爱情有着特殊的价值与意义。

莎翁原剧的整体基调是灰暗阴冷的,从头至尾基本上看不到光明温暖的场面——贯彻全剧的是谋杀、疯狂、试探、辱骂、暴怒、悔恨、阴谋、搏杀、愤恨等负面情绪和色彩。同时,伶人和挖墓人的各种冷嘲热讽,并没有为剧作增加欢乐、愉快的气氛,恰恰相反只能令观众感到人事的悲凉。反而一些反面人物,如大臣波洛涅斯对即将出国的儿子的谆谆嘱咐,体现了难得一见的父子温情。因此,面对这样一个作品,跨文化戏曲改编需注意冷热场面的交替,过于阴暗化的叙事显然不符合戏曲观众的审美期待。从这个角度来看,爱情场面是一个值得大书特书的温情场面。

京剧《王子复仇记》中,奥菲利娅遵照父亲的命令去见哈姆雷特王子,目的是测试他的疯病。在奥菲利娅上场前,哈姆雷特一人卧倒在地。此时,或许可以插入一段二人曾经"美好交往"的具有回忆性质的画面或梦境。这个插叙的重要性体现在,既可以为接下来奥菲利娅的出场做铺垫,让观众对二人的情感有明确的认识——这段爱情其实"深埋"在哈姆雷特心中。同时,也是一个热的场面,是"黑暗中的光明",让观众内心感到松弛与抚慰。

三、鬼魂叙事与伦理关系

哈姆雷特是"真疯"还是"装疯",这是一个可以讨论的问题。按照故事的交代,哈姆雷特在听到"鬼魂"的诉说后,表示要通过"装疯"来保护自

---

① 〔英〕莎士比亚《莎士比亚全集》(5),朱生豪译,裘克安、沈林校,译林出版社1998年版,第337页。

己，同时也为了更好的进行调查。"装疯"在故事的前半段是非常重要的戏剧行动，可是哈姆雷特的装疯却屡屡让人感到困惑。有以下几点理由：

第一点既然是"装疯"，那么哈姆雷特当众攻击侮辱了奥菲利娅后，为什么没有相应的采取或保护她或提醒她的补救措施？第二点哈姆雷特羞辱母亲的失控行为，如果是发泄内心积累已久的愤怒，那么为什么还要杀死大臣横生枝节？第三点用演戏的方式"反试探"对方，这难道不也是一种自我暴露吗？以"捕鼠机"挑衅新国王，直接触及对方的杀念而陷自己于死地，使之前"伪装者"的计划破产，这难道不是得不偿失吗？

这三大行动悖论，令观众产生迷惑——哈姆雷特究竟是"装疯"还是"真疯"？这个迷惑客观上也就造成了他性格上的捉摸不定。或许"装疯"与"真疯"只是一线之隔，但考虑到哈姆雷特所处的极端环境与紧张压力，他在"装疯"的过程中，有可能发生"真疯"的变异。主观上的"装疯"行为与客观上的"真疯"行动产生了矛盾，"复仇"行动自然就会脱轨。因此，或许可以这样理解，哈姆雷特的"装疯"与历史上其他人物在政治斗争中的"装疯"不同，"疯"对他的人格和行为产生了"反噬效应"。

因此，哈姆雷特如此跳脱、突变的性格，是戏曲改编的一大难题：一方面，戏曲中人物的性格相对单一和稳定；另一方面，戏曲追求外在表现形式的极致，而不是人物内在心理的多变——戏曲中人物的行动往往是完整清晰的"线"，而不是跳跃分散的"点"；戏曲中人物的人生，要尽可能地贴着"人"去写，尽可能地贴着"人的生活"去写。所以，应该把"疯"作为一条前后贯穿的线索深挖，这也是戏曲化改编的内在要求。也就是说，戏曲版哈姆雷特的"疯病"，不能局限于原剧提供的过于"内化"的方式，而是要寻求更加强烈的、更加外化的、更加有形成和发展过程的手段去表现。"疯病"的源头是已死的老国王的"鬼魂"揭示出了事情的真相，这也是全剧行动的起点——不过，"鬼魂"的加入似乎主要是为了揭示前史，其功能的发挥还有很大的空间。目前来看，国王的鬼魂只能算出现了"一次半"——一次是在故事开始，向王子揭示秘密；半次是在哈姆雷特攻击母亲的时候，突然灵光一现：

王　后　　别说了！
哈姆莱特　一个身着斑斓彩衣的下流国王——
　　　　〔鬼魂着睡衣上。

哈姆莱特	天上的神明啊，救救我，用你们的翅膀覆盖我的头顶！——陛下英灵不昧，有什么见教？
王　后	哎哟，他疯了！
哈姆莱特	您不是来责备您的儿子不该浪费他的时间和感情，把您煌煌的命令搁在一旁，耽误了应该做的大事吗？啊，说吧！
鬼　魂	不要忘记。我现在是来磨砺你的快要蹉跎下去的决心。可是，瞧！你的母亲那惊愕的表情。啊，快去安慰安慰她的正在交战中的灵魂吧！最柔弱的人最容易受幻想的激动。对她说话去，哈姆莱特。
哈姆莱特	您怎么啦，母亲？
王　后	唉！你怎么啦？为什么你把眼睛瞪视着虚无，向空中喃喃说话？你的眼睛里射出狂乱的神情；像熟睡的兵士突然听到警号一般，你的整齐的头发一根根都像有了生命似的竖立起来。啊，好儿子！在你的疯狂的热焰上，浇洒一些清凉的镇静剂吧！你在瞧什么？
哈姆莱特	他，他！您瞧，他的脸色多么惨淡！看见了他这一种形状，要是再知道他所负的沉冤，即使石块也会感动的。——不要瞧着我，因为那不过徒然勾起我的哀感，也许反会妨碍我的冷酷的决心；也许我会因此而失去勇气，让挥泪代替了流血。
王　后	你这番话是对谁说的？
哈姆莱特	您没有看见什么吗？
王　后	什么也没有。要是有什么东西在那边，我不会看不见的。
哈姆莱特	您也没有听见什么吗？
王　后	不，除了我们两人的说话，我什么也没有听见。
哈姆莱特	啊，您瞧！瞧，它悄悄儿去了！我的父亲，穿着他生前所穿的衣服！瞧！他就在这一刻，从门口走出去了！（鬼魂下）①

这是父亲的"鬼魂"在剧中第二次出现，也是最后一次出现。其作用是阻

---

① 〔英〕莎士比亚《莎士比亚全集》(5)，朱生豪译，裘克安、沈林校，译林出版社1998年版，第353—354页。

止哈姆雷特的"疯狂"行动伤害到他的母亲——看上去,死去的国王是想保护自己的妻子免受儿子的伤害。但其实死去的国王的愤怒似乎应该比儿子更大,因为王后在他死后很快就改嫁他人,这个人还是杀人凶手。对于老国王而言,这是更大的耻辱。所以,对于妻子的背叛,他的愤怒合情合理。可是,在目前的剧情设计下,会让观众产生错觉,即儿子对母亲的愤怒超越了丈夫对妻子的愤怒——这是跨文化戏曲改编需要修正的内容。

也就是说,戏曲化的改编一方面要将哈姆雷特攻击母亲的真正原因与"鬼魂"紧密联系起来,要让观众看到作为"鬼魂"的父亲是在通过儿子发泄对妻子不忠的愤怒。这样,不仅可以使"鬼魂"的作用得到加强,使哈姆雷特攻击母亲的反伦理行为合理化,更可以大大地减弱或消除弗洛伊德的"反伦理"观点带给人们的影响,使人物的塑造与审美更加符合戏曲的内在要求——这也正是重塑《哈姆雷特》"鬼魂叙事"的重大意义和价值。同时,鬼魂形象的强化也会使原剧中不太突出的父子关系得到更多的展示,也必然由此带出哈姆雷特家庭关系的种种"前史"——老国王的"鬼魂"既然存在,为什么不能亲手报仇?对于改嫁他人的妻子,老国王到底要如何惩罚她?人鬼两隔,老国王除了要告诉儿子那个秘密外,还能做些什么?儿子哈姆雷特的犹豫性格,老国王知道吗,他会怎样督促儿子报仇呢?

鬼魂形象是中国古典戏曲中一类独特的人物形象,有关鬼魂表演的一整套程式和技巧,也是《哈姆雷特》戏曲化改编的重要支撑——《牡丹亭》《情探》《李慧娘》等剧中的鬼魂形象、鬼魂场面,是戏曲化改编新元素与新场面的来源。

四、伦理智慧与哲理表达

改编西方经典特别是莎士比亚的作品,改编者往往会有一种顾虑,即如何尽可能地保留与传达出原剧所蕴含的哲理思想?为此很多人也都或多或少地挪用了原剧中那些看上去特别富有哲理的内容与语言,这就造成了"夹生饭"的现象。应该说,这在莎士比亚作品的改编中是比较突出的问题。

中国戏曲从其诞生伊始就偏向伦理生活和世态人情的表达,是从具体的历史和生活中对人性进行思考,获得启示性的感悟。因此,戏曲的思想表达一定要和人物非常具体的人生境遇联系在一起,尽可能地从对人物的情感中得出抽象的思考。中国传统文化中包含着丰富的可以借鉴的思想资源,它们在跨文化改编中如何被激活、如何被创新性运用,是值得思考的问题。

从形式上看,京剧《王子复仇记》中类似"苍天垂悯众生""书中嘲笑那些老头儿,说他们胡须苍白,满脸皱纹,走起路来摇摇摆摆,头颅内却空空荡荡。我虽然信其所言,却恨它说得不够厚道。老先生,说你像一只螃蟹。倒退行走,那青春就会再来""但愿我可与我的生命告别""我要在你的面前竖起一面明镜,照一照你的灵魂""你背弃了誓言玷污了贞节,叫苍天蒙羞令大地痛心"①等表述,是将悲剧的哲理化语言直接用在戏曲中,显然与戏曲审美相悖,给人一种痕迹明显的生硬感。

从内容上看,一方面作为更具伦理色彩的戏曲,在表达哲理化的内容时,往往更愿意把抽象的问题用具象的方式表现出来,更愿意把宇宙的问题用人生议题的方式表达出来,由物及人,由外及内,由深及浅;另一方面对于具体的伦理矛盾,如哈姆雷特对母亲的大声斥责,完全可以在中国古典文艺作品中找到对应的表达。另外,相较而言,戏曲的唱、念、做、打各要素之间在哲理化的内容表达上有一定的差异。比如,戏曲唱腔因为有句式的修饰性、旋律的程式性,在一定程度上减弱了原剧的"西化"色彩。请看京剧《王子复仇记》中的重要唱段《这躯体是存是灭难掂量》:

> 这躯体是存是灭难掂量,
> 何去何从在哪方。
> 忍受着命运毒箭,
> 抑或是挺身反抗。
> 扫尽了人间苦难,
> 孰贵孰贱叫人思虑长。
> 谁甘愿忍受这人世劫难,
> 谁甘愿忍受岁月无常。
> 谁甘愿将生命的重负就独自扛,

---

① 空中剧院,京剧《王子复仇记》,https://v-wb.youku.com/v_show/id_XMzYyNDAzNTg0NA==.html,访问日期:2012年7月。

> 任凭它层层摧折压断了脊梁……①

比较而言，剥离了旋律和音乐的"外衣"，念白会呈现出本色。比如，剧中波洛涅斯"试探"王子的场景，他们之间的对白以原剧的对白为主，就难免让人感到拗折嗓子。同样，在上演"捕鼠机"时，优伶演剧的过程也局限于原剧所提供的内容，而似乎缺少戏曲"劝世讽诫"的意味。

其实，中国古典文艺作品中有大量的格言警句可资借鉴，莎剧中那些解读世道人心的语言，也完全可以在其中找到与之对应的内容和表达。以哈姆雷特那段著名的内心独白为例："谁愿意忍受人世的鞭挞和讥嘲、压迫者的凌辱、傲慢者的冷眼、被轻蔑的爱情的惨痛、法律的迁延、官吏的横暴和费尽辛勤所换来的小人的鄙视，要是他只要用一柄小小的刀子，就可以清算他自己的一生？"②与其分析这段话中体现出多少人文主义精神，不如将其中与中国人伦理生活有关的内容挖掘提炼出来，如对社会黑暗的控诉等，形成一种"新表达"——"穷人站在十字街头耍十把钢刀，勾不着亲人骨肉；有钱人在深山老林耍刀枪棍棒，打不散无义宾朋。英雄至此，未必英雄。大英雄手中枪翻江倒海，抵挡不住饥寒穷三个字。有钱男子汉，无钱汉子难"，③或者也可以直接引用苏秦的原话："使我有洛阳两顷田，焉能配六国相印"④"天下有二难：登天难，求人更难。天下有二苦：黄连苦，无钱更苦。人间有二薄：春冰薄，人情更薄。人间有二险：江湖险，人心更险。知其难，守其苦，耐其薄，测其险，可以处世矣"。⑤

原剧中，精明世故的波洛涅斯在儿子雷欧提斯临行前提醒他："不要想到什么就说什么，凡事必须三思而行。对人要和气，可是不要过分狎昵。相知有素的朋友，应该用钢圈箍在你的灵魂上，可是不要对每一个泛泛的新知滥施你的交情。留心避免和人家争吵；可是万一争端已起，就应该让对方知道你不是可以轻侮的。倾听每一个人的意见，可是只对极少数人发表你自己的意见；接

---

① 空中剧院，京剧《王子复仇记》，https://v-wb.youku.com/v_show/id_XMzYyNDAzNTg0NA==.html，访问日期：2012年7月。
② 〔英〕莎士比亚《莎士比亚四大悲剧》，朱生豪译，人民文学出版社2012年版，第134页。
③ 石翔主编《2013中国最美散文》，二十一世纪出版社2014年版，第204页。
④ 思履主编《史记全编》，北京联合出版公司2015年版，第229页。
⑤ 宜仁选编《中国民间笑话》，中国友谊出版公司2000年版，第84—85页。

受每一个人的批评,可是保留你自己的判断……不要向人告贷,也不要借钱给人;因为债款放了出去,往往不但丢了本钱,而且还失去了朋友;向人告贷则容易养成挥霍无度的习惯。尤其要紧的是,你必须对你自己忠实;正像有了白昼才有黑夜一样,对自己忠实,才不会对别人欺诈。再会,愿我的祝福使这一番话在你的行事中奏效!"[1]

这段话能够让我们深刻地体会到波洛涅斯作为一个父亲的"舐犊之情",言语平常、道理朴素、情感真挚,是整个剧中最为感人的一段话。虽然,它出自一个反面人物之口,却是一段值得保留与表现的内容——从表现形式上看,更重要的考虑是如何使它富有戏曲语言的韵律美,而不必拘泥于语言的一一对应。比如,可以用一段曲艺中常用的套语,说出波洛涅斯的劝诫、宽慰、爱护之意:"楚王虽雄,难免乌江自刎;汉王虽弱,却有河山万里。满腹经纶,白发不第;才疏学浅,少年登科。有先富而后贫,有先贫而后富。蛟龙未遇,潜身于鱼虾之间。君子失时,拱手于小人之下。天不得时,日月无光;地不得时,草木不长;水不得时,风浪不止;人不得时,利运不通……盖人生在世,富贵不可捧,贫贱不可欺。此乃天地循环,终而复始者也"。[2] 这段套语挪用在一个跨文化的人物身上,能够产生特殊的美学意味。这说明具有主体精神的跨文化改编,能够在审美趣味的追求和语言、行动的创造上,实现剧目的新表达和新实践,是一个不断"夺胎换骨,点铁成金"[3]的创造性转化与创新性发展过程。

---

[1] 〔英〕莎士比亚《莎士比亚四大悲剧》,朱生豪译,人民文学出版社 2012 年版,第 97 页。
[2] 王永光《慎思笃行》,冶金工业出版社 2015 年版,第 293—294 页。
[3] "点铁成金""夺胎换骨"是北宋诗人黄庭坚总结出的活学活用前人作品的方法,语出黄庭坚《答洪驹父书》与惠洪《冷斋夜话》卷一。参见王运熙、顾易生主编《中国文学批评史新编》(上),复旦大学出版社 2001 年版,第 325 页。

《李尔王》戏曲改编刍议

【德育思考与要点提示】

《李尔王》是莎士比亚"四大悲剧"中偏重于家庭叙事的一部作品,更加突出强调家庭伦理的破坏与亲情修复的过程。然而,随着剧情的发展,人物的命运并没有回归到伦理叙事的轨道。因此,跨文化戏曲改编要在戏剧结构安排、三女儿人物形象的塑造以及故事结尾内涵意蕴的升华上进行再创造,从而使该剧呈现出戏曲特色与中国精神。

莎士比亚"四大悲剧"的叙事重点各不相同。《哈姆雷特》描写的是宫廷斗争与伦理斗争,因为主人公的复仇行动较弱,父子情和母子情在剧中表现得也不够突出,这就导致了剧情在伦理导向上发生了偏移,甚至有诸多不合伦理之处。《麦克白》紧紧围绕着主人公争夺王位的权力野心展开叙述,呈现出官场现形记或人性现形记的叙事特色。同时,剧中麦克白夫妇的关系几乎被权力表达的主题所支配,看不到夫妻之间正常的情感交流。《奥赛罗》主要描写的是种族身份与争夺王权之间的矛盾,导致了奥赛罗与苔斯狄蒙娜爱情场面的大大缺失。《李尔王》的故事起始于家庭关系的破裂,老国王李尔最终走出了家庭,走向旷野和战场。整个故事的核心表达是亲情的破坏和艰难的修复过程。比较而言,《李尔王》是"四大悲剧"中最接近家庭叙事的一部作品。

悲剧《李尔王》有两条故事线索:一条是国王李尔与三个女儿的故事,另一条是大臣葛罗斯特一家的遭遇。虽然这两条故事线索并行发展,体现出莎剧多线索叙事的特色,但由于过于相似,多少令人有些重复之感。因此,诸多改编本删掉了大臣葛罗斯特一家的故事,用"一人一事"的方式集中讲述李尔王与三个女儿的悲欢离合。上海京剧院的《歧王梦》(京剧,主演尚长荣、夏慧华)和日本电视剧《国王的心脏》(NHK，2007年)，都是这样的改编思路。

一、家庭叙事与故事结构

与其他三大悲剧相比，《李尔王》的故事更接近家庭叙事。但认真研究后会发现，其伦理叙事也并没有占据全剧的重心。

原剧共五幕。第一幕分家产，讲述了国王李尔赶走了三女儿后，和大女儿闹翻，愤然出走；第二幕讲述了李尔和二女儿决裂，离家出走；第三幕讲失望至极的李尔在"暴风雨"中发疯，不得不与弄臣和落魄旧臣结伴流浪；第四幕讲失忆的李尔与失明的旧臣葛罗斯特分别与自己的儿女们相遇，但他们难以在与亲人的重聚中得到宽慰和解脱；第五幕是命运大结局，讲述的是由于坏人埃德加的奸计和挑拨，李尔的三个女儿相继死去，他本人也在疯狂与迷离中告别人世。

虽然"父女怨"反映的是分家产导致的父女关系的破裂，但这场家庭危机其实只持续了两幕左右。从第三幕开始，随着李尔的出走，即那场著名的"暴风雨"场面后，戏剧的主题从"家庭戏"转向了社会层面。这里有一点值得思考的是，为什么莎士比亚只用两幕就把整个事件差不多叙述完了？李尔"着急的"一上场就宣布要把权力和财产分割掉，随后的家庭矛盾也是一触即发，如此重大的决定几乎没有前情铺垫就匆匆结束，这看上去非常不合理。更值得玩味的是，原剧中虽然李尔犯了大错，受到两个女儿的冷落，但是他并没有马上去找错待了的三女儿，莎士比亚也并没有安排他们在剧中"相遇"——显然，这是他有意要让被家庭抛弃的李尔在彻底地离开家庭后走向社会，或者说走向他自己的内心世界。

无论是分家产的行为，还是交接权力与财富的行为，从逻辑上看，这都应该是一件特别重大且非常严肃的事，往往需要在情节上给予充分的铺垫。比如，国王一方面可能对继承者进行横向比较；另一方面他可能在考虑、算计、安排、筹划一个特别的行动，以便顺利地选出接班人。总之，这里要有国王之所以采取如此行动的细致交代和说明，这是一部宫廷斗争戏的常规叙事套路。可是，莎士比亚偏偏不走寻常路。

剧中李尔王确认接班人和分配权力、财产的过程显得十分草率，他考察三个女儿"谁对自己好"的标准，不是看她们平时怎么做，而是现在怎么说。三女儿考狄利娅执意要说不好听的真话，其实就是不按父亲想要的方式说话，所以闹到了父女决裂的地步。这种"不严肃"的分配方式，很令人费解。

改编自《李尔王》的日剧《国王的心脏》，就是用最符合常规也最具伦理性的思维重新讲述了一遍这个故事。年老的董事长因为突发心脏病，面临退休。他向三个女儿宣布自己有意将所有的财产进行分配，而为了公平他提出准备和已经独立的三个女儿分别住上一段时间，以便做出最后的决定。因此，接下来他分别与三个女儿相处的过程成为全剧的主线。在这个过程中，董事长对女儿们各自的生活、工作、情感有了新的认识，三个女儿也更加理解了自己的父亲。这样的主题安排与叙事思路，让故事的焦点始终留在家庭内部，重回伦理叙事的轨道。

但这样的改编，也有明显的不足，其最关键的不足在于主人公身上的悲剧性被大大地削弱了。改编本虽然没有让主人公丧失一切，变得一无所有，也没有让他受到背叛，变得孤独无援——故事发展的整个过程始终都蒙有一层温情脉脉的面纱——但越是温情脉脉，就越容易削弱原剧震撼人心的效果。尤其是那段最经典的"暴风雨"桥段被替换成董事长误上公交车，遭遇旁人的冷眼与奚落，在城市里浪迹天涯，这样的故事情节降低了原作的水准。

跨文化改编对原作有所取舍是很自然而然的事，原作中一些较令人熟悉的画面、场景、事件被替换、删减、省略也在情理之中。不过，在这个过程中我们要遵循一些基本常识，即总体而言原剧中最重要的、最有标志性的事件、行动甚至台词，都应该尽可能地保留，即使调整也应谨慎为之。

《李尔王》中"暴风雨"的段落，是人物内心发生变化的重要节点，也是本剧的标志性场面，具有独特的艺术魅力，可以称之为"必需场面"。若是做较大的删改，一是要看所替换的内容是否比原作更精彩，二是要看所替换的内容是否具有同样的戏剧功能。请看原作中"暴风雨"段落的描写：

肯　特　我认识你。王上呢？

侍　臣　正在跟暴怒的自然力搏斗。他叫狂风把大地吹进海里，叫泛滥的波涛吞没陆地，使万物都变了样子或归于毁灭；他扯着他的白发，让盲目愤怒的暴风把它们任意披散；在他的人的微观世界之内，正在进行着比风雨的冲突更剧烈的斗争。今夜，被小熊吸干了乳汁的母熊躲着不敢出来，狮子和饿狼都不愿沾湿它们的毛皮；他却光秃着头在外面跑，叫喊让一切见鬼去吧。

……

〔暴风雨继续。李尔及弄人上。

李　尔　吹吧，风啊！吹破了你的脸颊，猛烈地吹吧！你瀑布一样的倾盆大雨，尽管倒泻下来，直到浸没我们教堂的尖顶，和房上的风信标吧！你思想一样迅速的硫黄电火，劈开橡树的巨雷的先驱，烧焦我的白发吧！你，震撼一切的霹雳啊，把这粗壮的圆地球击平了吧！打碎造物的模型，一下子散尽摧毁制造忘恩负义的人类的种子吧！（第三幕第一场）

……

李　尔　尽管轰吧！尽管吐你的火舌，尽管喷你的雨水吧！雨、风、雷、电，都不是我的女儿，我不责怪你们无情；我不曾给你们国土，不曾称你们为孩子，你们没有顺从我的义务；所以，随你们的高兴，降下你们可怕的威力来吧，我站在这儿，只是你们的奴隶，一个可怜的、衰弱的、无力的、遭人贱视的老头子。可是我仍然要骂你们是卑劣的帮凶，因为你们滥用天上的威力，帮同两个万恶的女儿来跟我这个白发的老翁作对。啊！啊！这太卑劣了！①（第二场）

仅从舞台呈现来看，恶劣的自然现象、热烈的人物情感、夸张的动作行动、震撼的戏剧效果，都表明了这是一场既适合刻画人物，也适合表达情感的戏。从悲剧原作来看，这场"暴风雨"段落是台词艺术的一个高峰；从戏曲来看，它也可以为歌舞化、程式化的表演开拓出新天地。与此同时，这段戏也属于"心理结构的剧本"：

心理结构的剧本在安排重场戏时，往往选择人物情感浓烈处写戏。《牡丹亭》里"游园""惊梦"两场戏，人与人之间并没有尖锐的矛盾冲突，若按故事情节结构来安排场次，很容易被当作一般场次或过场戏来处理。

---

① 〔英〕莎士比亚《莎士比亚全集》（6），朱生豪译，裘克安、沈林校，译林出版社1998年版，第53—55页。

而《牡丹亭》的作者却抓住了杜丽娘内心的真情写戏，致使这两场戏成了全剧的戏胆，是推动戏剧情节发展的关键性场面。①

与日剧《国王的心脏》相比，京剧《歧王梦》对"暴风雨"段落的处理不是简单的删除，而是独立成为一出"孤愤"的折子戏：

歧　王　（悲愤难抑）天哪，天！
　　　　　（内唱）天崩地裂塌陷乾坤倒转！
　　　　　〔歧王顶风冒雨上。弄人追上。
弄　人　老爷子……
歧　王　（唱）为什么无罪之人遭天谴？
　　　　　　　为什么女儿之心竟似冰雪寒？
　　　　　　　为什么老天爷善恶不辨？
　　　　　　　为什么要对我八旬老翁横加摧残？
　　　　　〔歧王和弄人跋涉奔波。歧王踉跄欲跌，弄人急扶住。
歧　王　（接唱）
　　　　　一步一滑泥足深陷，
　　　　　夜色如墨荒原无边。
　　　　　歧羊今日落了难，
　　　　　孤零零谁肯来救援？
　　　　　……②

京剧表演艺术家尚长荣用花脸行当表现出一个暴风雨中愤怒悲怆的国王形象，气势饱满，情感奔放。

在伦理化的叙事框架内，日剧《国王的心脏》与京剧《歧王梦》相比，显得有些用力过大。京剧虽然在一定程度上拓展了李尔与大女儿、二女儿的家庭矛盾，尤其是增加了他到二女儿家中被侮辱的戏剧性场面，但整体剧情的

---

① 周传家、王安葵、胡世钧、吴琼、奎生编著《戏曲编剧概论》，浙江美术学院出版社1991年版，第141页。
② 上海京剧院艺术创作部编《新时期上海京剧院创作剧本选》，上海文艺出版社2005年版，第753—754页。

发展仍基本上遵循了原作的"二段式",李尔的人生轨迹也仍然是从家庭走向社会——既没有从主观上,更没有从客观上,创造出一个李尔与三女儿重逢的场面。

所以,戏曲化改编要在李尔走向社会后,有意识地为他回归家庭做各种铺垫,并尽可能地使观众感到这种趋向,得到这种信息和情感上的填补。如果在李尔被逐后的行动中,既看不到父女之间伦理关系的修复过程,也看不到三女儿考狄利娅为寻找父亲付出的艰辛,而只是继续围绕李尔的流浪生活展开叙事,那么本剧就无法真正回到伦理叙事的框架内,也无法真正实现戏曲的伦理化叙事。

二、父女重逢与伦理叙事

那么,怎样评价考狄利娅呢?她其实既不是我们通常所说的忠直好人,也算不上该剧的另一个主角。她不愿意像两个姐姐那样,当着父亲的面说阿谀奉承的话,可问题是,事情本身并不是忠奸斗争或大是大非的立场之争。她不肯妥协与退让的对象,是一个想要尽快卸下人生重担,听一听儿女们"美言"的父亲。这个不太过分的要求,却遭到了三女儿的坚决拒绝。这个没有充分"前史"说明的断然行为,既让人迷惑不解,也似乎有些矫情。请看原作中的叙述:

考狄利娅　父亲,我没有话说。

李　尔　没有?

考狄利娅　没有。

李　尔　没有只能换到没有;重新说过。

考狄利娅　我是个笨拙的人,不会把我的心涌上我的嘴里;我爱您只是按照我的名分,一分不多,一分不少。

李　尔　怎么,考狄利娅!把你的话修正修正,否则你要毁坏你自己的命运了。

考狄利娅　父亲,您生下我来,把我教养成人,爱惜我、厚待我;我受到您这样的恩惠,只有恪尽我的责任,服从您、爱您、敬重您。我的姐姐们要是用她们整个的心来爱您,那她们为什么

> 要嫁人呢？要是我有一天出嫁了，那接受我的忠诚的誓约的丈夫，将要得到我的一半的爱、我的一半的关心和责任；假如我只爱我的父亲，我一定不会像我的两个姐姐一样去嫁人的。

李　　尔　　你这些话果然是从心里说出来的吗？

考狄利娅　　是的，父亲。

李　　尔　　年纪这样小，却这样没有良心吗？

考狄利娅　　父亲，我年纪虽小，我的心却是忠实的。①（第一幕第一场）

考狄利娅说的道理都是正确的，但这样的道理在那种情境下反而显得有些没道理。满怀期待的李尔，当着众多大臣的面以及外国使臣的面，对如此的"挑衅"，肯定是不能容忍的——更何况这是他平时最为疼爱的小女儿说的话，这更加让他失望与不满。因此，父女决裂的结果不仅李尔有责任，考狄利娅同样难辞其咎。

另外，第一幕第一场"分家产"的巨大冲突给观众带来一种错觉，即接下来的叙述可能会围绕着李尔与考狄利娅的父女关系展开。但实际上，随着考狄利娅的远嫁，她几乎在后面的剧情中消失了，使戏剧的情节主要跟随李尔的行踪展开。不仅和李尔相比，考狄利娅的曝光度很低，就是和别人相比她也不见得更受重视。该剧除了李尔与三个女儿的故事线索，另一条并行发展的线索是大臣葛罗斯特一家的遭遇。从某种程度上说，葛罗斯特算得上是"另一个"李尔（或可称为"小李尔"）。所以，考狄利娅不能算是本剧的女主角，悲剧的主人公是李尔本人或者说是一个"李尔组合"。

鉴于此，京剧《歧王梦》似乎有意要还考狄利娅一个"女主"的身份。京剧版在李尔与两个女儿决裂后，即第五场"疯审"开始，就让考狄利娅赶紧上场寻找父亲，意图解决她在分完家产后消失时间过长的问题。但这一改编似乎也有问题，因为从第一场到第五场，间隔的时间不算短，更重要的是寻父的女儿上场后，并没有起到什么特别的作用。剧中描述道她遇见了伶人，并通过伶人的指点见到了发疯的父亲。此刻，失去理智的李尔已经认不出面前的人是

---

① 〔英〕莎士比亚著《莎士比亚四大悲剧》，朱生豪译，人民文学出版社2012年版，第213—214页。

谁。在这整个过程中，人物之间没有真正意义上的情感交流，所谓的"父女相认"，说到底也还是一个可有可无的"垫场戏"——正如京剧《歧王梦》的标题所示，这场戏的核心是李尔和伶人、小丑们做"审判"的游戏。因此可以说，女儿只是充当了一回台上的观众而已，"父女相认"的过程也没能成为一个经典的伦理场面——"相认"无论是情感表达上，还是互动交流上，都不足以打动人心，没能成为此处的主题。

莎士比亚的原作没有让李尔回归家庭，但从跨文化戏曲改编的角度来讲，李尔是走向旷野还是回归家庭，是一个重大的叙事选择。更加倾向于伦理叙事和亲情表达的戏曲，选择表现一个重新回归家庭、重新认识亲情的李尔，让话剧中逐渐淡化了的"父女关系"重新成为故事的主题。所以，在李尔出走后，尽快地让他与三女儿相遇，用新的戏剧手段构建起他们复合的父女关系，可以使故事重新回到家庭叙事的轨道，且在这样的叙事下，三女儿就能成为真正的主角。

《李尔王》的跨文化戏曲改编还需要构建起一个富有伦理色彩的"父女相见"或"父女相认"的场景，"相认"是典型的戏曲场面，也是情感色彩最浓的场面。他们相认的过程，是世态人情的高度浓缩，情感饱满，最能打动戏曲观众。戏曲中这样的场景很多，譬如《琵琶记》中赵五娘与蔡伯喈的相认过程。洛阳城弥陀寺举行佛会，赵五娘弹曲抄化，追荐公婆，与蔡伯喈擦肩而过，结果遗落了公婆的画像，被蔡伯喈拾走。牛夫人要找一个"精细的"仆人，赵五娘被引入府中。牛夫人明白了真相后，暗暗把赵五娘留在府中。蔡伯喈回府观画，见到画像背面的诗句，终于在牛夫人的引荐下，夫妻团圆。整个"寻夫见夫"过程，写得十分曲折。

另一个经典的相认场面，是京剧《锁麟囊》。故事讲述的是薛湘灵遭遇洪灾，家人失散，由富而贫，陷于困顿。她误入赵守贞家做了保姆，可是万万没想到主人竟是自己当年施恩救助之人。因为一次意外，她误闯小楼，看到了当年施恩的证物"锁麟囊"，触动心事，引起了主人的怀疑。赵守贞与薛湘灵相见相认的过程，也是主仆之间审问缘由、确认身份的过程：

赵守贞　啊，薛妈，你到底是哪里人氏？
薛湘灵　登州人氏。
赵守贞　你叫什么名字？

薛湘灵　这……（惊怕不敢说）

碧　玉　嗨嗨嗨！夫人问你话啦，赶紧搭个茬儿呀。一个老妈子还捏酸夹醋的。

薛湘灵　薛湘灵。

赵守贞　喔，薛湘灵，我来问你，你是几时出阁的？

薛湘灵　己酉年，六月十八日出阁，今已六载。

赵守贞　喔，己酉年，六月十八日出阁，今已六载。（对麟儿）啊，儿啊！你今年几岁了？

麟　儿　妈，我不是五岁了吗？

赵守贞　儿啊，你玩耍去吧。

卢天麟　噢！我玩去了。（下）

赵守贞　碧玉！

碧　玉　有。

赵守贞　给薛妈看座。

〔薛湘灵不解赵守贞之意作惊疑状。

碧　玉　我说夫人，在您跟前，哪有她的座儿呀？

赵守贞　快去！

碧　玉　嗳。（碧玉很不乐意，慢吞吞地去把椅子搬到薛湘灵身边，狠狠地将椅子一放）

碧　玉　今日你可来着了，坐下吧。这倒不错，老妈子也来个座儿。

〔薛湘灵十分怕惧，慢慢地走到椅子边，欲坐。

碧　玉　（假装咳嗽）嗯嘿！

〔薛湘灵惊讶地站起。

碧　玉　椅子是木头做的，木能生水，留神烫。

〔薛湘灵将右手水袖一甩在椅背上，表示请碧玉坐下。

碧　玉　不用客气，我站惯了。

〔赵守贞拉薛湘灵坐下。

赵守贞　我来问你，你出阁那日，天气如何，你可记得？

薛湘灵　记得。

赵守贞　记得，讲。

薛湘灵　容禀。

〔薛湘灵起身。

赵守贞　坐下讲。

薛湘灵　（唱〔西皮原板〕）

　　　　当日里好风光忽觉转变，

　　　　霎时间日色淡似坠西山。

　　　　在轿中只觉得天昏地暗，

　　　　耳听得，风声断，雨声喧，雷声乱，

　　　　乐声阑珊，人声呐喊，

　　　　都说道是大雨倾天。（边唱边起身，退到椅后，左手指右上方亮住）〔哑笛〕

赵守贞　大雨倾天，你在何处避雨？

薛湘灵　去到春秋亭避雨。

赵守贞　怎么，春秋亭？我来问你，那日春秋亭避雨，就是你一乘花轿，还有别的花轿无有？

薛湘灵　还有一乘。

赵守贞　哦，还有一乘，那花轿是怎样的风光？

薛湘灵　容禀。

赵守贞　坐下讲。（赵守贞拉薛湘灵坐下）

薛湘灵　（转唱〔西皮原板〕）

　　　　那花轿必定是因陋就简，

　　　　隔帘儿我也曾侧目偷观。

　　　　虽然是古青庐以朴为俭，

　　　　哪有这短花帘旧花幔参差流苏残破不全。〔哑笛〕

赵守贞　怎么，那花轿残破不全么？

薛湘灵　正是。

赵守贞　碧玉！

碧　玉　有。

赵守贞　将薛妈的座位移到客位。（薛湘灵起身，站在椅后）

碧　玉　我说夫人，一个当老妈子的，有个座就可以了，怎么能坐到客位上哪？

赵守贞　不必多言，快去！

碧　玉　嗳！（碧玉把椅子搬到下场门）一个老妈子，也胡摆弄人，您请那边坐吧！（薛湘灵两让座，快步归下场门椅坐下）

赵守贞　那轿中有何动静？你还记得？

薛湘灵　记得。

赵守贞　快往下讲。

薛湘灵　容禀。（接唱）

　　　　轿中人必定有一腔幽怨，

　　　　她泪自弹，声续断，似杜鹃，啼别院，

　　　　巴峡哀猿，动人心弦，好不惨然。

　　　　于归日理应当喜形于面，

　　　　为什么悲切切哭得可怜。

赵守贞　哦，哭得可怜，难道你就袖手旁观不成？

薛湘灵　（接唱）

　　　　那时节奴妆奁不下百万，

　　　　怎奈我在轿中赤手空拳。

赵守贞　赤手空拳，后来呢？

薛湘灵　（接唱）

　　　　急切里想起了锁麟囊一（呀）件，

　　　　囊虽小却能作积命泉源。〔哑笛〕

赵守贞　怎么？你赠她锁麟囊么？（薛湘灵起身站在椅子左边）

薛湘灵　正是。

赵守贞　碧玉！

碧　玉　有。

赵守贞　快将薛妈的座位移到上座。

碧　玉　我说夫人，您这是怎么啦，在您跟前她哪能上座啊。

赵守贞　不必多言，快去。

碧　玉　是。来吧，您哪，步步高升。请坐吧。（薛湘灵三让座，归中座坐下）①

---

① 翁偶虹编剧《锁麟囊》，王吟秋整理，顾永湘记谱，上海文艺出版社1984年版，第68—78页。

"薛赵相认"的场面充满了趣味性、行动性和舞台性，这不仅得益于本剧的两大主创程砚秋与翁偶虹对戏曲艺术的深刻认识，也体现了他们遵从戏曲美学精神的高度自觉——表现失散的亲人或友人之间复杂的相认过程，挖掘其中丰富的人情伦理意蕴，是戏曲的天然优势和特色表达。同样，表现李尔与"失散"的女儿之间重新相见和相认的过程，也是一个极富伦理色彩的场面，围绕着这个场面可以充分地展开想象。比如，流浪的李尔因为什么契机"误入"了女儿的王府？李尔到底是怎样在王府的仆人杂役中"安身"的？父女重见是一种怎样特别的情境？李尔与女儿之间会不会也是相识而不相认，正如蔡伯喈看见父母的遗像时，认不出因饱受饥饿被折磨的面目全非的父母。李尔的小女儿是否会一面打听父亲的下落，一面对已经在自己身边的父亲浑然不觉？这些能将父女联系在一起的画面，会使观众看到一场悲喜交加的情感大戏即将到来。

三、守正创新与结尾转换

李尔王本来是一个悲剧人物，如果想要戏曲版的李尔重新"修复"他与小女儿的关系，全剧重回伦理轨道，是否意味着原剧的悲剧意蕴被大大地削弱了呢？传统的叙事套路会不会让一出充满人性思辨的大戏变得平庸和乏味了呢？

越剧有一出戏与《李尔王》的剧情很相似，名叫《五女拜寿》。该剧由著名剧作家顾锡东编剧，浙江小百花越剧团演出。后来拍成戏曲电影，广受好评，荣获第五届中国电影"金鸡奖"最佳戏曲片奖。《五女拜寿》讲述的是尚书杨继康做寿当天，五个女儿和女婿前来祝贺。养女三春及其丈夫邹应龙因礼物微薄而遭到众人嘲笑，这也引起了老两口的不满。杨继康后来失势，被宰相严嵩革职。当老两口投奔其他的几个女儿、女婿时，遭到了冷落。一天，贫病交加的老两口偶遇三春，被女儿接回家悉心照顾。剧末，邹应龙考中状元，扳倒了严嵩，杨继康官复原职。等到又一年寿宴，趋炎附势的几个女儿、女婿聚在一起，感到无地自容，而杨继康夫妇也在与三女儿的相处过程中更加懂得了亲情的可贵，与三女儿一家共享天伦之乐。

《五女拜寿》是中国传统故事，展现了家庭伦理由破坏到修复的过程，针砭了嫌贫爱富的世俗眼光。需要注意的是，其叙事虽然以家庭伦理为主、政治斗争为辅，但会让观众有一种辅线对主线制约的感觉，"大团圆"结尾也有些理想化，甚至失去了让人回味的空间。虽然我们强调，跨文化戏曲改编要尊重戏曲的伦理精神，但"大团圆"结尾并不是一成不变的，或者说"好人好报的故事"并非"大团圆"的全部内容。比如，孔尚任的《桃花扇》，其结局的生旦双双入道，便是另一种"大团圆"的写法；曹雪芹的《红楼梦》，其故事末尾"白茫茫大地真干净"，同样符合中国人的审美。

这说明中国式的"大团圆"有着丰富的资源可以挖掘，把"好人好报"的故事看成唯一标准，其本身就是对中国文化的误读。因此，不走《五女拜寿》的叙事路线，在悲剧意蕴上让戏曲版《李尔王》保留更多的思辨空间是有必要的——毕竟，李尔是一个经历过巨大人生变故的老国王，他当然会对权力、地位、财富、亲情等有不同于一般人的认识。

还有一点需要注意的是，围绕着出走后的李尔，那些戏谑的场面透露出"宫廷叙事"与"民间叙事"的差异。宫廷叙事是从"分家产"开始的，后来又围绕着大女儿和二女儿的明争暗斗展开。虽然在李尔本人的故事里没有多少内容是围绕宫廷展开的，但是"分家产"的线索却是两个女儿命运的主线。京剧版中，上官蒙挑拨两个女儿"宫斗"甚至自相残杀，最后阴谋暴露，也是为了揭示宫廷斗争的丑恶，这种环境与走出宫廷的李尔所生活的民间世界形成了鲜明对比。

原剧中，李尔在民间结交了不少新朋友（如弄人、埃德加等），这些人大部分是优伶和小丑——其实这个较为单一的"人设"，还是受制于宫廷叙事这一戏路的影响。另一方面看，优伶和小丑的存在也确实增加了本剧的喜剧色彩，体现出莎剧"悲中含谑"的特色。这一点其实和戏曲是相通的。不过，我们也要看到，在优伶和小丑身上，有着比较浓厚的"西式"痕迹——并不是说换成中国伶人的表演就实现了戏曲化，更为重要的是要让这些围绕着李尔的贩夫走卒提供更多的带有民间生活底色的内容和表达。

原剧中流浪的李尔来到了"荒原"，然而戏曲版的李尔更应该走向的是"民间"。重新梳理他与民间底层人民的关系，为他建构一个全新的"朋友圈"——优伶、武侠浪子、强盗飞贼、乞丐、农民、落魄秀才等，或许可以成为打开李尔反思人生、命运、人际关系的重要桥梁。而且，李尔王"朋友圈"的出现，实际上提供了三方面重要的内容：一是构建起比原作更丰富的戏剧场面，其中既有伶人、小丑，更有各行各业的普通人；二是开阔了李尔的眼界，开启了他的全新人生，甚至连他的精神世界也是全新的；三是为随后"父女重逢"的场面做了铺垫。

莎士比亚笔下的父女关系是水火不容的，甚至让人觉得父亲不像父亲，女儿不像女儿。京剧《歧王梦》也差不多遵循了话剧的悲剧思维，在"孤愤""疯审"的行动中，让李尔尽情地发泄愤怒，尽情地咒骂，表现出与忘恩负义的女儿誓不两立的决绝——人们很难想象，假如两个女儿最后不是自相残杀，而是再次"落在父亲手里"，李尔会原谅她们吗？他会施加报复和惩罚吗？历经痛苦与劫难的李尔，即使在命运的安排下或在一场大梦中，重新回到故事的起点，重新再分一次家产，他的言行、思想会有哪些变化？显然，这个富有深意又让人回味的结尾包含这样一种"余音"——简单的道德判断是不好回答的——戏曲版的《李尔王》要想与时代接轨，就必须从一般化的叙事套路中跳出来，为这个问题找到更多的且更具启发意义的答案。

《麦克白》戏曲改编刍议

【德育思考与要点提示】

莎士比亚的悲剧《麦克白》有着突出的艺术特色——精准而又深刻地挖掘了人物的心理变化,尤其是对贪婪的欲望不断吞噬人性的过程有成功的表现。从昆曲《血手记》到徽剧《惊魂记》,可以看出戏曲对这部名剧的改编不断地发展和完善,其成功的关键在于对主题性和创造性的坚持。

不同于莎士比亚的其他历史剧,《麦克白》的情节线索显得格外简洁,故事基本上舍弃了外在社会背景的描述以及情节线索的穿插,将笔墨集中在两个悲剧人物身上。所以,译林出版社出版的《麦克白》,其"导言"是这样写的:"同莎翁历史剧及其他一些悲剧中那对事件的侧重和对问题的兴趣相比,这出剧着重描写的是人的感情和心理活动。虽然我们可以说剧本揭示了权力对人性的腐蚀,但它终究只是展现了结果而不是探究原因"。[①]

悲剧《麦克白》共五幕二十九场,情节如下:

悲剧《麦克白》各场次内容介绍

幕次	场数	地点	内容	核心场次
第一幕	共7场	荒原、营地、福雷斯王宫、麦克白城堡	麦克白与班柯听到女巫预言;麦克白夫人劝夫杀死住在城堡里的国王邓肯	第七场"劝杀",麦克白夫人诱劝丈夫杀王

---

① 〔英〕莎士比亚《莎士比亚全集》(6),朱生豪等译,译林出版社1998年版,第113页。

续表

幕次	场数	地点	内容	核心场次
第二幕	共4场	麦克白城堡	麦克白在夫人的帮助下杀死邓肯,并留下严重的心理阴影;同时因为嫁祸逃亡的王子受到猜疑	第二场"惊杀",麦克白夫人极力安抚杀人后的麦克白
第三幕	共6场	福雷斯王宫、荒原	麦克白派遣刺客杀死班柯;麦克白在宫廷宴会上见到鬼魂,不禁暴露内心的秘密	第四场"惊魂",麦克白在宫廷宴会上见到复仇的鬼魂
第四幕	共3场	山洞、法夫城堡、英格兰王宫	麦克白得到女巫和幽灵们的预言,重建必胜的信心;麦克德夫逃亡,他的家人全部被杀害	第一场"灵契",麦克白得到幽灵的咒语启示,相信自己不败;第二场麦克德夫一家被杀
第五幕	共9场	邓西嫩、乡野	咒语被破解,麦克白战死;麦克白夫人亦自杀而死	第一场"治病",麦克白夫人梦游症无可医治;第八场"破咒",麦克德夫"非妇人所生"破解咒语,麦克白被杀

整体来看,悲剧《麦克白》的戏剧情节紧凑,戏剧进程较快,故事紧紧围绕着麦克白夫妇"杀人"和"被杀"的过程展开。在1987年第一届中国莎士比亚戏剧节上,上海昆剧院推出了根据《麦克白》改编的昆剧《血手记》。该剧阵容强大,由著名戏剧家黄佐临担任艺术顾问,李明耀导演,计镇华、张静娴领衔主演。2006年该剧复排,主演换成了年轻一代的领军人物吴双、余彬等,新版在保留原作精华的基础上,根据时代的审美,精心打磨,推陈出新。

昆剧《血手记》共八场,分别是"晋爵""密谋""嫁祸""刺杜""闹宴""问巫""闺疯""血偿"。针对昆剧的改编,戏剧家黄佐临指出,它"充分发挥本剧种传统的程式手段'载歌载舞',努力使莎剧昆曲化"。[①] 四川外国语大学李伟民教授认为,"昆剧《血手记》不是一般地搬演莎剧,而是用昆剧传统手法精彩地进行再创造。"[②] 左絃认为:"昆剧《血手记》的导演和演员有心于运用昆剧特点以发扬莎翁剧作之长,他们别具匠心地做出了努力。"[③]

[①] 黄佐临《昆曲为什么排演莎剧》,载于《戏曲艺术》1986年第4期。
[②] 李伟民《莎士比亚悲剧〈麦克白〉在中国的传播和影响》,载于《西北民族大学学报(哲学社会科学版)》2006年第1期。
[③] 左絃《"昆味"与"莎味"的结合——昆剧〈血手记〉观后》,载于《上海戏剧》1987年第4期。

戏曲理论家曹树钧对这部剧作在"中国化"上的探索成就予以了肯定，认为"在艺术上，昆曲《血手记》在'中国化'方面也是做得相当彻底。"[①]

确实如此，昆剧《血手记》在舞美设计与人物扮相上有较鲜明的特色。比如，马佩（麦克白）将军的府邸，只摆放桌椅与香炉，陈设简单；盛大的"宴会"场景，也只是在舞台正中和两侧各设一座呈"三堂桌"样式，完全按照传统戏曲舞台格局设计。再如，马佩本人的扮相参照了红生、老生、武生的装扮——夫子盔、红靠、髯须，手提马鞭，腰悬龙泉剑，俨然一副中国古代武将的形象。马佩夫人铁氏（麦克白夫人）所饰演的行当是闺门旦、花旦、劈刺旦的融合，意图在于综合多种艺术手段塑造人物复杂的性格，尽可能地在戏曲舞台上展示人物的复杂性与立体性，"有机地把真、善、美和假、恶、丑的灵魂揭示给观众"。[②] 尤其吸引观众的是，原剧中较为"模糊"的鬼魂形象具象化地呈现在舞台上，与人物同台做戏，舞台效果生动有趣，且鬼魂形象的塑造借鉴了传统的"鬼戏"，呈现出幽暗、恐怖、诡异的特色。

沿着昆剧《血手记》开辟的道路，2013年由安徽省京剧院制作，孙强编剧，徐勤纳导演，汪育殊、陈娟娟主演的徽剧《惊魂记》进一步深化了《麦克白》的跨文化改编之路，其故事背景和人物均来自中国古代。

总体来看，徽剧《惊魂记》与昆剧《血手记》的叙事结构大体一致，也是八场戏，分别为"预言""封赏""密谋""血剑""绝杀""惊魂""血手""血债"。不过认真对比后会发现，二者在戏剧风格、美学追求上有所区别——徽剧既借鉴了昆剧的成果，又结合了剧种自身的特点，为跨文化戏曲改编树立了新标准，做出了符合时代发展的创新。戏剧理论家黄佐临说："比起莎士比亚时代的表现手法来，我们的戏曲要丰富得多。"[③] 黄佐临的话里既包含了对中国戏曲表演手段的充分肯定，又说明了跨文化戏曲改编在创意和创新上体现出优越性。

---

① 曹树钧、孙福良《莎士比亚在中国舞台上》，哈尔滨出版社1989年版，第192页。
② 沈斌《中国的、昆曲的、莎士比亚的——昆剧〈血手记〉编演经过》，载于《戏剧报》1988年第3期。
③ 黄佐临《莎士比亚剧作在中国舞台演出的展望——在首届中国莎士比亚戏剧节学术报告会上的发言》，载于《莎士比亚在中国》，上海文艺出版社1987年版。

一、重塑"巫"的形象和开拓"巫"的功能

"巫"在跨文化戏曲改编中有着重要的叙事作用。在莎士比亚的原剧中,"巫"是一个比较复杂的形象,多次出现,且人数众多。除了和麦克白发生直接关系的三个女巫,还有位置更高的管辖这些女巫的赫卡忒以及她身边的另外三女巫。除了这些众女巫,还包括幽灵世界的三幽灵,分别是"戴盔之头"的第一幽灵,"流血之小儿"的第二幽灵,"戴王冠之小儿、手持一树"的第三幽灵。在这三幽灵之外,还有与班柯鬼魂同上同隐的"作国王装束者八人":

> 怎么,又是一个戴着王冠的,你的头发也跟第一个一样。第二个过去了,第三个又跟第二个一样。该死的鬼婆子!你们为什么让我看见这些人?第四个!跳出来吧,我的眼睛!什么!这一连串戴着王冠的,要到世界末日才会完结吗?又是一个?第七个!我不要再看了,可是第八个又出现了,他拿着一面镜子,我可以从镜子里面看见许许多多戴王冠的人;有几个还拿着两重的宝球,三头的御杖。可怕的景象!①

莎士比亚描写出鬼蜮世界的"群巫形象",但其中最重要的当属预告了麦克白命运发展的"三女巫":"手携手,三姊妹/沧海高山弹指地/朝飞暮返任游戏/姐三巡,妹三巡/三三九转蛊方成。"②到了昆剧《血手记》,三女巫变成了"三仙姑",由一高二矮的三位男性演员扮演,以丑行应工,通过"矮子步""滚背"等程式化的动作造型烘托出全剧恐怖的气氛:"按照剧情的需要,把三个女巫诱惑马佩野心疯狂症的戏剧行动与造成剧情需要的恐惧气氛糅合起来。"③总体而言,昆剧版的"三仙姑"是神秘的、夸张的、邪恶的。

徽剧《惊魂记》里,三女巫又变成了"三神仙",在一定程度上吸收了昆剧的创意,但又有所发展。比如,"三神仙"的形象不再整齐划一,也不再是统一的行当,而是换成了花脸、小丑和彩婆。徽剧的开场是"三神仙"吵吵闹闹地议论战况,气氛热烈,与昆剧、莎剧所表现出的舞台气氛截然不同:

---

① 〔英〕莎士比亚《莎士比亚全集》(6),朱生豪等译,译林出版社1998年版,第164—165页。
② 同上,第121页。
③ 沈斌《中国的、昆曲的、莎士比亚的——昆剧〈血手记〉编演经过》,载于《戏剧报》1988年第3期。

看啦，快来看啦／争权夺利打起来啦／又打起来了／杀杀杀／真带劲真过瘾／子胤将军一定会打赢／刀光剑影、排山倒海、气势非凡／看，子胤将军和许国元帅打得是难分难解啊／血到处都是血，太残忍了／尸横遍野真带劲真过瘾。①

如果说昆剧或莎剧的开场让人感到恐惧、害怕，那么徽剧的开场则令人感到可笑、戏谑，是完全不同的色彩与基调。另外，徽剧的开场不仅仅是为了烘托气氛，也并非停留在一般化的人物介绍层面，而是通过"三神仙"的嬉笑怒骂，使本来严肃、紧张的悲剧呈现出了荒唐、可笑的本色。同时，通过"争吵"的场面，在不经意间把原本类型化的女巫形象做了性格化的区分：

彩　婆　子胤将军是天下最英俊的帅哥。
花　脸　唉，子胤将军是天下最勇敢的将军。
彩　婆　最美的帅哥！
花　脸　将军！
小　丑　不要吵！是将军是帅哥，与你们有什么相干？你们可知道，他立了大功以后，会发生什么有趣的事？
彩　婆　他一定会有许多许多的美人，会浪漫一生。
花　脸　他一定英勇杀敌战死沙场马革裹尸！
小　丑　我看，都不对！
二　人　难道他会忘乎所以做出傻事……
小　丑　那可说不定。喏，我们何不变作他身边的人看看子胤做些什么？
彩　婆　他做好事我们就帮他。
花　脸　他做坏事我们也助他。
三　人　有趣，有趣！哈哈哈。
彩　婆　子胤将军的人马班师回朝啦！②

---

①　相约花戏楼，徽剧《惊魂记》，https://www.bilibili.com/video/BV1UW411v7oE/?spm_id_from=333.337.search-card.all.click，访问日期：2023年2月。

②　同上，访问日期：2023年2月。

具有冲突关系的人物当然要有更具性格化的语言，这就与昆剧《血手记》"三巫合一"的效果完全不同。昆剧中"三仙姑"的念白是韵白，这似乎是为了有意减少巫的"人气"与"生气"，刻意增添进"鬼气"与"妖气"。请看昆剧中"三仙姑"的自我介绍：

> 我乃名做真时真亦假／我是权在手中不放手／我是利欲熏心死不休／结伴儿滩上浮游／对对对，结伴儿滩上浮游／寒风吹得咱热汗流／毒日晒得咱心冰透／练就了冷眼利口／说坍它凤阁龙楼／煽风点火又浇油／吉凶祸福人自咎。（第一场"晋爵"）①

再如，昆剧第六场马佩求仙姑降祯祥，"三仙姑"猜测马佩心事的念白：

> 陛下愁眉深锁想是郑公为何／想是外患内忧饱尝苦果／满耳是神哭鬼歌你无处闪躲／为的是边战烽火你外强内懦／不辞辛劳求救于我；那玉皇爷特告你天骄马哥／转眼间海不扬波／你担心实在可笑／除非是树林摇篮／除非是非胎生的妖孩一个；可怜你娇滴滴好老婆／病入膏肓吉少凶多／她那边走火入了魔／身后事早张罗／身后事早张罗，早张罗。②

从整体上看，"三仙姑"形象的鬼魅化、形体的木偶化、言语的韵白化以及舞台灯光、伴奏较为阴冷邪怪的处理，共同营造出一个魑魅魍魉的鬼蜮世界，这是对莎剧"荒原"世界的继承与发展。

相较而言，徽剧《惊魂记》里的"三神仙"从装扮到表演，都有意向人世生活靠拢。这种自觉的"靠拢"意识，后来居然演变成一个重要的戏剧行动："我们何不变作他身边的人看看子胤做些什么"。③神仙的这句话，不经意间拓展出他们在剧中的新功能，即他们不仅仅是预言、恐吓、诅咒的代表，而是被

---

① 昆剧《血手记》，1998年吴双、余彬版。需注意的是，1987年首演版与1998年版相比，开场女巫的念白稍有不同，"我乃真也假／我乃善也恶／我乃美也丑／结伴儿滩上浮游／这寒风吹得我热汗流／毒日晒得我心冰透／练就了冷眼利口／说坍它凤阁龙楼／谁问咱吉凶休咎／给他自由"。

② 昆剧《血手记》1998年吴双、余彬版，第一场"晋爵"。

③ 相约花戏楼，徽剧《惊魂记》，https://www.bilibili.com/video/BV1UW411v7oE/?spm_id_from=333.337.search-card.all.click，访问日期：2023年2月。

赋予了情节性、结构性的戏剧作用:"这三个神仙比起原著的女巫更加精灵古怪,为了考验子胤将军而不断变化身份,为了好戏在后头而故意放走国王的忠臣良将,既顺应神仙们的贪玩性格,又牵引着剧情发展。"①

接下来,"三神仙"自然而然地成为除了主人公外,戏份最多的人,且其身份不同——御医、宫女、丫鬟、门官、太监、将军等。同时,我们看到"三神仙"在剧中不断地跳进跳出,既是参与犯罪的人,又是旁观议论的人,将莎士比亚悲剧中女巫口口声声说的"真亦假""善亦恶"的哲理发挥到了极致——虽然在中国传统戏曲里的"副末开场"中,"副末"是兼具扮演与评论职能的重要人物,且《桃花扇》中"老赞礼"的形象进一步将"副末"戏剧化、人物化。②但在徽剧中,"三神仙"的设置似乎又将这种形式推向一种"戏中戏"的效果,给人一种自导自演一部人间戏剧的感觉。

在"三神仙"眼中,世间万事皆是"戏"——作善是戏,作恶是戏;真是戏,假亦是戏,使剧中神仙自身的作为和追求有了强烈的娱乐色彩和游戏效果。因此,从某种程度上说,原作极力渲染又在昆剧《血手记》中通过戏曲手段丰富的画面,被徽剧彻底改造成一种民俗性、游戏性的场面。比如,《惊魂记》中"三神仙"向子胤(麦克白)述说其命运的"预言",正是这种游戏场面的体现:

小　丑　我们是上知五百年,下知五百年的……
子　胤　就说说本将军此次立功回朝,大王会如何加封于我。
花　脸　有好戏看了啊。
子　胤　快说,本将军倒要听上一听。
小　丑　我们赠你寓言三则。
子　胤　寓言三则?你且讲来。
小　丑　(戏谑地)唵嘛呢叭咪吽。
　　　　(唱)你将要先封靖边侯,
三　人　(舞蹈)威名天下扬。皇恩浩荡,泽被四方。
小　丑　梅开二度再封赏,官上加官,你盖世无双。

---

① 胡雪菁《评徽剧〈惊魂记〉兼谈跨文化戏剧观赏》,载于《大舞台》2019年第2期。
② 钟鸣《"大小之别"与"远近之别"——论〈桃花扇〉对传统剧作法之贡献》,载于《戏剧》2012年第2期。

子　胤　论我的功劳自然应该是官上加官，但不知加的什么官？

小　丑　辅佐君王在朝堂，拜将又封相。

子　胤　一人之下万人之上！又恐是口若悬河瞎捧场。

小　丑　（唱）寓言第三，前途更是
　　　　　　前途无限量。
　　　　　　我料定你还要当，当君王。①

　　结合文字可以看到，三神仙说出这段令人震惊不安的话时，完全是一种歌舞化、娱乐化的状态；三神仙与子胤的交流，也完全是普通人之间的问答。子胤身边的三神仙，与其说是三个神仙、巫女，倒不如说他们更像中国古代宫廷里起着讽谏、告诫、提醒作用的俳优和优伶！我们知道，中国古代有"俳优之歌，嗤戏形貌"的传统。比如"优孟衣冠"的故事说的就是优孟为了游说楚王优待大臣孙叔敖的后代，扮成死去的大臣模样，使楚王误以为孙叔敖死后复生，从而意识到自己的过错。本剧中的三神仙又何尝不能被理解成，是"优孟"在以另一种方式参与宫廷政治叙事呢？因此，徽剧《惊魂记》中的"三神仙"不仅体现了中国戏曲"戏"的精神，更将传统文化中"优"的形象嫁接到了《麦克白》的故事中，使本剧在戏曲化、徽剧化的基础上进一步与中国历史传统相契合。

二、夫人形象的革新与夫妻关系的重塑

　　对麦克白夫人形象的再塑造一直是莎剧跨文化改编的重点，由此深入展示的麦克白夫妇的关系及形象也是重要的叙事内容。麦克白夫人是世界戏剧人物艺术长廊中不可多得的女性形象，从某种角度来说，她比第一主人公麦克白更有光彩。

　　莎士比亚为麦克白夫人设置的戏剧行动主要有两个：一是"劝杀"，即第一幕第七场，麦克白犹豫不定，麦克白夫人的劝说与不满让他终于坚定了弑君的决心；二是"助杀"，即第二幕第二场麦克白杀死邓肯后，麦克白夫人努力

---

①　相约花戏楼，徽剧《惊魂记》，https：//www.bilibili.com/video/BV1UW411v7oE/?spm_id_from=333.337.search-card.all.click，访问日期：2023年2月。

安抚丈夫失控的心智和动摇的意志，冷静地把丈夫带出的刀子重新放了回去。这两个行动体现出麦克白夫人冷血强悍的个性，简直称得上是"女巫在人间的代言人"和"引领麦克白杀人的精神导师"。麦克白夫人"劝杀"的主要逻辑是，对丈夫身上体现出的犹豫极尽嘲讽，从而激起麦克白作为男人的"羞耻之心"：

> 那么当初是什么畜生使你把这一种企图告诉我呢？是男子汉就应当敢作敢为；要是你敢做比你更伟大的人物，那才更是一个男子汉。那时候，无论时间和地点都不会给你下手的方便，可是你却居然会决意实现你的愿望；现在你有了大好的机会，你又失去勇气了。我曾经哺乳过婴孩，知道一个母亲是怎样怜爱那吮吸他乳汁的子女；可是我会在他看着我的脸微笑的时候，从他的柔软的嫩嘴里摘下我的乳头，把他的脑袋砸碎，要是我也像你一样，曾经发誓下这样毒手的话。（第一幕第七场）①
>
> 我的两手跟你同样颜色了，可是我的心却羞于像你那样惨白。（敲门声）我听见有人打着南面的门，让我们回到自己房间里去，一点点水就可以替我们泯除痕迹。不是很容易的事吗？你的魄力不知道到哪儿去了。（第二幕第二场）②

相较而言，昆剧《血手记》里"劝杀"的行动比原剧复杂得多。其"劝"的整个过程安排细致，逻辑清晰，动作性强。首先，马佩（麦克白）归来，自夸被封为"一字并肩王"，一人之下万人之上。铁氏（麦克白夫人）不但不高兴，反而沉默不语地走开，坐到椅子上，令丈夫马佩疑惑不解。铁氏以另一位被封为"一字并肩王"的反叛者司徒为例，向丈夫说明功高盖主有被剿灭的风险，加以警示。但马佩认为国君性格仁爱，不会加害于他。铁氏以马佩"生性懦弱，易遭小人嫉恨"为由，劝马佩辞官交权。然而心高气傲、正当盛年的马佩自然不会同意告老还乡。铁氏告诫他"既交不得兵权，就要动用兵权"，且提醒他"现在正是动手的最好时机"，心慌意乱的马佩顾左右而言他，想要做最后的挣扎。他要离开之际，铁氏告诉他自己昨晚做的怪梦，她梦见虎踞龙

---

① 〔英〕莎士比亚《莎士比亚全集》（6），朱生豪等译，译林出版社1998年版，第131页。
② 同上，第137页。

床，梦中所发生的一切正与女巫的预言一致，终于动摇了马佩不肯作恶的决心。为了保证行动的万无一失，铁氏向丈夫和盘托出计谋"将军将军切勿彷徨／只怨他自投罗网／你若要想登九五，妙计一桩／趁良宵神鬼不知自溅龙床／到明朝嫁祸除王党／你是百官朝拜的好皇上／妾身是铁心铁胆的铁皇娘"。[①] 同时，她再次提醒丈夫不要"当断不断，妇人之仁"。整个"劝杀"过程，一气呵成。

徽剧《惊魂记》里"劝杀"的行动，由齐姜（麦克白夫人）三声奉承的称呼引起，当然也遭到了子胤（麦克白）的强烈反对。齐姜愤然指责丈夫是"可怜英雄志，全为他人忙；卧刀丛，战蛮荒，犹如那猎犬奔命打围场"。即使这样，子胤仍不为所动。这时三神仙不甘寂寞地冲了出来，仿佛要为这件事"添一把火"。她们急切地告诉夫妇二人，"郑王立刻就到，而且会夜宿相府"。这个消息让齐姜不禁喊出"我要杀人"的心里话。齐姜拉住子胤，让他"一剑定乾坤"。子胤以武生的身段和一系列程式表演，表现出"心裂如焚五内乱"的精神状态——一切表演完成后，主人公也似乎"由外到内"完成了内心的转变。紧接着，上演的是"血剑夺权"的戏码。

莎翁原剧里，女人对男人的懦弱极尽挖苦之能事，从而激起了男人的羞耻心使他不得不选择杀人，以证明自己并不比一个女人差，这条戏路被戏曲不同程度地借鉴过来。但戏曲对"劝杀"又做了进一步的补充。如昆剧《血手记》中，把"功高盖主""伴君如伴虎"等传统观念放进劝说的逻辑，又将女巫的"预言"引入劝说的高潮，推动了戏剧进程，使马佩最终认同了妻子的话。徽剧《惊魂记》则充分调动"三神仙"的参与作用，在人物摇摆不定的关键时刻，通过她们传递消息，引起人物内心的贪欲，从而完成推动人物"下定决心"的任务。在这个过程中，演员运用身段动作表达出犹豫、痛苦等精神状态，同时将这些身段动作与人物心理结合起来，这样就显得别致而又有趣。

这两种完全不同的"劝杀"过程，均有莎剧第一幕第七场做底子，也都是在原剧基础上的完善和提高。不过，这对于刻画麦克白夫人鲜明、独特的形象而言是远远不够的。戏曲改编者似乎意识到了这个问题，为塑造人物创造了许多新场面，于是便有了《血手记》"闺疯"一场。这样的场面被称为"无中生有"的场面。

[①] 七彩戏剧，昆剧《血手记》，https：//www.bilibili.com/video/BV1Ws411W7AT/?spm_id_from=333.999.0，访问日期：2023 年 2 月。

所谓"无中生有",指的是将莎剧中分散的、隐藏于幕后的迷狂行动进一步提炼、合并以及充分展现。原剧在"劝说""宫廷宴会"两场戏后,麦克白夫人就基本"隐"于幕后了。等她再次出场时,已经是一个"夜游症"病人,连医生都回天无力。请看《麦克白》最后一幕的开场:

> 侍　女　自从王上出征以后,我曾经看见她从床上起来,披上睡衣,开了厨门上的锁,拿出信纸,把它折起来,在上面写了字,读了一遍,然后把信封好,再回到床上去;可是在这一段时间里,她始终睡得很熟。
> ……　……
> 〔麦克白夫人持烛上。
> 医　生　她现在在干什么?瞧,她在擦她的手。
> 侍　女　这是她的一个惯常动作,好像在洗手似的。我曾经看见她这样擦了足有一刻钟的时间。①

"夜游"中,麦克白夫人与幻觉中"我的爷"对话,使观众看到她对无法洗净的沾满鲜血的双手恐惧至极,人物内心"无限凄苦"。然而如果说这段戏还有什么遗憾的话,那就是缺少一个单独的戏剧场面。原剧中,它甚至只是主人公麦克白荒原战死前的"垫场戏"。

昆剧《血手记》"闺疯"一场,显然弥补了这个缺失,成为众多场面里最经典的一场戏。"闺疯"运用了昆曲旦角的表演技巧,展现出铁氏被内心和眼前的重重幻象折磨至死的过程,既有充分的情感依据,又符合戏曲审美,较好地把原剧与新作进行了"缝合"。甚至一些观众认为,它十分像传统老戏《打金砖》——那是一部经典剧目,主人公刘秀因大臣的枉死,遭到冤魂索命,最后惊惧而亡。因此,"闺疯"又被称为"昆剧版女《打金砖》":

> 在《血》剧第七场"闺疯"中,铁氏先伴随〔斗鹌鹑〕曲牌边唱边表现"洗血手"。接着,铁氏幻觉中的鬼魂影像一个个以实体的形态出现在舞台上。面对郑王鬼魂的追逐,铁氏快速圆场、鹞子翻身、翻甩水袖亮

---

① 〔英〕莎士比亚《莎士比亚全集》(6),朱生豪等译,译林出版社1998年版,第177—178页。

相。杜戈鬼魂挥刀砍来，铁氏跪步求饶。看见梅妻鬼魂，铁氏惊吓得连转身蹲式亮相，在梅妻鬼魂的逼近下她用了繁复精彩的水袖功，还用了快速的碎步"圆场"，二人"推磨"。对于绿鹦鹉鬼魂，铁氏与其追打，也运用了去手水袖，鹦鹉则在其周围"走旋子"一圈。最后，几个鬼魂一起上场围住她，铁氏惊叫逃窜（圆场）、跪步求饶、翻甩水袖，鬼魂一齐向她"喷火"，铁氏用了一个高难度动作来表现自己一命呜呼。[①]

用《打金砖》来形容"闺疯"，是要说明这出戏在观众心中是一出做功繁重的戏。该戏确实也用到了大量的戏曲身段，刻画"铁氏被五鬼索命"的过程。

徽剧《惊魂记》"血手"一场，算得上另辟蹊径：一方面它有"卧鱼""僵尸"等动作技巧，另一方面它十分重视唱腔的叙事性和抒情性。比如以下这个段落：

齐　姜　（唱）为什么兄弟同胞全不顾，
　　　　　　为什么父母亲情全不认，
　　　　　　使尽奸计狠下毒手，
　　　　　　杀兄弑父血溅午门，
　　　　　　都只为权倾天下，
　　　　　　这财富归一人，
　　　　　　……
　　　　　　耀眼的金冠夺目摄魂，
　　　　　　全不顾下地狱永难翻身。
　　　　　　我要亲自动手，
　　　　　　亲自动手拼出全身劲哪。
　　　　　　老王呀，
　　　　　　今日就是你明年的祭辰哪。（欲杀太医的身段）
　　　　　　……

[①] 李小林《"移步不换形"：〈血手记〉和〈欲望城国〉的迥异"移步"》，载于《戏剧艺术》2013年第3期。

〔太医、侍女隐。

〔子胤恍惚中上场。

子　胤　王后，王后，

齐　姜　我怕，我怕。

〔两人惊恐地拥抱身段。

齐　姜　（接唱）血手难掩罪千般，

　　　　　　　阴风冷雨袭宫窗，

　　　　　　　这黄金宝殿光灿烂。

子　胤　不要丢下我，我也怕啊。

齐　姜　（唱）魂似游丝，

　　　　　　　留留留，留命难。（僵尸倒地，死）①

《惊魂记》"血手"一场并没有直接呈现王后被五鬼折磨的场面，而是在莎剧——医生与侍女谈论病情，王后梦游情节的基础上，让已经疯魔的王后与医生、侍女不断地交流：齐姜一会把老迈的医生看成夫君，与他有亲昵的动作；一会把医生看成被杀的国王，以至于夺过医生的手杖，要除之而后快。这种"疯魔"的表现虽然不像《血手记》那样有明显的创新，但实际上也是一种"不露痕迹"的转化，类似《宇宙锋》——与《惊魂记》整体的风格相符，因此得到了观众的认可。

另外，还需要注意的是徽剧《惊魂记》在原剧基础上嫁接出一段新内容：夜游的齐姜在疯魔的高潮与丈夫子胤相遇，在二人相互倾诉内心的恐惧中，她死在了当场——《麦克白》里，麦克白夫人之死并没有在舞台上直接呈现，而是通过信使之口告诉了即将出战的麦克白。徽剧《惊魂记》中，这对有着相似病症的夫妻，在"宴会"和"夜游"两场分别说出自己内心的惊恐，使其由分到合的命运走向更加清晰完整，同时体现出"双线叙事"的特色，即原来以麦克白为单一主人公，发展成为以麦克白夫妇为双主人公。

当然，此时让这对夫妻在悲剧的高潮相遇，又在痛苦的高潮告别，是对夫妻二人情感关系的揭示，这一点也正是大部分跨文化改编之作（包括话剧）所

---

① 相约花戏楼，徽剧《惊魂记》，https://www.bilibili.com/video/BV1UW411v7oE/?spm_id_from=333.337.search-card.all.click，访问日期：2023年2月。

缺失的内容。戏曲改编西方经典剧作的固有思维是用戏曲手段丰富西方故事的呈现方式，但对于如何尊重戏曲本身的伦理要求、情感传统、价值观念，人们缺乏足够的关注。因此，《惊魂记》里的"血手"，不仅仅是增加了一场戏，而是触及到跨文化戏曲改编最深层的问题，为我们提供了难得的参考样本与借鉴案例——它提醒我们，原样的呈现和形式化的改编只是跨文化改编早期的经验，新时代应对创作有新要求，这个要求就是即便是对西方作品的改编和移植，也要像传统戏一样回归戏曲的本质与美学属性。

《榆树下的欲望》川剧改编刍议

【德育思考与要点提示】

川剧《欲海狂潮》改编自美国剧作家尤金·奥尼尔的悲剧作品《榆树下的欲望》，讲述了一段有关欲望、财富与爱情的故事，揭示了情欲和贪欲对人性的毁灭，引发了人们对"真善美"的渴望与珍惜之情。该剧在戏剧结构、场面创造与人物刻画上体现出主体意识与创新意识，其成功的经验对跨文化戏曲改编有重要的启示。

一、中国化的改编要求审美转换

西方名剧的改编是当代戏曲创作的一个重要类型，通常被称为"跨文化戏曲改编"。自20世纪初戏曲改良运动以来涌现出许多移植改编自西方小说、戏剧的作品，如《借债还肉》《摩登伽女》等。经过百年的发展，跨文化戏曲在改编路径和改编方法上已不同过去——传统的改编往往立足于将一个经典的西方故事用戏曲的形式表现出来，其突出的特点是把传统的艺术手段放在改编的重心，即将唱腔的创作、人物行当的划分、武打身段的安排等必要的技术转换作为改编首要解决的问题。如果面对文化观念差异不大、人物性格相对简单的题材，这种创作方式确实能够较为便捷而又直接地实现故事的嫁接和转换。但如果碰到带有强烈的宗教色彩和矛盾冲突的作品，这种以"技术转换"为核心的做法就有巨大的局限——那些显著地带有西方宗教、伦理、美学特色的作品，与传统戏曲的历史观、审美有着本质区别，如果忽略了这种差异而只是停留在技术转换层面，就会造成内容与形式的矛盾，且这种矛盾会明显破坏观众的观剧体验，出现"为技术而技术"的误读。

跨文化戏曲改编从技术转换到审美转换，是历史发展的必然。早期的跨文化戏曲改编确实有着"以西为师"的色彩，然而随着文化自觉性的提升以及新时代历史进程的加快，跨文化戏曲改编在思想基础与创作动机上发生了根本性的变化，其中最为关键和最为重要的变化是，创作的主体意识已由自发走向自觉——强调创作的主体意识，打破了原剧的限制，解构和结构原剧中包括时代背景、人物身份、情节场面等方面的内容，在相似的戏剧情境中探索具有东方审美的戏剧行动。

剧作家罗怀臻很早就对戏曲改编外国名著的方法进行了总结，他认为大致有以下三种方式："一是翻译为中国语言，照搬照演；二是只借取人物情节，完全中国化；三是既遵从原作精神，又进行再度创作，使之呈现出一种'融合'的格局。"[①] 他的观点后来得到了另一位戏曲剧作家龚孝雄的积极响应。不仅如此，龚孝雄还结合自身的实践经验做了专门的阐述，他说"中国版，即外国故事的中国版本，演出要严格按照原著的剧本，演出的是外国的人和事，穿的是国外的装束，只是用中国的某一戏曲形态来演绎而已"，此方面的代表作有越剧《第十二夜》《奥赛罗》，京剧《悲惨世界》等；而"中国化，是指取外国名著的戏剧情节和主题精神，将故事和人物以及语言完全融化到中国来，把原著的情节和精神巧妙地融化于中国戏曲艺术形态中"。[②] 也就是说，不再固守原剧的西方背景和西方人物，而是将故事背景、人物身份、行为方式等进行相对应的"置换"和"挪用"，使近似的故事在一个带着"假定性"的中国文化和历史情境下发生、发展，其代表剧目有豫剧《朱丽小姐》、京剧《小吏之死》等。

按照龚孝雄的理解，后一种路径更符合中国观众千百年来已经形成的审美定式和认知。但其实仔细研究后会发现，这两种改编路径的内在差异是创作的主体性不同——"中国化"比"中国版"更加强调故事的中国面貌和中国属性，尤其是我们面对那些带有强烈的宗教色彩和伦理冲突的西方作品，主体性就显得更加重要。因此，我们所说的"中国化"是带着强烈的主体意识的中国化改编，是内容（包含文化伦理价值）与形式（包含审美习惯范式）和谐统一的改编。

---

① 罗怀臻《罗怀臻戏剧文集》（卷5），上海人民出版社2008年版，第34页。
② 同上，第34页。

坚持艺术创作的主体意识，其本身就是一种创作观。不过，就创作实践而言，其范畴更广泛，必然要深入到情节、场面、性格、行动等具体内容中。从改编的角度来看，值得关注的是，改编本与原著之间的关系。毋庸讳言，任何一种文体的转换都会受制于文体本身的审美属性（就戏曲而言，还要考虑剧种的规定性），因此，人们不会简单地就把两个文体完全不同的作品进行直接比较，这就是常说的"各美其美"。但问题是改编毕竟是对原著的继承，两者之间具有天然的关系，因此必然有改编的成功与不成功的问题。

　　优秀的改编之作显然不是原著的附庸，而是能够围绕原著进行新的价值探讨：一方面是把那些为人所熟悉的情节场面、戏剧行动进行"陌生化"的处理和加工，使观众有惊喜之感；另一方面是努力挖掘令人意外的新线索或新行动——这些线索和行动往往不是改编者自己添加进去的，而是隐含在原著中被作者有意无意隐去、弱化甚至"幕后化"处理的内容——这些内容本来就是原著的一部分，只是通过新的挖掘和处理，为新的时代主题服务，产生新的价值和意义。如果从故事的完善到思想的丰富具有全局性的影响，产生了"化平凡为神奇"的审美效果，那么就可以说新的改编不再是对原著"参照性"的补充，而是"整体性"的提升。实际上，其中"编"与"创"的工作超越了"改"的一般意义。

　　鉴于此，分析那些优秀的跨文化戏曲作品，总结这些作品在主体意识与创作意识上的成功经验，对未来不断拓展和丰富的跨文化剧目的再生产有着特别重要的现实意义。反过来说，创作的主体意识为我们提供了一个分析当代跨文化戏曲剧目的新思维和新高度。

二、重构"杀子"与"恋母"的反伦理情节

　　从主体具有的角度看川剧《欲海狂潮》（编剧徐棻，主演陈巧茹），就意识了超越一般性剧目的鉴赏意义。《欲海狂潮》改编自美国现代戏剧之父尤金·奥尼尔的悲剧作品《榆树下的欲望》。该剧在1924年6月完成，同年11月11日在美国格林尼治村剧院首演。1925年1月12日，被搬上美国百老汇舞台。

　　据徐棻回忆，川剧《欲海狂潮》实际上经过几度改造和反复加工，"由川剧弹戏变为川剧高腔"。在新版中，"删去了开头的一场半戏，减少了原著和原改编本都有的老大、老二两个人物，使矛盾冲突以更快的节奏向前发展；又将

女角蒲兰（编者按：即爱碧）塑造为第一主人公"。①改编体量虽然很大，甚至连剧种、唱腔形式也都发生了巨大变化，但改编的路径和方向没有变，即"更合乎中国戏曲的叙事结构"②。因此，该剧一经推出，广受好评，获奖无数——实际上，该剧的成功不仅仅是因为"更合乎中国戏曲的叙事结构"，而是从创作的主体性来看，新的改编更合乎中国人的伦理情感——这个深层结构的梳理使一部充满暴戾、毁灭、负能量的悲剧作品得到了东方美学的滋养。

据说，在20世纪20年代"新教"的历史背景下，这样一出以"乱伦""杀子"等敏感情节为主要内容的剧作在美洲新大陆同样受到主流社会的排斥。据载，"（该剧）有一个巡回演出剧团的全体演员在洛杉矶被捕，法官命令演员们当堂演出戏中的几场。理智重新占了上风，演员们都无罪获释"③。显然，这样一部表现家庭伦理崩塌的带有表现主义色彩的悲剧，与坚持忠孝仁义为主要精神诉求的传统戏曲之间有着巨大的鸿沟。所以，有学者才会指出，"父子为敌，夫妻相疑，儿子与继母通奸，继母为不伦之爱杀子。要把这样的生活和人物搬上地方戏曲舞台，而且让讲孝道、重人伦的中国观众接受，其困难之大不言而喻"④。

困难之大的感受很大程度上来自这部作品对观众造成的心灵冲击，因为它比其他悲剧表现出更多的"恶"，且在舞台上形成了"恶的毁灭"的震撼效果——中国戏曲的主体精神则是通过"美"的手段呈现出对"善"的强烈追求。当代跨文化戏剧研究者孙惠柱教授认为，"滥觞于《乐记》的中国古典美学思想'乐者天地之和也，礼者天地之序也'与梅氏（编者按：梅兰芳）体系基本上是一脉相承的。这里较多的是表现出和谐因而怡悦观众的优美，而较少刺激观众因而伴随着痛感的崇高"⑤。如果从戏曲本体出发，同样的故事就须以"美的效果"讲出"善的渴望"，才符合传统审美。

悲剧《榆树下的欲望》把"恶"归因于对财产的占有欲和情欲的不满足，

---

① 徐棻《〈欲海狂潮〉创作自白》，载于《中国戏剧》2009年第4期。

② 同上。

③ 〔美〕弗吉尼亚·弗洛伊德《尤金·奥尼尔的剧本——一种新的评价》，陈良廷、鹿金译，上海译文出版社1993年版，第271—272页。

④ 郑传寅《地方戏如何进行跨文化传播——以川剧高腔〈欲海狂潮〉为例》，载于《戏曲研究》第79辑，文化艺术出版社2009年版，第63页。

⑤ 孙惠柱《三大戏剧体系审美理想新探》，载于《戏剧艺术》1982年第1期。

这两者纠缠在一起共同造成了人性的扭曲和家庭的毁灭。相较而言，物欲在剧中更具支配性的力量，物欲带动并渗透到了情欲之中。剧中人物对土地、田庄的贪婪程度远远地大于对肉体、情感的需要："他们跟农场的关系都是又爱又恨，既渴望逃避农场的苦活、束缚和艰辛，又渴望完全占有农场和被农场占有。农场在卡伯特家男人的生活中有着神话般的意义。"①

悲剧的叙事逻辑以及剧本的处理，似乎也佐证了这一点。比如第一幕作者用大量的篇幅讲述了父子之间基于财产分配的关系。也就是说，在凯勃特（即卡伯特，是一名老农场主）带爱碧回家之前，有差不多三场半的内容被用来说明三兄弟对金钱的渴望以及他们对未来田庄继承权的态度。第一幕的核心台词是"田庄"，核心问题是"田庄的归属权"。悲剧的结尾伊本（即埃本）和爱碧被警察带走，他们迎着初升的太阳说："太阳升起了，真美。"②旁边站着的警察虽然是第一次来到田庄，但也忍不住"嫉羡地看着四周的田庄"说："多好的田庄啊，没有说的。但愿它是我的！"③有评论家从这句台词中敏锐地读出："他对农场的羡慕和想占为己有的欲望。这一来，他也沦为毁掉卡伯特一家的贪婪的受害者了。'欲望'这字眼，贬到最低程度而言，就意味着贪欲。"④全剧所有的人物也都从各自的立场出发，不止一次地表达想要占据田庄的想法，并由此出现了大大小小的各种冲突。

但川剧的叙述重点不在"物欲"而在"情欲"，且"情欲"里"欲"的含量减少，"爱"的含量或者说"善"的含量增加。比如，川剧将原剧第一幕里讲述的家产内容基本删掉，使伊本的两个哥哥彼得和西蒙离家出走的过程变成"前史"，凯勃特带着爱碧回家成为开场——情感冲突占据了全剧的起点。另外，那个在悲剧中并未出场的妓女敏妮，在川剧中也被推到了"前台"——可是这个改名为"茄子花"的茶铺老板娘已经没有原剧中与凯伯特父子特别是与伊本的肉欲关系。"茄子花"这个人物起到的另一个作用是将原剧中村民们搬弄是非、烘托气氛的行动集于一身，这就使舞台风格更加简洁统一。不过，对

---

① 〔美〕弗吉尼亚·弗洛伊德《尤金·奥尼尔的剧本——一种新的评价》，陈良廷、鹿金译，上海译文出版社1993年版，第256页。
② 〔美〕奥尼尔《奥尼尔文集》(2)，郭继德编，人民文学出版社2006年版，第626页。
③ 同上，第626页。
④ 〔美〕弗吉尼亚·弗洛伊德《尤金·奥尼尔的剧本——一种新的评价》，陈良廷、鹿金译，上海译文出版社1993年版，第269页。

于戏曲改编最大的考验是,如何解构原著中的"双重伦理困境",即"杀子"与"恋母"行为。

奥尼尔熟谙并自觉地继承了西方古典戏剧传统,因此,有学者称爱碧"是古希腊神话中勾引自己丈夫前妻所生的儿子的菲德拉和为了复仇杀死自己的两个孩子的米迪亚两个神话人物结合在一起的化身"。[1]可是,原剧中爱碧的"杀子"行为并没有被直接呈现在观众面前,即使它是全剧的高潮和重大转折,却被藏了起来成为"幕后戏"。显然,奥尼尔充分考虑到了观众的反感态度和厌恶情绪。然而,这样做也未必能真正解决行为本身的负面效应。

相较而言,戏曲改编本将这个内容重新提炼出来,将"杀子"过程完整地呈现在观众面前。这种反其道而行之的做法,不仅出于审美上的需要,更在于戏曲有一个不可思议的传统,即传统戏中有大量剧目是通过反伦理的"恶"体现合伦理的"善"。比如,我们所熟知的元杂剧《赵氏孤儿》,剧中主人公程婴为了保护赵家血脉,不惜"献出"自己的孩子。再如,京剧传统戏《九更天》,仆人马义为了营救被冤屈的主人,竟然回家杀女献头。通过这些剧目可以看出,传统戏在面对这些"极恶"的场面时有两个重要的处理原则:一是极大地谴责"恶的来源",二是极大地赞美"善的目的",并在这个过程中通过动人的表演实现情感效果。

另外,川剧《欲海狂潮》还充分调动戏曲的艺术手段来消解蒲兰"杀子"的罪恶感:

蒲　兰　假如我能够证明,我是真心对你……

白三郎　你证明不了,你不是神仙,你不能把儿子收回肚子里。你证明不了,证明不了……(白三郎魂灵下)

蒲　兰　我能证明,我能证明!(遇到欲望女巫)

欲望女巫　杀死他!杀死他!撕掉这爱的羁绊,抛弃这爱的腐胥。消除猜疑的迷乱,扫尽谗言的祸端。莫让天堂毁于一旦。杀死他,(鼓声起)杀死他!杀死在摇篮。(女巫从摇篮里取出婴儿)

伴　唱　使不得啊。(蒲兰抢过孩子抱在怀里,白三郎魂灵上)

白三郎　我要饿死你和你的儿子。

---

[1] 〔美〕奥尼尔《奥尼尔文集》(1),郭继德编,人民文学出版社2006年版,第9页。

蒲　兰	他也是你的儿子。
白三郎	他不是我的儿子,我巴不得没有生下他,我巴不得他死。
欲望女巫	哈哈。他要他死,他要他死!

〔蒲兰被追光阻拦的身段。

〔女巫戴上面具拦住蒲兰。蒲兰也戴上了面具。两人合为一体。蒲兰脱下外衣卷成一团,冲到摇篮边,捂死婴儿,一声惨烈的啼哭。静场,女巫下。①

在"杀子"之前,欲望女巫和白三郎的魂灵作为意识混乱的蒲兰头脑中的意象出现在舞台上,分别从各自的角度"催促"蒲兰杀子——蒲兰越是抗拒,他们越是催逼。在观众眼中,蒲兰的"杀子"罪责不仅被多人分担,甚至观众更加同情那个快要"被逼疯"的蒲兰。因此,川剧不仅减轻了蒲兰"杀子"的罪责,还发展出蒲兰在混乱意识中拼命"护子"的行为。

从另一个角度讲,如果川剧不让蒲兰戴上面具杀子,而是让她或是在和白三郎的魂灵、欲望女巫的争夺中,或是在保护婴儿的过程中,抑或是在阻止孩子大声啼哭时,甚或是在极度的惊恐中失误杀子,那么肯定会大大地加强这个反伦理行为里"善"的程度。如此这样,就能使一个有着强烈西方色彩的人物向中国转化。

"恋母"是该剧另一个难以处理的伦理困境。剧中伊本的母亲虽然去世多年,但似乎又"附身"到爱碧身上:"在'勾搭成奸'一场戏里,他运用了恋母情结的动机。在这场戏里,埃本摆脱不了对母亲形象的强烈欲望。奥尼尔在本剧的最初札记中,把恋母情结的冲动写得更加露骨。"②爱碧有着双重身份,不仅如此,剧本似乎更加强调的是"母亲"的身份。比如,有意夸张伊本与他喜欢的两个女人的年龄差——他与妓女敏妮相差近15岁,与爱碧相差近10岁。爱碧的台词中,也多次露骨地表达出这种有着强烈母爱色彩的情感:

爱　碧　（搂住他——狂热地）我会给你唱歌的! 我会为你死的! （举

---

① 九州大戏台,川剧《欲海狂潮》,http://www.bilibili.com/video/BV18W411Y79n？from=search&seid=12529106088807050534&spm_id_from=333.337.0,访问日期:2021年6月。

② 〔美〕弗吉尼亚·弗洛伊德《尤金·奥尼尔的剧本——一种新的评价》,陈良廷、鹿金译,上海译文出版社1993年版,第265页。

> 动和声音里已没有那股压倒一切的情欲，有的却是真诚的母爱——一种可怕的情欲和母爱混合的感情）别哭了，伊本！我会代替你母亲的！我会做她为你做的一切事情！让我吻你，伊本！（她把他的头拉过来，他迷惑地作出反抗的样子。她柔声地）别害怕！我会纯洁地吻你，伊本——就像母亲那样地吻你——你也吻我，像儿子那样地吻我——我的孩子——对我道声晚安！吻我，伊本。（两人拘谨地吻着。突然，一股狂热的冲动征服了她，她又贪婪地一遍又一遍吻着他。他也用手臂钩住她，吻她。）别离开我，伊本！你没见到这是不够的吗——像母亲那样地爱你——你没见到还应该更多一些——更多更多——一百倍地胜过母爱——这才能使我幸福——使你也幸福？①

剧作家甚至用大量的舞台提示来突出这一点："举动和声音里已没有那股压倒一切的情欲，有的却是真诚的母爱——一种可怕的情欲和母爱混合的感情"。②

　　川剧改编本的主体意识体现在，将悲剧中的母爱色彩做了减法，将二人的爱情关系拉回正常轨道——"母子身份之别"只是一种名分而不是一种情感。可以说，川剧里的蒲兰更接近真正的"恋人"形象。因此，川剧在改编二人"隔墙感应"的场面时，突出的是青年男女互诉衷肠的爱情——在一个"月淡淡、夜深深"的时刻，两个"意惶惶，步沉沉"的有情人，通过一系列身段和唱念"穿透"了墙壁的阻隔，充分地展开思念的倾诉以及"从今后相亲相爱如鱼水、我与你白头厮守永不分"的盟誓。

　　伦理审美是戏曲审美的内在要求，奥尼尔的悲剧中强烈的反伦理色彩与传统戏曲的审美有着天然的鸿沟。坚持戏曲的主体意识，就要对剧作中反伦理的行为进行创造性转化与创新性发展，使人物的性格与行动在伦理审美的框架内发展。

---

① 〔美〕奥尼尔《奥尼尔文集》（2），郭继德编，人民文学出版社2006年版，第600页。
② 同上，第600页。

三、创造戏曲化的场面

改编本要想实现再创造的成功，需要做到既对原有情节和人物进行重构，要能从原著空白处、遗漏处开掘新的行动，使事件发展得更加合理、人物塑造得更加丰满，甚至能够化平凡为神奇。

因此，跨文化改编离不开创作主体意识的支撑。戏曲改编中最有代表性的创作内容是人物和场面，唱腔、程式、音乐、动作、服装等无不为此服务。这又可以概括为两个方面：一是戏曲行当化的人物塑造方式如何处理具有复杂性格的原著人物；二是戏曲的虚拟性场面如何在广度和深度上重塑已有的矛盾冲突。

川剧《欲海狂潮》把原著中那个看不见的"欲望"具象化了——这个形象化了的欲望可以被称为"欲望女巫"。她画着半面女妆，头戴黑纱，穿着黑裙，是一个亦神亦鬼、半真半假、跳进跳出的特殊形象。开场，欲望女巫走向高处，她下面依次站着白老头、蒲兰、茄子花、白三郎四人：

欲望女巫　人生在世，最重要的东西就是钱财。

白老头　　对头，我白老头盘算了一辈子，为的就是钱财。如今我已积攒下不少钱财，可惜我的两个儿子却跑出去，再也不回来啦。

欲望女巫　怪哪个？

白老头　　怪老大、老二吃不了苦跑了。

欲望女巫　你还有老三嘛。

白老头　　最可恶的就是老三。要不是他作怪，老大、老二都跑不了。他是想，独吞我的财产。我偏不让这个忤逆不孝的畜生，独吞我的财产。因此，我要趁现在身强体壮，再讨一个老婆，再生一个儿子。

欲望女巫　那去把那个女人接回来。

白老头　　对，立马把她接回来！把她接回来！

〔白老头走到蒲兰光区，把她拉出来。

〔伴唱：去把女人拉，接回来啦！①

---

① 九州大戏台，川剧高腔《欲海狂潮》，http://www.bilibili.com/video/BV18W411Y79n？from=search&seid=12529106088807050534&spm_id_from=333.337.0，访问日期：2021年6月。

随着剧情的展开,"欲望女巫"自由穿梭于各处,随时随地臧否场上的人物。比如前文说到欲望女巫和白三郎一起催逼蒲兰"杀子"的过程,虽然是一个完全虚化的行动,却合情合理地表现出蒲兰杀子前的内心冲突,而且原剧中伊本的生母并未出现在舞台上,但通过人物的描述和回忆可以让观众感受到家中阴冷和诡异的气氛。但川剧中的"欲望女巫"不仅出现在蒲兰的幻觉中,更是戴上面具化身为白三郎母亲的鬼魂,出现在白三郎面前——那时,男主人公正处在是否与后母相恋的纠结中:

母亲鬼魂　（戴面具上）看看我是谁。

蒲　兰　你是谁?

母亲鬼魂　我是这里的女主人。

白三郎　你是我的母亲。

蒲　兰　你是他的前妻。

母亲鬼魂　他把我气死累死折磨死,为了霸占我的财产。

白三郎　他把我不当儿子当长工,想要夺去你留给我的财产。

蒲　兰　我做了他的老婆,竟得不到我应得的财产。

母亲鬼魂　不要像我,软弱无能。折磨受尽,痛苦一生。

两　人　我该怎么办?

母亲鬼魂　要和不公的命运抗争。

两　人　抗争,抗争,抗争!①

川剧用"欲望女巫"承担了母亲鬼魂的角色,不仅更具象,而且起到了推动戏剧行动的关键作用,这是川剧又一个推陈出新的再创造。

另外,川剧中"欲望女巫"的行当接近"魂旦""鬼旦",但在剧中恐怕还兼有"副末"的作用,这既体现在她上场时对主题大意的阐述上,也体现在跳进跳出的表演方式上。我们所熟悉的《桃花扇》"老赞礼"的形象,就与她非常相似:"既是一个评点者又是一个亲历者,既能与观众交谈又能使观众入戏,

---

① 九州大戏台,川剧高腔《欲海狂潮》,http：//www.bilibili.com/video/BV18W411Y79n？from=search&seid=12529106088807050534&spm_id_from=333.337.0,访问日期：2021年6月。

陌生的历史会因为他的存在而显得真实,也会因为他的存在而耐人寻味"。这个人物"既出现在剧里也出现在剧外,时而和戏中人物如此接近,倏忽又在人群之外。虚虚实实、真真假假、若有若无,这种独特的设计与戏的主旨和基本精神保持了一致"。①

虚拟性是戏曲艺术的基本特征,但其内涵并非是指空旷的、简陋的舞台,而是指在场面的处理上能够排除环境的干扰。原剧中有一场男女主人公"隔墙感应"的戏,表现的是燥热的夜晚,男女双方能够真切地感受到对方的热情和不可抑止的情欲:爱碧和凯勃特在卧室里,隔壁的伊本独自坐在床上听着两人的对话。凯勃特感到孤独和冷,想去暖和的牛棚睡觉。此时,爱碧和伊本下意识地看向对方,他们面前隔着一道真实的墙,这是剧作家精心设计的"墙"——"在隔壁房间里,伊本起立,心烦意乱地来回踱着。爱碧听到了他的走动声,她两眼死死盯住那堵隔开他们的墙。伊本站住,也凝视着墙壁。两人热烈的眼睛似乎透过墙壁相遇了。他下意识地向她伸出双臂,她半站了起来。他意识到自己的动作,轻轻地咒骂自己,扑到床上,将脸埋在枕头里,两只捏紧的拳头举过头顶。爱碧轻轻地叹了口气,但两眼仍旧停留在墙上,她全神贯注地倾听伊本的动静。"②

在剧中演员之间如果真有这样一堵墙存在,那么表演起来是十分困难的,需要调动各种艺术手段让他们彼此能够准确地"看到"或"猜到"对方的每个行动,以便做出相应的动作。然而戏曲舞台上因为根本不存在这道墙,也就自然而然化解了表演上的困境。

另外,因为过分强调现实空间,剧作家居然在二人共处一室时,让爱碧主动跑到伊本的卧室挑逗伊本,又让爱碧主动提出要去楼下客厅,等伊本和她幽会。此时剧情已进入高潮,却因为这个"奇怪的要求"不得不转换空间——剧作家有意让二人的偷情在鬼魂驻留的地方发生,其创作意图固然可以被理解,但这种打破了人物之间正常交流和故事发展逻辑的做法实际上是一种表意的缺陷。为此,川剧将"诱惑"与"偷情"两场戏合并,一气呵成,体现出戏曲艺术的高明之处。

如果说这场"隔墙感应"的戏还有待完善的话,那就是借鉴传统戏中相

---

① 钟鸣《"大小之别"与"远近之别"——论〈桃花扇〉对传统剧作法之贡献》,载于《戏剧》2012年第2期。

② 〔美〕奥尼尔《奥尼尔文集》(2),郭继德编,人民文学出版社2006年版,第592—593页。

似情节的表演技巧。比如川剧《梵王宫》中有一折戏叫"花云射雕",表现了叶含嫣与花云一见倾心的过程。剧中花云与叶含嫣四目相对,二人的视线在空气中凝结为一条实实在在的但又看不见的"线"。这场充满情趣的"牵线"戏,生动地表现出青年男女爱慕相悦的情感:"嫂嫂看破此情、不忍惊扰,一心成全。一旁用手从两人视线中一抽,将两人视线拴在一起。随着嫂嫂的手上下前后的挪动,两个人仿佛被无形的线牵动着,时仰时俯,时进时退,两眼只关注对方,如入无人之境。出神入化的'牵线',夸张的艺术处理,将两颗热恋中的心揭示得淋漓尽致。"①如果将此设计移植到《欲海狂潮》中,一定会产生特殊的戏剧效果。

当然,川剧改编本并不是完全没有遗憾,比如"伊本态度的转变"这个关键点就没有处理好。原作是这样的:

伊　本　饶恕我吧!

爱　碧　(幸福地)伊本!(吻他,将他的头拉到自己胸口)

伊　本　我爱你!饶恕我吧!

爱　碧　(狂喜)就为了你这句话,我原谅你。(吻他的头,由于一种可怕而强烈的占有欲,将他的头紧紧贴住自己)

伊　本　(心碎地)可我已经报告了警长,他就要来抓你的!

爱　碧　现在一切我都能忍受了!

伊　本　我喊醒他,告诉了他。他说,等我穿好衣服,我就等着。我突然想起你,我想到我多么爱你。这想法叫我苦恼,好像有什么东西塞住我的胸膛,要从头脑里迸发出来一样。我想哭,我突然意识到我是爱着你的呀,我会永远永远地爱你!

爱　碧　(抚摸他的头发,温柔地)我的孩子,是吗?

伊　本　我就奔回来了。我抄近路,穿过田野和树林回来了。我想你也许还来得及逃走——跟我一起——还有……②

---

① 周传家、王安葵、胡世钧、吴琼、奎生编著《戏曲编剧概论》,浙江美术学院出版社1991年版,第98页。

② 〔美〕奥尼尔著《奥尼尔文集》(2),郭继德编,人民文学出版社2006年版,第622—623页。

川剧改编本里，白三郎得知蒲兰"杀子"后，他说："你是毒蛇，天底下没有比你更贪婪、更凶残的女人。我要报官，告你杀了我的儿子。让官府把你抓去斩首示众，万剐凌迟！"①但令人意外的是，报官回来的白三郎却一改之前的态度：

白三郎　（唱）凉风啊吹醒痴狂汉。
　　　　（念）蒲兰！（上场）
　　　　　　　舍得下性命舍不下你呀。
　　　　　　　舍不得我的蒲兰，
　　　　　　　我的蒲兰！
　　　　　　　都怪我真假不辨，
　　　　　　　逼得你杀子伤天。
　　　　　　　我该受那千刀万剐，
　　　　　　　怎让你把罪责承担。
　　　　（念）蒲兰！我们一起逃走！②

悲剧中爱碧杀子的行为使伊本感到震惊，他不仅不能理解，反而对其犯罪行为感到愤怒，跑去报案。接下来，伊本报案的过程成为幕后戏，事件的焦点（幕前戏）是凯勃特同绝望的爱碧发生争吵并得知了偷情的真相。等到伊本再次上场，观众才知道此时的他为自己的行为感到懊悔，他想劝爱碧逃走。显然，悲剧囿于一种对空间的过分"限制"，使真正需要表现的情感反转没能顺利地展现在观众面前——伊本的思想转变如此巨大，一定是经历了什么，或许是遇到什么人给了他提醒，也或许是某件事意外唤醒了他的爱情意识。悲剧的处理方式虽然可能受到了"三一律"的影响，但是以虚拟性著称的戏曲依然不能打破这种局限，这才是我们应该反思的。从这个意义上说，改编应该是一种新的创作，只有坚持创作的主体意识，才能实现内容与形式的高度统一。

---

　　① 九州大戏台，川剧高腔《欲海狂潮》。http：//www.bilibili.com/video/BV18W411Y79n?from=search&seid=12529106088807050534&spm_id_from=333.337.0，访问日期：2021年6月。
　　② 同上。

《朱丽小姐》豫剧改编刍议

【德育思考与要点提示】

《朱丽小姐》的跨文化戏曲改编使我们看到了"奴性"对人格的巨大戕害和女性追求人格独立的重要意义。该剧不仅保留了原剧的情欲主题和阶级矛盾主题，同时运用"舞狮""吻靴"等新颖的舞蹈片段，凸显出人物复杂的性格、心理和行动。但在"情欲"高潮的处理上，还存在创意上的不足，且下半部分故事对朱丽形象的刻画，也还需要充分考虑人物性格的一致性。

悲剧《朱丽小姐》是瑞典剧作家斯特林堡的代表作，是一部自然主义戏剧。该剧讲述了贵族小姐朱丽从一名富家千金变成男仆的情妇，最后因人生信念崩塌而选择自杀的故事。这部作品从诞生伊始，就因其所包含的遗传学观念、性别偏见和对宗教的讽刺引来了不少争议，再加上故事本身囿于"三一律"的戏剧结构，人物性格的塑造偏执、怪诞，所以几乎可以认定这是一部很难进行跨文化改编的作品。剧作家曾在序言中宣称："我使我的人物相当没有个性！""因此我不相信简单的戏剧个性和作家对人下的笼统结论：这个人愚蠢，那个人残酷，这个人嫉妒心强，那个人小气，自然主义者应该推翻这些结论，他们知道灵魂情结是多么丰富，要知道'罪恶'还有近似美德的一面。""我把我的人物描写得更加动摇、破碎、新旧混杂。"[①]

2016年由中国戏曲学院制作，孙惠柱、费春放编剧，王绍军改编并导演的豫剧《朱丽小姐》搬上了舞台。之所以敢做这样的尝试，与主创人员的身份有很大的关系——编剧孙惠柱教授是一名既深谙西方戏剧理论，又对中国戏曲

---

① 〔瑞典〕斯特林堡《斯特林堡文集》（第三卷），人民文学出版社2005年版，第235—236页。

高度热爱的学者型编剧。2008年到2016年，他以编剧、导演、制作人等多重身份，先后推出了多部跨文化戏曲作品，包括京剧《王者俄狄》（改编自索福克勒斯的悲剧《俄狄浦斯王》）、越剧《心比天高》（改编自易卜生的悲剧《海达高布乐》）、越剧《忠言》（改编自莎士比亚的悲剧《李尔王》）以及京剧《朱丽小姐》。作为此领域的代表人物，孙惠柱教授早已有意将一部自然主义戏剧搬上舞台，而2016年对京剧《朱丽小姐》的再次提升与完善，表现出一名创作者精益求精的态度和勇于开拓的精神。

总体来看，悲剧《朱丽小姐》的主题比较复杂，包括以下四个方面：一是情欲主题，主要围绕小姐朱丽与男仆"让"之间复杂的感情展开，是全剧的主干；二是性别偏见主题，最突出的表现是男女主人公在"谈情说爱"的同时，伴随他们的始终是彼此的侮辱、轻蔑和仇恨；三是生理遗传主题。剧中尽管朱丽的母亲没有出场，但是观众和读者能明显地感到朱丽对待男人的态度，包括对自己父亲的态度，或多或少地受到母亲的影响——朱丽的母亲是一个女权主义者；四是阶级矛盾主题，突出地体现在主仆关系上，应该说正是由于阶级的强大存在，毁灭了深埋在让心中的底层人的梦想。

在主题选择上，豫剧《朱丽小姐》做了明显的取舍，保留了情欲主题和阶级矛盾主题，删除了与性别偏见和生理遗传有关的内容。之所以这样做，是为了使故事情节更加简洁明了，且尽可能地适应中国观众普遍的欣赏习惯。当然，豫剧《朱丽小姐》把男女主人公的情欲关系处理成爱情关系，在有利于戏曲表达的同时，也多少会造成与原剧主题的偏离。

具体而言，该剧在内容上分成前后两个部分：前半部分围绕"情欲"叙事，讲述了朱丽和让是怎么发生关系的。其主要破解的难题是，一个高高在上的贵族小姐为何会不顾一切地和男仆在一起；后半部分围绕"私奔"叙事，讲述了朱丽是如何和让达成一致的，又是怎么分道扬镳的。其主要破解的难题是，一个贵族小姐为什么会和一个她根本看不起的男人私奔，且在二人做出私奔的决定后，故事发生了怎样的逆转。以下展开讨论。

一、情欲叙事的创造性发展

独幕剧《朱丽小姐》的"情欲叙事"如下：仲夏夜，女仆克里斯婷与男仆让热烈地讨论着朱丽在父亲离家期间，表现得如何反常而又疯狂。朱丽跑到厨房，要求让回到谷仓和她继续跳舞、狂欢。朱丽逼让换上"黑色的燕尾服和黑色的礼帽"，梦境的叙述使朱丽对让有了进一步的好感。随后，在出门的时候，让的眼睛迷了灰尘，引来朱丽"擦灰尘"的暧昧举动。朱丽的主动热情激发了让内心的欲望，但是让的一时"无礼"却遭到了朱丽的"耳光"还击。接下来，让讲述了一个带有童话色彩的伤感故事，刻画出一个暗恋者的痴情。这个故事几乎征服了朱丽。最后，一群狂欢者经过，二人落荒而逃，在让的引诱下，二人发生了"卧室偷情"的一幕。

以上整个情欲叙事，经历了"评论""邀舞""换衣""说梦""拭灰""童话""偷藏"七个过程。相较而言，"换衣"与"拭灰"两场戏的动作性较强，"说梦"与"童话"两场戏以人物对话为主，最后一场戏"偷藏"，主人公退居幕后，幕前成为龙套开心取乐的地方。

与原作相比，豫剧《朱丽小姐》的情欲叙事在遵重原作的基础上，通过"舞狮"与"吻靴"两个舞蹈片段，将男女主人公不断膨胀的内心欲望揭示出来。"舞狮"是戏曲观众较熟悉的场面，富有中国特色。与原作的"跳舞"相比，舞狮的表演开掘出新的戏剧情境，提升了舞台演出效果——第一次舞狮是男女主人公分别戴上面具戏耍，通过一系列的身段表演，将"戏"与"舞"两种艺术形态融合，营造出"化妆舞会"般的游戏感与神秘感；第二次舞狮是男女主人公在经过"试探""表白"等一系列互动后，向"偷情"高潮过渡，具有挑逗意味。

这里需要说明的是，"吻靴"并非是豫剧原创，而是斯特林堡的作品本来就有的细节：

让　　　（跪下，开玩笑似的模仿着，举起酒杯）为我的主人干杯！

小　姐　好极了！——现在您该吻我的鞋了，那就更像了！
　　　　〔让犹豫了片刻，随后大胆地抱起她的脚，轻轻地吻。

小　姐　好极了！您真成演员了！……
　　　　……………

小　姐　是我的衣服袖子碰了您；请您坐下，让我帮您擦一擦！（拉住他的一只胳膊，按他坐下，把住他的头，使其往后仰，用手绢角往外擦灰）坐好，一点儿也别动！（打他的手）好！你要听话！我觉得您这个强壮的大男子汉在发抖！（抚摸他的上臂）多粗壮的胳膊！

让　　（警告地）朱丽小姐！

……　……

小　姐　啊，让先生。

让　　我警告您，我是一个十足的男人！

小　姐　请您坐好！！——好啦！现在擦出来了！吻吻我的手，谢谢我！

让　　（站起来）朱丽小姐！听我说！——现在克里斯婷可去睡觉了！——请您听我说！

小　姐　先吻吻我的手！

让　　听我说！

小　姐　先吻吻我的手！

让　　咳，这就怨您自己了！

小　姐　怨什么？

让　　怨什么？您二十五岁了，还是孩子吗？难道您不知道玩火危险吗？①

原作中"吻靴"是个特别细微的动作，没有被特别强调，甚至和"吻手"相比，这个动作引发的主人公之间的交流几乎为零。

针对这点，豫剧做了大胆的调整，让二者的重要性颠倒过来，不仅突出了"吻靴"的动作和意义，而且干脆删掉了"吻手"的动作——"吻靴"之所以被外化成肢体语言并被放大，与这个动作所包含的文化寓意有关。在中国传统文化里，"脚"——尤其是女人的"小脚"，比"手"更富"性"的指向性，利用"女人的脚"来表现男女之间的情欲，既能够发挥戏曲演员形体的表现力，又贴合中国文化中的某种传统，使中国观众能更好地理解人物的复杂性格和扭曲心理，是编剧立足本民族文化进行的创造性转化与创新性发展。

但是豫剧在文化传递的过程中，也难免会出现"意义上的遗漏"。比如，把故事发生的时间仲夏夜改成中国的元宵节，这样做表面上看是为了让舞狮表演的情节显得合情合理，但实际上这样的替换存在信息和意义上的"不对等"。因为西方的仲夏节不仅仅是传统节日那么简单，还包含着"情欲放纵"的文化

---

① 〔瑞典〕斯特林堡《斯特林堡文集》(第三卷)，人民文学出版社2005年版，第259—262页。

寓意，且瑞典在"仲夏节"这一天，青年男女可以自由结合，自主选择终身伴侣，所以这个节日成为《朱丽小姐》悲剧发生的重要背景："还有更直接的原因：仲夏节之夜的节日气氛，父亲离家在外，她的月经期，饲养动物、跳舞造成的感情冲动，夜色、鲜花对性欲的强烈刺激，最后是痛饮促成两人到一个隐秘的房间，再加上那个性欲冲动的男人急不可耐。"①

与之相比，中国的元宵节本身并不包含"情欲放纵"的文化寓意，所以将故事设定在"元宵节"这一天就显得有点儿不合逻辑。也就是说，改编中如果能赋予文本里"这一个"元宵节以特殊的意义，使它跟情欲叙事有关，就有可能在一定程度上弥补背景信息的缺失。比如，可以通过设计特殊的环境或天气，让"这一个"元宵节有不同于其他元宵节的内容组成——云、雨、风、雷以及动物、植物统统可以参与叙事，不同程度地起到"催情"作用，这样就建构了一个真正的可以替代原作"仲夏夜"的特殊时间节点。

另外，在"偷情"一幕的处理上原作是这样表现的：朱丽和让看见村民们走了过来，趁机"躲了起来"，实际上是去卧室偷情。这时幕前戏是农民们跳着芭蕾舞狂欢，"穿着节日服装和帽子上插着花的农民走了进来，一个小提琴手走在最前头。他们把一大桶用绿叶装饰起来的啤酒和一小坛烧酒放在桌上，拿出酒杯，狂饮起来。然后围成圈，一边跳一边唱'从森林中走出两个女人'"②。这里的歌词朦胧地将"偷情"的幕后戏做了交代。但斯特林堡为什么不直接表现二人"偷情"的过程呢，是出于道德上的考虑刻意回避敏感话题吗？显然，这样的处理多少会使"偷情"的事含混不清，且无关紧要的人物上场，多少会使此处的表演成为"两张皮"——如果没有随后主人公之间的对话，我们甚至连他们是否真的"偷情"这件事都不能确定。

相比之下，豫剧在"偷情"场面的处理上要明确肯定得多，虽然也并没有直接呈现二人偷情的过程，却通过厨娘桂思悌之口，向观众明明白白地"解说"了幕后戏。剧中，项强（让）是思悌的心上人，思悌（克里斯婷）能看到观众看不到的场面，她痛心疾首地发泄了内心的不满：

思　悌　（唱）狮子舞还在闹哄哄，

---

① 〔瑞典〕斯特林堡《斯特林堡文集》（第三卷），人民文学出版社2005年版，第235页。
② 同上，第270页。

黑屋里怎会无息无声。
死沉沉难道做春梦，
扑通通这颗心要蹦出胸。
格拉拉忽听得床笫摆动，
眼昏昏像看见颠鸾倒凤。
噼啪啪小姐果然亮身份，
恶狠狠扇起耳光让他疼。①

这场"思悌叹"虽然只是垫场戏，却加强了人物之间的联系。通过思悌的"看"和"说"，使观众不仅能清楚地知道幕后发生的事，也对接下来人物的命运有了期待。

二、朱丽的个性与男仆的奴性

悲剧《朱丽小姐》后半部分的故事紧紧围绕"私奔"展开叙事。"偷情"之后，冷静下来的女主人公朱丽突然意识到有一系列的问题摆在她面前。比如，她还能不能像以前那样和让相处？他们之间的丑事会不会被其他人发现？父亲回家后会发生什么事？她是观察等待，还是采取行动争取主动权？对于让而言，他也似乎意识到了继续待在家里有太多的不确定性，但是要朱丽心甘情愿地跟他在一起，还需要更具说服力的行动。因为就朱丽的性格来说，即使有"失身"这样一个前提存在，也并不意味着她一定会接受和让私奔的计划。显然，她愿意实现这个计划的原因是出于自己内心的诉求，而不仅仅是委曲求全的结果。同时，对于让而言，一方面他有偷尝禁果侥幸逃脱的一面，另一方面他也给自己制造了潜在的危机。然而，在他的奴化本性没有被完全激发之前，对于"私奔"他只是幻想，而不是有计划的行动。也就是说，在"私奔"的情节里，作者并没有明确的道德评价。

与之不同的是，豫剧《朱丽小姐》却有明确的道德立场，对整个"私奔"事件的描述明显带有男子负心、女子被骗的批判色彩。

---

① 豫剧《朱丽小姐》, https://www.bilibili.com/video/BV1oW411G7cP/?spm_id_from=333.337. search-card.all.click, 访问日期：2018 年 7 月。

另外，豫剧《朱丽小姐》在"金钱观"的处理上也与原作有明显的差异，这条线索又关乎着接下来主人公"私奔"的行动。原作中，金钱对于朱丽来说并不重要，因为在后半段故事的一开始，朱丽就明确地告诉让"她没有钱，一文也没有"，随后发生的故事也渐渐脱离了金钱的影响。豫剧却把"金钱——没有钱"作为故事的重要转折：一方面项强成功地说服了朱丽跟他私奔，然而在等待朱丽收拾行李的过程中，他又哄骗思悌跟他一起走，这些都是为了能够得到更多的钱；另一方面当朱丽说"她没有钱——不仅没有，而且根本就没想过需要钱"，项强大怒，愤然杀死了朱丽的宠物黄鸟，至此"私奔计划"宣告失败。在这个过程中，主人公的性格完全暴露在了观众面前——朱丽是单纯的，甚至有些超出常识的无知；项强是卑鄙的，把金钱看得高于一切，二人决裂的原因明确又简单，表现出鲜明的立场。

这种改编思路表明改编者有意向戏曲的审美靠拢，但同时也产生了一个问题，即原作中朱丽作为女权主义者的形象被明显的弱化。也就是说，在前半场敢于休夫、敢于跟仆人胡闹、敢于色诱男仆的朱丽，突然间仅仅因为"失身"就完全成为弱势女性，这就导致了她性格上的前后矛盾。

那么，戏曲改编本如何刻画这样一个迥异于中国传统女性的形象呢？朱丽的女权主义者形象是尽可能地保留，还是尽可能地改造呢？

从人物形象前后的一致性来看，因为在以"情欲叙事"为主导的前半部分故事中朱丽强悍的个性基本上得到了完整体现，所以在后半部分故事中人物的性格似乎应该与此前保持一致；而从人物性格的差异性来看，东方传统的女性未必都是三从四德的淑女类型，也有个别性格强悍、坚韧刚强的人物。因此，后半部分故事里朱丽的弱势形象需要被重新改写，绝不能让这样一个在前半部故事里很有光彩的人物突然变得进退失据。

比如，朱丽真的会因为男仆的甜言蜜语就完全相信对方吗？她对二人的未来有没有担心和顾虑？她在收拾行礼的过程中有没有自己的打算，会不会改变主意？总之，"朱丽上楼收拾行李"的幕后戏，是揭示她内心波澜的关键契机，完全可以放开手脚展现她对未来的各种想象，哪怕跟原剧结果一样——朱丽说服了自己，最终打算带着黄鸟和心上人一起远走高飞，也要让我们看到那个说服自己的心理过程。也就是说，朱丽最终被项强说服，远不如她把自己说服更有意义！甚至我们还可以更大胆的假设：朱丽下楼时没带钱，既不是因为她主观上认为钱不重要，也不是因为她没有钱，而是她故意不带钱，她的真实想法是要试探楼下那个等她的男人！如果真是这样的动机，朱丽没带钱的行为就有了主动色彩，男女主人公之间的戏不仅没有中断，反而更有悬念。

再有，斯特林堡的原作对男仆"奴性"形象的刻画也是一大亮点。剧中让主动地、自发地擦老爷的皮靴，对皮靴的敬畏、幻想，对皮靴发出的声响的恐惧，都很有人物刻画的独到之处。斯特林堡说："让除了现在是一个上升的人物，还是一个占了朱丽小姐上风的男人。通过自己男性的力量、发育良好的感觉和主动进攻的能力，他在性别上成了贵族，他的劣势是他生活的暂时的社会环境，他很有可能脱掉仆人的制服。他的奴性表现在对伯爵的敬畏（对马靴）和宗教迷信方面。"①

豫剧《朱丽小姐》在人物形象的刻画上不仅继承了原作，而且通过两个舞蹈片段艺术化地表现出人物身上的"奴性"：一个段落是项强哄走了朱丽和思悌后，在楼下等待二人收拾行李，他一边举起老爷的皮靴，一边做出各种得意的身段。最终，他把老爷的靴子套在自己的脚上，充分表现出志得意满的精神状态；另一个段落是当他听说老爷已经回府，惊恐地捧起靴子，走着"矮子步"，一路奔向门外，不敢有片刻的耽误，满脸驯服。

沿着"靴子"的线索，我们似乎还可以继续设计。比如，在表现项强的奴性时，还可以在其身段中加入丑的表演元素，甚至丑的脸谱形象，使人物身上的"奴性"更加凸显。且"奴性"的表现方式，也可以不局限于某种情绪的放大或夸张，而是体现在男女主人公的互动中，甚至可以参与到情欲叙事中，让奴性制造出情欲的戏剧性变化，即奴性不仅反映在人物的精神状态上，也深刻的反映在人物的生理能力上。这样的例子如郭启宏的话剧《知己》。

《知己》讲述了康熙年间，吴兆骞因江南科场舞弊案流放宁古塔，其好友顾贞观入宰相府任教，并试图通过自己的努力来解救好友吴兆骞。多年后，吴兆骞回到京城，却变成一个只会溜须拍马的小人，顾贞观在无奈痛苦中独自南下。留在京城的吴兆骞在一次次的官场升迁中，不停地追寻着新的依附。剧中，为了表现知识分子的"人格异化"，编剧设计了这样一段戏：

顾贞观　（忽然一激灵，放开云姬）马车声！明珠回来了！
云　姬　（谛听，摇头）鬼声！明珠坐轿子不坐马车！

---

① 〔瑞典〕斯特林堡《斯特林堡文集》（第三卷），人民文学出版社2005年版，第240页。

顾贞观 （复抱云姬，忽愧赧，叹息）我……（低下头来）平时好好的，今天不知怎么啦………
云　姬 （悻悻地）没事的。（意兴阑珊）你到底怕官！（缓缓穿衣）
〔顾贞观羞惭无地，亦穿衣。①

一个本性淳良的知识分子因长期待在宰相府受到权势倾轧，早已对可能受到的"腐化"失去了警觉。此时此刻他才发现，"怕官"已经严重威胁到了自己的心理健康，以至于破坏着一个男人的性本能。尽管这样的处理可能有某种艺术上的夸张，却能强烈地表达出作者的爱憎，值得学习与借鉴。

所以，同样都是表现"奴性"对人性的戕害，项强身上的奴性如此强烈而又深刻，会不会也影响到他生活的方方面面呢？如果这个影响也能像《知己》一样，不经意间深入主人公的生活当中，深入主人公的情欲发展当中，势必会将人物身上的"奴性"刻画表现得更加深入，令观众产生更多的思考。

---

① 郭启宏《郭启宏文集》（卷一），文化艺术出版社 2006 年版，第 418 页。

《图兰朵》川剧改编刍议

【德育思考与要点提示】

《图兰朵》的跨文化戏曲改编是"中国对话世界"的经典范本,使一个不断被西方强化、扭曲的东方形象重回正轨。该剧通过对男女主人公向善、向真、向美的人格转化,传达出人性本善的观念。

该剧的内容与短篇小说《蝴蝶夫人》相似,讲述了一个西方人臆想的东方形象,但因为这个想象里包含着明显的歪曲和偏见,使这部作品的主题备受争议。把这样一个由西方人创造的东方故事进行戏曲化改编,转换主题、重塑形象,自然有着不一样的意义。

一、故事发展与情节重构

歌剧《图兰朵》的故事并非原创,而是取材于阿拉伯民间故事集《一千零一日》。《一千零一日》与另一本更有名的《一千零一夜》(又名《天方夜谭》)仅一字之差,因此被看成姊妹篇。但它们究竟谁先谁后,谁模仿谁,一直以来都有争议。从故事来看,二者似乎除了模仿的关系外,还是一种有针对性的"反讽关系"或"镜像关系"。

《一千零一夜》的经典开篇是山鲁佐德用讲故事的方式感化了国王,使他改邪归正,洗心革面。故事具体讲述了国王山鲁亚尔因王后与黑奴私通,将她杀死,并决心报复所有的女人。他每夜娶一名女子,然后在第二天清晨将她们杀死。宰相的女儿山鲁佐德为了拯救无辜的女性,自愿嫁给国王。她用讲故事留悬念的方式"拖住了"国王,讲至一千零一夜,终于感化了国王,最终他们幸福地生活在一起。

《一千零一日》中"厌恶、仇恨女性"的故事，与《一千零一日》正好相反。《一千零一日》讲述的是"厌恶、排斥男性"的故事。国王图格鲁尔的女儿赛阿黛非常美丽。一天，公主赛阿黛梦见一只母羚羊救出了身陷罗网的公羚羊，但当母羚羊遇难向公羚羊求救时，公羚羊忘恩负义转身逃走。这则故事深深地伤害了公主赛阿黛，使她认为天下所有的男子无不奸诈自私。她拒绝所有男子的求婚，立志终身不嫁，直到保姆毛姬·芭赫尔每天给公主讲一个故事，讲了整整一千零一日，终于消除了她对男子存有的憎恶和仇恨。① 以上两个故事集，反映出两性的对立——正是这样的"性别大战"，拉开了两部书的序幕。但为什么要如此极端地刻画男女之间的仇恨呢？为什么这种仇恨会成为讲故事的动力？这其中包含着作者怎样的思考和认识呢？

其实，在《一千零一日》里还有一个比"赛阿黛的故事"更完整的"恨男"的故事，即"海莱夫王子的故事"。故事讲述的是中国公主丹雅公开招婿，国王规定前来求婚的人如果答不出公主的三道问题，就要被处死。流浪王子海莱夫勇敢地去应征，并凭借自己的聪明才智破解了三道难题。但海莱夫王子反过来也给公主出了一道难题，即只要能猜出他的名字就算赢。公主的婢女苏姗为了帮助公主解决难题，主动去接近海莱夫，但其实她早已偷偷地爱上了海莱夫。她谎称自己也是一位公主，在流亡中被迫成了奴隶，并告诉海莱夫，丹雅公主决定杀掉他，但是她愿意跟他一起离开。没想到海莱夫宁可死也不肯跟她一起走，同时不小心说出了自己的真实姓名。苏姗将海莱夫的名字告诉了丹雅公主，使公主在第二天的朝会上轻而易举地赢得了赌约。但公主当场表示自己愿意嫁给海莱夫，最终二人终成眷属。另一边，失去爱情的苏姗选择了自杀。

1762年，意大利剧作家卡尔洛·戈齐将这个故事改编成五幕悲喜剧《图兰朵》。这是该故事历史上的第一次改编。有观点认为，戈齐的创作受到了《马可波罗游记》的影响："从剧中人物的名字（如阿尔木图、图兰多、鞑靼王铁穆尔等）和'北京'等地名中也不难见其端倪。"② 但这种说法猜想的成分居多，并没有多少直接的证据，有可能是他在创作这个以东方为背景的故事时，想到了几百年前游历东方并留下许多资料的同乡马可·波罗，因此有意识地结合了一些东方元素。

---

① 《一千零一日》（第一卷），万日林、朱梦魁译，甘肃少年儿童出版社1991年版，第1—3页。
② 段鹏：《〈图兰朵〉备忘录——〈图兰朵〉与〈中国公主杜兰朵〉对话及潜对话》，载于《现代传播（北京广播学院学报）》1998年第6期。

其实，戈齐之所以创作这个剧本，不仅与他所处的时代有关，也与他个人的政治观点有关。18世纪欧洲掀起了"东方热"，不过保守的戈齐并不是为了跟风，而是为了实现自己的政治意图有意唱反调——你们都说东方好，那里的人们有道德；那我就说东方坏，那里的人们既残忍又冷酷。因此，他大胆地塑造了一个既残忍冷酷又美艳无情的中国公主形象，而这时"海莱夫王子的故事"被他一眼看中，成为他实现政治意图的最佳材料。可是，当他的剧本完成以后，却遭到了人们的抨击和冷落。

没想到的是，四十年后德国"狂飙运动"的代表人物席勒看中了这个剧本，决定重新改编。席勒改编本的名字叫《图兰朵·中国公主》，其扉页注明该剧是"一部悲喜剧般的童话"。该剧保留了原来的五幕结构，但重新设计了"三个谜语"。一百年后，席勒的改编本又成为普契尼创作的歌剧《图兰朵》的底本，但实际上普契尼并没有真正地完成这部作品，反而他的早逝为歌剧增添了几分令人回味的传奇色彩。①但不得不说的是，音乐天才普契尼改变了这部本来无甚影响力的作品未来的命运，成就了一部闻名世界的歌剧。

从戈齐、席勒到普契尼，故事的叙事基本没有变——仇视男人的公主出谜语为难求婚者，猜不出谜底的人就要被处死。隐姓埋名的王子勇敢地接受挑战破解了谜题。一名侍女为了保全王子的性命献出宝贵的生命，成就了王子与公主的幸福婚姻。总之，就是残忍的中国公主被英勇的外国王子感化的故事。所以，与其说这是一个"东方的"故事，不如说这是一个"被西方感化的东方故事"。自然，这样的价值观不会被中国观众接受："这显然是对中国文化和中国女性的一种自觉又不自觉的隔膜和误读。……这不仅仅是一个人物性格合理化的问题，更是一个恢复中国人在部分西方人那里得到正确体认的问题，它关系到东西方人之间深入的相互理解和沟通。"②

事实上，从理论上提出质疑并不难，但从创作上给予回应更重要。1994年根据普契尼的歌剧《图兰朵》改编的川剧《中国公主杜兰朵》被搬上舞台，

---

① 据说，1924年11月29日普契尼正是在写完第三幕柳儿之死后，被喉癌夺去了生命。1926年4月15日《图兰朵》在米兰斯卡拉剧院首演，当天在唱到第三幕时，指挥家托斯卡尼尼当场放下指挥棒，向观众们提示道："写到这里，这位伟大的作曲家去世了。"——当夜的非完整演出据说正是在普契尼所写的最后一个音符为止的。

② 廖全京《当代川剧作家的大文化意识——看〈中国公主杜兰朵〉有感》，载于《四川戏剧》1998年第6期。

荣获多项大奖。有意思的是，1999年意大利歌剧《图兰朵》与川剧《中国公主杜兰朵》同时在北京亮相，这次演出的意外"撞车"，引来了无数媒体和观众的强烈关注。且由于这部歌剧由著名导演张艺谋执导，演出地点在很有象征意义的太庙，使这部作品一经推出意义不同一般。

川剧《中国公主杜兰朵》不仅符合中国人的审美，其叙事也更加合理。故事讲述的是在海外孤岛上，王孙无名氏与丫头柳儿过着无忧无虑的生活。一日，柳儿带回公主杜兰朵的画像，激起了无名氏的爱慕之心。无名氏打点行装，千里寻花，柳儿真情相劝，拼命阻拦。在应征当天的解谜环节，无名氏以柳儿真情相劝之事触动了公主的好奇心，迫使公主走下高台。且在随后的举金鼎比赛中，又获得了胜利。随即，无名氏也提出了一个"无理的"要求——让公主随他远走江湖，否则就要猜出他的名字。此时，柳儿因担忧无名氏的安危，风雨兼程，寻到宫殿。柳儿被公主要挟，逼问真相。为了保全无名氏的性命，柳儿选择了自杀。无名氏抚尸痛哭，深悔自己辜负了柳儿之情。公主见大错铸成，意识到自己的无知可笑，决意换上柳儿的装扮，追随无名氏远走高飞。

从人物关系来看，川剧将公主身边的侍女改写成王孙身边的知己，不仅加强了柳儿与无名氏之间的情感关系，也为她舍己救人的重要行动做了铺垫。剧末，公主愿意换上柳儿的衣装追随无名氏远走高飞，显然带有悔过自责的意思，体现出浓浓的人情味和中国人的道德观念。

从内容来看，川剧的谜语和谜底也与原作不同。在"海莱夫王子的故事"中，三个谜语的谜底分别是太阳、海洋和岁月：

　　丹雅公主说："父王，上天知道我是多么哀伤。那些前来向我求婚的青年，我不明白他们为什么要自寻死路，为什么现在还不放弃向我求婚的念头。我一向安然自处，并未搅扰他们，也不需求他们，这就更增添了我对这些男子的厌恶和憎恨。"

　　……

　　丹雅公主随即厉声问道："你说，世界上有一个独一无二的东西，每个国家、每个地方都离不开它，是什么？"

　　海莱夫王子立刻答道："是太阳，对不对？"

　　丹雅公主一看谜语被海莱夫王子猜中了，只得回答说："对，是太阳。"

……

在座的大臣们见海莱夫王子答对了丹雅公主的第一个问题，纷纷发出兴奋与鼓励的赞叹声。皇帝简直不敢置信，他惊呼道："骑士，了不起。"

……

丹雅公主问道："一个母亲生了许多儿女，可是等孩子长大以后，她又把他们都吃了。你说，这个母亲是谁？"

海莱夫王子飞速地思考了一下，答道："她是大海。因为江河从源头流入大海，大海里的水不断地升腾蒸发、积云化雨，又汇成了江河的源头，我说得对吗？"

丹雅公主怒气冲冲地说："对！"

皇帝再一次兴奋地赞道："骑士，你真了不起！"

……

丹雅公主问道："你说，什么树的叶子一半是白的，一半是黑的？"

正当海莱夫王子在思考答案的时候，丹雅公主向皇帝奏请道："父王，请准许我摘下面纱，好把周围看得更清楚。"

……

原来，当丹雅公主取下了面纱，海莱夫王子立刻被她的花容惊呆了，只觉得神思飘荡，舌头也在喉咙里僵住了。丹雅公主有意在海莱夫王子面前炫耀美丽，以迷惑他的神志，搅乱他回答第三个问题的思绪……

公主刚刚说毕，海莱夫王子应声回答道："是岁月，它白的一半是昼，黑的一半是夜。"

丹雅公主长叹一声，叫道："了不起，你真是了不起……"①

席勒的《图兰朵·中国公主》，将谜底换成了一年、眼睛和铁犁：

图兰朵　（用吟诵的声调）
　　　　有一棵树，凡人的孩子，

---

① 《一千零一日》（第二卷），万日林、朱梦魁译，甘肃少年儿童出版社1991年版，第93—96页。

在树上纷纷凋残。
此树无比苍老,
依然翠绿,生机盎然。
它一边把树叶,
冲着阳光明艳。
另一边不见太阳,
只是漆黑一片。

它一直开花,
便长出新的年轮,
它把世界万物的年龄,
都显示给人物。
在他绿色的年轮上,
轻轻地印上一个人名。
等到年轮枯萎褪色,
名字不复被人看清,
究竟什么像这株树,
你是否能够阐明?
（说罢,她又坐下）

卡拉夫　（他沉思地仰面朝天望了一阵,便向公主鞠躬）
我的女王,您的奴隶实在幸运至极,
倘若等待着他别无更加晦涩的谜语。
这株老树不断更新,
人们在树上生长凋零,
它的树叶一边冲着太阳,
另一边躲着太阳不见,
在树皮上写着一些人名,
只有在这树青翠之时显现,
这树便是兼有日夜晨昏的一年。
……

大学士们（打开纸条）

妙极！妙极！妙极！一年，
一年，一年，这是一年。
……

——第一谜

图兰朵　别高兴得太早！注意，破第二个谜语吧！
（又站立起来，以吟诵的声调继续说道）
你可认识柔和背景下的这幅画，
它给予自己光彩和光明，
随时又是另一幅画，
它总是这样完整清新。
它展现在最狭窄的空间里，
最狭小的框架镶嵌着它，
可是你得以认识使你感动的，
一切灿烂辉煌，都通过这幅图画。
你能否告诉我那块水晶，
它比任何宝石更为珍贵，
它光彩夺目，可是并不燃烧，
整个宇宙它都吸收在内，
天空也映在它的光圈里，
这个光圈奇妙无比，
可是它散发出来的东西，
常比吸人之物更为美丽。

卡拉夫　（思考片刻之后，向公主躬身敬礼）
崇高的美人，请勿生气，
鄙人斗胆破解你的谜语，
——镶嵌在最小的相框中的柔美图像
向我们展现了宇宙无垠，
映照这一图像的水晶，
射出了更加美丽的图形。
这枚水晶——便是反映宇宙的眼睛，
倘若向我射出爱情，

那便是你的眼睛。

……

众大学士（打开纸条）

猜中了！猜中了！猜中了！眼睛，眼睛，就是眼睛。

〔音乐响起。

——第二谜

图兰朵　　那就死吧！死，你听见了吧？

（她起身用吟诵口吻继续宣读）

有样东西很少有人珍惜，却配装饰至尊皇帝之手，这是什么东西？

它制造出来，本是为了伤人，

和宝刀利剑最为相近。

它不使人流血，却造成万千伤口，

它不抢掠任何人，却使人们富有，

它克服了天下人间，

使生活均衡舒适。

它缔造了宏伟无比的帝国，

建成了最为古老的城市，

可是它从未兴起战端，

谁信任它，就给谁带来福祉。

陌生人，你若猜不出它是什么，

就从这繁花似锦的天下万国消失！

（说着最后这几句话，她便扯下她的面纱）

你往这里瞧，把住你的心神！

告诉我，这是什么，要不就死于非命！

卡拉夫　　（喜不自胜，以手掩住眼睛）

啊，天国璀璨的光芒！啊，貌若天仙的美女，使我神眩目迷。

……

卡拉夫　　（控制住自己，面带平静的微笑，向图兰朵鞠躬致敬）

天仙般的公主，只有你的美丽出人意表，震人心魄，

使我一时神眩目迷，

方寸大乱。我并没有败绩。
这个很少有人器重的铁器,
中国皇帝每年元旦亲自拿在手里,向上天表示敬意,
这个工具比刀剑无害,
为虔诚辛勤的人征服大地——
在荒芜凄凉的鞑靼草原上,
只有猎人流连,牧人放牧离开草原,踏上繁茂丰腴的土地,
瞅见四外田野青翠碧绿,
千百人烟稠密的城市升起,
为和平的法律默默地庇护,
谁会不尊重这美妙的器具,
这给所有的人创造幸福的——铁犁?
……

众学士 （打开纸条）

铁犁！铁犁！是铁犁！
〔乐器齐奏,乐声大作。图兰朵在宝座上晕倒。[①]

——第三谜

普契尼的歌剧《图兰朵》,其谜底又换成希望、鲜血和图兰朵。

〔号声长鸣,一片寂静,图兰多说出第一个谜语。

图兰多 外乡人,你听着,
在那黑暗的夜晚,
有一个七彩幽灵在飞翔。
它展开翅膀飞起,
飞过不幸的人们的上方;
人人都向它召唤,
人人都求它扶帮！

---

① 〔德〕席勒《席勒文集·戏剧卷》,张玉书选编,张玉书、章鹏高译,人民文学出版社2005年版,第488—495页。

　　　　　而它却在黎明的曙光里消失，
　　　　　又新生在人们的心上。
　　　　　每到夜晚它新生，
　　　　　每到白天它消亡！
　　　　　隐名王子对！它会新生！
　　　　　它为新生而欢畅！
　　　　　我要和它同享！
　　　　　图兰多！
　　　　　它是"希望"！
贤人们　（打开第一个卷轴，抑扬顿挫地）
　　　　　是"希望"！是"希望"！是"希望"！
图兰多　（生气地）
　　　　　对！是"希望"！
　　　　　它总是让人上当！
　　　　（急躁地向阶梯下走了一半）
　　　　　虽说它不是火焰，
　　　　　它闪闪发光！
　　　　　它有时汹涌激荡，
　　　　　它发热，它冲动，它疯狂，
　　　　　但惰性却会使它失去力量！
　　　　　如果你遭到失败，
　　　　　它会冷却，
　　　　　如果你梦想成功，
　　　　　它就沸扬！
　　　　　当你听到它的声音，
　　　　　你会颤抖，
　　　　　而它的颜色却像落日红光！
　　　　　……
　　　　　隐名王子对！公主殿下！
　　　　　会沸腾也会冷却，
　　　　　看什么在我的血管里流过？

是"鲜血"!

贤人们　（打开第二个卷轴）

是"鲜血"！是"鲜血"！是"鲜血"！

……

图兰多　（向卫队指着群众）

让这些坏人安静！

（她从阶梯上下来，俯身向着隐名王子。他屈膝跪下。）

冰霜，它使你燃烧！

一旦你燃烧，

它变得更凉。

它洁白，

却暗淡无光！

它若给你自由，

你将是奴隶；

它若把你当奴隶，

你是君王！

（隐名王子屏住呼吸，图兰多俯身于他之上，如对待一件战利品）

外乡人！

你已吓得神色仓皇！

你已知道绝无希望！

你讲！你讲！

什么是冒着火焰的冰霜？

隐名王子（跳起来，大声地）

啊！你已宣告把胜利给予我！

我的火焰会熔化你！

"图兰多"！

贤人们　（打开卷轴）

图兰多！图兰多！图兰多！①

---

① 丁毅编译《西洋著名歌剧剧作选》，国际文化出版公司1995年版，第1018—1021页。

"谜面"与"谜底"的不同，体现出改编本对不同民族的民间故事、歌谣、传说的吸收带有时代特色。这种"猜谜决定命运"的方式，古已有之。如古希腊悲剧《俄狄浦斯王》中，早已出现过著名的猜谜故事"斯芬克斯之谜"。"猜谜"体现了西方人的思辨精神，客观上讲更偏重于"对话"而不是"行动"。显然，熟悉舞台的魏明伦也意识到了这一点，经他改编的川剧可以说是几百年来最具"颠覆性"的：他把以对答为主的猜谜，改编成更具中国特色的比赛形式——举鼎，不仅动作性更强，也更加的"中国化"。

另外，之前的故事也都不直接表现求婚者——他们的出场往往是在求婚失败被处死之际。但川剧《中国公主杜兰朵》却对金陵公子和沙漠怪客的求婚过程有明确的交代，这为无名氏的出场做了铺垫：

杜兰朵　（居高台，隔旗问）揭榜之人从哪里而来？
金陵公子　（跪低阶，隔旗答）龙盘虎踞之地，公侯将相之家。
杜兰朵　膏粱纨绮，只会斗鸡走狗，可敢应试公主三道考题？
金陵公子　请问公主，怎样考法？
杜兰朵　第一考你臂力如何？
金陵公子　我力举千钧！
杜兰朵　第二考你的智商怎样？
金陵公子　我智赛诸葛！
杜兰朵　第三考你的武艺高低。
金陵公子　与谁交手？
杜兰朵　你敢与公主比武较量吗？
金陵公子　这……（冷笑）自古男不与女斗，今朝破例决雌雄！
杜兰朵　放肆！骄兵必败，败则杀头。难道你不怕死？
沙漠怪客　（手执红烛思忖，唱）
　　　　红烛催命燃烧快，
　　　　眉头一皱计上来。
　　　　公主请看烛光怪……
　　　　（手中红烛忽灭忽明，吞火吐焰，诱使杜兰朵观奇）
　　　　众人惊看绝技，唯杜兰朵闭目不理。
侏　儒　（接唱）杜兰朵不受骗稳坐高台。

沙漠怪客　（另生一计）哎呀，公主，请您先换方位，然后再来斗智。
侏　　儒　为什么要换方位？
沙漠怪客　自古以来，男为乾，女为坤；乾在上，坤在下。请公主先换方位，以正乾坤，然后开始斗智，我再引您扶摇直上。
杜兰朵　（闭目回答）言之有理，先换方位。
沙漠怪客　哈哈，我把她骗下高台了！（以为得计，欲上高台）
　　　　　杜兰朵示意，刽子手踢倒沙漠怪客。
杜兰朵　你耍的是战国孙膑诈骗鬼谷之计，公主熟读兵书，岂会受骗上当！
刽子手　烛灭烟消，时辰已到，绑了！
杜兰朵　（唱）男子无能夸海口，
　　　　　全是银样镴枪头。
　　　　　绑出午门快斩首，
　　　　　一声长叹送死囚！
　　　　　金陵公子。
沙漠怪客　（引颈受戮）天哪，女人无情哪！①

原来的两个故事里，也都有一个不可思议的结尾，即无辜的侍女为了王子献身，但公主居然可以心安理得地和如意郎君生活在一起，没有任何的心理负担，这样的爱情似乎是有缺陷的。川剧本将结尾改成无名氏因柳儿之死悔恨不已，对自己盲目的追求幡然悔悟，放弃了原本已经唾手可得的驸马之位。更有意思的是，接下来的剧情出现了"反转"——公主杜兰朵被柳儿的献身精神感动，彻底觉悟。于是她毅然抛开一切，与柳儿"合为一体"，追随无名氏远走他乡。

二、主题的新表达与意境的新追求

很多专家认为，川剧的开放式结尾体现了中国道家所提倡的"隐逸精神"——当然也有观点认为，不必非要破坏原作"大团圆"的结局："这里，

---

① 魏明伦《魏明伦剧作精品集》，上海古籍出版社1998年版，第211—214页。

中国文人风貌的痕迹稍重，似与全剧诙谐的风格不调，全剧已达到了预期的艺术效果，就算大团圆的结局也不落俗套。因为'大团圆'若用在不该团圆的地方才是俗套，该团圆而非不团圆则于人强拗之感。"①

也就是说，川剧的开放式结尾固然是一种创意，但是"大团圆"未必就不能写好，其关键在于这样的结尾要建立在对死者尊重的基础上。倒是结尾杜兰朵与柳儿"合二为一"的创意，使这个本来就架空了的历史故事更有寓言味、童话味，同时也更有"魏明伦味"——"我想明伦写到此处，一定是极为过瘾的"（苏叔阳语）。这句话应该是深知作者的知心话。确实，结尾处杜兰朵与无名氏归隐江湖，远走高飞，同样是作者的"得意之笔"。结尾的开放性或许是为了追求一种令人回味的效果，也或许是为了帮助主人公完成自我救赎，但更深层的原因应该是为了主题表达的需要，即"真善美"的统一。

如果说歌剧《图兰朵》强调的主题是"爱能战胜一切"，那么川剧《中国公主杜兰朵》的主题是什么呢？是"道德高于一切"，②还是"对美的追求"，③抑或是"爱就在身边"？④显然，以上说法都有问题。

前两种说法，似乎过于强调某种价值而隐藏了剧中多次表达的对整体统一价值的追求，第三种说法则把主题放在了主人公之外。从剧情发展来看，两个主人公都曾以某个单一目标的实现作为自己的终极追求。可是，当追求"真相"的杜兰朵和追求"美"的无名氏同时面对死去的柳儿时，又都重新开始审视自己的行为："爱美之心，人皆有之；雌雄之鸣，人皆共之。沉鱼落雁，闭月羞花，外貌之美也；龙楼凤阁，雕栏玉砌，权势之美也。然而，仁爱万物，情重千秋，心灵之美也；高山流水，清风明月，自然之美也。可惜公主养尊处优，作茧自缚，不识人之常情，物之野趣，实乃美中不足。公主若能兼而备之，从外貌美透心灵，弃权势回归自然，那才是至善至美也。"⑤这里体现的"至善至美"与结尾处幕后唱词的主旨一致："情天高，爱何深，公主驾舟追平

---

① 苏叔阳《高明的"模糊"——看〈中国公主杜兰朵〉》，载于《四川戏剧》1998年第6期。
② 肖霄《从传统走向现代——魏明伦戏剧研究》，广西大学硕士学位论文2018年。
③ 秦莹莹《东西方视野下杜兰朵剧本抽样分析——以戈齐、魏明伦文本为例》，载于《文学界（理论版）》2012年第2期。
④ 张晶燕《〈图兰朵〉与〈杜兰朵〉的无意识结构比较》，载于《四川大学学报（哲学社会科学版）》2002年第5期。
⑤ 魏明伦《魏明伦剧作精品选》，上海古籍出版社1988年版，第225页。

民。柳儿留下真、善、美，杜兰朵追赶美、善、真！"。①

虽然男女主人公都曾有片面强调某种价值的行为，但经过一番波折后，他们最终都认识到了"真善美"的重要性。换句话说，就是全剧以主人公片面的追求开始——先是杜兰朵，后是无名氏，直到最后二人的行为导致了柳儿的死，才换来了他们共同的幡然悔悟，决定回归到全面的、整体的价值追求中去。作者不是要写一个男人拯救了一个任性女人的故事，更不是要写一个外国男人征服了一个中国女人的故事，而是要让人们看到某种极端的追求可能给其他人带来的伤害和无可挽回的后果，要告诉人们真、善、美的统一，才是人生幸福、生命快乐的本义。

我们不能因为"中国化"是魏明伦改编的成就之一，就一味地认为魏明伦想把中国伦理所强调的"善"变成放之四海皆准的道理。相反，他没有把"善"上升为衡量一切的唯一标准，也没有把"善"设定为故事的主题，而是既吸收了原剧人物行动中合理的成分，又把中国传统文化融入其中，使新的主题具有更高的对话意义、更广的哲学视野，体现出川剧的"大文化"情怀："魏明伦的川剧《中国公主图兰朵》看似改编，其实大大超越了那个歪曲东方人的 18 世纪意大利人高齐的话剧，也高于据此改编但更著名的普契尼的歌剧。徐棻的《欲海狂潮》是几近原创的川剧佳作，奥尼尔的《榆树下欲望》只是提供了灵感。很多原创戏曲既成功地学了话剧模式，又充分发挥了戏曲'曲'的特色"。②

杜兰朵本来是一个东方形象，体现的是阿拉伯人民的智慧，反映的是对人类心理世界的关注和探微。经过西方人的改写，虽然故事的戏剧性、传奇性大大加强，却成为一个被扭曲的人物形象。到了 20 世纪末，经过另一个东方艺术的创造和重新改编，这个被"颠倒"了几百年的形象再次被"颠倒"过来，给跨文化领域的创作带来了重要启示。

---

① 魏明伦《魏明伦剧作精品选》，上海古籍出版社 1988 年版，第 241 页。
② 孙惠柱《戏曲剧本创作论》，上海书店出版社 2021 年版，第 143 页。

《吝啬鬼》戏曲改编刍议

【德育思考与要点提示】

《吝啬鬼》在跨文化戏曲改编中属于形象共同体创作类型，即将中外文艺作品中同类型的人物进行嫁接和组合，并在规定情境下进行"搬家式"的新叙事，从而挖掘出原作没有被充分展示出来的戏剧行动和被隐藏在幕后的细节，既为剧作提供了新场面，也为人物塑造提供了新角度。

元杂剧《看钱奴》与莫里哀的《吝啬鬼》，都成功地塑造了一个经典的"吝啬鬼"形象。通过对"吝啬"这一人性弱点的夸张与放大，传达出人们渴望自我完善的内心夙愿。

一、喜剧结构与人物刻画

莫里哀的喜剧《吝啬鬼》是一部刻画守财奴、吝啬鬼形象的名剧，其中主人公"阿尔巴贡"已成为这类人物的代名词。莫里哀对阿尔巴贡视财如命的表现，做了生动的刻画：他克扣仆人，家人怨声载道；为了省钱，他虐待自己，甚至常常饿着肚子上床睡觉；半夜饿醒后，他去马棚偷吃荞麦；他执意要儿子娶有钱的寡妇，要女儿嫁给有钱的老头；他整天提心吊胆、疑神疑鬼，害怕别人偷走他在花园里埋的钱匣子。阿尔巴贡吝啬的言行层出不穷，堪称"吝啬鬼"的代表。

全剧围绕"婚事"展开叙述，分为五幕：第一幕讲的是阿尔巴贡对儿子、女儿以及他本人婚事的打算，他决定让儿子娶有钱的寡妇，让女儿嫁有钱的老头，而他自己要娶的是年轻漂亮的姑娘玛丽娅娜，但是他并不知道玛丽娅娜是儿子克莱昂特的女友。第二幕讲的是阿尔巴贡与媒婆商量自己婚事的细节，他精心盘算着如何通过缔结婚姻得到更多的钱。第三幕讲的是阿尔巴贡正式邀请玛丽娅娜参加家宴，以及他在家宴前如何的精打细算。第四幕讲的是阿尔巴贡父子反目成仇，彻底决裂。第五幕讲的是克莱昂特以钱匣子作为要挟，逼迫父亲阿尔巴贡放弃娶玛丽娅娜。由此可以看出，"婚事"是全剧的核心矛盾。

但有趣的是，在这三大婚事当中，莫里哀为阿尔巴贡的婚事设置了一个巨大的难题——令他最为纠结的是，他想娶的女人根本没什么嫁妆。这个设定，让阿尔巴贡的"守财奴"形象立刻变得不一样起来。"热爱金钱"与"贪图美色"的对立，给阿尔巴贡出了一个难题，使他不得不做出选择："如果财产弄不到手，未尝不可以想旁的办法找补。"[①]他越是不执着于一端，越是想在二者之间想办法、找平衡，就越能体现出"吝啬"的性格，这样就比单纯地写他爱财更加生动。剧中，还隐藏着一个有待填补的空白，即阿尔巴贡与亡妻的关系究竟如何？他的亡妻是一个怎样的人？她是怎么死的，她的死和阿尔巴贡的吝啬有关吗？她当初为何选择嫁给这个吝啬鬼？

接下来发生的几件事，也都围绕着阿尔巴贡的"爱财"展开。如通过儿子借高利贷的事，以背面敷粉的方式表明阿尔巴贡才是幕后的放债人；如通过阿尔巴贡与媒婆之间的交流，写出他是怎么算"婚姻的经济账"的——这场戏以幽默的笔触表现了媒婆的职业特点，让我们看到了一个几乎不可能完成的"劝娶"任务是如何轻而易举地完成的（1.省钱的女人就等于赚钱，2.年轻漂亮的姑娘如何才能爱上干巴巴的老头）。最有趣的，是那场著名的"家宴"戏。第一次邀请玛丽娅娜来家里做客，阿尔巴贡既要体面又要省钱的请客方式（如剩饭怎么处理，做菜的基本法则，倒酒的时机，仆人的服装等），将他的吝啬鬼形象推向了极致。

除了婚姻矛盾，剧作还提到了伦理矛盾。如第四幕阿尔巴贡略施小计，使儿子克莱昂特真的以为父亲要娶玛丽娅娜，而故意在父亲面前贬损玛丽娅娜。但没想到的是，阿尔巴贡却说要把玛丽娅娜介绍给他。然而当克莱昂特轻信了父亲的话，将自己的心意和盘托出后，阿尔巴贡当即大骂儿子克莱昂特，父子二人因此决裂。这里隐含着一个没有被强调出来的伦理矛盾，即在"亲情"与"爱情"不可兼得时，作为儿子究竟该如何选择？这样的伦理难题，文艺作品中并不少见。

[①]〔法〕莫里哀《莫里哀喜剧六种》，李健吾译，上海译文出版社1980年版，第223页。

对此，莫里哀表现出别样的立场，他似乎并不支持任何一方：一方面他讽刺了阿尔巴贡的为老不尊，精明算计，另一方面他批评了克莱昂特的过于自我，不近人情。请看原作中克莱昂特说的话："遇到这种事，作孩子的就没有办法尊重父亲。爱情是不认人的。"①"他这一把年纪，还想结婚，害不害臊？他还谈情说爱，荒不荒唐？难道他不该把这种事留给年轻人做？"②还说："你给我玛丽娅娜，我就永远还他一个最孝顺的儿子。"③言外之意，似乎是有了爱情，才能有孝顺。

再看原作中阿尔巴贡的表现：

阿尔巴贡　（他在花园就喊捉贼，出来帽子也没有戴）捉贼！捉贼！捉凶手！捉杀人犯！王法，有眼的上天！我完啦，叫人暗害啦，叫人抹了脖子啦，叫人把我的钱偷了去啦。这会是谁？……这是谁？站住。还我钱，混账东西……（他抓住自己的胳膊）啊！是我自己。我神志不清啦，我不晓得我在什么地方，我是谁，我在干什么。走，我要告状，拷问全家大小：女佣人、男佣人、儿子、女儿，还有我自己。我要把个个儿人绞死。我找不到我的钱呀，跟着就把自己吊死。④

当阿尔巴贡发现他那藏有一万艾居的钱匣子被人偷走了以后，他发疯似地大喊大叫。这里除了愤怒、怨恨和想要报复外，也许还包含别的意思。对守财奴而言，钱就是命，一旦没了钱，发泄怒火和想要报复都是合情合理的。可是，他为什么说"还有我自己"？他为什么要惩罚他自己呢？他诅咒偷钱的人，诅咒家人，更诅咒他自己，这又说明了什么呢？可不可以说，与儿子闹翻和失去财产这两件事，于阿尔巴贡而言是双倍的痛苦，使他"出离的愤怒"，同时凸显出他可怜和软弱的一面。

该剧的核心事件是"婚事"，但并非是儿女们的婚事，而是阿尔巴贡自己的婚事。但阿尔巴贡的婚事这条线索到第五幕出现了逆转，即当儿子克莱昂特

---

① 〔法〕莫里哀《莫里哀喜剧六种》，李健吾译，上海译文出版社1980年版，第276页。
② 同上，第278页。
③ 同上，第278页。
④ 同上，第282—283页。

让父亲在女人和钱匣子之间做选择时,阿尔巴贡毫不犹豫地选择了钱。这当然很符合他"守财奴"的形象,却容易导致情节上的前后矛盾,即这样毫不犹豫的选择使之前"阿巴贡老爷的难题"显得不那么难了。但如果真是那么容易的话,又怎么会有之前他为了穷姑娘的"穷"而犹犹豫豫的呢?

另外,在"父子争婚"这件事上,故事中实际上隐含着两组父子关系:一组是富翁昂塞耳默与法赖尔的父子关系。只不过,昂塞耳默是绝不会和自己的儿子争老婆的,所以一旦人物身份被揭穿(爱丽丝同时也是法赖尔的恋人),原本的婚约就不存在了(昂塞耳默答应阿尔巴贡"要娶他女儿");另一组是阿尔巴贡与克莱昂特的父子关系,但问题是阿尔巴贡与儿子争的是一个"穷姑娘",直到第五幕"穷姑娘"玛丽娅娜突然有了一个富翁爹(原来她是昂塞耳默失散多年的女儿),转眼间成了阔小姐,而此时阿尔巴贡早已为了钱匣子选择了退出。故第五幕叙述的重点完全放在了法赖尔一家的团圆上,这就显得阿尔巴贡的婚事问题解决得过于仓促。

再有第五幕,"以钱匣子作为要挟"的设计也显得过于简单,媒婆的功能也似乎还可以起到更大的作用,这些都能帮助完成"阿尔巴贡婚事失败"的叙事,推进戏剧进程。总之,阿尔巴贡一定要以他自己的方式失败。

二、《看钱奴》的喜剧性与形象刻画

元杂剧《看钱奴买冤家债主》(简称《看钱奴》)讲述的是建筑工人贾仁穷困潦倒,埋怨神仙不公,请求神灵赐福。一天,他外出务工,意外收获"一石槽金银",从此发迹。但贾仁并不知道,这些意外之财是当年赴考的秀才周荣祖所藏。后来,周荣祖科考不顺,家道中落,无奈下只好卖掉儿子。贾仁虽然做了财主,却没有后代,因此托人买儿子。周荣祖被贾仁欺诈,诓走了儿子。二十年后,贾仁因"悭吝苦剋",得病而死。其养子贾长寿骄横欺人,在东岳庙的一次进香中与亲生父亲周荣祖起了冲突。后来,父子相认,贾长寿幡然悔错,祖产又回到了周荣祖的手里。

元杂剧《看钱奴》的剧本体制是"四折一楔子",故事跨度长达20年。其中对主人公贾仁吝啬形象的刻画集中在第二折"买儿"和第三折"嘱托"。"买儿"讲的是贾仁通过欺诈的方式诓走了周荣祖的儿子,一副无赖嘴脸;"嘱托"描述的是他得病将死,对其吝啬的形象极度夸张:

贾　仁　我儿也,你不知我这病是一口气上得的。我那一日想烧鸭儿吃,我走到街上,那一个店里正烧鸭子,油渌渌的。我推买那鸭子,着实的挝了一把,恰好五个指头挝的全全的。我来到家,我说"盛饭来",我吃一碗饭我咂一个指头,四碗饭咂了四个指头,我一会瞌睡上来,就在这板凳上,不想睡着了,被个狗舔了我这一个指头。我着了一口气,就成了这病。①

贾仁想吃油渌渌的烧鸭,以"买鸭子"为由,趁机挝了一把,挝得五根手指头全是油。他急匆匆跑回家,就着手上的油吃饭,一碗饭咂一根手指头,四碗饭咂了四根手指头,肚子撑得实在不行。结果,他饭后睡着了,这时正好有一只狗经过,舔了他有油的手指头。醒来后的贾仁气急败坏,病倒在床,一命呜呼。这段描写十分生动精彩,充满了想象和行动性。

关于贾仁吝啬形象的刻画,剧中还有两处较突出的地方:一是贾仁病入膏肓,想再吃一次豆腐:

贾　仁　……我儿,我想豆腐吃哩。
贾长寿　可买几百钱?
贾　仁　买一个钱的豆腐。
贾长寿　一个钱只买得半块豆腐,把与哪个吃?兴儿,你买一贯钞罢。
贾　仁　你买十文钱的豆腐。
兴　儿　他则有五文钱的豆腐,记下账,明日讨还罢。
贾　仁　我儿,你则依着我。
贾长寿　便依着父亲,只买十个钱的来。
贾　仁　我儿,恰才见你把十个钱都与那卖豆腐的了。
贾长寿　他还欠着我五文哩,改日再讨。
贾　仁　寄着五文,你可问他姓什么,左邻是谁,右邻是谁?
贾长寿　父亲,你要问他邻舍怎的?

---

① 王季思主编《全元戏曲》(第四卷),人民文学出版社 1999 年版,第 152—153 页。

贾　仁　他假似搬地走了，我这五个钱问谁讨？①

另一处是贾仁安排自己的后事，为了省棺材板钱，他嘱咐儿子：

贾　仁　我儿，我这病觑天远，入地近，多分是死的人了，我儿，你可怎么发送我？
贾长寿　若父亲有些好歹呵，您孩儿买一个好杉木棺材与父亲。
贾　仁　我的儿，不要买。杉木价高，我左右是死的人，晓得什么杉木柳木？我后门头不有那一个喂马槽，尽好发送了。
贾长寿　那喂马槽短，你偌大一个身子装不下。
贾　仁　哦，槽可短，要我这身子短可也容易。拿斧子来把我这身子拦腰剁做两段折叠着，可不装下了？我儿也，我嘱咐你，那时节不要咱家的斧子，借别人家的斧子剁。
贾长寿　父亲，俺家里有斧子，可怎么问人家借？
贾　仁　你哪里知道，我的骨头硬，若使我家斧子，剁卷了刃，又得几文钱钢。
　　……
贾　仁　……我儿，这一桩事要紧，我死之后，休忘记讨还那五文钱的豆腐。②

这些内容细致生动，但不足之处在于缺乏动作性，偏重于"说"而不是"做"。同时，缺乏完整的事件载体，不能将行动进行由"点"到"线"再到"面"的扩展。因此，改编本需要吸收原作所提供的丰富的"点"，提炼出较完整的"线"，在此基础上进行故事与行动的缝合，使它们能够在一个"面"上交织起来成为一个故事体。

---

① 王季思主编《全元戏曲》（第四卷），人民文学出版社 1999 年版，第 153 页。
② 同上，第 153—154 页。

三、形象的新组合与情境的新创意

那么，有没有可能制造出东西方两个吝啬鬼"相遇"的事件呢？怎么能做到在一个既有趣且合理的情境中，形成"贾仁遇到阿尔马贡"的新事件呢？把戏曲中有关贾仁的线索进行提取，贯注到阿尔巴贡的故事里，能产生什么样的叙事效果呢？

从实验的角度看，有多种方法可实现初步的"跨场景"。在《看钱奴》中，贾仁在东岳庙感梦，人生命运由此发生了转折——梦中，神仙"灵派侯"与"增福神"达成约定，给贾仁二十年的福报。显然，通过"神仙""鬼域""梦幻"等超现实的设定，可以为新的戏剧情境提供基本的前提。在元杂剧中贾仁虽然死了，但是他的鬼魂有了游荡天地的可能，如果故事设定东西方两个神仙将游荡在"地狱"里的贾仁的鬼魂转世投胎，派他的鬼魂到西方世界去完成任务，那么，这个中国吝啬鬼"西游记"的大前提也就大致有了。在新编戏曲音乐剧《当贾仁遇到阿巴贡》①中，这个前提被改写成贾仁的鬼魂被地府的阎王爷派去阿尔巴贡的家帮他敛财：

〔贾仁眼前一亮爬起来趴在桌前。

贾　仁　（重复）府里是……大人府里是好啊！我能去府里帮上点什么吗？

冥　使　（指贾仁）嘿，有点意思！我府上是缺点意思，你既然懂我的意思，就知道该意思意思！（做数钱状）

贾　仁　（护住自己口袋，无比心疼，吝啬鬼气质立显）大人，这……

冥　使　（冷笑）哦？呵呵。

贾　仁　大人！大人大人！我来得比较匆忙，这钱还在上面（手势状），要不送我先回去？

冥　使　呵呵。来……

贾　仁　我错了，大人！（抱住冥使）咱再商量商量！

冥　使　我倒是想意思意思，可你这要是不够意思——

贾　仁　可是大人我真没钱！

---

① 参见本书下编《当贾仁遇到阿巴贡》的剧本。

冥　使　没有么……呵呵。

贾　仁　啊，大人大人，现在是没钱，可我只要到了一个有钱的地儿，你是知道我的，指不定能够上您的意思！（央求）大人，求您把我发配到个有钱的地界吧！

冥　使　（思考）有钱的地界？那边倒有一个叫阿尔巴贡的老爷，浑身都藏着金子……

贾　仁　（两眼放光）金子！好啊！只要我把他的钱揣到我的，不，您的兜里，那……

冥　使　嗯。（捂嘴尴尬地笑，点点他）

贾　仁　那您的意思……？

冥　使　（满意地）够意思！去吧！

贾　仁　那阿尔巴贡家？

〔冥使咳嗽声，将手里档案的一张纸翻出来扔在地上。

贾　仁　（机智的捡起来，念，若有所思的）阿尔巴贡、克莱昂特……这克莱昂特……

冥　使　他儿子！克莱昂特可是个乖孩子，听（指贾仁）话的乖孩子啊！

贾　仁　听（指自己）话……

〔贾仁下。

来到阿尔巴贡家的贾仁，自然而然就可以轻松地参与到阿尔巴贡的婚姻事件当中。

从事件发生的场面性来看，"家宴"是场重头戏——有趣的是，莫里哀在喜剧中提到了家宴的准备情况，却没有直接表现家宴的过程。所以改编本对"家宴"场面的描写可以不局限在阿尔巴贡一人身上，而是继续在贾仁身上开掘，把"没有写出来"的家宴场面进行实际化的展开，通过家宴中多个人物的组合，推进戏剧进程。

值得一提的是，"贾仁的手指头"是一个从原作中提取出来的戏剧元素，可以发挥出更大的戏剧功能，制造出独特的喜剧效果：

贾　仁　只有这样，鸭肉才能柔滑细嫩，口感好！这只鸭子呢，整只做成秘制烤鸭，这心肝肺掏出来就是一道菜，鸭舌鸭掌摆个凉碟儿，鸭头又是个卤菜……

咖　啡　呀！管家你真聪明！

贾　仁　你是不知道，当年我这十根指头在鸭子身上这么一摸，油沾到手上这么一看，就知道熟不熟，肥不肥，嫩不嫩。贾管家我上辈子生也鸭子，死也鸭子，这辈子成也鸭子——

咖　啡　（抢白）败也鸭子！

贾　仁　胡说！上辈子鸭油被那小畜生舔了是我马虎大意，（警觉地环视四周）这次到嘴边的鸭子可是一整只的，金灿灿、沉甸甸的迷人的好东西（做数钱状）！我计划好久了，就差……咳，总之这次可不能让它飞了！来，送进烤炉！

因此，到了"家宴"的高潮阶段，就会形成以下场面：

贾　仁　（站在桌前，面对观众）各位来宾，今天，贾仁我，给大家带来奢华的东方大餐，其名曰——烤鸭！

母　亲　（激动）大餐？奢华！

咖　啡　（扯贾仁）鸭子，没有鸭子啦——
　　　　〔贾仁瞪咖啡，示意他注意自己上衣的油渍。咖啡赶忙敬礼挡住。

贾　仁　这可是我们皇帝喜欢的一道菜！在我们国家吃烤鸭是很讲究的。在吃之前，请跟我来做最重要的准备活动——先热热我们的手！（亮手）

众　人　手？！

玛丽娅娜　贾管家，我们吃东西是用嘴来品尝，这手……

贾　仁　（活动双手）人的双手看似与味觉无关，其实却蕴含着惊人的感知力量！吃饭忽略手，是对资源的极大浪费！请大家闭上眼睛（众闭眼），举起我们的双手（神秘的音乐渐起）……现在，我们的这双手……已经不再是手了。它们要用来看、要用来闻，还要用来吃！让手来感知我们心中最强烈的欲望……

〔众人先是同样动作活动着手，渐渐做出不同的动作，内心外化，依次打顶光。

母　亲　　（往怀里揽钱财状）吃完这餐饭，就拿聘礼钱！
阿巴贡　　（双手勾勒女性曲线）先吃相亲宴，再吃小甜甜！
克莱昂特　（拥抱状）刀叉作红线，情人两头牵！
玛丽娅娜　（深情许愿状）饭前团圆坐，饭后做团圆！
咖　啡　　（抹口水状）鸭子和鸭子，（抹下来的鸭油在指尖搓了搓，想起来钱）工钱和工钱！
贾　仁　　（看全局在手，得意状）摆下鸿门宴，成功在眼前！好了！烤鸭上桌了！闻着香吗？
众　人　　（还沉浸在自己的欲望中）香——
贾　仁　　心里美吗？
众　人　　（做各自的动作）美！
〔音乐变，《舌尖上的中国》背景乐。
贾　仁　　法国南部，地中海带来暖湿的气流，爱情正在疯长，又到了抢媳妇的时节。烤鸭里丰富的蛋白质，可以转化为厮打时所必需的能量。饮用阿尔卑斯山泉长大的鸭子，是当地人制作烤鸭首选的食材，能勾起人大吃一顿的欲望——
众　人　　哦，欲望——
贾　仁　　听起来难以置信，但是这种鸭子几乎满足了所有人的向往——
众　人　　哦，向往——
贾　仁　　端上桌来，一盘烤鸭。皮脆肉嫩，触手即化。（众人伸出手）慢点伸手，小心烫啊。（众人收回手）摸个面饼，来卷烤鸭。一张小饼，摊开不大。劲使小点，别撕烂它。码上鸭肉，别忘葱花。自由选择，加点黄瓜。涂上面酱，口水滴答。赶紧卷上——咔嚓咔嚓！（克莱昂特和玛丽娅娜互相凝望、偷偷摸对方手、用脚在桌下做小动作；阿尔巴贡对玛丽娅娜垂涎的动作；娜母对阿尔巴贡和阿府环境的打量和贪婪；贾仁的控制全场……）
母　亲　　等一下！可不可以再摸一个？

| 贾　仁 | 您自便——意犹未尽，吃饱了吗？伸出手来，鸭油满爪，哈……这是我最喜欢的！（阿尔巴贡情不自禁地想要去舔手指）不要舔！我给大家的建议是：注意留心附近是否有中小型肉食家畜盯梢，然后，一根手指一碗饭，美味超值赞爆啦！ |

〔音乐变换，众人快速重复前面的动作，舔手指。
〔音乐结束，大家睁开眼，每个人都在满意地揉着肚子。
〔众人响亮的饱嗝，互看自己一直想着的人。

这个高潮段落，将元杂剧提供的"手""烤鸭"等细节充分利用，同时把东方的饮食文化适当地融入西方家宴的场面，使故事既合理又有趣。

另外，虽然莫里哀的原作中提到了"父子相争"的伦理问题，却没有深入展开。从创作来看，婚姻问题与伦理问题是一个很好的写作素材和写作主题，但莫里哀可能是认为这个问题过于严肃，不利于发挥喜剧效果，所以几乎一笔带过。改编本假如能利用贾仁的东方文化背景，针对克莱昂特的忤逆行为，挑动阿尔巴贡的"父权"意识，或许可以制造出另一种跨文化的喜剧效果。

通过以上分析，大致可以看出"形象共同体"的创作，可以围绕着性格相近的人物展开叙事，通过"搬家式"的情境再造，让两个人物在新的故事里"相遇"，从而制造出喜剧性、反讽性。而新的事件既可能是"无中生有"的原创，也可能是"有中生有"的补充；既可以是把原剧中提到的但没有实际展开的行动，通过新的场景进行"实验性"的展现，也可以是把一个原剧中有争议的问题，拿到新的戏剧行动中展开讨论，形成观点交锋，甚或是把原剧已经停滞的戏剧行动，通过人物继续推进，从而使观众获得新的体验。

比如《吝啬鬼》里媒婆福洛席娜找到阿尔巴贡，劝说他不要因为嫁妆问题放弃娶玛丽娅娜。这段"劝娶"的戏写得很精彩，展现的是一个西方媒婆的精明能干：

| 阿尔巴贡 | 错是不错，不过算来算去，里头没有实在东西。 |
| 福洛席娜 | 看怎么样说。嫁给您以后，吃喝上力求节省，装饰上一味朴素，又痛恨赌钱，不是实在又是什么？这还不就是一笔老大的遗产、一笔老大的资金！ |

阿尔巴贡　这倒要了解清楚。不过福洛席娜，我还有一件事不放心。你明白，姑娘年轻，年轻人寻常就爱年轻人，只爱和年轻人待在一起。我怕我这样年纪的人，不合她的口味，过门以后，给我来点小乱子，对我可就不相宜了。

福洛席娜　哎呀！您可认错了人啦！我正要对您讲起这话来。那些年轻人呀，她个个儿打心里讨厌，她只爱老头子。

阿尔巴贡　她吗？

福洛席娜　可不是嘛！她说起这事来，我真还希望您也听听。前头过来一个年轻人，她看在眼里，打心里别扭。可是她讲，看见一位漂亮老头子，长着一把大胡子，就别提她多神魂颠倒了。年纪越老，她越中意，所以我不妨提醒您一声，千万别把您打扮得比眼前还年轻。她要嫁的男人，起码也得六十。……

福洛席娜　这我信得过。这些年轻人呀，糟不可言，可不值得爱啦！不是流鼻涕的毛孩子，就是油头粉面的活猴儿，妄想人看中他们那张皮！有什么好馋嘴的，我倒真想知道。

阿尔巴贡　拿我来说，我就不懂。我就不知道女人怎么会那样爱他们。

福洛席娜　再傻也没有啦。红粉爱少年！说得通吗？青年相公，也好叫作男子汉？谁能中意那些蠢材？①

相应的，我们可以塑造一个东方媒婆形象，让她接受阿尔巴贡的使命，去玛丽娅娜家"劝嫁"。从任务目标来看，"劝嫁"可能比"劝娶"更难，因为劝说"一个年轻的姑娘嫁给一个老头"与劝说"一个老头娶一个漂亮的女孩"相比，前者当然是高难度的：

马丽娘　（端茶、赔礼）王家婆婆，您顺顺气……奴家错怪您了，刚才……您大人不计小人怪，我这厢赔礼了。

王媒婆　（搀）不知者不怪，免了免了。（拉丽娘的手）哎呀，这孩子长得如此乖巧，却从小缺疼少爱的，老身怕姑娘受委屈啊……（抹泪，丽娘、马氏亦抹泪）

---

① 〔法〕莫里哀《莫里哀喜剧六种》，李健吾译，上海译文出版社1980年版，第245—246页。

马丽娘 （劝慰）谢谢婆婆心疼奴家。只是此事虽说老员外心术不端，但也是人之常情，您是否……

王媒婆 嗨，谁说不是？骂完我就有些后悔了……你们看！（指地上簸箕）

马丽娘 （拾起簸箕）啊婆婆，您扬这糠皮所谓何故啊？

王媒婆 这不正说我太狠了吗？人家贡老爷其实也有被冤枉的地方。今年年成可不好，不仅本乡本镇好多人没有饭吃，还有好多外乡人拖儿带女地流落到了这里。听说贡员外知道了，打算开粥厂广施济，一人一袋糠便可去换一碗小米粥、一袋香舂米。天底下还有这等好事？我也没个依靠，这不预先讨些来备着哩……（察言观色）

马丽娘 （惊讶）怎么从来没有听说过这件事啊？大家不是说……

王媒婆 （接）大家不是说"流言止于智者"吗？我最看不得那些嚼人舌头的人了。这事要有假，我准备这些喂猪喂鸡的糠皮做什么？

马丽娘 （坐一旁，沉吟）如此说来，这贡员外倒也急人之难……人都说他吝啬，不想省下来的东西能做这等好事，这吝啬倒比那些随便挥霍坐吃山空的人来得可贵。

马　氏 正是，正是……

王媒婆 （摇着簸箕）可惜啊，可惜……

马丽娘 可惜什么……

王媒婆 这个老头子，（马氏急示意，不理）……老了老了没有好结果。

马丽娘 （注意到马氏）妈妈你怎么啦？身体不舒服？

马　氏 唉，唉，我不舒服，我不舒服……（抚额）。

马　氏 （旁白）老，老，老……不让说你还偏说……完喽，完喽……（下）

马丽娘 婆婆啊，如何叫"老了没有好结果"？

王媒婆 （指簸箕）我儿，这就好比糠和米，

（唱）糠和米，本是相依倚，被簸扬作两处飞？

（故作神秘）我就和你说，可千万莫对别人讲啊：虽说这个贡老爷有一双儿女，却是能够要他命的主！父子父女不和，晚年好不凄凉嘞。

（唱）人都说养儿为防老，

辛辛苦苦忙到头，

牙颓发落眼昏花，

子为米来父为糠。

你们看看子在哪里，父在哪里，米在哪里，糠在哪里，

本来相依傍，

终作两处飞。

米入仓房，

糠便一把大火随风扬。

唉，贫贱夫妻百事哀，只因未到年老时啊……（观察马丽娘的反应）

马丽娘　（面露哀悯）婆婆不要如此，说得奴家好不伤怀……都只怪这贡员外一双儿女不孝，做下这无父无君之事。

王媒婆　嗯。你说可笑不可笑，我把贡员外这一顿错骂，他倒给我说了实话：他这一双儿女只知挥霍糟蹋，不知怜恤父母创业之难，他实在不知如何劝导，想想自己年岁已大，内无贤妻相助，外无朋友可托，百年之后这偌大家业到了这双儿女手中还不败他个底朝天？他想来想去，只有续弦一招或可挽回哟。

马丽娘　续弦如何能挽回？

王媒婆　如果续的弦和自己差不多大，到时也一起归了天，儿女们照样快活；算来只能娶一个年轻些的，让这对不孝儿女绝了妄想，知道天底下也有个公平二字。（指簸箕）这以糠换米，造福一方的事也能让人有个念想，你说是不是？贡员外还特意跟我嘱咐，不能委屈了人家姑娘，到时候啊，也不办什么仪式，弄个假的婚书，带上个人，让这不孝的儿女看看，吓得他们收了心，再把假婚书拿出来，两相便宜，或可一试。

马丽娘　（思考）嗯，确实是一条妙计了。那这个姑娘……找得如何呀？

王媒婆　（笑）这不，他前脚走我后脚忙，四处打听有没有可靠志诚的姑娘。唉，说实话，要不是为这我还真不想帮这个忙，明摆着费力不讨好啊！哪家姑娘会冒这个险，拿自己的婚姻去成全别人家的事，好人多了去，干吗我去做？！（叹息）唉，唉，唉，难，

难，难……

马丽娘　（决定）啊婆婆，这事说难不难，只是或许还得细细商量。

王媒婆　如何不难？我是左右为难，难上加难！

马丽娘　啊婆婆，我有一事相烦？

王媒婆　你说？

马丽娘　婆婆可否带我去找这贡员外，我愿挺身相助……

王媒婆　（猛站起，摆手）不可！不可！不可！我哪能让你做这样的事，这不是把你往刀尖上推吗？婆婆不能做！不能做！

〔王媒婆走一边，马丽娘跟随。

〔王媒婆再走到另一边，马丽娘随走，马氏偷上。

马丽娘　婆婆，婆婆，你听我说。

（唱）闻说道不孝子女感心切，
　　　世间事将心比心方能理解。
　　　丽娘我自小无父心常念，
　　　也曾观古来圣贤有志有节。
　　　愿效那救父的缇萦敢朝宫阙，
　　　愿效那救母的沉香敢劈华岳。
　　　望云思乡，
　　　见贤思齐，
　　　见义勇为，岂可袖手让须眉，
　　　愿事成后，红拂归来潇潇雨歇。

王媒婆　（面露难色）这个……丽娘啊，难得你有这番气概。只是，我听说你有一心上人，恐怕难遂其事吧……

马丽娘　（沉吟）婆婆有所不知。我几日前确曾于路旁偶遇一少年，他也顾盼于我。但彼此之间未通姓名，他是何方之人，来此所为何事，家中大小，前因后果俱是不知，实在虚虚实实，好不心烦。今日母亲曾问，只是一时搪塞。我想，他虽青春少年，如若不知好义勇为，也是心如腐儒，有何挂念？奴家愿效古之卓夫人，

（唱）当垆谈笑不避父，白头一曲可休夫。

王媒婆　唉呀呀，唉呀呀呀，丽娘呀，没想到咱这个时代真出了个你这样的卓文君、红拂女！难怪别人夸你"古贤未可比，心志可称

奇"了！（竖拇指）你当真愿意？
马丽娘　当真。
王媒婆　果然应允。
马丽娘　果然。
王媒婆　来来来，你我两人三击掌，我就是跑折我这老腿，也要为你走一遭。
〔王媒婆、马丽娘三击掌。

在"劝娶"与"劝嫁"之间，形成了有趣的对比，既是行动的对比、内容的对比，更是媒婆形象的对比、东西文化的对比，这是非常有趣的跨文化戏曲改编案例。

因此，跨文化改编不仅是形式的探索，更是内容的完善与补充，这种方法让经典的故事重新启动，让经典的人物体现出一种特殊的面貌——他们可以在不同场景自由出入，可以在剧作家所写的不同情境自由活动，既有他们的本来面目，又呈现出新的效果。借用索福克勒斯的著名表达，就是按照"人应该有的样子来写"，而不是根据"人的实际形象塑造"。①

---

① 索福克勒斯曾对他自己和欧里庇得斯的悲剧做过著名的比较："如索福克勒斯所说的那要（样），他按人应有的样子来描写，而欧里庇得斯却根据人的实际形象塑造角色"。（〔古希腊〕亚里士多德著《诗学》，陈中梅译注，商务印书馆1996年版，第178页）

《小吏之死》京剧改编刍议

【德育思考与要点提示】

小剧场京剧《小吏之死》改编自俄国作家契诃夫的短篇小说《一个文官的死》,京剧改编本从内容到形式实现了"中国化"与"时代化"的转化。该剧通过对"丑角"内涵的挖掘,形象而又生动地批判了官僚文化与等级制度对人性的戕害,从而在思想立意上有了现代审美特色。由此可见,跨文化戏曲改编不仅可以对西方作品做新的演绎,更可以对戏曲本体提供美学反哺。

京剧《小吏之死》取材于俄国作家契诃夫的小说《一个文官的死》[①],该剧由上海京剧院制作,龚孝雄编剧,严庆谷自导自演,2007年9月首演于上海天蟾逸夫舞台。该剧曾获得2007年上海市小剧(节)目评比演出"优秀剧目奖"、第二届中国戏剧奖·小戏小品奖暨第二届全国小戏小品比赛"优秀剧目奖",以及2007年度上海市文艺创作"优品剧目"。

《小吏之死》是一出独角戏,简单地形容就是"一个喷嚏引发的血案"。具体讲述了落弟秀才余丹心替巡抚大人修撰家族宗谱,受到赏识,被提拔为九品典史。某日,巡抚大人回乡赈灾,邀余丹心赴宴。不料余丹心在席间因没能忍住自己的一个喷嚏,扫兴而归。他自认为犯下弥天大祸,想尽办法向巡抚大人赔礼道歉,却没想到弄巧成拙,把自己搞得心力交瘁。惊惧之间,他将巡抚大人准备严惩的贪污犯县太爷错听成要杀他治罪,一命呜呼。

《小吏之死》保留了原小说的基本矛盾,但做了"中国化"的改造。起因仍是"喷嚏"造成的"以下犯上"的罪过感,主要的人物关系也还是并无直接

---

① 发表于《剧本》2008年第1期。

隶属关系的上下级——原小说里一个是"交通部门"的将军，另一个是"别的部门"的庶务官，在京剧里却变成了巡抚与典史；主要的人物行动和过程仍然是"赔礼道歉"——原小说中主人公切尔维亚科夫一共在不同场合、不同情境下进行了七次道歉（剧场三次，将军办公室、接待室四次），在京剧里却被集中整合为一次纠结的道歉过程（演出时长三十分钟左右）。

《中国戏曲改编西方经典的两种模式研究》，是编剧龚孝雄在上海戏剧学院就读硕士期间的研究课题。他认为，跨文化戏曲改编大体有两种方法：一种是"中国版"，另一种是"中国化"：

> "中国版"即外国故事的中国版本，演出要严格按照原著的剧本，演的是外国的人和事，穿的是国外的装束，只是用中国的某一戏曲形态来演绎而已。"中国化"是取外国名著的戏剧情节和主题精神，将故事和人物以及语言完全融化到中国来，把原著的情节和精神巧妙融化于中国戏曲艺术形态中。①

"中国化"的改编也分几条路径：一是将外国故事、外国人物转换成中国背景下的中国人物和中国事件，但原事件的性质与人物关系保持不变。简单地说，就是类似的事情发生在中国人身上会怎么样？二是将原著故事作为新故事的"前史"，通过戏剧手段让外国人"来到中国"，在新的情境下，原故事里的人物就新的问题与中国人发生新的故事。简而言之，就是他们遇到中国人或来到中国会怎么样？这两种思路在当代跨文化戏曲改编中常见，前者如《朱丽小姐》《王者俄狄》《小吏之死》，后者如《寇流兰与杜丽娘》《当贾仁遇到阿巴贡》等。

契诃夫的小说风格偏于温和的嘲讽，故事中庶务官的悲剧命运表面上看显得并不可悲，甚至让人觉得他本人要负更大的责任。剧作对制度与文化的批判也并不十分强烈——作者有意追求意境与生活化的表现，截取一种小品式的生活现象供人们回味，而不是振聋发聩般的引人反思。戏曲改编则强调用夸张强烈的形式、浓墨重彩的风格，揭示讽刺性的主题，使悲剧感格外突出。

---

① 龚孝雄、张之薇《为演员写戏，为观众写戏——对话上海淮剧团团长、编剧龚孝雄》，载于《戏曲研究》第103辑，2017年10月。

一、突出表达官场文化主题

京剧开场,既是对前史的交代,更是对主题的揭示:

典　史　〔悻悻摇头,一声叹息。
　　　　（念）当官难,难当官,
　　　　最难当的是小芝麻官。
　　　　位卑职小常受气,
　　　　见官都得把腰弯。
　　　　提心吊胆官场走,
　　　　就怕得罪上面的官。
　　　　怕得罪,偏得罪,
　　　　不留神惹祸端。
　　　　因此上,奔驿馆,
　　　　赔礼道歉保平安。①

这段念白开宗明义点名了戏曲改编的主题——官场文化或"官本位"现象,这是具有中国传统文化色彩的主题,很容易使熟悉戏曲的观众联想到由郭大宇、习志淦编剧的京剧《徐九经升官记》。该剧同样深刻地展现了官场文化对人性的压迫,以及官场政治中人际关系的扭曲。剧中那段充满戏谑和讽刺色彩的唱段《当官难》,引起无数观众和读者的共鸣:

　　原以为,此番升官我能做个管官的官,
　　又谁知我这大官头上还压着官,侯爷王爷他们官告官,
　　偏要我这小官审大官,他们本是管官的官,
　　我这被管的官儿,怎能管那管官的官,
　　官管官、官被管,管官、官管,
　　官官管管,管管官官! 叫我怎做官? ②

---

① 龚孝雄《寻梦留痕——龚孝雄剧作选》,上海社会科学院出版社2010年版,第76页。
② 京剧《徐九经升官记》,https://www.bilibili.com/video/BV1ps41157TK/,访问时间:2023年4月21日。

在官场关系的处理上，小说和京剧还有一个明显的差异在于，小说强调的是人物之间的"不相干"，戏曲则强化了人物之间的紧密联系。小说中庶务官切尔维亚科夫刚打完喷嚏，就发现"我的唾沫星子喷在他身上了！"。切尔维亚科夫暗想："他不是我的上司，是别处的长官，可是这仍然有点不合适，应当赔个罪才是。"① 回到家，妻子的反应强调了这一点："切尔维亚科夫回到家里，就把他的失态告诉他的妻子。他觉得妻子对待所发生的事似乎过于轻率。她先是吓一跳，可是后来听明白勃利兹查洛夫是'在别处工作'的，就放心了。"② 契诃夫有意制造出二人较"弱"的实际联系，似乎是想说明即使没有直接的利害关系，但等级制度的存在也足以"吓死"一个人。这个艺术处理体现了契诃夫小说的白描特色，给人留下了很大的想象空间。京剧改编本则有意强调二人的多重关系，如在"喷嚏事件"发生之前，余丹心与巡抚有着官场上的一段"前史"——他靠给巡抚修撰族谱，发挥他的小聪明，把巡抚大人祖上"盗墓人的"身份改成"考古工作者"，妙笔一挥，帮助他获得了现在的职位。与此同时，编剧又在巡抚与典史之间，增加了一个新人物——县太爷，使他们三人构成了一个完整的官场等级序列。

这个县太爷的形象在剧中起到两个作用：一是在"喷嚏事件"中，正当余丹心为自己的过失感到不安而又刚刚获得巡抚的安慰时，县太爷当场"发飙"，斥责余丹心的"大不敬"：

典　史　……你们不知道，当时那场面有多难堪。县太爷先挂不住了，他
　　　　　站在那儿眼睛直勾勾地看着我。（学县太爷唱小生腔）
　　　　　你、你、你，你哆哆嗦嗦乱言语，
　　　　　疏忽大意闹荒唐。
　　　　　当时我是又羞又怕，恨不能捧块豆腐撞死。抚台大
　　　　　人见我难堪，忙说道："不妨事，不妨事。"③

---

① 〔俄〕契诃夫《契诃夫小说全集》（2），汝龙译，上海译文出版社2008年版，第163页。
② 同上，第164页。
③ 龚孝雄《寻梦留痕——龚孝雄剧作选》，上海社会科学院出版社2010年版，第77页。

县太爷的这个举动有可能是真生气——自己的手下犯了过失，他当然要表达替顶头上司出气的态度，但更大的可能是他遵从了官场的规则，即当上司不便做一些事情的时候需要他挺身而出为之代劳。正是县太爷的当场训斥，造成了接下来余丹心不得不"纠结"、不得不道歉的心理压力。可以说，这一处理是对官场文化十分细致的刻画与深入挖掘。

县太爷形象的另一个作用是，因为他的贪污受刑，使那个始终处于惊恐中的小吏余丹心误听误信，最终成为余丹心死亡的导火线，使余丹心的死比原小说庶务官的死更加合乎逻辑。显然，这是戏剧对小说情节的一种"填补"。

二、独角戏的设计突出表演特色

整体来看，京剧改编本突出的是人物而不是情节，将"赔礼道歉"的故事改成了独角戏：整场戏里虽然也提到了其他角色，但他们都不在舞台上出现。这些角色，一方面由典史一人"分饰"和"演示"——在这个过程中，余丹心分别饰演了巡抚、县太爷、夫人；另一方面由幕内声音承担了"门官"与"巡抚"的功能。这样在不同时空中"展开"的荒唐事件，就都被"浓缩"在了一个人的表演里。这是一种极致的操作，大胆地改变了原小说按部就班的叙述模式，不仅使主人公的悲剧命运放大，而且使人物的外在行动与内心世界展现得更加完整。

独角戏的设计还具有更深层的含义，即主人公与其说是被一个比他更大的官吓死的，不如说是被他自己吓死的。就这点而言，戏曲的内容与形式达到了高度契合，称得上是真正的神来之笔。

小说《一个文官的死》中，主人公切尔维亚科夫七次道歉的过程略显重复——或许正是由于这种"讨人嫌"的重复，让将军大人感到很厌烦。且在整个道歉过程中，真正发生改变的不是道歉者的行为，而是道歉的对象——将军大人的态度：

小说中的七次道歉过程①

第一次	"没关系,没关系。……"
第二次	"哎,您好好坐着,劳驾!让我听戏!"
第三次	"'哎,够了。……我已经忘了,您却说个没完!'将军说,不耐烦地撇了撇嘴唇。"
第四次	"'简直是胡闹。……上帝才知道是怎么回事!您有什么事要我效劳吗?'将军扭过脸去对下一个请托事情的人说。"
第五次	"将军做出一副要哭的样子,摇了摇手。'您简直是在开玩笑,先生!'他说着,走进内室去,关上身后的门。"
第六次	"'滚出去!!'将军脸色发青,周身打抖,突然大叫一声。"
第七次	"'滚出去!!'将军顿着脚,又说一遍。"

按照小说的叙事逻辑,在将军不断升级直到忍无可忍的吼声中,小公务员"信步走到家里,也没脱掉制服,往沙发上一躺,就此……死了"。所以,庶务官的死至少在形式上有着强烈的外因驱动,即被激怒的将军导致了他的死亡。可是与小说不同的是,戏曲把焦点集中在典史的道歉行动上,观众始终是随着典史的视角来看待他整个的心灵受辱过程,这就使得外在的实际影响"减弱了"。这种形式是为了强调悲剧的"内在性",即没有"杀死人"的呐喊声也同样起到了杀人效果。或者说,杀死这个官吏的真正原因在于他的自我惊吓。

因此,《小吏之死》的独角戏改编策略是该剧成功的关键,它将小吏死亡的原因变成了是其内心死亡的过程。结尾处,典史因为错听——以为巡抚要杀的是他而不是"贪了赈灾银"的县令,结果"捂住胸口""轰然倒地"。死后他才明白:"搞了半天,不是说我啊?冤,死得太冤了。"改编本在结尾制造出某种荒唐感,也比原小说的主人公浑浑噩噩地走回家死在自家沙发上,更具戏剧性。

另外,《小吏之死》在表演上有非常突出的特色,立足于独角戏的同时,主演严庆谷充分发挥了高超的表演能力与水平,巧妙地将各种表演手段融汇在丑角的自叙自演中。于是,我们看到了一个"充满表演"的舞台演出——在这个过程里,不仅能看到主演在典史、巡抚、县令、夫人各种角色之间自由切换,而且能看到他在不同的表演行当、流派之间自由切换:

---

① 〔俄〕契诃夫《契诃夫小说全集》(2),汝龙译,上海译文出版社 2008 年版,第 163—166 页。

严庆谷饰演余丹心，演唱的手段极其丰富，主要运用京剧丑角的表演程式，但是化入了许多其他行当的程式，甚至用上了苏州评弹。唱到"昨夜晚开酒宴"时，他用言派老生的口吻表演雅量高致的巡抚；用叶派小生的韵白模仿怒目圆睁的县太爷；回到家中，遭到老婆数落，他又以苏白加评弹演唱的手段，反串泼辣、浅薄的婆娘。严庆谷将这一段叙述，演唱得惟妙惟肖，引起全场观众捧腹。严庆谷工文武丑，这出小戏在丑行的表演程式中又有突破，如各种步伐的变换、数板、贯口等嘴皮子功夫，都各尽其妙。①

整部《小吏之死》不仅成为戏曲表演的万花筒，更成为创意表演的教科书。对于前者，戴平的剧评已经给予了充分的说明，另外可以补充的一点是，如此跳脱、缤纷、百变的表演呈现丝毫不让人感到杂乱，其原因在于这个有着庞杂表演信息的剧作里有一个万变不离其宗的"内核"，即一切表演均符合规定情境。我们知道，戏曲是"角儿"的艺术，这句话的意思是，戏曲演员非常重要，观众要在剧中看到演员的表演能力与表演水平。这种艺术观赏效果的达成，一是需要表演者自身的修炼与实力养成，二是需要剧本创造出这样的条件与机会；如果剧本不能给予相应的合理化的表演情境，或者说演员的表演"溢出"了规定的表演内容，那么从某种程度上讲就会被批评为"洒狗血"。《小吏之死》好就好在，无论严庆谷跨越什么行当、转换什么表演、使出什么技巧，都在剧情给定的情境里，可以说从艺术的角度完全诠释了什么叫"从心所欲不逾矩"。所以，一部新编戏曲作品的成功，演员的表演水平与剧作水平相辅相成，"在了解了演员综合条件的前提下，针对演员的自身条件，合理安排情节，尽量让演员能够扬长避短，尽善尽美地完成角色塑造，台上有光彩"。②

再有，《小吏之死》虽然用到了那么多的戏曲程式，却并不是毫无章法的取悦性的表演片段连缀——它的思想性并没有被娱乐性消弭。虽然严庆谷运用的仍是传统戏的技巧和程式，但是又很难将这部剧看成传统意义上的戏曲，或者说在这出戏的观演效果中，很难把它定位成一出传统色彩浓厚的新戏剧。因

---

① 戴平《〈小吏之死〉：用京剧完美演绎西方文学名著》，载于《文艺报》2012年4月16日，第4版。
② 龚孝雄、张之薇《为演员写戏，为观众写戏——对话上海淮剧团团长、编剧龚孝雄》，载于戏曲研究》第103辑2017年10月。

为，剧中对旧程式的运用始终保持着一种新鲜感与现代感——创作者把古代官场文化的语境、文人的落魄穷酸气质、传统士大夫的保守思维、化身不同表演时的反讽效果统统熔为一炉，制造出一种特殊的"表演文化气场"。值得一提的是，剧中有一段化腐朽为神奇的创意，把原小说主人公"没有写成"的信，"写成了"一封深具中国特色与文人特色、文采斐然又与表演高度融合的"悔过书"：

> 夫何一秀才兮，寝难寐而彷徨。心沉沉而自责兮，魂枯槁若有亡。打喷嚏于餐桌兮，染上司之脸庞。污鸡鸭鱼肉与熊掌兮，溅美酒与菜肴上。我与大人，同祖同乡，些许小事，破例提赏。小人感激不尽，知遇之恩，铭刻心房；奈何昨夜之事，举止荒唐，书生狂妄，枉读文章，思想起来，悔恨难当。请求大人宽谅。①

这篇"悔过书"包含着强烈的反讽效果与批判意识。严庆谷前松后紧、前慢后快、前韵白后数板的表演，把写这段文字与演这段文字的人合为一体。

三、守正创新提升行当美学

新编戏曲创新的核心是对人物行为和人物命运的反思，这种反思精神体现出作品的现代精神。主角严庆谷也是一名具有创新精神与国际视野的演员，他不仅在艺术上出类拔萃、转益多师，如曾问学于张春华、阎世喜、艾世菊、孙正阳、钮骠等丑行名家，而且立志向京剧前辈学习，走出国门。为此他专程到日本京都观摩、学习狂言表演艺术，归国后积极实践。

> 京剧带着历史的尘埃迈入了崭新的世纪，其自身蕴藏着的人文价值将以何种姿态展现于世人面前，这是我们京剧工作者应该时常思考的问题。
> 时代的发展，市场的需求，对于艺术人才综合素养的要求越来越高，尤其是当前新剧目创作如雨后春笋般的势头下，严重暴露出普遍演员创

---

① 龚孝雄《寻梦留痕——龚孝雄剧作选》，上海社会科学院出版社2010年版，第80页。

造力不足。其实，即使是继承传统剧目，也同样需要演员有非凡的创造力和丰富的想象力，这样才能使传统剧目焕发出新的生命力而得以世代流传。①

国家京剧院老一辈剧作家范钧宏先生在总结戏曲移植改编的成功经验时指出，改编移植之前一定要先"摸底"，首先是摸历史的底，其次是摸表演的底。据此看来，《小吏之死》不仅摸清了原著精神的底、中国思想文化的底，也摸清了艺术家表演风格、表演能力的底。

一个优秀的演员，其思考能力与表演能力至关重要，且这种思考能力不仅不会被他的表演所遮蔽，反而会被他的表演所放大。从这个角度看，《小吏之死》里丑的表演是一种创意，它把传统的形式别开生面地捏合在一起，开拓了丑的讽刺功能、反讽功能以及反思功能。这种有着浓厚的现代意识的创作，使这部小剧场京剧回味无穷。

从行当美学发展史的角度来看，《小吏之死》的另一层意义在于开拓了丑角表演的现代性内涵——它把"奴性"作为更深层的"丑"去表演，对戏曲行当美学与人物美学的发展有着重要意义。古代文献典籍中出现的早期演员如"优伶""俳儒"等，想必绝大多数是"丑"扮，表演上也有许多属于丑行的程式和身段。一般来说，丑行的表演多以外在夸张、滑稽甚至粗俗的言语、行为来展示其特点，人物的脸谱形象也会突出一种外在的"丑"感。很多时候，这些外在的丑形、丑态往往是对人物性格的外化。随着人们对丑的认识不断深入，尤其从生活实际出发，对美丑辩证关系的再认识，慢慢也在戏曲丑角人物的塑造上有了许多新突破和新尝试。京剧《徐九经升官记》就是这样的一部代表作，这部以丑角为第一主人公的京剧，成功地将人物的"外在丑"与"内在美"高度融合，不仅打破了丑角多是配角、小角的惯例，更是通过赋予"畸形"人物善良的品德、高超的智慧，形成人物"美丑相映"的审美效果。《小吏之死》对于"丑"的表现是另外一条美学路径，它没有特别地赋予人物正面意义的性格和品质，而是强调人物与环境的矛盾，特别是人物与体制的矛盾。改编更多的是借用戏曲"丑"的艺术手段，启发观众对"丑"的社会意义与人性根源进行观察和思考。从某种角度来说，这种跨文化戏曲改编升化了原有的

---

① 严庆谷《浅谈京剧发展中的障碍》，载于《中国戏剧》2002年3月，第47页。

行当审美。

京剧《小吏之死》的成功还在于它充分体现了跨文化改编的主体性和创造性，无论是主题的提炼还是表演形式的设计，都做到了"中国化"与"时代化"。更难能可贵之处在于，通过对西方优秀作品的新演绎，丰富了戏曲丑角行当的表现力，这对未来跨文化戏曲改编具有重要的借鉴意义。

《春琴传》越剧改编刍议

【德育思考与要点提示】

《春琴传》的跨文化戏曲改编突出了越剧审美的主体意识,在对男女主人公内心世界和伦理情感的深入挖掘中,使人们进一步认识到人格健全与爱情圆满互为表里。曹路生将日本小说《春琴抄》改编成越剧《春琴传》,在尊重原作的基础上,把小说极力隐藏的、不明确的,甚至带有负面色彩的情感关系改写成了爱情关系,重构了小说主人公"施虐—受虐"的情节,适应了越剧的情感表达与伦理观念。

《春琴抄》是日本近代唯美派作家谷崎润一郎的代表作,小说中男女主人公关系复杂,既是主仆又是师徒,还是一对"不公开"的情人。小说根据男主人公佐助与侍奉佐助与春琴的鸭泽照的回忆层层展开,描写了盲女春琴和男仆佐助之间凄美而又惊心动魄的爱情故事。

故事具体讲述了盲女春琴,出生于大阪一个富商之家,家境优渥。她天生丽质,有很高的音乐天赋,但自失明以后脾气暴躁,极度自卑,以致性格扭曲、心理阴暗。佐助自小在春琴家的药铺当学徒,不仅服侍小姐春琴的生活起居,还成为她的引路人。佐助一直暗恋着春琴,不知不觉间也学会了三弦琴,且技艺过人。春琴的父母为了安抚女儿,让佐助拜春琴为师。虽然春琴苛刻暴虐,但佐助对她百依百顺,无微不至。一天,春琴的父母发现女儿怀孕了,于是逼问她孩子生父的名字,春琴非但不承认佐助是她的秘密情人,还拒绝了父母要她嫁给佐助的建议。春琴的父母无可奈何,只好将孩子送了人。后来,春琴与佐助搬出去单独生活,在外人面前也依然维持着师徒主仆的名分。突然有一天,春琴被一个闯入家中的陌生人烫伤毁容,从此失去美貌。春琴命令佐助离开她，令佐助痛不欲生。为了打消春琴的顾虑，佐助刺瞎双眼，从此与春琴过着平静的生活，直到春琴去世。

小说《春琴抄》各章节内容如下：

小说《春琴抄》各章节内容

章节出处	具体内容
第1章	"我"寻找鹈屋春琴的墓
第2章	通过一本《鹈屋春琴传的小册子》介绍其失明的容貌
第3、4章	资料所显示出来的鹈屋春琴高超的三弦琴琴艺
第5、6章	13岁的小伙计佐助成为春琴的引路人和生活上的陪伴者
第7、8章	佐助耳濡目染刻苦偷练三弦琴技艺
第9—11章	春琴收佐助为徒，不顾父母反对时常打骂佐助
第12章	春琴怀孕生子，既不说情人的名字，也不肯下嫁佐助，父母只好把孩子送走
第13—15章	春琴带着佐助独立生活，两人的关系让人不理解，佐助时常受到春琴的虐待
第16—19章	春琴的经济来源，以及对待所养的黄莺、云雀都比对待仆人好
第20章	纨绔子弟利太郎成为春琴的徒弟，他在赏梅中惹怒春琴，遭到打骂而离开
第21—22章	春琴被热水烫伤脸痛苦不堪，却查不出凶手
第23—24章	为了让春琴放心自己永远不会看到她被毁的脸，佐助自毁双目
第25—27章	在鹈泽照的帮助下，佐助照顾春琴至死，并传承了春琴的琴艺，一生无悔

2006年这部有着日本畸恋文化色彩的小说被改编为越剧《春琴传》，由浙江小百花越剧团演出，编剧曹路生，导演郭晓男，主演蔡浙飞、章益清。该剧多次在国内巡演，荣获了第十二届文华奖最佳表演奖。

越剧《春琴传》除"序幕"外，共七幕，分别是"收徒""授艺""诉心""斥女""赏梅""毁容""刺目"。其中除了第三场"诉心"是编者的新创，其余都以小说为参照。从具体内容来看，各场次基本依据原作的是"收徒""斥女"，拓展了原作的是"赏梅""授艺"，把原作较模糊的情节进一步明确的有"毁容"，情节内容上基本没有大的变动，但情感关系有重大调整的是"刺目"。

一、强化原作的爱情关系

越剧《春琴传》最重要的调整是把原作中模糊的、不明确的男女关系重新定位成爱情关系,而爱情场面的展开主要在第三场"诉心"——这是一场完全独立创作的内容,描写的是春琴与佐助夜半时分的真情告白。此处,为了美化二人的爱情,编剧设计了一个经典场面,即舞台上一人心中弹奏曲子,另一人居然能够清楚地听到。这个神奇的"联觉",显然是要强调佐助是春琴的"知心人"。另外,剧作无论是内容上还是形式上,都特别突出美的氛围营造——这种美不是一般的美而是"越剧的美",将春琴心中所弹之琴,具象化为音符与歌词,由主要人物和歌队吟唱出来:

大雪落,落纷纷,飘飘扬扬飞满城。
银瓣素蕊尘不染,洁白晶莹化无痕。①

这段歌词通过描写大雪纷飞、洁白纯净的世界,烘托出男女主人公爱情的美好。在打动观众的同时,为随后二人爱情结晶的出现做了铺垫——其实,原作中二人的畸恋关系并不美好,甚至从某种程度上说,春琴把佐助当成了泄欲的工具,她内心深处从来没有真正平等地看待过佐助,即使他们发生了肉体关系,她也丝毫没有改变对佐助的态度。因此,当春琴的父母建议她可以与佐助结婚时,遭到了春琴的严词拒绝。其实,不仅对待佐助,她对待所有的人都带有一种骄傲和冷漠:"在她家里,她本人过着王侯一般的生活,对佐助以下的用人硬是要求他们生活简朴,日子过得像吝啬鬼"。

越剧为了强化男女主人公之间的爱情关系,引起观众的共鸣,当然要改变这种明显带有变态色彩的爱恋,同时要尽可能地重新挖掘具有普适意义的爱情表现方式,甚至要让这种爱情具有某种"超越性""神奇性"和"至美性"。第三场"诉心",就是编剧改编策略的集中体现。

但同时也要注意到,第三场"诉心"和第四场"斥女"之间还隐藏着一个巨大的矛盾,即第三场表达的主题是"爱情",第四场表达的主题是"冷漠",

---

① 空中剧院,越剧《春琴传》,https://www.bilibili.com/video/BV1Qs411V73u/?spm_id_from=333.337.search-card.all.click,访问时间:2021年9月。

前后主题表达的不同使二人的情感关系出现悖论。简单地说，就是当"诉心"的爱情关系刚刚建立起来，人们还没有看清楚爱情发展的走向，就马上被"斥女"中春琴的"主动否认""坚决拒绝"给瓦解了——不仅面对"谁是孩子的父亲"的质问，春琴的态度十分冷漠，就是面对嫁给佐助的善意建议，她也毫不动情。她的那种蔑视与偏见令观众感到无比寒心，她不惜一切抛弃孩子的自私行为更令观众难以接受。那么，出现这种情感悖论的原因是什么呢，难道改编者自己也不相信主人公之间有真正的爱情吗？

> 在越剧舞台上尽管已经淡化了春琴的嗜虐等阴暗心理，并且将二人的感情打造为爱情，但春琴极端化的本性常常使得改编者不自觉地无力招架、无法把定而如灵魂脱窍般漫溢而出，在舞台上枝杈横斜：紧接着第三场心心相印的"诉心"，在第四场的"斥女"中，春琴端着主子的态度对佐助提出保密他们二人情事的种种要求，并在反复挑剔佐助的按摩功夫后扬长而去，这时候舞台上蔡浙飞所饰演的佐助呆若木鸡，惊悚未定，蓦地一个全身轰然倒地的动作。……都显现出作者对佐助无限的同情，也可见出编剧对此二人的"爱情"，其实也是无法完全把握的、犹疑的、动摇的。①

第三场"诉心"是剧作家根据越剧需求构建的新场面，这在原小说中没有。那么，剧作家是否也注意到了这场戏只是二人爱情的起点，仅靠它恐怕还不能完成该剧的爱情叙事。换句话说，就是要想确保剧作爱情叙事的完整性，还需构建一系列的叙事场面并找到人物行动的逻辑依据，否则就失去了方向重回小说。所以，第三场"诉心"二人相互认同擦出爱情火花乃至发生肉体关系之后，就一定要对春琴的内心变化进行跟踪与放大，或许在其他人那里，肉体关系可以成为爱情的催化剂和助推器，但在春琴的心里反而是毒药和阴影。她的自我怀疑、自我害怕、自我惶恐并没有因为肉欲的满足减弱，反而内心中不断滋生出悔恨与厌恶。他们的爱情如果有障碍，那么这个障碍主要来自春琴多疑、孤傲、任性、冷漠的个性——长期残疾失明的春琴，内心无比敏感，她渴望爱，但又不相信爱；她想得到爱，但又害怕爱的过程太过辛苦。如此改编，

---

① 方李珍《规训与激情——从两个戏谈起》，载于《福建艺术》2008年第4期，第12页。

不仅符合人物的性格设定，也比单纯地表现她的变态性格更加合理，更加有利于改变小说中叙事者嗜虐的"邪美心态"。

另外，作为一个母亲，春琴随随便便就抛弃了自己的孩子，这种毫无人性的举动势必令观众反感。对于这个问题，剧作不能避而不谈，应该给予一个合理的解释。

二、解构与重塑虐恋情节

爱情关系的建构还需对小说"施虐—受虐"的人物关系做出整。小说中对春琴施虐场面的描写集中在第9—11章，即佐助学艺期间遭到春琴无情的打骂和肉体的残害：

> 这终于逐渐成为每天不可或缺的惯例，有时到九、十点还不许他下课，还会经常听到她严厉训斥的声音："佐助，我是这么教你的吗？！""不行！不行！你给我练通宵，一直到练会为止！"这声音传到楼下，让佣人们大吃一惊。甚至有时候这个年幼的女师傅会一边喝骂佐助"笨蛋！你怎么就记不住？"一边用拨子敲打他的脑袋，而这个弟子就抽抽搭搭地哭起来。①
>
> 一天晚上，佐助练习《茶音头》的曲子，但是他的理解力很差，怎么也记不住，练了几遍，还是出错。春琴十分气恼，和往常一样，将三弦琴放在膝下，右手用力地在膝盖上打着拍子，嘴里唱着曲调："来，跟我学！齐里齐里甘，齐里齐里甘，……"佐助茫然不知所措，但也不能停下来，于是只好按照自己理解继续弹奏。但是不论他站立多久，春琴就是不说一句"好了"。如此一来，佐助更加头昏脑涨，浑身出冷汗，越弹越糟，乱弹一气，一塌糊涂。但是春琴始终一声不吭，嘴唇紧闭，眉头紧蹙的深深皱纹纹丝不动。如此坚持两个多小时，母亲繁女穿着睡衣上来……②

---

① 〔日〕谷崎润一郎《春琴抄》，郑民钦译，北京燕山出版社2007年版，第17页。

② 同上，第20页。

再如第 15 章，佐助牙疼仍尽力给春琴暖脚，却被春琴狠狠地踹了一脚：

  有一次，佐助牙痛，右脸颊肿得很厉害，入夜后疼痛难忍，但是他硬是强忍着，不流露出来，只是时常悄悄去漱口，在伺候师傅的时候注意不对着她吐出气息。不大一会儿，春琴躺进被窝里，叫佐助给她揉肩揉腰。佐助遵命，给她按摩了一会儿，春琴说："好了。现在给暖和一下脚。"佐助诚惶恭敬地横卧在她的脚边，解开自己的衣襟，把她的脚掌放在自己的胸脯上。他的胸部感觉冰冷，但脸部由于被窝的热气蒸得火烧火燎，牙痛越发厉害。他实在无法忍受，就将春琴的双脚从胸部移到自己肿胀的脸颊上，这才勉强忍受住疼痛。但是，春琴立刻很不高兴地在他的脸颊上踹了一脚。佐助不由自主地"啊"的一声蹦了起来。春琴说道："用不着你给我暖脚了！我叫你用胸部暖脚，没有叫你用脸颊暖脚。脚掌不长眼睛，这无论明眼人和盲人都一个样。你为什么欺骗我？你好像牙痛，我从你白天的样子就觉察出来了，而且右脸颊和左脸颊的温度不一样，肿的程度也不一样，我的脚掌也能感觉出来。既然这么痛苦，你老老实实地告诉我不就行了吗？……竟敢用主人的身体来冰镇你的牙齿，真是胆大妄为！你的心地可恨之极！"①

小说中，作者毫不讳言春琴阴暗的心理，也从不为春琴虐待仆人尤其佐助找任何借口，甚至让人感到春琴表现得越坏，就越能衬托佐助爱的变态与不可思议——这可能与作者秉持的唯美主义创作理念有关。

  但对越剧来说，这样的情节可能给观众带来不适。因此，越剧《春琴传》的改编策略是，在前半部分故事里（尤其是"序"和第二场"授艺"）集中展示人物有施虐色彩的言行，在后半部分故事里又对这些言行给予一定的解释，让观众有理由去消化这些内容，甚至把它看成是一种"不是冤家不聚头"的游戏。请看第七场"刺目"，通过春琴与佐助的唱念，对他们炽热的爱情做了总结：

佐 助 （唱）佐助出身本卑贱，

---

① 谷崎润一郎《春琴抄》，郑民钦译，北京燕山出版社 2007 年版，第 27 页。

师傅你厉声斥责藏温馨。
佐助生性太愚笨,
师傅你怒骂敲打显真情。
佐助半生多孤独,
师傅你苛刻残虐更觉亲。
佐助一世少温暖,
师傅你冷若冰霜也暖我心。

(念)师傅啊师傅!
你是世上第一个爱我、疼我、恨我、怨我、
怜我、念我、打我、骂我、知我、亲我……
我一生中唯一一个刻骨铭心的女人!
你是主,我是仆,
你是月亮我是星。
你是大树我是藤,
你是湖水,我是那湖上漂浮的萍。
我愿朝朝暮暮,风风雨雨。
年年月月,生生世世。
做你卑贱的人,
伴你一生。

春　琴　(唱)佐助他心泣一声声,
声声涕泪唤春琴。
我盲目一生多歉疚,
最歉疚的还是你佐助君!
佐助,佐助,我要谢谢你!谢谢你啊!已经多少年了!

(接唱)春雨绵绵风寒侵,
谢谢你细心呵护把路引。
夏日炎炎热难忍,
谢谢你手不离扇驱蚊蝇。
秋风瑟瑟叶飘零,
谢谢你长夜伴我等天明。
冬雪飘飘寒彻骨,

　　　　谢谢你用热胸暖我双足冰。
　　　　晓得我心绪阴沉性乖戾,
我却百依百顺忠心尽。
最动心你拜我为师学琴艺,
簪刺殴打你反而感激涕泪淋。
从此后明是主仆暗夫妻,
琴弦鸣和生恋情。
正庆幸人生路上得知己,
又谁知第二次遭难毁终生!
(白)上天啊,你对我不公啊!现在我只有佐助了,
　　　佐助我只有你了!佐助啊佐助!
(接唱)只有你最懂我的心,
　　　　我自卑极致变自尊。
　　　　只有你最懂我的心,
　　　　我怪癖背后是温存。
　　　　只有你最懂我的心,
　　　　我苛求残虐是亲近。
　　　　只有你最懂我的心,
　　　　我冷酷拒绝是感恩!
(白)佐助,你能原谅我吗?你能原谅我吗?
(接唱)到如今我红颜褪去面失真,
　　　　怎忍心面对我唯一的心上人!①

三、极致刻画人物内心

　　小说《春琴传》中男女主人公既是师徒也是主仆,还是一对不公开的恋人。但无论是作者还是叙述者,甚至反面人物——纨绔子弟利太郎,也都只强调二人的尊卑关系,并没有对这种复杂关系背后所触及的伦理问题深入探讨。

---

① 空中剧院,越剧《春琴传》,https://www.bilibili.com/video/BV1Qs411V73u/?spm_id_from=333.337.search-card.all.click,访问日期:2021年9月。

春琴热水伤脸事件的幕后凶手是谁，在小说中是个谜。作者有意把这件事写得很模糊，仿佛是要告诉读者许多人都有嫌疑，很难真正的查清楚。但在越剧中，这条线索得到了明确交代：

> 利太郎　（白）想我美浓屋利太郎，大阪城里美名扬，拜一个盲女为师傅，是给你面子添荣光。到如今你不理我倒也罢了，想不到，你竟与一个下人配成双。难道我堂堂贵公子，竟连一个卑贱的奴仆都比不上。这口气叫我如何咽得下，莫怪我恼羞成怒狠心肠。
> 　　　　（唱）此梅原本为我开，
> 　　　　　　　旁人休想将她采。
> 　　　　　　　若是有人采了去，
> 　　　　　　　我情愿毁花才释怀。①

让利太郎恼羞成怒的是，他"竟连一个卑贱的奴仆都比不上"，这说明他其实并不认为佐助与春琴有伦理上的瑕疵。当春琴自立门户后，她与佐助的关系虽然让人侧目，但人们的好奇更多的是"据说鵙屋的佣人们背地里议论道，真想偷听一次，看看春琴和佐助谈情说爱的时候是什么样子"。②

伦理问题在一部追求唯美的小说里似乎不是问题，或许在大阪这个以商业著称并发展成为"夕阳薄霭下矗立着无数高楼大厦的东方第一大工业城市"的文化里，所谓"封建的"伦理道德早已被人们弃如敝屣，没人在乎。所以，即使师徒发生了肉体关系，仍然不妨碍他们的墓碑可以继续"述说着师徒深情"③。但这种关系如果完全保留在戏曲里，就可能受到观众的质疑。

另外，小说《春琴抄》还强调了春琴对主仆关系的绝对恪守，不仅在佐助做仆人期间，甚至二人有了肉体关系乃至搬出去独居以后，仍然没有改变：

> 春琴非常厌恶自己和佐助被别人视为一对夫妇的样子，所以严格规

---

① 空中剧院，越剧《春琴传》，https://www.bilibili.com/video/BV1Qs411V73u/?spm_id_from=333.337.search-card.all.click，访问日期：2021年9月。
② 〔日〕谷崎润一郎《春琴抄》，郑民钦译，北京燕山出版社2007年版，第24页。
③ 同上，第4页。

定主仆之礼节、师徒之规矩，甚至连说话中极其细微的遣词用语都规定得十分琐碎。佐助偶有违规之处，即使弯腰低头认错道歉，她也绝不轻饶，总是没完没了地责备其不懂礼貌。①

春琴坚决维护外在的师徒伦理，但又不拒绝内在的情人关系，内外有别，泾渭分明。但春琴选择坚决维护师徒关系，并不是由于她害怕外在环境的干预，而是出于自身的一种变态需要："就是说，她对自己与低贱的男人发生肉体关系心怀羞耻，也许正是由于这种心态的反作用，才对佐助采取冷若冰霜的态度。如此说来，在春琴眼里，佐助只不过是生理上的必需品吧？恐怕她是故意这样的。"②

师徒之间到底可不可以有爱情，这样的关系是否有违传统的儒家伦理，是一个可以深入探讨的话题；另外，一个有着羞耻心和缺乏安全感的女人，用等级关系来维护爱情的尊严，这点或许比小说的叙述者所说的"生理上的必需品"更加重要，更有利于去挖掘这个身体残疾的女人其内心的残疾。

越剧遵从了小说的大部分情节，只有两处大的段落被删除了：一是第16—19章，二是第25—27章。小说第25—27章的内容是："在鸨泽照的帮助下，佐助照顾春琴至死，并传承了春琴的琴艺，一生无悔"。即佐助自毁双目后，二人年老的生活境况，并无推动情节发展的实质性内容。小说第16—19章则不同，看上去主要讲的是琐碎的生活："春琴的经济来源以及对待所养的黄莺、云雀都比对待仆人好"，却是刻画人物性格的最佳场面。

以鸟喻人，既有象征意义，又能把春琴独特的"阴翳"的内心世界揭示得更加具体鲜明。作者还引用了一段据说是《春琴传》小说里用文言文写成的"闻鸟道曲"：

> 野莺之鸣，若得天时地利，闻之方始似觉雅致，然若论其声，尚不足以言为美。反之，闻天鼓之类名鸟婉转之声，虽身居俗尘，却思幽邃闲寂之山峡风趣，溪流潺湲之淙淙声响、山峰樱花之暧昧如烟霞，尽悉浮现于心中之耳目。其啼声中自有春花流霞，令人忘却置身于红尘万丈之都

---

① 〔日〕谷崎润一郎《春琴抄》，郑民钦译，北京燕山出版社2007年版，第24页。
② 同上，第24页。

门,此乃以人工之技与天然风景竞妍之谓也。音曲之秘诀也在于此。

虽然作者评价说,拿鸟和人比不太恰当,却也不得不佩服他对"声音之道"的见识。这使我们认识到,越剧过多地表现了春琴所弹奏的音乐之美,以及教授音乐过程中对佐助的苛刻,却忽略了对她高超琴艺的展示。事实上,佐助对春琴的爱里也包含了敬佩与崇拜的成分——不仅是被春琴的相貌所吸引,更有对她才华的倾倒。所以,全面展示春琴的通感天地、生灵甚至万物的音乐才能,不仅有助于进一步刻画二人的师徒关系,有助于展示佐助对春琴的复杂情感,也有助于淡化二人"施虐—受虐"的畸恋色彩。

小说中,与春琴有关的不只有黄莺,还有云雀:

> 云雀性喜站天飞翔,即使关在笼子里,也经常高高飞起,所以鸟笼要做成细长的形状,达到三尺、四尺、五尺的高度。但是,要真正欣赏云雀的美妙声音,就必须将它从鸟笼中放出来,让它直飞天空,直至看不见它的身影,听着它冲入云霄时的鸣叫声。这就是欣赏它的穿云之技。大抵云雀要在空中停留一些时间后再飞回原来的笼子。停留在空中的时间从十分钟到二三十分钟不等,停留的时间越长越被视为优秀的云雀。所以在举行云雀比赛的时候,那鸟笼一字儿排开,同时打开笼门,将云雀放飞天空,最后回来的那一只获胜。劣等云雀回来的时候有时会误入自己的鸟笼旁边的鸟笼,甚至会落在离鸟笼一二百米远的地方。不过,云雀一般都能辨别出自己的鸟笼,准确回来。云雀是垂直飞上天空,在穹的某一点停留一段时间,再垂直落下,这样就自然而然地回到自己的鸟笼里。①

云雀高飞的意象,似乎有着强烈的象征意味——能否说春琴就像这只关在笼子里的云雀,希望自己能挣脱残疾的羁绊飞向自由?或者说它是否暗示了春琴的命运就像鸟儿一样,总要宿命般地回到牢笼里?总之,意象丰富,很难有唯一的解释。

然而听见云雀的叫声,春琴也会表现出难得一见的快乐:

---

① 〔日〕谷崎润一郎《春琴抄》,郑民钦译,北京燕山出版社2007年版,第30页。

也许平时春琴由佐助牵着手出门学习的时候，总是默不作声，表情严肃，而在放飞云雀的时候才能看到她开朗的微笑和说话的动作表情，使花容月貌更加流光溢彩吧。①

对于春琴来说，这是一种性格的松动与反常；对于编剧来说，这是刻画人物的重要节点；对于观众来说，这是人物内心世界的一种暴露。佐助陪着春琴听云雀飞向高空发出的鸣叫声，看到春琴的笑容，他的内心一定会受到触动，会使他对春琴的理解和关爱更深一层。

当然，共听云雀鸣叫的场面，是美好的象征。更何况，云雀与主人公的命运有着紧密联系：

春琴自明治十九年六月上旬开始患病。病前数日，与佐助下到庭院，打开鸟笼，放飞自己所珍爱的云雀。鸭泽照亲眼看见这两位盲人师徒手牵着手一同仰首天宇，倾听着从遥远的天际传来的云雀啼叫声。云雀不停鸣叫着越飞越高，飞进高高的云层，却始终不见飞回来。两人感觉飞去的时间太长了，开始焦急，等了一个多小时，云雀终于没有回到笼子里来。此后，春琴一直快快不乐。不久，她患上脚气性心脏病，秋天以后，病笃，十月十四日，因心脏麻痹与世长辞。②

小说结尾处，春琴的死是有预兆的，这个预兆就是那只没有飞回来的云雀。这件事在小说里有着强烈的暗示，使春琴与云雀的关系在这段文字中变得更加具体起来。那只飞不回来的云雀带走了春琴的灵魂——最终她忧郁而死，冥冥中形成了万物有灵的联系。

越剧改编本删除了黄莺与云雀，不仅是因为这些动物与男主人公佐助关系不大，而且与越剧最想表达的爱情主题也关系不大——这多半是受小说的影响。唐代诗人李商隐的《无题·相见时难别亦难》诗云："相见时难别亦难，东风无力百花残。春蚕到死丝方尽，蜡炬成灰泪始干。晓镜但愁云鬓改，夜吟应觉月光寒。蓬山此去无多路，青鸟殷勤为探看。"结尾处用鸟儿的意象形容

---

① 〔日〕谷崎润一郎《春琴抄》，郑民钦译，北京燕山出版社2007年版，第30页。
② 同上，第47页。

难以言表的朦胧爱情,富有意境美。越剧《春琴传》用"雪"的意象烘托主人公之间难以言表的爱情,由此继续开拓,还可挖掘出更丰富的意象,形成一个诗意叙事的物象链条——正如李商隐的诗里集中串联了一系列的意象,使越剧之美得到更充分的体现。从这个角度来看,云雀、黄莺等都有超过它们本身的更多的表意功能等着作者去挖掘。

《悲惨世界》戏曲改编刍议

【德育思考与要点提示】

雨果的小说《悲惨世界》影响广泛,吸引着世界各国的艺术家进行不同程度的改编,尤其音乐剧的改编很是成功。对于这个题材,中国戏曲学院的京剧《悲惨世界》与孙惠柱主持的韵剧①改编在"中国版"与"中国化"两个方向上做出了探索。确实,我们很难将《悲惨世界》庞杂的故事内容完全装进一部两个半小时的舞台剧中,但或许可以探索用戏曲系列故事剧的方式,对原小说的事件进行新的中国化改编,使之体现出跨文化改编的特色。

一、小说结构与核心事件

《悲惨世界》是一部享誉世界的名著,气势恢宏、情节跌宕、头绪纷繁、人物性格鲜明,堪称"百科全书式的小说"。从小说发展史看,至19世纪,小说的体量已经发展到一个十分"膨胀"的时代——它已经不再是文艺复兴时期众多文学样式中的一种,而几乎成为众多文学样式的"总形式",或者说已经开始显示出它的"霸道"威力,成为当时有重要影响力的文学载体。

《悲惨世界》是雨果用近37年的时间完成的一部巨著。全书分五个篇章,48卷,70万字,写尽了百态人生。小说的叙事井然有序,作家把人物的命运发展作为主线,将庞杂的内容组织在三大主体事件中:一、芳汀悲惨人生的"社会叙事";二、冉阿让与沙威的"追捕叙事";三、马吕斯与珂赛特的"爱情叙事及革命叙事"。

---

① 韵剧,即台词全部使用韵文,表演中融合了戏曲、音乐剧等元素。

小说的五个篇章，可以说是五部。第一部《芳汀》以主人公芳汀的个人命运为主线，用八卷的篇幅讲述了芳汀悲惨的人生：

第一部《芳汀》

章节	内容
第一卷	米里哀主教是一位怎样感化他人的主教
第二卷	刑满释放一路受侮的冉阿让被米里哀主教收留，却在经历了"偷银器"与"小瑞尔威"事件后感到懊悔
第三卷	1817年巴黎大学生与女工们的情史风俗，芳汀被大学生多罗米埃遗弃
第四卷	芳汀从巴黎回到家乡蒙特勒伊，错将爱女珂赛特托付给德纳第夫妇，珂赛特从此开启了悲惨的童年生涯
第五卷	化名为马德兰的冉阿让因蒙特勒伊的兴盛繁荣而受人尊敬。芳汀回乡进了冉阿让的工厂做工，却不幸被谣言所伤，因此被解雇。为了孩子，芳汀被迫卖发卖牙成为公娼。一次她因反抗无聊绅士的骚扰被沙威逮捕，却为赶来的马德兰市长所救
第六卷	沙威侦察员向马德兰市长检讨自己的过失，主动请求责罚。冉阿让得知一个叫商马第的人被当成冉阿让即将在阿拉斯法院受审
第七卷	冉阿让去阿拉斯法院自首的经过与心路历程
第八卷	沙威奉命逮捕冉阿让。芳汀在对孩子的思念中死去，冉阿让越狱逃往巴黎

芳汀遭到薄情浪子的抛弃，寄子还乡后，躲藏在蒙特勒伊生活。可是秘密暴露，在流言蜚语的攻击下，她被冉阿让无情的开除，最终这个"被侮辱和被侵害"的可怜女人，沦落为街头卖身的妓女，直到生命终结也没有再见到自己的女儿。

第二部《珂赛特》以冉阿让营救珂赛特为主线，也是八卷内容，表现了失去母亲的珂赛特悲惨的童年，以及她与冉阿让相依为命的充满传奇色彩的逃亡经历：

第二部《珂赛特》

章节	内容
第一卷	滑铁卢之战的历史评述。德纳第夫妇靠在滑铁卢战场偷窃发家，无意中救了彭眉胥的命
第二卷	冉阿让埋钱后被捕，不久他在土伦一艘战舰上营救一名海员时落海失踪
第三卷	冉阿让去孟费郿德纳第家赎救珂赛特

续表

章节	内容
第四卷	隐居在巴黎郊区戈尔博老屋的冉阿让、珂赛特被沙威发现
第五卷	冉阿让从沙威布置的陷阱中又一次成功逃脱,并遇到了他曾经救过的割风老人
第六卷	在小比克布斯街上的女修道院,对其历史与环境的介绍
第七卷	修道院的意义探讨
第八卷	做园丁的割风老人定计,帮助冉阿让带着珂赛特在女修道院谋职定居下来,珂赛特成为这里的寄读生

围绕着安全营救珂赛特,可以看到她在德纳第家的悲惨生活;可以看到冉阿让与德纳第夫妇的斗智斗勇;可以看到沙威与冉阿让之间一场又一场的生死追捕……最后,患难与共的父女俩逃走,落脚女修道院,过上了平静的生活。

第三部《马吕斯》也由八卷组成,其核心内容是马吕斯的个人经历以及他与珂赛特的爱情传奇:

第三部《马吕斯》

章节	内容
第一卷	德纳第夫妇破产后迁到巴黎的戈尔博老屋,化名为德雷特。他们的小儿子成了"巴黎野孩",女儿成了交际女孩。而彭眉胥的儿子马吕斯成了他们的邻居
第二卷	旧贵族吉诺曼先生因不满女婿彭眉胥的政治观点,赶走了女婿,夺走了孙子马吕斯的抚养权
第三卷	马吕斯在父亲死后知道了自己的身世与父亲的真情后,不仅改变了对父亲的看法,也转变了自己原本保守的政治观点,从而与外祖父吉诺曼闹翻,离家出走
第四卷	马吕斯结交了一群充满政治热情的青年朋友,同时因拒绝了外祖父的接济,被迫搬离了旅店
第五卷	靠着勤奋刻苦的文字工作与简单朴素的生活要求,马吕斯过上了独立自主又清心寡欲的生活
第六卷	马吕斯在卢森堡公园对变成美貌大姑娘的珂赛特痴情热恋,却引起了身旁"白先生"的警惕。最终他们突然搬走"消失"了
第七卷	活跃在巴黎郊区戈尔博老屋一带的匪徒情况
第八卷	马吕斯破坏了德纳第想要谋害冉阿让、珂赛特的阴谋。由于他的提前报案,赶来的沙威与被缚的冉阿让几乎正面相认

第四部《卜吕梅街的儿女情与圣德尼街的英雄血》共十五卷,从名字就可

以看出，这一部分是爱情与革命的交织叙事：

第四部《卜吕梅街的儿女情与圣德尼街的英雄血》

章节	内容
第一卷	1830 年"七月革命"与社会形势报告
第二卷	从监狱中放出的德纳第之女爱潘妮通过马白夫公公找到了马吕斯，并带来了珂赛特藏身之处的消息
第三卷	离开修道院隐居在卜吕梅街的冉阿让，面对情窦初开的珂赛特感到既害怕又无措
第四卷	德纳第遗弃的成为"巴黎野孩"的儿子小伽弗洛什，用冉阿让施舍劫犯的钱帮助处于经济困境中的马白夫先生
第五卷	马吕斯趁冉阿让出门之际与珂赛特相见定情
第六卷	小伽弗洛什收留成为孤儿的两个亲弟弟，又在无意间搭救父亲德纳第逃狱
第七卷	研究黑话与社会研究
第八卷	马吕斯与珂赛特沉迷于爱情之中。冉阿让发现了德纳第后决心要逃亡出国。马吕斯去争取外祖父同意他结婚，结果两人不欢而散
第九卷	马吕斯因为不能合法结婚而精神恍惚，陷于贫困的马白夫得到了街头暴动的消息
第十卷	1832 年巴黎街头暴动的概述，以及拉马克将军的葬礼游行
第十一卷	小伽弗洛什与马白夫先生加入暴动游行
第十二卷	科林斯酒吧成为革命的据点。沙威刺探革命阵营被小伽弗洛什发现从而被捕
第十三卷	找不着珂赛特的马吕斯怀着必死之心赴巴黎街垒
第十四卷	马白夫挺身插旗殉身，马吕斯点火药桶吓退了进攻的军队。爱潘妮为救马吕斯堵枪殉身，临死前告诉了马吕斯珂赛特的消息。马吕斯为保护小伽弗洛什请他找珂赛特送信
第十五卷	小伽弗洛什把信交给了冉阿让，又在回街垒的途中成功脱险

一方面，两个年轻人的爱情将故事推向高潮；另一方面，社会危机越来越尖锐，马吕斯与一群热血青年开始"干革命"。革命的洪流与爱情的跌宕互相映衬，使这一部分故事充满了浪漫色彩。

小说到了第五部《冉阿让》，是"冉阿让故事"的回归。这个部分共九卷，用一种既舒缓又紧张的笔调，写出了英雄落幕的黄昏意境：

第五部《冉阿让》

章节	内容
第一卷	冉阿让参加街垒却放走了被捕的沙威。革命领袖安灼拉、小伽弗洛什等起义者殉难。冉阿让在死人堆里救走了马吕斯
第二卷	巴黎地下阴渠暗道的历史
第三卷	冉阿让只身背负马吕斯走出阴渠逃生,却在塞纳河滩被本来跟踪德纳第的沙威逮捕。沙威随着冉阿让将昏迷中的马吕斯送回家后,自己也放弃了逮捕冉阿让
第四卷	沙威投河
第五卷	吉诺曼先生与冉阿让成就了马吕斯与珂赛特的婚事
第六卷	马吕斯与珂赛特的婚礼当夜,冉阿让借故神秘地避开了礼仪与宴席
第七卷	冉阿让在婚礼的第二天主动找到马吕斯坦白了自己的真实身份,并且保证淡出珂赛特的私人生活
第八卷	德纳第以揭发冉阿让的名义向马吕斯讨赏,却使马吕斯明白了自己被救的真相
第九卷	冉阿让对珂赛特的疏离,临终与珂赛特、马吕斯相见

结尾段落,十分精彩地呈现了冉阿让与沙威的终极对决和命运逆转。同时,冉阿让以自我牺牲的方式成全了一对年轻人的婚姻。尽管小说有五个主要人物:冉阿让、沙威、芳汀、珂赛特与马吕斯,且关系复杂,但最主要的还是沙威与冉阿让终其一生的不可调和的对立关系。这条线索之外,较重要的:一是芳汀个人的悲惨遭际;二是珂赛特的童年经历和爱情经历。这对母女的经历前后相继,深深地影响了冉阿让的命运,而珂赛特的爱情又勾连着马吕斯以及街头暴动风云。这几条线索交织并进,一起构成了《悲惨世界》的大框架、大格局。

二、京剧、韵剧的改编特色与启示

2005年11月1日,为庆祝建校55周年,中国戏曲学院推出了京剧《悲惨世界》,编剧郝荫柏,导演裴福林。该剧采用"无分场"结构,以歌队和旁白串联故事。全剧以冉阿让与沙威的矛盾冲突为主线,将其他(如芳汀、珂赛特、马吕斯等)与主线无关的人物和事件删去,并将剧情集中在主角冉阿让的"兽性的蜕变—人性的复活—人性的抗争—神性的闪烁"①四个发展阶段。

京剧改编本采用的是"中国版",而不是"中国化"的方式。所谓"中国版","就是运用中国戏曲的表现形式,演绎取材于外国的戏剧故事及人物,并保留其思想内容与人物的原貌"。②它主要是一种故事形式的改编——对原作内容只做删减,少做转换,在很大程度上保留"西式"样式或基调。与之对应的"中国化"方式,是在最大程度上保留人物的基本性格、主要关系、行动主线和矛盾主要属性,将故事背景、人物身份、矛盾冲突进行历史场景的移植、转换,类似于"导演学"中的"规定情境搬家",是"为了更好地或者说是更有利于运用中国戏曲的表现形式,将外国的戏剧、故事、人物等改为中国的戏剧、故事与人物"。③那为什么采用"中国版"的方式呢?导演裴福林解释道:"尊重原作并力求把原作的精神实质,尽最大可能地开掘和表现出来",这成为"我们进行这次创作的目的和意义所在"。④

实际上,"中国化"并不会因为改编成了"中国的内容",适应了"中国的形式"就对原著精神造成减损。反而在改编的过程中需要创造出既不违背原著又与戏曲形式合拍的新内容。"中国化"的改编路径是找到好的戏曲形式,然后根据原著的设定创造矛盾属性一致的新内容,而"中国版"的改编路径是用戏曲的形式套原著的内容,并尽可能地"保留原作的精神风貌"——然而"精神风貌"的保留往往会带来许多有关艺术风貌的新问题。

编剧郝荫柏后来总结说:"目前的演出本,我们尽最大努力尽量发挥戏曲唱、念、做、打的功能,当然也融入了一些外国舞蹈、音乐等元素,肯定在某些地方还不太和谐。鸿篇巨著浓缩在两小时内,有很多生砍硬凿的地方,血脉不够畅通,还需'裁剪缝补'。"⑤

从评论家的分析来看,本剧的唱词可能要好于舞台呈现效果。张永和在《谈京剧〈悲惨世界〉的成功改编》中提到,该剧"很有欣赏价值",努力做到了"民族化,本土化,洋人洋味融入京剧味之中"。如冉阿让在临终前对珂赛

---

① 裴福林《京剧〈悲惨世界〉导演创作谈》,载于《中国戏曲学院学报》2008年第5期。
② 同上。
③ 同上。
④ 同上。
⑤ 郝荫柏《京剧〈悲惨世界〉导演创作谈》,载于《中国戏曲学院学报》2008年第5期。

特的唱,以及沙威在告别冉阿让即将"沉江"前的唱,都是很有代表性的。

> 冉阿让　(唱) 我知你疼我爱我心一片,人世间唯有真情把心连。可记得小树林里初见面,你羸弱的身躯惹人怜。可记得你绝望无助把我唤!一声爸叫得我柔肠百转裂心肝。可记得你随我踏上逃亡路,辗转奔波苦十年。十年的情,十年的爱,十年的情爱刻心间。孩子呀!我走之后莫惦念,哭坏了身子我心不安。①
>
> 沙　威　(唱) 他是苦役犯为何比天使更良善,他是苦役犯何来爱心满人间。他将我终身的信念撕扯烂,他让那神圣的法律也汗颜。几十年追捕他艰辛尝遍,从厂长到市长美名流传。为救人弃高官舍身投案,为扶孤耗心血整整十年。不图恩不图报不把钱恋,苦役犯哪来的这番心田。为执法我将他苦苦追赶,到头来竟是他放我生还。我能将他躯体收监看管,他却把我灵魂一点一点救赎进爱的花园。再回首,熟悉的世界混沌一片,浪起处,似看到世外桃源。②

唱词上的"中国化"与整体风格的"中国版"之间反差明显,这说明京剧版《悲惨世界》的艺术追求在实际创作中出现了摇摆。作为一部以"学术京剧""实验京剧"定位的作品,这种困境可以被理解成"实验"的题中之义。不过,既然是实验,那么将"中国化"的京剧与"中国版"的京剧同时比较,或许更能突出实验的效果。

2018年,由孙惠柱教授总编剧兼总导演、上海戏剧学院创作的"教育示范剧"《悲惨世界》成功上演。该剧呈现了小说中的两个经典片段:一是冉阿让偷了米里哀神父的银器被捕后,得到了神父仁慈的宽恕;另一个是冉阿让与黑心旅店老板斗智斗勇,成功地营救了孤女珂赛特。

需要说明的是,该剧之所以叫"教育示范剧",其本义是"给中小学的戏剧

---

① 京剧《悲惨世界》,https://www.bilibili.com/video/BV12z4y1o7CU/?spm_id_from=333.337.search-card.all.click。访问时间2021年9月。

② 同上。

课提供范本，帮助老师指导全体学生学习表演，像音乐课那样普及戏剧课"。[1]因此，这个"示范"主要指的是向中学生和小学生示范、推广，以便通过改编这个经典的小说片段，让孩子们近距离感受艺术的魅力，具有可操作性。正是由于这个前提，"示范性"的剧目就要大大降低表演难度，故全剧采用"韵剧"的形式——"台词全部使用韵文，表演过程中融合了钢琴、戏曲、音乐剧等元素，演员的表演幽默逗趣，台词押韵，唱腔响亮动人"。[2]因此，演出的主体形式既不是严格意义上的话剧，也不完全是西式音乐剧，更不是唱念做打皆有的戏曲，而是这些元素的融合。韵剧的这个"韵"字，指的是语言节奏上的押韵特色：

警察一　快快招，哪里抢来这些财宝。
　　　　人赃俱获你还敢笑，
　　　　老子的话你没听到！
冉阿让　真正坏蛋抓不着，
　　　　凭啥诬我是强盗！
警察一　瞧你这破衣烂袄破鞋帽，
　　　　怎么用得起银茶勺。
冉阿让　你是说，衣衫破袄就只配吃黑面包？
警察二　好好好。就算你配穿皮袄。
　　　　可看见警察，你跑啥跑！
警察一　你给我站好！
警察二　还是快把罪行招，
　　　　免得你要苦难熬。[3]

本剧不仅语言特色鲜明，在表演上也吸收了戏曲的程式技巧。比如，表现警察在黑夜抓捕冉阿让的过程，就化用了京剧《三岔口》中的武打程式，让两个警察与罪犯摸黑打斗，充满了趣味性。再如，珂赛特劳动的场景化用了京

---

[1] 秦子然《戏剧导演也需要工匠精神——以教育示范剧〈悲惨世界〉为例》，载于《艺术评论》2018年第1期，第111页。
[2] 同上。
[3] 根据未出版的录像资料。

剧《拾玉镯》中孙玉姣清晨喂鸡的身段。总之，该剧通过戏曲化的场面体现出"韵剧"所追求的中西结合的"新中式"表演风格。

另外，为配合演员的表演全程采用打击乐伴奏，成为韵剧的鲜明特色——如同戏曲舞台上琴师的伴奏需配合演员的演唱一样，在舞台动作性很强的片段也都特别突出地配合了打击乐，显然是把戏曲唱腔与伴奏的关系转化到了韵剧的表演样式中，形成了与台词的"韵律化"相统一的演出效果。"教育示范剧"《悲惨世界》向我们展示了一个全新的创作理念，即用戏曲的表演美学，将《悲惨世界》这样一个庞杂的故事改编成一系列小型的单元式的"故事剧"，将情节化整为零，突出表演的综合性，形成一种介于传统与现代之间、兼顾话剧与戏曲特点的审美风格。

"教育示范剧"《悲惨世界》最大的遗憾是展示的片段稍显零散，尤其是这两个故事片段并不是原著主要人物的最主要行动。如果我们能够利用这种改编思路，进行一个相对完整段落的"中国化"创作，将《悲惨世界》故事中最核心的内容改编成新的戏曲叙事（紧紧围绕小说中的三大叙事主题——警察与罪犯的殊死较量、乱世爱情的传奇发展、女人"被侮辱被损害"的社会场面），那么《悲惨世界》的"中国化"改编或许可以更加深入，更加全面和更加明确。

三、"戏曲化"的新场面与"中国化"的新情境

用独立的单元剧的形式进行《悲惨世界》的跨文化创作有一个突出的优势，即不必受原故事时间、环境、人物关系的限制，只要把独立出来的重要事件表现清楚、表现完整即可。因此，这样的创作空间更广阔，想象更自由。

第一个需要表现的事件就是冉阿让与沙威纠缠一生的"追捕叙事"，他们之间的尖锐矛盾是小说内涵的集中体现。两个男人的对手戏和性格戏，也是小说最有看点的地方。改编的立足点可以放在这种关系和性格的展现上，而不必拘泥于原故事的细节，体现出某种"性格故事剧"或者"性格人物剧"的特色。只要新的故事里，人物关系基本忠于原作，人物动机与行动基本符合原作要求，人物性格忠于原著，那么就完全可以在新的背景下、新的事件里写出一系列新的具有跨文化创意的故事。

冉阿让和沙威是逃犯与警察的关系，主要行动是"追捕"，但二人并不是一正一反、一好一坏的对立。冉阿让是正面人物，却也不是一般意义上的"好人"——他偷过面包，虽然在价值上微不足道；他抢过钱，甚至在慈善的神父施恩于他以求感化他的心后，还继续"作恶"；他轻信谗言，在被追捕的惊恐中轻易地就把一个苦命的女工辞掉，导致了芳汀最终的无路可走；他因为被无情的法律伤害得太深，导致了他在故事一开始就带着十足的仇恨。他恨社会，恨法律，恨所有的人，随时准备报复；贯穿他一生的"好人好事"是营救并抚养了一个与他毫无血缘关系的孤女，但其出发点仅仅是对孩子母亲的忏悔与赎罪。更不用说，冉阿让出身底层，熟悉底层生活的方方面面，有着各种生存技巧与本领。有时候，为了生存他不得不做一些违心或错误的事。所以，冉阿让"好人"的人生具有传奇色彩，亦邪亦正。

沙威是反面人物，却也不同于一般意义上的"坏人"，甚至如果换一个角度看，他的许多品质是优秀的——他忠于法律，毫不容情；他工作勤奋，从不休息；他追求极致，从不妥协；他看问题细致，不放过任何容易忽视的细节；他没有官场上那种颟顸的作风，没有官僚习气，既不巴结谄媚，也不欺诈傲下。可是所有这些优秀的品质仅仅因为他屈从于"恶法"，将自己化身为没有思想的工具，而最终走向了优秀的反面，甚至表现得比一般意义上的坏还要"凶狠""野蛮""残酷"："冉阿让大起大落大悲大喜的命运，忽而逃犯忽而高官的处境，身怀绝技力大无穷的身手，机敏睿智而令高级鹰犬百捕不获的超人能力，但他又是那样善良慈爱，一掷千金，视高官如粪土，视金钱如废纸，这时，看似他的聪明智慧、勇武绝伦都化作乌有，而变得在常人眼里是那样傻、那样愚、那样弱智，……真是个传奇式人物，还可以在哪一件文艺作品中能找到第二个这样的典型人物……而那个以资产阶级法律为准绳、对职守不敢稍有懈怠的沙威，苦苦追踪在他眼皮底下溜掉的逃犯竟达37年之久而无怨无悔。最后当他人性升华到顶峰时，他竟然'徇私枉法'背叛他终身信奉的条文，这是在刻画这个极富个性的典型人物的精绝一笔，神来一笔。"①

因此，沙威与冉阿让的斗争中包含着许多人生的议题，把二人既互相对立又紧密联系的关系展示出来，是新故事的一个叙事方向。同时，围绕着他们的"追捕"行动，也有利于戏曲程式和场面的创造：在德纳第的客栈、在巴黎郊

---

① 张永和《谈京剧〈悲惨世界〉的成功改编》，载于《戏曲艺术》2006年第4期。

区的公寓、在巴黎纵横密布的街道、在修道院、在外省的丛林中……总之，大大地拓展了故事的场景叙事和环境表现力。

客栈是传统故事里经常用到的场景，把德纳第的黑店改编成中国乡村的客栈，把店主东和店主婆的形象组合用丑来诠释，使事件既紧张又有趣——可以借鉴《水浒传》风格的场景设置，让冉阿让与沙威同时落入黑店，这样就会有一个三重矛盾的嵌套结构。假设骄傲的沙威不小心落入黑店老板手中，而熟悉"黑道"生活又不忍见沙威落难的冉阿让，在这个时候选择了救下沙威，这样既能表现冉阿让的本领与性格，刻画出沙威恩怨分明的性格下尴尬的处境，又为后来二人的和解埋下伏笔。总之，"黑店"里的戏，应该充分利用中国戏曲中与"客栈"相关的表演资源，如将《连环套》《三岔口》《十字坡》等相关剧目中唱念做打的内容及形式融入新改编的剧目中。与此同时，男女店主的行当设计也可以有多种组合方式，比如丑婆配文丑、女花脸配男侏儒，不同的组合形成了夸张的、扭曲的舞台风格。

当然，即使冉阿让救了沙威，也未必能取得对方的好感，反而可能激起更大的怨恨，换来沙威更可怕的、更疯狂的追捕，这也符合沙威的人物性格。沙威的"杀气"不一定直接表现为报复冉阿让，如果我们利用英雄人物常用的桥段来表现沙威的愤怒——"沙威杀虎"是合理的。戏曲中"打虎""杀虎"的故事和表演不胜枚举，如果将那些表现英雄人物豪情的情节改编成表现反面人物愤怒与仇恨的情节，也是一个有趣的创意。

冉阿让和沙威的追捕过程在小说中经常表现为擦肩而过，直到最后终于抓住了，却用一个逆转来互相放手。仇恨与放过虽然是一对矛盾，却是戏剧性的组合。如果将雨果的写法放大，其实还可以形成一种"游戏化"的抓捕过程。例如，冉阿让救了沙威，沙威也有可能为了实现彻底的征服来一次"放过"——这可能是一种极端的较量方式，但这种"较量戏"往往更好看。三国戏里就有许多著名的"较量"场面，比如诸葛亮与周瑜的较量、曹操与周瑜的较量。或许稍加借用一下京剧《三击掌》的方式，就可以形成沙威与冉阿让的一次"赌约"，这是让陷于天罗地网的冉阿让有一线生机的有趣方式——也是十分中国化、戏曲化的方式，更是富于视觉化、听觉化的方式。

虽然这样的场面不直接取自小说，却紧紧围绕着原有的人物关系、事件场景展开想象，牢牢地在人物主要行动线索上找到性格刻画的内容。因此，它既陌生又熟悉，更加强烈地、直接地与原作的精神保持着一致性。所以，这种改编是依托于原著的改编,是既能体现原作的生命力,又发挥了跨文化艺术手段和优势的改编。

另外,珂赛特与马吕斯的"乱世情"也值得重新书写。珂赛特与马吕斯的爱情是悲惨世界里不那么"悲惨"的部分。但与其他线索相比,他们的爱情叙事其实质内容并不多,有较大的挖掘空间。《卜吕梅街的儿女情与圣德尼街的英雄血》这个名字就体现了爱情与社会矛盾的紧密联系。这说明,雨果要写的爱情不是伊甸园里的个人情爱,而是受到风雨洗礼的爱情——这与中国传统戏曲里"以男女之情写兴亡之感"的审美趣味十分贴合。

假设这是一个中华儿女的"乱世情","乱"是因为处在一个风云动荡的时代——半殖民地半封建的新兴城市天津。这里熔官场文化、军阀文化、革命文化、黑帮文化以及帝国主义势力于一炉。在这个鱼龙混杂之地,两个年轻人遇到一起。为了强化他们的爱情困境,可以设定二人身份的内在矛盾,如巨商之女与东北流亡青年。按照小说的人物经历,冉阿让应该是一个拥有巨大财富的民族资本家,而拥有财富和地位的他,既神秘又手眼通天。考虑到20世纪30年代中国的社会矛盾,面对日益加剧的民族危机,冉阿让与日本人的周旋,很容易导致激进青年将他误认为汉奸。

集中的矛盾点对于具体化矛盾关系很重要。假设曾经逃出故宫隐居天津静园的末代皇帝溥仪将大量的国宝变卖,导致了许多国宝的流失,而有着强烈民族感情的冉阿让正在想尽办法收购那些可能遗失的国宝。这时,一幅价值连城的王羲之字画成了各方势力争夺的焦点。一个激进的抗日青年组织从某个渠道得知,国宝被冉阿让卖给了日本人。愤怒的爱国青年要报复冉阿让,但是一直没有下手的机会,于是他们把目标锁定在了他的女儿珂赛特身上。

序幕从一次绑架事件开始。珂赛特被这群激进青年带到了一个十分有天津特色的地方——劝业场——地方特色空间的选取有利于呈现时代的面貌。第一个事件就是这群愤怒的青年如何审讯珂赛特。珂赛特很倔强,不肯低头,正待革命者无计可施之际,马吕斯赶到了现场。马吕斯是东北流亡青年,比身边的激进青年更加痛恨日本人和汉奸。对于审讯珂赛特或杀死珂赛特的任务,就留给了他!马吕斯接受了这个令人紧张的任务,他会怎么做呢?

在马吕斯与珂赛特产生感情之前,先发生一次重要的冲突。马吕斯当然不会对一个亲日的大资本家的女儿客气,他对珂赛特以及她父亲的辱骂,能反映出他的爱国之情。不过,马吕斯最终发现,珂赛特似乎并不是他想象中的那种人,更不是什么"汉奸的女儿"——或许可以引出一次回忆——二人曾经在某个爱国集会上并肩战斗。那次匆忙而又混乱的相见,没有留下姓名,却留下了对彼此的认同。这为二人愿意重新认识彼此做了铺垫。珂赛特努力劝说对方相信自己和她的父亲,她甚至愿意带马吕斯去家中寻找他们要找的东西。马吕斯最终认可了这个倔强的女孩的建议,他帮助她骗过了外面的朋友,假装杀死了珂赛特,扛着"尸体"离开了。

用一场"赶路戏"来刻画二人的逃跑,既可以使戏曲行动充满传奇色彩,也有利于调动戏曲的表演程式,更可以通过赶路的过程,帮助二人建立爱情关系。马吕斯慢慢爱上了珂赛特,但他又不敢大胆的爱这个可能是"汉奸的女儿"。他始终有一种矛盾心理,这是情感戏的张力之一。另外,珂赛特可以像很多戏曲作品中的女性一样。她热情勇敢,对于爱情有一种强烈的冲动——就像祝英台用各种方式向梁山伯传达心意一样——赶路戏就变成了内心戏,"十八相送"里真真假假的情话可以任由戏曲发挥。男女主人公在赶路过程中互相试探、表白、了解、引逗、玩笑,这就将他们朴素又传奇的爱情建构在了一个特别的戏曲化场景内。

这时,冉阿让正因为女儿的失踪十分恼火。但峰回路转的是,女儿突然出现在他面前,并且还带回来一个很不一样的青年。冉阿让与带着偏见的马吕斯又是一组对立关系。冉阿让不会轻易地在一个毛头小子面前服软,反而很警惕地调查了马吕斯。正在此时,一个为日本人服务的商人或翻译官或日本特务突然到访,他居然威逼利诱冉阿让说出国宝的下落,遭到了冉阿让的反击,偷听到整个过程的马吕斯自然也就明白了自己的错误。

冉阿让却难以容忍马吕斯,他不会轻易地相信陌生人,出于对女儿和自己的安危考虑,他要赶走马吕斯。冉阿让劝说珂赛特斩断情丝,并且决定立刻带着珂赛特离开是非之地。当冉阿让安排行程之际,珂赛特内心对马吕斯的爱会让她重新考虑未来。

芳汀的故事则是一个具有社会意义的苦情戏。从她身上可以十分容易地揭开"旧社会"的伤疤,"旧社会把人变成鬼,新社会把鬼变成人"。前半句话对于表现芳汀或许有借鉴意义。"旧社会"是"人吃人的社会",芳汀的故事虽然悲惨,却绝不是她个人命运的悲惨,而是一个社会把这个可怜的女人逼到了死角——从这个意义上说,德纳第夫妇可以不在芳汀的故事里出场,而是用芳汀身边的人代替。这些人不一定非得是无赖、警察、混蛋,他们甚至可以是和芳汀出身一样的人，如女工、朋友、邻居、苦工等。

芳汀的故事也主要是两个内容：一是她成为妓女的过程；二是她被毁容的事件。我们可以围绕着"被侮辱和被侵害"来组织安排芳汀的命运。芳汀是如何变成妓女的，又是如何被驱逐出纺织厂的？芳汀身边有什么样的朋友，她们是怎么知道芳汀的秘密的？芳汀被赶出工厂，是听了谁的劝说去茶馆卖艺的？深夜卖艺，又是谁将她推向进一步的深渊？芳汀在任人摆布之下终于成了一名职业妓女，这是她逃不脱的命运。这里隐藏着一个主题，即这是一个随时可以把良家女子变成妓女的社会，可以毫不客气地说，这个社会就是一个大的妓院。

芳汀的故事告诉我们，成为妓女并不是这个女人悲惨命运的终点，而陷害她的人也不会满足于此。所以，可以先用一个事件来表现妓女芳汀的职业与生活——一场盛大的"选花秀"足以表现芳汀的生存状态，甚至可以借助雨果故事里那个"剪发"的细节——只是不从"变丑"来写，而是说芳汀剪了头发，本来很多同伴都以为这次"选花"她肯定不会中魁，却没想到男人们仍然趋之若鹜，反而把她的短发看成另一种"美"——她的美貌成为故事的第一个焦点。芳汀的同伴没有得到应得的结果，于是采取接下来的行动——故意利用芳汀过敏的体制，让芳汀得病，这是第二个核心事件。

等到第三个事件，我们就可以引入一个中国传统故事里常有的人物形象——赤脚大夫，让他来为芳汀诊治。赤脚大夫是类似算命先生一样的人物，虽然是个新人物，却能给这场戏带来强烈的"中国化"场面和行动。"药的元素"也带来了更加恶毒的后果——芳汀当场毁容——用毁容代替原小说的"剪发"以及"拔牙"，是因为这个情节更有舞台表现力，场面与人物行动也更适用于戏曲。"毁容"事件把芳汀苦难的命运更加形象地呈现在舞台上，这个事件直接导致了芳汀被第二次赶了出来——连妓院都容不下她了，她彻底地成为一个走向黑暗深处的无容身之地的暗娼。当她一步步走向最黑暗的街道时，她看到远处冉阿让的身影。这个身影是众人顶礼膜拜的对象，却是她最痛恨的对象——即使此时的她已经知道这一切都是自己最信任的女伴一手造成的，可是按照原小说的逻辑，她有可能把罪恶的源头指向冉阿让。关于芳汀——一个女工堕落的故事，可以放在大上海十里洋场，因为上海滩的市井味，有利于实现一个以妓院、妓女为主要表现对象的故事转换。

以上三条叙事路径，即冉阿让与沙威的追捕故事，马昌斯与珂赛特的爱情故事，芳汀的堕落故事，都是《悲惨世界》中国化、戏曲化改编的框架式的粗线条说明。这些线索看上去不是小说原有的，却都来自小说，与整体的风格与事件，有强烈的呼应关系，在一定程度上体现了跨文化戏曲改编的开拓思维与创新思维。

《堂吉诃德》戏曲改编刍议

【德育思考与要点提示】

塞万提斯的《堂吉诃德》用主人公的游侠行动串联故事，是一种古老的"讲故事"的方法。根据小说改编的百老汇音乐剧《我，堂吉诃德》取得了巨大成功。它将小说与塞万提斯的生平相结合，偏重于表现堂吉诃德与阿尔东扎的"情感事件"，对兄弟情和社会矛盾表现得较少。这部小说从叙事结构到人物性格的类型化，与中国戏曲有很高的契合度，在跨文化戏曲改编上可以探索出多种创新的路径。

一、小说结构与音乐剧改编

《堂吉诃德》1605年出版后，立刻引起了轰动，一年内再版5次。作者塞万提斯在世时，共再版15次。据说有一回，国王看见有人捧着书乐不可支，便和身旁的侍卫打赌，此人一定是在看《堂吉诃德》。这个故事充分说明了小说的魅力。《堂吉诃德》是较早被介绍到中国来的西方经典小说，20世纪初就有了中译本。从1922年林纾翻译的《魔侠传》，到1997年人民文学出版社出版的《塞万提斯全集》，中文译本近20种。

几百年来，人们对小说的理解不断发展变化。最早这部小说被看成是一部娱乐性很强的休闲作品，小说中所呈现的那些荒唐行为，"误导"了人们对堂吉诃德的看法：他把小旅店当作封建领主的城堡，把旅店主人当作封建主，并向他苦苦地求封；他把妓女当作纯洁、忠贞的贵妇人，吟着酸溜溜的诗句；他把理发师的铜盆当作魔法师的头盔，把羊群当成军队，把苦役犯当成受迫害的骑士，把皮酒囊当成巨人的头，等等。总之，闹出许多笑话。因为，他将现实生活与小说世界混淆，就很容易被看成可笑的疯子。随着19世纪浪漫主义的兴起，人们对堂吉诃德的评价发生了变化。通过他个人那些疯狂的举动，人们对他的理想与信仰产生了越来越强烈的认同——对理想的忠诚，对信仰的坚持，对周遭世界施加给他的苦难、侮辱、嘲笑的承受……都使后来的很多读者产生了强烈的共鸣，尤其是那些对个人与时代关系有"不可调和"和"孤独感"体认的诗人和知识分子们。这些解读推动了这部作品当代意义与现代精神的不断开掘。

《堂吉诃德》小说分上、下两部，情节结构大致如下：

上部

序号	情节线索
1	一个读游侠书着魔的绅士堂吉诃德决定去冒险。他准备了盔甲，为自己、女人、老马取好了名字，在七月的一个早晨偷偷出发
2	堂吉诃德在一家客栈要求客主为他册封。在水井边看守盔甲时打伤了两个骡夫，店主赶紧册封了他
3	堂吉诃德救了一个被主人虐待的牧童，却"害了"他
4	遇到了一队商人，堂吉诃德傲慢地让他们承认意中人杜尔西内娅的美丽，结果自己被马绊倒在地受伤，最后被路过的老乡送回家。第一次冒险结束
5	管家、外甥女、神父、理发师对堂吉诃德"病"的会诊，将病因归罪于读书。堂吉诃德说服了街坊桑丘共同冒险。十五天后，两人趁夜出发进行第二次冒险
6	堂吉诃德大战风车
7	堂吉诃德"救"贵夫人却与她的侍从打了起来，被贵夫人哄走，答应拜见杜尔西内娅
8	堂吉诃德夜宿牧羊人茅屋，牧羊人告诉他玛赛拉的故事。堂吉诃德参加伤心青年格利索斯托莫的葬礼，听到玛赛拉的自我辩护，并站出来阻拦众人的追赶
9	堂吉诃德的老马要"非礼"一群搬运夫的母马，两人被打伤
10	堂吉诃德和桑丘主仆二人来到客店。堂吉诃德错把赴会的妓女当成深夜来探望他的公主，再次被打伤，但却发明了神油为自己疗伤。第二天走时因不付房钱，桑丘被店主用毯子戏耍
11	堂吉诃德错把羊群当成军队发起攻击，被牧羊人用石头打伤
12	堂吉诃德打伤了送葬的僧侣，并按桑丘起的诨名称自己为"哭丧着脸的骑士"
13	堂吉诃德打败理发师，抢来铜盆当金盔
14	堂吉诃德救下一群苦役犯却因杜尔西内娅被扒光了衣服
15	堂吉诃德在山里遇到"山中绅士"卡迪纽。卡迪纽讲述了他、公子费南铎、陆莘达、多若泰的故事。堂吉诃德决定在山中修炼，派桑丘去见杜尔西内娅。桑丘遇到神父、理发师二人。他们又遇到了逃到山里的多若泰，众人决定这个事件引堂吉诃德出山。六人出山

续表

序号	情节线索
16	六人来到一家客店,店主人无意间拾到一本书《何必追根穷底》,由神父读给大家听这个有关安塞尔模、罗塔琦、卡密拉三人的故事。堂吉诃德在顶楼大战酒袋。费南铎从修道院抢走了陆莘达来到客店,众人劝说下,两对恋人重新和好
17	在客店里分别多年的兄弟得以团圆,有情人终成眷属(改信基督教的摩尔女人爱上了西班牙俘虏、审判官的女儿克拉拉与扮成骡夫的爱人)
18	堂吉诃德被骗进牛车的笼里,被神父、理发师带走(虽然路上堂吉诃德曾被放出与一个说骑士坏话的牧羊人打了起来,又攻击了一群抬着圣母像的求雨村民,结果被人打下马)——堂吉诃德的第二次冒险结束

下部

序号	情节线索
19	堂吉诃德得知老马连声嘶叫,觉得这是吉兆。参孙学士告诉他萨拉戈萨有武术比赛,堂吉诃德决定与桑丘再次出发
20	堂吉诃德去拜见杜尔西内娅,在桑丘的戏谑下错把三个乡妇当成着了魔的杜尔西内娅
21	打败参孙扮演的镜子骑士,堂吉诃德得以继续上路
22	遇到阿尔及利亚总督献给皇上的狮队,堂吉诃德挑战狮子,从此自称"狮子骑士"
23	堂吉诃德挺身保护青年巴西琉、季德丽亚的爱情,挑战财主卡麻丘。卡麻丘被巴西琉用计破坏了自己的如意算盘
24	堂吉诃德探地洞
25	堂吉诃德在客店看傀儡戏,结果假戏当真,向戏中的"摩尔人"大打出手,向演戏的师傅赔钱了事
26	堂吉诃德为驴鸣镇打群架的人劝架,说出人"玩命"的道理,结果桑丘因学驴叫被打伤
27	堂吉诃德坐了一只空船去磨坊救"骑士",结果被水车撞毁,只好赔了钱
28	主仆二人在树林遇到打猎的公爵夫妇。公爵夫妇以骑士之道将他们带回城堡
29	戏耍一,送来了"着了魔法"的杜尔西内娅,骗说要解除魔法,要让桑丘脱裤打屁股三千三百下
30	戏耍二,主仆被骗蒙上眼睛骑上飞木马去营救贵妇,被烟火、花炮折磨
31	戏耍三,桑丘做了七天总督,吃不好,睡不好,被人踩,辞了官回公爵府
32	戏耍四,公爵夫人侍女"多情的骚扰"。野猫的骚扰与抓伤
33	戏耍五,不战而胜的决斗。富农的儿子骗了公爵夫人保姆的女儿,公爵安排小厮代替富农之子与堂吉诃德决斗,他却愿意娶姑娘不愿决斗,于是他们被公爵关押

续表

序号	情节线索
34	主仆辞行，继续赶往萨拉戈萨，在客店看到伪书《堂吉诃德》第二部，决定前往巴塞罗那参加另一场比武。在巴塞罗那受到东道主堂安东尼欧的款待
35	堂吉诃德在海边闲逛遇到参孙扮演的白月骑士，后者打败了堂吉诃德，让他解甲归田，回家一年
36	堂吉诃德归家后卧床不起，清醒过来，立下遗嘱。参孙写下墓志铭

小说紧紧围绕堂吉诃德和桑丘的游侠行动展开叙述与人物刻画。叙事方式采用的是文艺复兴时期比较流行的游侠故事模式——如同葡萄串一样将一个个故事串联在一起，这是一种既古老又经典的叙事方法。中国古典小说《西游记》，采用了类似的方法。这种方法的优点是主线清晰、行动简洁，缺点是缺少变化，人物之间的联系与事件前后的发展不够紧密，结构上较为松散。

《堂吉诃德》的故事内涵中有两点很是突出：一是以基督教历史、文化为底蕴的骑士精神与文学传统；二是与此紧密相关的"圣女情结"与"女性崇拜"。中世纪欧洲小国林立，大大小小的国家有许多拥有采地的贵族，其"封建制度"就建立在这样的君主－家臣层层复叠的关系上。一些贵族穷到没有堡、庄，甚至连府也没有，渐渐地变成君主手下的武士、骑士。他们效忠君主或领主，为拥护圣教打仗，所谓"骑士信条"无非是忠君、护教、行侠等。

文化制度与文学传统是相互塑造的。在骑士制度影响下形成的骑士阶层与行为准则，被文学"改造"后进一步得到了认同。其中，骑士与女恩主的关系，成为文学作品反复歌颂的内容。骑士实际上也被进一步美化——堂吉诃德身上特别突出的"圣女情结"就是显著例证，源自男性骑士对女性恩主肉麻怪诞的想象。

根据《堂吉诃德》小说改编的百老汇音乐剧《我，堂吉诃德》（*Man of La Mancha*）是重排次数最多的音乐剧之一（在百老汇首轮演出约三年，共计2300余场）。该剧由戴尔·瓦瑟曼（Dale Wasserman）编剧，乔·达里恩（Joe Darion）作词，米奇·李（Mitch Leigh）作曲，1965年11月22日首演于华盛顿广场剧院（Washington Square Theatre），并最终获得"托尼奖"。

音乐剧富有创意的将塞万提斯的个人经历与堂吉诃德的故事融为一体，讲述了西班牙作家塞万提斯和仆人桑丘因蔑视教会被捕入狱，在监狱中他们受到了囚犯的审问。为了保全自己的手稿，身为作家的塞万提斯要求在囚犯组成的

"法庭"上为自己辩护——以"戏中戏"的形式搬演了自己的作品。"戏中戏"的内容是,一个富有的老乡绅因日夜思考生命的真谛发了疯,他自称是"来自拉曼查的骑士堂吉诃德"(Don Quixote de La Mancha),为了复活骑士精神,和仆人桑丘冒险游侠。其间发生了堂吉诃德和风车巨人搏斗,把旅店当作城堡等荒唐的事。在旅店里,他遇见了厨娘阿尔东扎(Aldonza),坚信她就是自己的女神,并称其为"杜尔西内娅"(Dulcinea)。阿尔东扎对社会赋予她的卑微、粗鄙的角色早已习惯,对堂吉诃德的行为既不解又好奇,更没想到的是,这个在别人眼里疯傻的骑士居然为了保护她挺身而出,打退了一群无赖。当阿尔东扎尝试着像堂吉诃德那样友好的对待敌人时,却遭到了轮奸。后来堂吉诃德的侄女安东尼娅的未婚夫参孙·卡拉斯科假扮成"镜子骑士",找堂吉诃德决斗,并把他带回家治病。堂吉诃德因镜子反射被打败。然而,囚犯们不满意现在的结尾,于是塞万提斯急中生智修改了故事结尾:堂吉诃德回到家后,已经完全记不起曾经的经历。此时阿尔东扎闯入他的家,被堂吉诃德的执着感动,并告诉他自己的名字叫"杜尔西内娅"。堂吉诃德仿佛重新恢复了对骑士探险的记忆,然而当豪迈的勇气再次涌起时,他却虚弱地死去。听完故事后,囚犯们被骑士的行为和勇气感动,他们放弃了对塞万提斯的百般刁难。当法庭来提审塞万提斯和他的仆人时,囚犯们高唱歌曲 *The Impossible Dream* 为他们送行。

音乐剧对小说情节的延伸和提炼,在于通过跳进跳出的"戏中戏"形式,把堂吉诃德的冒险经历与塞万提斯的思想历程紧密的结合在一起。虽然剧中保留了风车、旷野、乡村等物象,但主要的戏剧场景集中在旅店。当然最重要的改编是把堂吉诃德的"情感戏"从原来的幕后提到幕前。

小说中那个只存在于主人公心中并未出场的"女神"——杜尔西内娅,在音乐剧中成为主角。她在新故事里,与堂吉诃德邂逅、争辩、发生冲突,推动情节的发展。这个创意并非是为了增加"爱情的噱头",也不是为了迎合音乐剧的浪漫情调,而是通过阿尔东扎与堂吉诃德的情感故事揭示出一个极富现代意义的主题——什么才是真正的自己?阿尔东扎在与堂吉诃德的交往中,突然发现原来那个熟悉的自己好像不见了,原本以为最卑贱最没有意义的人生却因为一种荒唐的行为激发出新能量。

作者把一个看上去十分荒诞的故事与现代精神结合。从思想主题上看,他有意淡化原故事的宗教色彩,保留并强化了小说中"女性崇拜"的主题。应该指出的是,这个"女性崇拜"的主题或透露出来的"圣女情结",并不能完全被现代戏曲吸收,因为它主要还是一种西方观点。从叙事模式上看,它又贴近戏曲的审美——可以通过"立主脑""减头绪"等手段达到高度精炼、清晰的效果。类似《西游记》取材的许多作品,如《大闹天宫》《三打白骨精》《三借芭蕉扇》等。

音乐剧增添了堂吉诃德与阿尔东扎的情感线,强化"情感叙事"的同时,删除了堂吉诃德故事中另一个重要事件——伯爵夫妇戏弄堂吉诃德和桑丘。这个事件与其他冒险、斗怪、营救、听故事等情节不太一样——不仅被安排在小说的后半部分,更重要的是这个事件的性质与众不同——它体现了这部小说的平民性,即小说第一次由"平民之间的戏谑"转向了对贵族阶级的讽刺。把主人公那些疯疯傻傻的活动与上层贵族们的生活编织在一起,从而拓展了小说的内涵,增强了反讽效果,从主题上真正体现了《堂吉诃德》这部小说的严肃性与思想性。

二、内容跨文化与改编新视角

保留堂吉诃德被贵族阶层戏弄的事件,对于跨文化戏曲改编有着重要的意义——这样做不仅体现了新的改编将戏剧性与思想性统一的艺术追求,同时还包含着"内容跨文化"的可能。跨文化研究的资深学者孙惠柱教授认为,自20世纪60年代以来,由欧美著名导演和学者推动的跨文化创作热潮,使人们将注意力集中于"形式上的跨文化戏剧"——用东方的艺术形式讲述西方的故事,但真正"内容上的跨文化戏剧,直接用人物和情节反映角色之间及其背后的文化冲突"并不多见,更不用说"内容和形式相结合的跨文化戏剧"了。相较而言,把跨文化的内容反映在作品里,反映在人物关系中,这种"内容上的跨民族、跨文化戏剧也很重要,甚至更加重要"。[①] 因此,运用跨文化的思维,建构在堂吉诃德游侠行为模式的基础上,我们完全可以进行一个大胆的跨文化的想象与实验,即让堂吉诃德的新冒险指向东方。也就是说,这一次堂吉诃德带着桑丘想做一次面向东方的冒险。与此同时,他们在冒险的路上遇到了另一个在东方家喻户晓的历史人物——木兰。在他们的行为、观点与思想中,自然而然地产生了碰撞与交流。同时,考虑到音乐剧的改编把重心放在了堂吉诃德

---

① 孙惠柱《跨文化戏剧:从国际到国内》,载于《云南艺术学院学报》2014年第4期。

的"爱情事件"上，因此可以把这一次的冒险行动重新拉回原小说的高潮事件：贵族对平民的戏侮，以及平民对贵族的反抗，力求使新的改编既有跨文化的内涵与形式，又汲取了原创中的重大事件与主题，同时赋予了现代性的文化批判精神，这是个"一举三得"的改编思路。

可以做这样的假设：堂吉诃德蛰伏在家，"闭关"不出，引来了邻居们的议论。街坊邻里之间展开了一场对他的有趣猜测，大家鼓动桑丘去打探消息。桑丘因为成天受老婆的气，被大家说得有些心痒，于是答应去探访。桑丘在《马可波罗游记》的基础上，自己添油加醋一番，触动了堂吉诃德想去东方的想法，他们决定再次出发。在旷野上，堂吉诃德和桑丘遇到了一个年轻英俊的女扮男装的武将——木兰，她曾经是一名军人，为了寻找自己下落不明的父亲来到这里。堂吉诃德与年轻的武将木兰不打不相识，这个年轻的英雄有精湛的箭法与广博的见识。桑丘建议他们结为好兄弟，堂吉诃德却不能理解木兰作为武将居然没有心爱的女人。桑丘悄悄地告诉木兰，这个女神其实并不存在。

《马可波罗游记》与木兰，虽然都是"东方形象"，但更深层的内涵在于东西方思想观念的碰撞。首先可以涉及的是大家对英雄主义的认识。堂吉诃德根深蒂固的英雄观是"骑士的"，是个人主义的——即使是护教、忠君，也都是从个人功绩出发。这与木兰所认可的家国理想式的"侠义观"完全不同，即使他们接下来解救了穷人，打败了官府，也是不同的出发点。他们之间甚至可以有一场关于什么是"侠"的争论，当然谁也不太可能说服谁。尤其面对贵族夫人时，堂吉诃德会立刻表现得特别殷勤——即使对方是自己救助过的穷人的压迫者，他也会主动替对方辩解。原小说中有一个经典的桥段：当堂吉诃德解救了一个被地主鞭打的孩子后，他又将孩子送回地主家，这是因为地主曾答应他会善待孩子。即使这个孩子哭诉自己将再次遭到地主的报复，也不能改变堂吉诃德的看法——在他看来，贵族天然的应该有一副好心肠。在阶级观上，木兰与堂吉诃德完全不同。因此，如果说他们两人同时面对伯爵夫人的邀请，堂吉诃德会感到特别荣幸，木兰会冷漠的离开。

伯爵夫人真实的计划是利用"疯子"堂吉诃德与桑丘为自己取乐，尽管桑丘看出伯爵夫人的奸诈，却无法改变堂吉诃德的固执——哪怕是被侮辱得遍体鳞伤，堂吉诃德也会想出一个理由替对方开脱。堂吉诃德自以为他在伯爵夫人心里占有一席之地，为此他无怨无悔。他越是拒绝别人的劝说，越是进行自我说服，就越说明他处于困惑与动摇之中。此时，只要桑丘与木兰联手制造一个让伯爵暴露的机会，就是压垮他的最后一根稻草。当堂吉诃德最终清醒过来时，木兰可能早已离开。桑丘可能早已看出来，木兰实际上是个女侠客，而堂吉诃德此时只想追寻那个东方的"杜尔西内娅"。

把小说中"戏侮疯子"的事件用一个全新的视角解读，通过引入木兰这样一个在当代西方有很高知名度的东方女性人物，不仅可以增加故事的趣味性、戏剧性，又很自然地在游侠的主题里嵌入了"东西关系"与"性别错置"，同时与小说情节里包含的打斗、营救、宴会、表演等元素进行整合，就可以形成跨文化戏曲音乐剧《堂吉诃德》的大致样式。

三、改编创意与新"女性观"

虽然《堂吉诃德》是用传统的叙事方法写作，却有许多地方显示出小说"超常的"一面，比如对"真实性"的挑战。小说中作者有意设计了一些叙述断点，让故事不断地"跳出"叙述进程。

在小说开始，叙述者以一种特殊的方式讲故事——他故意显得自己对故事的主人公并不熟悉，说"据说他姓吉哈达，又一说是吉沙达，记载不一，推考起来，大概是吉哈那"。作者有意使故事从一开始就显得很"模糊"，这使它与传统说故事的"肯定"方式很不一样。到了小说第八章，故事讲到堂吉诃德第二次离家，遇到了一群人，并决心"解救"这群人中坐在车子里的女士。他打伤了两个修士，又和随行的一个比斯盖人大战了一场。此时，他拿着矛去攻击人家，流畅的叙事突然中止。这时候叙事者做了一番解释："接下来发生什么我不知道。"因为作者说，剩下的书没了。于是他去找剩下的部分，终于在一个农贸市场，看见一个阿拉伯人正在卖旧书，然后小说中出现了《堂吉诃德》这本书——可是小说中的书是阿拉伯语写的，叙述者说自己读不懂，于是找来一个阿拉伯人翻译。那么，这个文本自然而然就变成了一个由不那么"靠谱的"阿拉伯历史学家写的。

作者无非是要告诉我们，《堂吉诃德》这部小说有许许多多的叙述者——小说中，叙事者的不断改变造成了一种真相模糊的局面——这是具有现代性的写法，体现出对小说真实性的反思和强烈的历史意识。这种意识在19世纪现实主义成为主流后，成为小说研究的重要课题：小说究竟能不能绝对真实地再现生活中的场景与事件——这是一个具有普遍意义的美学问题。到了19世纪末20世纪初，表演领域围绕着这个问题展开了讨论。比如追求生活真实的斯坦尼斯拉夫斯基受到梅耶荷德、布莱希特等戏剧大师的"非现实主义"戏剧思想的挑战——现代主义和后现代主义主要针对的是"非真实性"提出自己的美学主张。

除了美学追求，《堂吉诃德》思想观念的"超前性"也很突出。关于这一点，小说中体现的独特的"女性观"就是一个明显的例子。小说前半部曾出现过一个不为多数人所注意的"马塞拉事件"，讲述的是马塞拉因为自己的美貌，引来了许多有情男子的追求，甚至有些人因为得不到她而死去。很多人把罪过归因于马塞拉，塞万提斯却借马塞拉和堂吉诃德之口，为马塞拉大声的辩护——其目的是抨击"红颜祸水"的结论。除此外，他还提出一个很有趣的观点——许多文艺作品都有一个普遍存在的道德主张，即针对女性的贞洁提出各种各样的要求，小说却有意去表现堂吉诃德的"贞洁"，体现他对杜尔西内娅的忠诚。可以说，《堂吉诃德》把过去只针对女性提出的贞洁的道德要求上升到男性身上。

值得一提的是，小说还专门用相对完整的篇章插叙了一个叫《何必穷根究底》的故事——为此小说付出了偏离主线的代价和非议。作者跳出"游侠"的主题故事，不惜笔墨对女性的贞洁观大加讨论，显示出他对这个故事意义的重视。可以说，这个故事几乎是要专门告诫男性，怀疑女性贞洁的病态心理将会酿成怎样的家庭悲剧，讽刺了东西方男性中普遍存在的愚蠢行为。

《何必追根究底》的故事在小说的第33章，讲的是意大利托斯加纳省繁华都市弗罗伦西亚有一对好朋友，一个叫安塞尔模，另一个叫罗塔琉。安塞尔模喜欢谈情说爱，罗塔琉喜欢打猎。安塞尔模娶了一个既富有又漂亮的姑娘卡蜜拉，生活十分幸福。有一天，两个好朋友在城外草地上散步，安塞尔模对罗塔琉说"不知是从哪天起"，心里有了一个"折磨人的想法"，他想知道"妻子卡蜜拉是否真像我想的那么贞洁、那么完美。我无法证实考验，金子要经过烧炼，才见得成色好坏；她照样也得经过一番才见得她的节操"。他居然认为，"女人如果没人引诱她不正经，她的正经有什么稀罕呢？如果她没有机会放纵，而且知道丈夫一旦发现她行为不端，就会要她的命，那么，她规矩谨慎有什么了不起呢？女人如果只为胆小或没有机会而不失节，我看就不如受了男人挑诱而屹然不动来得可贵"。他恳请自己的好朋友，帮自己试探妻子的贞洁，朋友当然反对他这么做。可他却说"我这件事是横着心非干不可的。所以，罗塔琉，我的朋友啊，请你权当我进行这件事的工具吧。我会给你方便；我认为追求一个安静贞洁的女人所少不了的配备，准叫你应有尽有。我把这件难事交托给你，另外还有个缘故。假如卡蜜拉败在你手里，你不必攻破最后一关，可以顾全体面，适可而止，没完事也只当大功告成。这样呢，你们不过是心上侮辱了我。我知道你厚道，关于我丢脸的事是绝口不谈的，所以不会传出去。如果你要我活了不白活，你得赶紧上阵出马，不是温吞吞、懒洋洋地求欢，却得拿出劲道，用尽心思，不亏负我的嘱咐和咱们的老交情"。①

丈夫对漂亮太太永远不放心，便有一心想要试探对方的心理——在传统小说和戏曲里有大量的类似作品，如《王宝钏》《秋胡戏妻》《王有道休妻》等。罗塔琉为了让安塞尔模满意，嘱咐他不要向别人声张，并完全按照朋友的设计去做，结果事情越来越无法控制：

卡蜜拉败了，投降了。可是怎能怪罗塔琉的友谊靠不住呢？这是明显的例子：要克服爱情，只有逃走一法，谁也不该和这样的强敌交手。因为人性使然，只有神力才能克服。②

……

结果有一天，安塞尔模听见蕾欧内拉屋里有脚步声。他要进去瞧瞧是谁；觉得有人顶着门，就越要把门推开。他下死劲推开门，进屋恰好看见一个男人从窗口往街上跳。他急要去追或瞧瞧是谁，可是不行，蕾欧内拉抱住他不放，她说：

"我的先生，您放心，别着急，出去的人您也甭追。这全是我的事，他是我的丈夫。"

安塞尔模哪里肯听，他火得什么都不顾，拔出短剑要刺蕾欧内拉，对她说，如果不老实招供，就要她的命。蕾欧内拉吓昏了，也没理会自己说的是什么话，答道：

"您别杀我，先生，我有事奉告，您意想不到那事多么要紧。"

安塞尔模说："快说，不然就杀了你。"

蕾欧内拉道："我这会儿心上乱得慌，没法儿说。宽限我到明天早

---

① 〔西班牙〕塞万提斯《堂吉诃德》，杨绛译，人民文学出版社1987年版，第243—244页。
② 同上，第256页。

上,我告诉您一个惊人的消息。您只管放心,窗口跳出去的,是本城的一个年轻人,和我订了婚的。"

安塞尔模这才平静下来,答应了她要求的宽限。他对卡蜜拉的品德没有丝毫疑虑,绝没想到蕾欧内拉会讲她什么坏话。他告诉这使女,如果她该说的不说,休想出这房间。他走出来,把她反锁在内。

他立刻去看卡蜜拉,把蕾欧内拉的事、她答应告诉他紧要大事等话都搬给她听。卡蜜拉的惊慌不消说得。蕾欧内拉准会把女主人失节的事据自己所知一一告诉安塞尔模,这是可想而知的。她吓得魂不附体,也不敢再等着瞧个究竟;当夜看安塞尔模已经睡熟,就收拾了自己最珍贵的首饰,又拿了些钱,瞒着家里,出门到罗塔琉家去了。她一五一十告诉了罗塔琉,求他或者窝藏她,或者和她一起逃到安塞尔模找不着的地方去。罗塔琉听了慌得一句话也说不出,更想不出什么主意。后来他决计把卡蜜拉送进一个修道院去,那院长是他的亲姊妹。卡蜜拉同意。事情很急迫,罗塔琉少不得连夜把她送去,安顿在那里;他自己马上出城,没让一人知觉。①

第二天早上,安塞尔模起来一看,女仆蕾欧内拉不见了,妻子卡蜜拉不见了;朋友罗塔琉也不见了。一夜之间这每一件事都似有关联,他猜到了事情的真相。他十分痛苦,没有回家,直接去了乡下他的朋友家。然后把自己关在屋内,写了一封遗书:"我无知无聊的愿望断送了自己性命。我希望卡蜜拉听到我的死讯,知道我原谅她。她没有义务创造奇迹,我也不需拿这事来要求她。我的耻辱是咎由自取,何必……"②

试探女性的贞洁,似乎是一个很古老的故事主题。在男性意识占主导的社会,无论是东方还是西方,都有大量的故事在表达男性对女性"守节"的焦虑。如传统京剧《桑园会》《武家坡》《汾河湾》等,对"独处贞洁守空房"(《桑园会》唱词)的话题进行了大致相似的探讨。作为文艺复兴时期的代表作——《堂吉诃德》对这个传统主题做了全新解构,故事的重心由对女性贞洁的质疑转移到对男人偏见和荒唐行为的讽刺上。不过,塞万提斯为了强调这个故事的

---

① 〔西班牙〕塞万提斯《堂吉诃德》,杨绛译,人民文学出版社1987年版,第272—273页。
② 同上,第329页。

道德教训，故意把它写成"悲剧"，无形中造成了这个家庭故事的"沉重感"。假设同样的行为放在中国的文化语境中，会有怎样的结果呢？毕竟"试妻"与中国传统文化以及戏曲故事有很高的契合度，可问题在于对男性行为的反思如何用戏曲的方式表达出来。

另外，小说对安塞尔模的心理刻画得比较细致，但对罗塔琉和卡蜜拉心理的挖掘略嫌粗糙。如果进行戏曲化改编，那么还有一个伦理问题需要考虑，即假如妻子真的背叛了丈夫，朋友背叛了友谊——哪怕是无心之过，是否会在故事结尾得到观众的同情呢？所以，换个角度重新考虑小说中"偷情"的真实性——戏曲版可以让"偷情"事件发生变化，没有真如丈夫所愿那样去发展，而是发生了喜剧性的逆转，可是丈夫还蒙在鼓里，这样故事就有了回归喜剧的动力和可能。

比如，朋友怪异的试妻举动被妻子看破，在妻子的怒骂和质问下，朋友幡然悔悟，坦白了她丈夫的想法和计划。妻子为了"教育"自己的丈夫，来了个"将计就计"，要求朋友把戏演下去。用典型的"中国化"与"戏曲化"的形式，将这个"试妻"的故事，改编成女性更有主动性和参与感的"驯夫记"，实现了从"戏妻"到"训夫"的情境逆转，这是一种新的伦理观，是对男女之间互相尊重的精神呼唤和价值追求。

《高加索灰阑记》的跨文化改编①

【德育思考与要点提示】

德国戏剧家布莱希特的《高加索灰阑记》是根据元杂剧《包待制智勘灰阑记》改编的作品。与跨文化戏曲改编不同,该剧是西方剧作家将中国的戏曲故事进行全新演绎,以此来解决他们的社会问题和艺术上的问题。一部中国经典如何形成新的叙事,可以在哪些方面产生新的价值,"灰阑记"的故事值得我们认真探讨。

戏剧一直是世界各国人民进行跨地域、跨文化交流与想象的最重要方式之一。与旅行日记、口头传说以及新闻报道不同,舞台艺术对于信息的传播很难量化,却能借助使人过目不忘的经典形象,令人印象深刻。20世纪以来,随着社会化程度的提高,通过集中典型的艺术形象完成信息的交流与表达逐渐成为最重要的跨文化交流渠道,其中电影、电视剧等新兴艺术的出现在不同程度上满足了人们的审美需要。虽然在信息传播过程中难免有偏差、遗漏甚至误解,但通过艺术家的大脑来想象其他文明,已经成为普通大众的惯性思维。

在信息传播的过程中,除了可以直接想象并搬演西方文艺作品中的经典形象、人物外(如莎士比亚《威尼斯商人》中的夏洛克),也可以把生活中具有共性的案例拿到新的文化和生活中去探讨,以便提供具有普遍意义的解决方案,体现跨文化交流的特殊价值和功能,元杂剧《包待制智勘灰阑记》就是这

---

① 戏曲跨文化改编,指的是戏曲作品在跨文化背景下被重新演绎、诠释与表达。"跨文化戏曲改编"与"戏曲跨文化改编"是一组既紧密联系又完全不同的概念,两者极易混淆。为了更好地说明问题,特选入一篇关于元杂剧跨文化改编的文章,以供参考。

样的作品。

该剧的剧情很简单，讲述了马员外娶的"上厅行首"张海棠产下一子，为马员外的大老婆所嫉恨。有一次，张海棠的哥哥向海棠借钱，被大老婆诬陷私结情夫，引发了马员外的怨恨。大老婆与奸夫赵令史狼狈为奸，借此机会毒死马员外，并诬指是张海棠所为。张海棠被官府屈打成招，幸遇包公审判，沉冤得雪。杂剧中包公审案的主要方向是，确认孩子的归属问题而不是追查真正的凶手。当全部的呈堂证人到齐后，包公开堂第一问居然是"兀那妇人，这孩儿是谁养的？"①，随后开始"灰阑断案"（用粉笔在地上画一个圈，将孩子放在圈中，让两位母亲从两边拉扯孩子，谁赢了孩子就归谁）。剧末，包公确定了孩子母亲的身份，最终裁断了谋杀案。

该故事引人深思的是，为什么剧作家李行道对凶案的处理写得如此草率，背后的逻辑是什么呢？问题的关键在于"孩子归谁"，这明显是一个伦理问题。这个问题的提出一定程度上表明了剧作家的真实意图，即充满悬念的凶杀案不是故事的重点，是作者为了呈现和解决伦理问题特意找来的一个"外套"，而"母子关系"才是故事叙事的重点。

"孩子归谁"尤其是儿子归谁，其本质上是财产归属问题——在封建社会，儿子是财产的法定继承人，这种特殊的继承关系体现了以血缘关系为基础的宗法制度和传统伦理观念。世界各国的经典文本如《圣经》《可兰经》中，也都记载有相关案例，它们无一例外地把孩子判给了亲生母亲。包公在判词里说的，"那妇人本义要图占马均卿的家私，所以要强夺这孩儿"②，也正是这个意思。

《包待制智勘灰阑记》体现的"血缘决定论"有一定的合理性，但随着时代发展，这样的价值观引发出新的思考，其中最具颠覆性的来自20世纪富有思辨精神的德国剧作家布莱希特——他看中了这个题材蕴含的现实意义以及"孩子归谁"判断标准的不同，将故事做了一次彻底的改造，重塑了内容和主题，这就是《高加索灰阑记》。

---

① 王季思主编《全元戏曲》（第三卷），人民文学出版社1999年版，第595页。
② 同上，第595页。

一、反伦理标准与合情理叙事

布莱希特首先对原作的人物关系做了调整，删掉了丈夫与妾室这两个人物，将断案的清官换成一名下层文书，同时"他让他的女主角格鲁雪变成佣人，这样她和马太太的冲突就不再是很有中国特色的同一丈夫的两个女人之争，而成了更有普遍意义的明确代表对立阶级的主仆之争"。[1] 这一切都是为了促成整个故事的走向发生根本的改变——孩子判给养母。按照伦理观念来看，把孩子判给养母而不是生母，这是一个明显违背道德的结果，然而布莱希特深知要给这个听上去不合理的结果找一个合理的理由。也就是说，要想让观众和读者接受这样一个不合伦理的判决，就要找到一个符合人情事理的逻辑——这个逻辑就建立在他对格鲁雪的身份、命运的刻画中。

格鲁雪不是"另一个小老婆"，而是财主家的仆人，这样的改编让她的"养母"身份具有了"人民性"的属性，更容易获得普通大众的同情。事实上，布莱希特通过格鲁雪与总督夫人的行为对比，也强化了这一点："暴动发生后，总督被杀，总督夫人心里只是想着要赶紧带着自己的衣服逃亡，结果把孩子落在了一旁。而善良的格鲁雪，无意中成了孩子的守护人，她独自一人通宵地陪着嗷嗷待哺的孩子。因为害怕孩子受到牵连，不得不带着孩子逃出了城外。"[2]

当铁甲兵追进了门，一步步接近放在角落的筐子时，格鲁雪绝望地喊："长官，这是我的。这不是你们寻找的那个""这是我的，这是我的"[3]。这些紧张的细节成功地让观众体会到养母与孩子紧紧相连的关系。剧中类似古希腊歌队功能的歌手也不禁唱道："格鲁雪·瓦赫纳采决定把孩子认作儿子。""无依无靠的女子要将无依无靠的孩子认作儿子。"[4] 最精彩的桥段是"过索桥"，这是一个"桥身一半掉向深渊"的破桥。同时，追捕的铁甲兵马上就赶到。在场不敢过桥的商人们极力劝阻格鲁雪不要冒险，但是格鲁雪很倔强，她说，"不行，我们生死相共。"[5] 惊心动魄的过桥场面，对于观众来说不仅是刺激的，也

---

[1] 孙惠柱《谁的蝴蝶夫人》，商务印书馆2006年版，第213页。
[2] 〔德〕布莱希特《布莱希特戏剧选》（下），人民文学出版社1980年版，第292页。
[3] 同上，第292页。
[4] 同上，第292页。
[5] 同上，第295页。

得到了精神的洗礼，得到了一种剧作家最想让观众体验到情感——她们不是母子，胜似母子。当女商人喊道"这叫作试探上帝"时，我们几乎可以把台下的观众理解为剧情意义上的"上帝"——实际上，布莱希特已经制造出了区别于血缘意义上的"母子关系"。新的母子关系是有阶级属性的，基于共同的苦难、共同的命运、共同的生活。作为一名优秀的剧作家，布莱希特没有说教，也没有在实现一个非伦理的目的中，留下过于人为的痕迹。他让"人为的"目的，变得十分自然。然而，接下来创造的场面，显示出一位戏剧大师的超能力——他让一个"非自然"的结论带上了"超自然"的光彩。

过了铁索桥的格鲁雪，抱着孩子找到了住在深山里的哥哥拉弗伦第。此时大雪封山，他们暂时安全了。但新的危机是，一个身边带着孩子却没有结婚的少女很难被村民接受。哥哥随后代表嫂嫂来劝说妹妹，他告诉她，只有嫁给一个山后快断气的男人，拥有一个"纸面上的丈夫"，才能取得合法的身份，这对她和孩子都有益："如果我们装得像蟑螂那样小，嫂子就会忘记我们在家里。这样，我们就可以待到化雪的日子。别因为冷就哭。穷相再加上挨冻相叫人看起来不顺眼。"①

为了救别人的孩子，格鲁雪四处逃难，非但哥哥嫂嫂不能理解，四周的环境也不欢迎她。为了有立足之地，她居然嫁给一个陌生人，而且做了新娘的第二天，马上就变成了寡妇。这种苦难的设定，使剧情有向苦情戏发展的趋向，但接下来的情境变化，是让人意想不到的伟大场面。

拉弗伦第走进屋，看着角落里织布的妹妹，打开了话匣子。他暗示，"旧家派头"的妻子阿尼珂不能容忍现状。这里有一个特别细微的舞台提示："有一种好像从屋顶滴水的声音"——这是观众第一次听见水滴声。然后，拉弗伦第继续谈铁甲兵，"他们又倾听滴水声"。哥哥开始劝格鲁雪不要再等情人西蒙，"滴水声越来越快"。舞台提示说，在格鲁雪沉默的过程中，"像敲钟似的滴水声，越来越响，越不间断了"。②

水滴声本来是自然界的一种声响，不仅表达出具体的环境、季节、时间，同时也表达出舞台上人物的心理节奏，与台词形成某种共鸣。雪化成水滴的声音在自然界和舞台上当然会是不同效果，关键是布莱希特把它借用过来，与人

---

① 〔德〕布莱希特著《布莱希特戏剧选》(下)，人民文学出版社1980年版，第301页。
② 同上，第302页。

物之间营造出一种特殊的关系——二人的对白,不是你一言我一语的干巴巴的对话,而是让哥哥说着大段的台词,妹妹保持沉默,然而一旦沉默,音响的放大、夸张才显得更加合理,更加动人。沉默中,水滴声仿佛参与到两个人的交流中,使观众觉得这声音是大自然特别赋予格鲁雪的,让这个人与屋外的那片融雪世界有了某种超自然的联系,使观众感到在舞台上大自然已成为反映她内心世界的一种声音,正与她的哥哥对答。

一场本来是充满了苦难的戏,居然让人们受到了精神的洗礼,这正是布莱希特追求的效果,但他并非是为了满足个人私欲,而是在表达他的观点——即使在极端的苦难面前,也应该保持理性与超然。观众能够清楚地认识到,与大自然相比,格鲁雪与米歇尔的母子关系才是"真正的自然"——布莱希特的这一笔绝对是大师级水准——他塑造了另外一种"自然"。正如马克思强调的,对自然界的改造是人的一种伟力,所谓"人化的自然"。那么在艺术领域,信奉马克思主义的布莱希特正是在创造这样一种"人化的自然",他认为这才是人们所需要的自然,即"理性的自然"。

建立在上述的逻辑基础上,布莱希特终于将他的判决,用歌唱的方式表明了立场:

> 请记住古人的教训:
> 一切归善于对待的。
> 比如说孩子归慈爱的母亲,为了成才成器,
> 车辆归好车夫,开起来顺利,
> 山谷归灌溉人,好让它开花结果。①

布莱希特关心的并非是表面意义上的伦理是非,而是其中的现实意义。上海戏剧学院孙惠柱教授认为,"二战"末期完成的《高加索灰阑记》是剧作家对现实世界政治问题的一种回应。他在这个古代的中国故事之外又套上了一个当代故事,即两个苏联集体农庄在"二战"结束后,辩论一块谷地的归属权问题,突出体现了该剧的现实意义与政治立场。②

---

① 〔德〕布莱希特《布莱希特戏剧选》(下),人民文学出版社1980年版,第359页。
② 孙惠柱《谁的蝴蝶夫人——戏剧冲突与文明冲突》,商务印书馆2006年版,第215页。

二、转化题材与挖掘意义

虽然立场不同，但《高加索灰阑记》与《包待制智勘灰阑记》两剧采取的编剧模式有相近之处——它们都是好人与坏人的争夺战，但其判决标准的不同在于布莱希特是从阶级角度出发，李行道是从血缘关系出发。可是好与坏过于明确，多少也带来了问题处理的简单化。因此，当需要做出判决时，对观众而言这是一个智慧难题而不是一个情感难题。不过，《高加索灰阑记》其实要更复杂一些，它是一个双层故事，即在刚才的故事之外还有一个现实的故事：两个集体农庄的村民，为争夺一块谷底展开辩论。也就是说，在"好人与坏人"的争论外，还有一个"好人与好人"的争论。按照布莱希特的态度，无论争论的双方是谁，处理问题的原则都是一样的，他强调了原则的普遍意义。但运用到情况更加复杂的具体生活中，其适用性或许没有那么强。

1979年荣获第52届奥斯卡5项大奖的影片《克莱默夫妇》（*Kramer vs. Kramer*）就是这样一个例子。这个故事讲述的是一个"好人与好人"争夺孩子的案件。克莱默的妻子乔安娜因为无法忍受丈夫整天在外忙碌自己深陷家务之中，愤然出走。被迫既要兼顾工作又要照看孩子的克莱默先生发现，生活虽然混乱但和儿子的感情越来越深。转眼一年过去了，已经成为一名收入丰厚的设计师的乔安娜突然回来，向丈夫索要儿子的抚养权，恰恰此时克莱默先生在事业上不顺，又因为个人的一时疏忽让儿子弄伤了眼睛。最终法官把监护权判给了母亲乔安娜。可是，此时乔安娜也意识到这对父子在自己离开的日子里相依为命，建立起了很深的感情，最终她没有带走孩子。

在父亲与母亲争夺孩子的故事里，血缘的标准自然就失去了意义，这时就只需要考虑一个标准，那就是"一切归善于对待的"，可结果是标准的降低并没有使问题变得更容易。从外部条件看，乔安娜确实是最合适的抚养人，她不仅有稳定的、较高的收入，有向上发展的事业，而且还是一个关爱孩子的细心的母亲。但是当乔安娜看到丈夫与孩子难舍难分的父子情，并意识到在她离开的日子里，父子之间建立起了比法律更加具有说服力的亲情关系后，她最后的暂时放弃显示出法外之情的威力。

《克莱默夫妇》非常平实地呈现了在这样一个高离婚率的时代，普通家庭常会遇见的难题。该剧没有紧张刺激的悬念，也没有炫人耳目的场面，布莱希特故事里那个可有可无的大框架被用在这个现代社会的小故事里居然引发了人们对自身环境、家庭关系的深刻感悟，戏剧情节的两难状况演化成人性的两难局面。

电影说明了布莱希特提出的"善于对待的"中的"善"，其实是很难完美界定的，不仅外部条件的优越有时不具备完全的说服力，就连人的智力、能力有时候也解决不了"善"的问题。

无论是《包待制智勘灰阑记》《高加索灰阑记》，还是电影《克莱默夫妇》，其实都在探讨人与人的生活冲突，都希望有一个美好中立的制度来解决人们面临的困境。但当这种制度因为某种固有的悖论与人产生对抗时，我们就会发现，并不只有人和人会去争抢小孩，社会制度也会和人"争"——但如果是一个好人在和制度"争孩子"，他还会赢吗？"善于对待的"究竟指的是谁，我们如何辨别谁才是"善于对待的"呢？

由著名影星西恩·潘（Sean Penn）出演的电影《我是山姆》（I am Sam）看上去是一个收养家庭和单亲家庭里弱智的父亲争夺女儿抚养权的故事，但实际上是制度在和这个父亲角力。其中有趣的是，这一次号称"一切归善于对待的"却败给了血缘关系，似乎这样的问题用几千年的时间走了一圈后又回到了原点。但这个圈已不再是一个平面上的圆而成为一个螺旋，李行道在两者之间画了一个等号，布莱希特改成了大于号。然而随着现代社会的多样性、无序性与不可测性的加剧，人与社会之间的关系更多是问号。

山姆（Sam）是一个智商只有7岁的星巴克餐厅服务员，在女儿露茜（Lucy）出生不久后女友离他而去。出于与生俱来的父爱，他决心独自把女儿抚养成人。小露茜（Lucy）长到7岁时开始意识到自己的智商渐渐超越了父亲，但她害怕这件事的暴露会让自己失去父亲。儿童家庭服务部注意到了这点，认为山姆（Sam）没有足够的能力照顾女儿，于是将他告上法庭。在法院的审理过程中，这一对面对重重阻隔不能相见共处的父女表现出了惊人的毅力，父女之间无法阻挡的亲情终于迫使同样疼爱露茜（Lucy）的收养者放弃了想永远监护露茜（Lucy）的法律申请。

让一个富有且愿意关爱孩子的家庭来抚养孩子也许在我们大多数人看来对孩子更有利，但究竟该如何判决呢？这个问题可以从两个角度来考察：一是从抚养者的角度来看，富有并不是最重要的，这一点布莱希特早已做了回答。比如《高加索灰阑记》中法官阿兹达克在即将用灰阑测试之前，郑重地提醒格鲁雪："我不相信孩子是你的，可是，如果他是你的，女人，你不愿意他富有吗？只要你说一句他不是你的，他马上就会有一所府第，一大群马在他的马槽头，一大群叫花子在他的门阶上，一大群兵丁在他的左右，一大群请愿人在他的院子里。你说怎样？你不愿意他富有吗？"① 此时，格鲁雪沉默了。面对这种两难之境，布莱希特借歌队之口给出了答案：

穿上金缕鞋，
长出鬼心眼。
踩人找软处，
还笑我哭丧脸。
心肠变石头，
负担可太重。
当老爷忒辛苦，
日夜刮歪风。②

布莱希特从阶级的角度认为，富人"为富不仁"，不能给孩子带来真正的"善"，穷人虽穷，却是值得尊敬的好人。这种以财产多寡划分阶级关系，又以阶级关系决定道德高低的方式，对于复杂的现代社会和现实生活来说显然远远不够——布莱希特让格鲁雪此时保持沉默而由歌队代言，实际上就是站在观众的角度对人物做的"保护"。

二是从孩子的角度来看，布莱希特如果面对的是既富有又充满爱心且愿意抚养露茜（Lucy）的收养者，将做何判决呢？电影《我是山姆》中，这一次是孩子站了出来，她要自己做出"判决"，这是从孩子的视角来探讨归属权的问题——孩子既容易被人重视又容易被人忽视，她在传统叙事里几乎没有行动，更无法表态，但新的故事讲述者挖掘出了孩子的态度，这本身就是一种现代理念。

《我是山姆》通过"争孩子"的老套故事探讨了新社会人与制度的关系，以及普通人可能面临的文化困境——毕竟，文化也好制度也好，都是人定的，而且在制定之前它已经被想当然地认为是完美的。应该说，进入这样一个层

---

① 〔德〕布莱希特《布莱希特戏剧选》（下），人民文学出版社1980年版，第355页。
② 同上，第355页。

次，其主题本身已经探讨得非常深入了。但问题并没有结束，因为《我是山姆》中还有一个文化体制内的冲突与困惑问题，即当这样的事情发生在东西方两种文化并存的背景下，我们将如何面对呢？跨文化语境下什么才是合理的选择？

2001年，由北京紫禁城影业公司出品，梁家辉、蒋雯丽、朱旭主演的影片《刮痧》，从另一个角度探讨了由于东西方文化的冲突而引发的一场争夺孩子的大战。讲述了在美国创业多年的华人许大同正处于事业的巅峰，因为自己的父亲用中国的"刮痧"给儿子治病，结果被州儿童福利局判定为虐待儿童，并且认定父母监护失职。在法庭辩论中，控方律师甚至从中国文化中引申出"暴力文化"的内容，结果官司输了，许大同失去了儿子的监护权，使本来完满的家庭妻离子散……

该电影让人思考的是，究竟谁才是"善于对待的"，究竟什么样的方式才是"善于对待的"？不同的文化给出的答案不同。电影里由一个小小的家庭矛盾引发了一场有关文化优劣性的讨论，这是跨文化的冲突给具有普世意义的原则出的又一道难题。

通过以上简单的梳理，我们可以看到《包待制智勘灰阑记》里"争孩子"的传统故事不断改写，从不同的立场出发，形成的不同标准、发展的不同行动、达到的不同效果，使这个本来很简单的故事产生出新的思考和价值，成为打通东西方戏剧题材的又一个重要渠道。

下 编

《悲惨世界》故事新编"三部曲"

总编剧：钟鸣

联合编剧：许冉、付嘉欣、刘畅、化利好、张宇

第一部　断魂女

时间　1934年。

地点　上海。

人物

芳　汀　22岁，上海达丰织染厂女工。

白莲儿　21岁，上海达丰织染厂女工，与芳汀自小一同长大，一起来到上海打工。

赵二娘　春满园的鸨母。

单先生　上海知名人士，表面文质彬彬，实则是有性虐倾向的伪君子。

茶婆子　与赵二娘同一人饰演。

贾神医　江湖郎中。

春　菊　春满园的妓女。

夏　梅　春满园的妓女。

冬　花　春满园的妓女。

众女工、工人、茶客、嫖客、打手、路人、妓女。

第一场　人心险

〔1934年暨民国二十三年，中国在半殖民地半封建社会的深渊中

沉沦。溥仪已建立伪满洲国,东北沦为日本人的势力范围。

〔随着帝国主义经济的侵略,民族工业受到巨大冲击,大量工人失业。

〔据英国社会学家甘博耳的调查,20 世纪 30 年代的上海约有公娼 12 万。每 137 个女人中间就有 1 名妓女,上海已经成为名副其实的娼妓之都。

〔起光,上场口挂着上海达丰织染厂的牌匾。工厂门口。

女工甲　（幕内）好个贱人不知羞。

女工乙　（幕内）搔首弄姿轧姘头。

女工丙　（幕内）速速滚出莫停留!

〔芳汀上,被推倒在地,女工头及众女工跟上。

芳　汀　不,我没有,我是冤枉的!

女工头　冤枉?你当别人眼睛瞎!天天与人书信往,却原来私生女儿乡下藏,一枝红杏来出墙!

芳　汀　不,不是你们说的那样!我,我,我要找马厂长说清楚……

〔芳汀起身,欲上前,被推倒。

女工头　好不要脸的东西,马厂长现在可是咱们的市长,哪有工夫听你这些烂事!（拿出辞退书）睁大眼自己看,辞退书上是马市长的亲笔签名!快快离开工厂门,再若迟疑放狗咬人!

〔芳汀愣住,芳汀的行李被扔到大街上。

女工们　赶紧滚,这浪蹄子天天净想着勾引男人!

芳　汀　（心中一惊）我……我错啦!就让我做完这个月吧,我的女儿生病了,我还要给她寄钱,给她买药啊……求求你们,我求求你们啦!!

女工头　怎么,想要钱?别来我们这啊,看那边,（指向舞台后区）四马路,那边多的是你这种不知羞耻的破鞋!

〔众女人不怀好意的嬉笑。

芳　汀　你!

赵二娘　（幕内）说谁呢,说谁是破鞋呀!!嘴巴不干净,当心烂舌头!

〔舞台后区起光,是二层结构,众妓女摆出招揽客人的姿势,赵二娘、打手及小二上。

赵二娘 （数板）可笑真可笑，猪狗瞎嚎叫。

不知地厚与天高，

阎王驾前把衅挑。

良家贞操少，心贪手段高。

妓女虽然床上骚，

磊落赚钱也有道。

打　手　（同）说啥都没用，挣不挣钱是正道！
小　二

〔众女工欲上前理论，被打手喝退。小二仔细打量正在捡行李的芳汀。

小　二　妈妈，你看那姑娘眼熟不眼熟。

赵二娘　（仔细看看芳汀）是有那么一点儿像……

小　二　这天底下真有长得这么像的人啊！要不说，还以为是姐妹呢。

打　手　你们打什么哑谜？

小　二　你小子什么眼神？！白牡丹啊，那个名满上海滩的白牡丹——咱春满园当年的头牌花旦！

打　手　（明白过来）啊——像！真像！！真是白姑娘复生呢！哎呀真是可惜了，在这里当个什么女工。妈妈，要是把她招到园子里，咱们可就……

〔赵二娘上前帮芳汀捡行李。

赵二娘　（殷勤地）我说这个姑娘，叫什么名字啊……别理他们！这年月饿不死人，妈妈我帮你捡……

芳　汀　（一把抢过赵二娘手中的行李）不，不，不麻烦你！

赵二娘　哎呀，没关系的，我愿意帮你捡！

芳　汀　不，不，不！

小　二　我说你怎么这么不识好歹，我们妈妈见你受了欺负，好心好意来帮你，你左推右拒的，怎么你还敢嫌咱们！

芳　汀　麻烦你们不要来缠我！我不需要！

小　二　（撸袖子）嘿！你还来劲了！欠抽不是！

〔打手上前抢过芳汀手中的行李，推搡之间白莲儿上，赶紧分开二人。

白莲儿　哎哎哎，几位大爷，有话好说，有话好说。

小　二　不识抬举！

芳　汀　把我的东西还给我！

　　　　〔芳汀上前想要抢自己的行李，被白莲儿拦下。

白莲儿　（劝）姐姐，咱们斗不过，千万不能硬来。这样吧，你相信我，我去要回来，那边有个茶棚，你去里面坐一会儿。

　　　　〔芳汀下。

白莲儿　（拿出钱给小二和打手）两位爷，别生气。这点意思笑纳笑纳。（两人接过）我那姐姐不懂事，冲撞了二位，我替她给您二位道个歉。这行李不值几个钱，您二位就赏还了吧。

　　　　〔打手将芳汀的行李还给白莲儿。

小　二　（看看手中的钱）你倒是个懂事的。

　　　　〔小二转身就走。

白莲儿　等等！

打　手　（不满）干啥？反悔啦？！

白莲儿　哪里敢哟大爷，您误会啦。我是有事想找妈妈说说……（再递钱）麻烦二位爷，给妈妈带句话：有笔大生意，要不要做？

小　二　（不屑地）你？你能有什么生意可做？

白莲儿　这个生意管保妈妈会喜欢！（小二正欲再问，赵二娘走到跟前）

赵二娘　什么好生意啊？

白莲儿　你们刚才说，她像谁？

赵二娘　她像谁？你指谁？

白莲儿　刚才那个捡衣服的女人。你们刚才指指点点地说她像谁？

小　二　妈妈，她说的是刚才那个像白牡丹的姑娘呢。

赵二娘　啊，对！我们刚才说，那个女人和我们一个死去的姐儿长得有几分相像。可惜啊，人家嫌咱们不干净，不愿意搭理咱们。

白莲儿　哦，是这样……那你还想不想再要一个白牡丹？

打　手　你啥意思，说痛快话！

小　二　听你意思，你能让她来当姐儿吗？！

白莲儿　妈妈，我就问您，这个活的白牡丹，您要不要？

赵二娘　要！当然要！你有什么办法吗……

白莲儿　我和她从小一起长大,办法自然是有。不过,我有一个要求。

赵二娘　(笑)哈哈……说吧,要多少大洋?你要真把这事办成了,随你开价。

白莲儿　我不要钱。

小　二　不不不,不要钱?(小声同打手耳语)这姑娘脑子是不是瓦特了①。

赵二娘　不要钱?!(赵二娘听后瞬间明白了白莲儿的真实意图)那你……什么要求?

白莲儿　我不要别的。事成之后,怎么替你挣钱我不管,只要她的事,我说了算!

小　二　啊?这叫啥事?!

打　手　是啊,当了姐除了接客挣银子,还有啥事?

赵二娘　我明白了——姑娘是离不开这个姐儿啊!(意味深长地)好深的姐妹情!行,咱们一言为定!(二人三击掌)

〔赵二娘带小二、打手下。

〔芳汀上,白莲儿迎上,将衣服包递到芳汀手里。

白莲儿　姐姐,这是怎么回事啊,你怎么被赶出工厂呢?

芳　汀　莲儿!

(唱)在工厂做女工任劳任怨,

　　　只盼望靠双手度日糊口年复年年。

　　　谁料想谣言纷纷从天降,

　　　他说我不清不白、卖弄风姿、杨花一般。

　　　市长他听信谣言将我赶,

　　　到如今身无分文怎把身安。

　　　女儿寄养在客店,

　　　吃穿用度需银钱。

白莲儿　什么!他们怎么能这么说你!我去找他们!(欲冲进工厂)

芳　汀　(急切地拉住白莲儿)你要干什么?

白莲儿　自然是要找这个狗屁厂长、混蛋市长理论理论!

---

① 这姑娘脑子是不是坏掉了。

芳　汀　别别别！我已经被开除了，可你还要继续在里面上班，别受我牵连。

白莲儿　可我咽不下这口气。

芳　汀　这或许就是命吧……

白莲儿　姐姐，你打算怎么办啊？

芳　汀　不知道……他们又来信要钱了——说我的曼曼发高烧，等着钱买药……可是我从哪里弄那五块现大洋啊……

白莲儿　五块现大洋！这么多钱啊！（着急地）我这里也没那么多钱，要不然还可以凑凑……（思索状）看来只能想别的法子了。

芳　汀　还能有什么法子，我都急得想跳黄浦江了。

白莲儿　姐姐，别着急，天无绝人之路。对啦，（突然想起什么）姐姐，你不是会唱评弹吗？

芳　汀　啊，怎么啦？

白莲儿　（欲言又止）……算了算了，还是不说了……

芳　汀　（着急地）你想到什么呢？快说说吧……多苦多累的活，我都能做的。

白莲儿　这活倒是不苦也不累，挣得也还可以，就是……还是算了吧！

芳　汀　好妹妹，你就告诉我吧，求求你了。

白莲儿　（在芳汀的苦苦哀求中，白莲儿下定决心）我认识个人，在鼎泰茶馆里面当女招待，就在四马路上，她说他们茶馆正好缺个会唱评弹的女招待，你……

芳　汀　四马路……女招待……

白莲儿　嗯！

芳　汀　唱评弹倒没什么，只是这四马路……那可是上海滩有名的花粉之地……我听人说，女招待实际上也是见不得人的……我要是去了那，以后怎么做人啊！

白莲儿　其实，那都是偏见。女招待也不都是那样，咱们有个老乡就是在里面给人端茶倒水，没他们说的那么多事！而且，这个鼎泰茶馆可不一样，人家正经做生意。有一次别人请我进去，里面坐着的可都是绅士秀才。

芳　汀　真是这样吗？

白莲儿　姐姐！咱俩自小一起长大，情同姐妹，我怎么可能把你往火坑里推！你，这样想我，我好伤心呀。

芳　汀　（连忙哄白莲儿）莲儿，别哭啊，是姐姐错了。我，我这不是那个意思，要不然，算了吧……我还是去帮人家缝缝衣服。

白莲儿　姐姐啊，你就算七天七夜不合眼给人缝衣服，你能挣来五块现大洋吗？！那对黑心养父母可不会等，孩子治病也不能等呀。

芳　汀　那我该怎么办呀。

白莲儿　不就是为了给曼曼治病嘛！咱们先把治病的钱挣了应急，回头不想去唱了，不再去不就行了吗？

芳　汀　也是……（有所动摇）

白莲儿　姐姐，我知道你担心什么，不就是怕人生地不熟的不安全，被欺负吗。你放心，到时候我陪你一起去，咱们跟老板说好了，只在白天唱，这下你该放心了吧。

芳　汀　那——我去。（音乐起）

茶婆子　（幕后）各位大爷！

小　二　（幕后）您里面请！

〔达丰染织厂牌子隐去，鼎泰茶楼的招牌出现在舞台中央。舞台后区二层结构起光，茶婆子、小二及众茶客出现，茶婆子和小二招呼着茶客。

〔白莲儿接过芳汀的行李下，众意象化妓女上，充满仪式感，舞蹈化地为芳汀换装，并摆上椅子。

茶婆子　（唱）满园春来春满园，
　　　　　　　新春又来添新艳。

众茶客　哟，来新姑娘了？
　　　　牡丹花开在今朝。

众茶客　长得怎么样啊，不好看我们可不买账！

伴　唱　（唱）绫罗金钗显温柔，
　　　　　　　几缕乌云随心卷。
　　　　　　　脂粉印衬多情面，
　　　　　　　精心点缀八宝环。
　　　　　　　纤纤玉指抚琴面，

呖呖莺声撩心弦。

〔芳汀转过身，造型，众茶客仿佛看见芳汀一样愣住。

茶婆子　好一个俊俏的小娘子！

众茶客　妈妈，那我们可等着这位姑娘了！

茶婆子　好好好，现在是万事俱备，只欠东风。白莲儿，可就看你的了！

白莲儿　到了，咱们进去吧！

〔芳汀站在原地不动。

白莲儿　怎么了？走吧。

芳　汀　莲儿，要不然……还是算了吧……（转身欲走）

白莲儿　（拉住芳汀）到都到了，怎么又打起退堂鼓了？

芳　汀　我心里还是不踏实……

白莲儿　姐姐，你看看，这大白天的，附近这么多人，能出什么事呢？

芳　汀　可是……

白莲儿　姐姐，这唱一下午少说也能挣个几块大洋呢，曼曼治病的钱就有着落了。

〔芳汀还是犹豫。

白莲儿　要不然……就算了吧，看你这么勉强，咱还是回去吧。钱的事，我再帮你想想办法，不行我跟你一起缝衣服，一天不行缝两天，两天不行再缝三天，缝上个把月总能凑够的，走吧，姐姐咱们回家缝衣服去！

〔白莲儿假装要下，回头发现芳汀停在原地不动，白莲儿上前扶芳汀进。

小　二　芳汀姑娘到！

〔芳汀缓缓走入茶馆，坐在场中的椅子上，抱起琵琶。

芳　汀　（唱【姑苏好风光】）

上有呀天堂，

下有呀苏杭。

杭州西湖，

苏州有山塘。

哎呀呀，两处好地方，哎呀呀，两处好风光。

〔一曲罢，茶客们鼓掌叫好。

众茶客　好，再来一个！

茶客甲　（对旁边的茶客乙）这新来的妞真是不错！

茶客乙　可不嘛，嗓子好听，模样也好看，真想让她当我的十八姨太。

流氓甲　王婆，王阿婆，过来！（茶婆子走近）这姐儿唱得不赖啊！

茶婆子　刘大爷的眼光果然不错。

流氓甲　大爷今天高兴，开个价吧！

茶婆子　对不起大爷，您今儿想找哪个姑娘都成，就这个不成啊。

流氓甲　什么！她有什么特别，难道大爷还花不起这银子？

茶婆子　真不是那个意思，刘大爷！实话跟您说，今天楼上有个特别的主。

流氓甲　哎哟喂，真是狗眼看人低。这四马路上敢跟刘大爷抢姐儿的主还没生出来吧！

茶婆子　行了刘老三，平日里占点便宜也就算啦。这姑娘啊你玩不起，趁早回家吧，到南京路上5毛钱的姑娘一大把哟！（欲走）

流氓甲　（一把拉住）哎呀，咱俩什么交情啊，我可是你们这的老主顾了，这姑娘我是真心喜欢，这么招吧，（痛下决心）3块钱！

茶婆子　没工夫跟你闲扯！

〔小二跑上。

小　二　（气喘吁吁地）王妈妈！王妈妈！单……单先生……

茶婆子　急什么，赶着投胎啊！

小　二　单先生……出价了！

流氓甲　哪个单先生？你刚才说的那个楼上的主？

茶婆子　（心中大喜）单先生！他发话啦？！——出多少啊？

小　二　……（伸出一根手指）

流氓甲　一块钱啊，这还不如我呢！

小　二　一根金条！

〔茶婆子、流氓甲惊呆。

流氓甲　（咂巴嘴）一根金条啊！——那可以包多少姑娘啊！

小　二　妈妈，这单先生上次可……这回生意咱还做吗？

茶婆子　做，怎么不做！快把姑娘给单先生送去！

〔小二欲跑下，被流氓甲拦住。

流氓甲　这单先生什么来路啊……

小　二　这你都不知道，人家可是上海滩的大人物，据说祖上是前清的老佛爷跟前大红人李公公家里的大管家的二姑父。还听说他有个亲舅舅，伺候过冯大总统、马大总统、曹大总统、张大总统……哎呀，全都是他家统过的呀！

流氓甲　真是人比人气死人……爸爸你怎么就不争口气，让儿子也风光一把。哎，你这有啥5毛的妞吗，1块也行！（二人纠缠着下）

〔小二跑向芳汀。

小　二　芳姑娘，有位客人想请您单独坐坐。

芳　汀　这是什么意思？

小　二　这是好事啊，姑娘唱得好，有客人喜欢，想请您去包厢单独唱。这大厅里三教九流的都有，咱包厢里的客人身份可非同一般。当然了，（小声地）这小费呀，肯定不会少给您的。

芳　汀　我不去……

小　二　姑娘，我们这的规矩您怕是不知道吧，这客人想请您坐一坐，您可没拒绝的道理啊。

芳　汀　你们没事先说！我，我要走了。

〔芳汀起身，被小二拦住，白莲儿看到连忙上前。

白莲儿　姐姐！怎么回事啊？

小　二　别给脸不要脸了！人家单先生是什么身份，能看得上你是你的福气！还装什么……

单先生　（幕内）住口！

〔单先生现身。

单先生　裙拖六幅湘江水，鬓耸巫山一段云。风格只应天上有，歌声岂合世间闻。（对小二）这战乱年月，一名弱女子谋生已是不易，为何出言不逊，还不退下！（小二退到一旁）见过芳汀姑娘！（施礼）姑娘一曲，真是遏云绕梁，不绝于耳。不知姑娘可是苏州人士？

芳　汀　先生您是怎么知道的？

单先生　我自幼在苏州长大，直到上学才来到上海，听姑娘乡音倍感亲切，算起来，咱们也算是半个老乡了。不知姑娘师承何处？
芳　汀　不过是小时候跟着街边茶馆师傅学的，哪里有什么师承……
单先生　听姑娘之音，倒有些俞调之韵。
白莲儿　先生，您懂评弹？
单先生　略知皮毛而已。俞调曲调优美，平直与婉转兼有，最能凸显女子的柔美与韧劲，在下甚是喜爱。不知芳汀姑娘可否赏脸，与在下叙叙故乡之情？
芳　汀　（犹豫）这……
单先生　那我就在那厢等候姑娘了。
〔单先生下。
白莲儿　这单先生可真是个翩翩佳公子啊，知书达理，一表人才，跟咱们还是老乡。姐姐，别犹豫了，快进去吧。
〔芳汀思索之后，点了点头，白莲儿帮芳汀整理衣服，芳汀走了两步停住，转头看白莲儿，欲言又止。
白莲儿　我就在门外等着你，你就放心吧！
〔白莲儿将芳汀推进包厢，赵二娘、打手暗上。
赵二娘　怎么样呀，进去了？
白莲儿　（点点头）这单先生来头不小啊……
赵二娘　单先生的手段可不一般，就怕这单先生玩过了头，别又像上回一样。
白莲儿　上回？
小　二　哎呦，您是不知道，上回从我们这点了个姑娘跟他回家，走的时候这姑娘还活蹦乱跳的，回来可是我们去抬回来的。
白莲儿　伤着了？
小　二　死了！干咱们这行的什么变态没见过，可这么变态的咱可是第一次见。我们一进他那屋子，简直比清朝的刑房还吓人，什么鞭子、烙铁都是小玩意，还有一堆长得跟刑具一样的东西，我是见都没见过，上面可都是血。据说啊，我们这姑娘可是叫了一夜啊！
白莲儿　然后呢？
赵二娘　没有然后了，人家家大业大，手眼通天，随便找几个人就把这事给糊弄过去了，一个妓女在他们眼里连个人都不算。（见白莲儿不语）怎么，后怕了，怕你姐姐也跟那姑娘似的？

白莲儿　（冷笑）死了，太便宜了。

小　二　哟哟哟，这么大仇，人家怎么得罪你了？是不是……抢你男人了？

白莲儿　（翻个白眼表示轻蔑）也得有男人能看得上这破鞋。

小　二　不是？那……断你财路了？

白莲儿　（轻笑一声表示不屑）她也得有这个本事。

小　二　又不是……（费解地挠挠头）难道是她杀你全家？

赵二娘　哦哟哟，越猜越不靠谱咯！

小　二　不是，妈妈，这世间没有无缘无故的爱，也没有无缘无故的恨哪。

赵二娘　你这就说错了，这世间啊，就是有无缘无故的爱，也有无缘无故的恨。

小　二　这我就不明白了，这爱呀恨呀都是从哪来的呀，总得有个由头吧。

赵二娘　说到底是你太年轻，不懂女人。（笑）

〔幕内传出茶碗破碎的声音。

赵二娘　哟，这么快就开始了，单先生可是越来越性急了。（笑）怎么，打算什么时候进去救你的好姐妹呀？

白莲儿　急什么，好戏才刚刚开始呢。

〔幕内传出桌椅倒地以及撞门的声音。

小　二　这姑娘性子挺烈啊，别回头再把这门给撞开。

赵二娘　怕什么，来人，把门给我堵住，堵死！

〔幕内："是！"

〔幕内传来芳汀惨烈的叫声，以及求救声。

小　二　啧啧啧，我听了都心疼啊……

白莲儿　这么能嚷，可别把警察再招来。

赵二娘　（笑了笑）奏乐！

〔大堂内再次响起那首《姑苏好风光》，一曲歌罢，单先生边整理衣服边上。

赵二娘　（殷勤地）单先生……可还满意？

单先生　（轻摇扇子）绣被红浪罗袜软，舞蝶蕊露细细沾。踏上歌舞莺莺漫，梦醒斜阳依晚山。（给赵二娘钱，下）

打　手　这是啥意思？

赵二娘　这诗是什么意思我可不懂，不过从钱上看，人家可是满意极了。单先生，您慢走啊！（与小二同下，送单先生）

〔芳汀衣着不整的上，站立不稳，摔倒在地。

白莲儿　（冲过去）姐姐，我这刚走开一会，这是怎么回事？（芳汀不语）不是唱个曲吗，怎么弄得这么狼狈？（芳汀依旧不语）你倒是说话啊，他到底把你怎么样了啊？（芳汀哭泣）难道……难道他把你给……

〔芳汀突然起身欲撞墙自尽，白莲儿连忙拉住芳汀。

白莲儿　姐姐！芳汀！你要干什么，你冷静一点！

芳　汀　放开我，让我死！让我去死！

〔白莲儿拉住芳汀，一番纠缠后，芳汀甩开白莲儿。

白莲儿　你想想你的曼曼！

〔芳汀猛然顿住。

芳　汀　（唱）她一言激起了无限思念，

白莲儿　她还那么小，没有你她可怎么活啊！

芳　汀　（接唱）念娇儿寄养在黑心客店。

　　　　　　　早也盼，晚也盼，

　　　　　　　只盼与娇儿早日相见。

　　　　（白）我那苦命儿呀！

　　　　（唱）你自小从未见父面，

　　　　　　　你我二人无依无靠无助无援。

　　　　　　　怎忍见你年幼小痛失双亲，

　　　　　　　为娇儿暂偷生苦水强咽。

〔芳汀呆呆地站着，似乎放弃了寻死的念头，赵二娘上。

赵二娘　哟，这不是芳汀姑娘吗，又见面了。

芳　汀　（仔细看了看赵二娘）是你！

赵二娘　哎哟，怎么搞成这个样子呀，（脱下自己的披肩）快快快，披上点。

〔刚要给芳汀披上，被白莲儿推开。

白莲儿　少在这假惺惺的，我看你跟这家店的老板都是一丘之貉！我现在就去找警察！

赵二娘　找警察？那这位芳汀姑娘的名声还要不要了？这上海滩是什么地方，消息传的比风还快，你今天报了官，明天你家芳汀姑娘就能被唾沫星子淹死！芳汀姑娘能受得了？

〔芳汀心中一惊，赵二娘绕开白莲儿，把披肩披在芳汀身上。

赵二娘　姑娘啊，听我一句劝，为了这么点的事，不至于寻死觅活的。

白莲儿　这么点事？差点出了人命，你说这是小事！敢情被强奸的不是你！

赵二娘　（笑）姑娘这就说着了，我当年也是被歹人强奸的……

〔芳汀表示惊讶。

赵二娘　要不是因为那次怀了孩子，谁会走上这条路啊……芳姑娘，听说你也有个女儿？多大了？在哪呢？

白莲儿　姐姐的孩子叫曼曼，才六岁多一点。真可怜，寄养在乡下。

赵二娘　我跟你这么大的时候，女儿也差不多五六岁。年少无知实好骗，来到上海把身安。不承想工头将我清白辱，身败名裂被驱赶。本想一死赴黄泉，可舍下娇儿我心难安。姑娘，你读过书吗？

芳　汀　……（摇摇头）

赵二娘　我也一样，咱们没读过书的就是容易被人骗，我可不能让我女儿跟我一样。女人生存实是难，读书才有未来盼。学费高昂难负担，走投无路卖笑颜。

芳　汀　那你女儿现在呢？

赵二娘　留洋学成已归来，嫁给富商当太太。姑娘啊，你要为你女儿来打算，今后如何把钱赚。卖唱非是好出路，做工养家难上难，若是灾祸从天降，打垮你这苦婵娟。

芳　汀　（想起了正在生病的女儿）这……

赵二娘　所以啊，趁着自己姿色尚在，还有人能看得上你，不如跟妈妈走吧。

白莲儿　什么！跟你走干吗！当妓女吗！（轻蔑地）我呸！

赵二娘　姑娘啊，现在可跟以前不一样了！秦楼楚馆非下贱，改头换面当名媛。若与贵人红线牵，飞黄腾达在明天！

〔芳汀犹豫不决。

赵二娘　只要是你来了我这，以后钱可就不用愁了，我保准把你捧成这上海滩的名媛！你在我这干活，用不了几年，你就能把你女儿接到身边来，她就再也不用在那客店里受苦了！

〔芳汀听得心中一颤。

白莲儿　别瞎说了，谁说我姐姐的女儿在客店里受苦啊，人家对她可好了！瞧，（从包里拿出一条围巾）还把他们给她买的围巾寄来给我们报平安呢！

〔芳汀见围巾大惊，一把抢过仔细查看。

芳　汀　这……这是从哪来的？

白莲儿　这是今天上午寄来的，我忘了跟你说了，怎……怎么了……这围巾有什么问题吗？

芳　汀　我女儿的东西，就是给我下的最后通牒！这是让我马上给他们寄钱，不然……就把她扔在路边。

白莲儿　什么！太过分了！

赵二娘　你要是急用钱，我可以先借给你。我跟你说的，你好好想想。

〔芳汀抱着围巾，愣在原地。

赵二娘　这样吧，我知道这也不是这么好决定的，来来来，这有根红绳。

芳　汀　这是做什么的？

赵二娘　姑娘啊，这是咱们这行的尊严。干咱们这行的啊，刚开始的时候难免难为情，毕竟要脱得赤条条的，谁都不舒服。你把这根红绳往身上一系，这就是你的遮羞布了，你就不是赤条条的了。

白莲儿　（一把抢过红绳）你跟我们说这些干吗，芳汀是不会跟你走的！

赵二娘　这事你说了不算，要芳汀姑娘说了才行，芳汀姑娘，我先走了，你要是想好了，就带着这根红绳来春满园找我。（下）

白莲儿　赶紧走！瞎说八道……（看看手里的红绳）什么破绳子，姐姐，我把她扔了啊。

〔白莲儿看似无意地轻轻一扔，红绳正好落在芳汀脚下。

〔芳汀低头看看红绳,又看看手里的围巾,缓缓捡起红绳,造型亮住。

〔收光。

第二场　好风光

小　二　（幕后）春满园选花大会开始咯！（音乐起）

〔起光,舞台正中挂着春满园的招牌,春满园内,客人络绎不绝,众妓女招揽客人,众人手持鲜花纷纷翘首以盼,等待候选人出场。赵二娘、小二及打手上。

伴　唱　（唱）百花争艳满庭芳,

　　　　　　花中魁首谁人当?

小　二　有请一号选手,长袖善舞,春菊!

〔舞台后区高台最右侧亮起一束定点光,春菊起舞。

伴　唱　（唱）纤腰盈盈舞掌上,

　　　　　　媚眼传情恩爱长。

〔春菊舞罢,众人叫好。

嫖客甲　春菊！小菊！跟我走吧……我虽然没钱,但我有一颗爱你的心！（欲扑上前,被两个打手架出去）小菊！小菊！

〔嫖客甲被架着下。

小　二　有请二号选手,一字见心,夏梅！

〔舞台后区高台最左侧亮起一束定点光,挂着两张白纸,夏梅双手同时写字。

伴　唱　（唱）马飞龙走意荡漾,

　　　　　　字字如刻有墨香。

〔夏梅写完字,将两幅字展示给台下的嫖客们。

嫖客乙　这两幅字我要了,都别跟我抢,不然跟你们玩命！

小　二　有请三号选手,女中陆羽,冬花！

〔舞台后区高台右侧亮起一束定点光,冬花手持长嘴茶壶起舞。

伴　唱　（唱）茶开香起忧自忘,

　　　　　　雕花玉杯饮长江。

嫖客丙　真是茶不醉人人自醉啊！

小　二　有请四号选手，妙音娘子，汀兰！

〔舞台后区高台中间亮起一束定点光，芳汀抱着琵琶静静地坐在椅子上，一头飘然长发已变为齐耳短发，依旧难掩风采。芳汀出现后，全场鸦雀无声。

芳　汀　（唱）曼曼患病卧在床，

剪下青丝换大洋。

只为女儿前程广，

曲意逢迎泪暗淌。

我这里怀抱琵琶轻声唱，

哎呀呀，两处好风光。

〔芳汀一曲歌罢，全场静默，紧接着响起疯狂的叫好声与鼓掌声。四人站作一排。

小　二　各位大爷，各位大爷！静一静！这几位姑娘就是咱们这回选花大会的候选人了，大爷要是有瞧得上的，就把手中的花扔向那位姑娘！

〔话音刚落，众嫖客纷纷将手中的花扔向芳汀，芳汀面前堆满了鲜花，而其他三人面前却是空空如也。

赵二娘　感谢各位大爷捧场，我宣布春满园新一届花魁就是汀兰姑娘！

〔众人叫好，春菊等人面带不悦地走向芳汀。

春　菊　真是恭喜了，这刚来两个多月就能坐上花魁的位子。

夏　梅　要么说人家有手段呢，天天死着张脸照样有人喜欢！

芳　汀　姐姐们，我不是……

冬　花　哎哟哟，得了便宜就别卖乖了，咱们可高攀不起您！

〔众人心怀不悦地嬉笑了几声，赵二娘走到众人中间。

赵二娘　行了，你们别在这儿东长西短的了，周公馆的公子们来了，你们可得好好陪着。汀兰，你快去收拾一下自己，一会儿你得陪主宾。今天刚来了一批新的胭脂，都是上好的货色，先尽着你用！

夏　梅　对对对，我们给妹妹开场去，妹妹是角儿，得压轴！

〔赵二娘说着话，带着芳汀下场。白莲儿上场，春菊等人见了她，连忙围了上去。

春　菊　莲儿做事太荒唐!

夏　梅　招来个祸害把这生意抢!

冬　花　花魁归她我们真心凉。

三　人　往后一步该怎样?

〔众人七嘴八舌地指责白莲儿。

白莲儿　各位姐姐莫要慌! 这这这, 我也没想到, 这把她头发剪去卖了, 怎么还有这么多人喜欢。

春　菊　就是呀, 头发剪得那么短, 真是丑死了!

夏　梅　活像个男人!

冬　花　再丑人家现在也是花魁了, 难道以后就让她骑在咱们头上了吗?!

白莲儿　这回算她命好! 我还有个法子, 你们这么吵下去, 我没法说啊……

〔三人一听, 赶紧拉住白莲儿。

三　人　别卖关子快些讲!

白莲儿　(唱) 短发俏夺花魁妒人心肠,
　　　　　　　　但好在有一事我不曾忘。

三　人　什么事啊?

白莲儿　(唱) 芳汀她厌花粉面上生疮。
　　　　　　　我已将花心蕊放于粉上。

春　菊　这花心蕊是什么呀?

夏　梅　这你都不知道, 就是那桃李的花蕊, 有些人一碰那些东西, 就浑身生疮。

冬　花　好主意! 真是女中诸葛好智囊!

白莲儿　几位姐姐, 这戏可要开场了, 到时候可别忘了来街上给妹妹捧场啊。

三　人　那是一定的!

〔幕后传来嫖客们的呼唤, 几人嬉笑着, 嘴里边应声着 "周二公子/钱三爷/张老板我们来了!" 下。

〔芳汀戴着面纱着急的上, 四下寻找着什么, 白莲儿见此, 连忙走过去。

白莲儿　姐姐，这么着急是怎么了？
芳　汀　莲儿你来得正好，你看我的脸……
　　　　〔芳汀慢慢扯下面纱，脸上有些许红点。
白莲儿　这……姐姐，这怎么又长癣了呀？
芳　汀　现在想来，刚刚擦粉的时候，我就闻着有花香气，本想叫人换一盒来，那赵二娘却一直催我，我我我，没办法就涂上那胭脂，谁知道刺痒难耐，果然是又生了癣了。
　　　　〔赵二娘上。
赵二娘　汀兰！我的花魁哟，怎么还在这儿愣着啊？
芳　汀　我……我……
　　　　〔芳汀想把面纱赶紧戴上，没想到白莲儿把芳汀的面纱一拉。
白莲儿　（假装着急地）妈妈，您看我姐姐，这……这，这可怎么办啊？
　　　　〔赵二娘一看一惊，浑身有些发抖，看了看底下的客人没人注意，赶紧把芳汀拉到一旁。
赵二娘　这一眼看得我心生惊恐，摇钱树逢上这数九寒冬！
　　　　〔白莲儿见赵二娘如此态度，偷笑一下，但随即板起面孔。
白莲儿　这句话听入耳恶极穷凶，几两银竟不如芳汀命重！
芳　汀　这花粉真害人坏我面容，劝莲儿莫再吵我入骨痒痛。
　　　　〔芳汀说完，便没了力气，白莲儿连忙扶住了她。
白莲儿　妈妈，有您这样的吗？这都什么时候了，您脑子里怎么只有钱？
赵二娘　哎哟哟，你这小婊子……哎，汀兰哪，我看你这脸怎么越来越红了？
白莲儿　你别打岔！你得跟我们说清楚，到底是我姐姐治病重要，还是让她给你挣钱重要！
赵二娘　我懒得跟你吵！快叫车去医馆！再耽误下去啊，非得留疤！
白莲儿　一般的医馆肯定治不好这病，这……我知道有个地方，或许还能治好。
赵二娘　或许？（低声）小婊子，芳汀这脸是怎么了？到底能不能治好？
白莲儿　只能我来想办法了。
　　　　〔赵二娘盘算了一下。

赵二娘　你快带她去看病，但是，两块大洋以内，多了的，你自己出。

〔白莲儿微微一笑，随即又露出生气的面孔。

白莲儿　你这守财奴！没良心！（欲与赵二娘继续争辩）

〔芳汀开始呼吸困难，白莲儿只得作罢，与赵二娘扶着芳汀，三人同下。

〔春满园的招牌隐去，舞台上摆着马市长的雕像。

〔贾神医上场，背着幌子和葫芦，手拿拂尘。

贾神医　（数板，山东话）身背葫芦走江湖，

　　　　　　　　塞北闯来入姑苏。

　　　　　　　　医道是条进财的路，

　　　　　　　　不管治人还是治猪。

　　　　　　　　神药一口把病除，

　　　　　　　　两口下去将身补。

　　　　　　　　三口四口下了肚，

　　　　　　　　保管快活似仙姑！

贾神医　俺，山东贾神医是也。祖上行医八辈半，爷爷给林冲治过腿，爸爸给慈禧看过嘴，他们爷俩都活了几百岁，俺才出山就把孙中山那老小子治好了好几回。来啊，看病了！看病了！

〔白莲儿上场，看见贾神医。两个人对了一个眼神。

白莲儿　有没有医生啊？救人啊！

贾神医　医生在这儿啊！

白莲儿　你就是医生？

贾神医　祖传行医八辈半！

〔白莲儿看着贾神医，又看了看台口，怀疑地看着贾神医。

白莲儿　那您算医术高明？

贾神医　岐黄之术我样样精通，熟读《本草》，倒背《内经》。

白莲儿　那再重的病您也能治好？

贾神医　可不是吗！

白莲儿　（一听，连忙转身喊道）有没有医生啊，救人啊！

〔贾神医愣住，赶紧拉住白莲儿。

贾神医　我啊！

白莲儿　你一看就是个庸医！我不能找你！

贾神医　嘿！你这姑娘怎么说话呢！天底下可没有我治不好的病！马市长的脚气就是我……

〔白莲儿又看了一眼台口处。怕赵二娘听见贾神医说的话，赶紧捂住贾神医的嘴。

白莲儿　（面露狠相）你给我小点儿声！（看见赵二娘扶着芳汀上来，做哭状）我姐姐病重，可不能随便找医生。

赵二娘　怎么还没到啊，芳汀都这样了，再走就怕把病给耽误了！

贾神医　（看见芳汀）真病重啊，那你们赶紧找真大夫吧，我走了。

〔贾神医说完要走，被白莲儿一把拦住。

白莲儿　我找到神医了！

〔贾神医愣住。

贾神医　姑娘可不敢胡说！我只治过一口猪，还死了！

白莲儿　（更加惊喜）那您就是神医！我姐姐病重，就等您这活华佗，我信您，准保药到命除！

贾神医　啊？！

白莲儿　病除，甭管怎么，就看您的了。

〔赵二娘走到贾神医面前，怀疑地看着贾神医。

赵二娘　就你？神医？靠谱吗？这德行？

白莲儿　妈妈，您不懂，人家尝百草的神医，都是把自己吃成这模样的。

〔贾神医一直一旁，低声嘀咕着："我不是医生啊，我就是个骗子。"

赵二娘　那就试试吧！

白莲儿　（刻意地）神医，您就别谦虚了。（把钱塞进贾神医的手里）您呀，就放心治吧！

〔贾神医突然住了嘴，抬头看了看白莲儿，两个人又对了一次眼神。

贾神医　放心治？

白莲儿　放心治！毕竟生死有命。

贾神医　那我就试试吧……

〔贾神医明白了白莲儿的意图，扶着芳汀下。

赵二娘　（走到马市长雕像前）马市长啊马市长，你可一定得保佑我这招财树赶紧痊愈啊！莲儿啊，这神医如果治不好你姐姐脸可怎么办？

白莲儿　那是她命不好。

赵二娘　有你这么个妹妹命是好不了哟。

白莲儿　遇到您这么个妈妈，可是我姐姐命好啊。

赵二娘　怎么讲？

白莲儿　芳汀落魄女儿家，赵二娘好心收留她，教音律，学书画，落得艳名人人夸。如今姐姐的脸上生了疮，妈妈却也拿出大洋一百块为姐姐治病，您如此仁厚，传出去，还怕找不到下一个花魁？

赵二娘　我这只有两块大洋……

白莲儿　要是那神医非说是一百块，也不算是您骗人啊。

〔赵二娘会意，贾神医急匆匆地跑上。

贾神医　我说大婶子，大妹子，治坏了！

白莲儿　治坏了？

贾神医　我就说我不会治，你偏要我治，我就说我不要钱，你们可千万别抓我……

赵二娘　这钱都是你的。

贾神医　啊？！

白莲儿　出去就说是春满园的赵二娘给了你一百块大洋，求你救人！

〔贾神医看着二人，不觉愣住。

贾神医　金蜂一口针，橘子两半分。世上最毒事，莫过妇人心。

〔贾神医跑走，芳汀晕晕乎乎地上。

芳　汀　莲儿，我觉得我脸上疼得厉害，你带镜子了吗，能给我看看吗？

〔芳汀脸上的疮更重了，疮上渗血，已是毁容。赵二娘看到了芳汀的脸，大惊。

赵二娘　（低声）嘖嘖嘖，这是彻底没救了，我还是赶紧去找新的摇钱树吧。

〔赵二娘将镜子递给白莲儿，赵二娘下，白莲儿递给芳汀镜子。

芳汀惨叫。

芳　汀　（浑身颤抖）天哪！

　　　　（唱）见铜镜不由人浑身震颤，

　　　　　　　镜中人容颜尽毁貌似无盐。

　　　　〔芳汀轻轻抚上脸上的伤口，疼痛非常，眼泪与鲜血一齐往下流，甚是骇人，一把将镜子扔掉，双手掩面。

　　　　〔白莲儿将镜子捡起，故意扒开芳汀的手，让她照镜子。

白莲儿　姐姐，你的脸！这左边长了好大一块疮，肯定是要留疤的，右边还流了血，怎么眼皮上，嘴上，连鼻子上都长了疮啊，这还能不能治好啊！

　　　　〔白莲儿一边故意强调芳汀已经毁容的事实，一边让芳汀看自己镜子里的容貌，芳汀四处躲避，二人形成一段形体动作。

芳　汀　不！不会的！快拿开，快拿开！

　　　　〔这时芳汀看到有路人经过，连忙捂住自己的脸。

芳　汀　我……我的面纱呢……莲儿，快给我面纱！

白莲儿　这都什么时候，你还找面纱干吗，咱们得把那个庸医抓回来！

　　　　〔白莲儿四处高声喊道。

白莲儿　来人啊，快看啊，庸医把我姐姐的脸给治毁容了！来人啊！快帮我们把庸医抓回来！来人啊，快看啊！

芳　汀　不！莲儿，不要喊！不！

　　　　〔随着白莲儿的呼喊，路人们上，看到芳汀的脸后，七嘴八舌道。

路人甲　好好一姑娘，怎会这模样？

路人乙　满脸生大疮，定是花柳病。

路人丙　瞧她狐媚相，活该一身脏！

　　　　〔春菊上，四处张望，见到人群，转身招呼夏梅、冬花，几人连忙过去。

春　菊　（高声道）哟哟哟，这不是我们春满园的花魁啊，这是怎么了？

夏　梅　好好的一张脸，毁成这样，以后可怎么见什么刘公子、赵老板呀。

冬　花　看着真是心疼哟。

路人丁　（跟路人乙和路人丙说）你们说得没错，果然不是什么好货！
　　　　〔众人对芳汀指指点点，芳汀连忙四下寻找自己的面纱。
芳　汀　不，不要看我……我的面纱呢？莲儿，帮帮我，帮帮我……
白莲儿　（从来都没有过的冷酷）帮你？帮你什么？帮你叫更多的人看看你现在的样子吗？
芳　汀　（不可置信地看着白莲儿）什……什么……
白莲儿　不知道小时候那些喜欢你的男孩们，看到你现在这副模样，会觉得你像仙女下凡吗？
芳　汀　不……
白莲儿　不知道村子里的大人们，看到你跟有妇之夫偷情还有了孩子，会觉得骄傲吗？
芳　汀　你……
白莲儿　不知道你爹妈知道你在厂子里勾引工人，勾引市长，还去当妓女，落得一身花柳病，会不会被活活气死！
芳　汀　（怒不可遏）白莲儿！想不到你也是这种落井下石的人！
白莲儿　（委屈得像个孩子）落井下石？姐姐，你这可就说错了，我怎么是这种人呢。在你眼里，我就这么点本事吗？
芳　汀　（心中一震，浑身颤抖，似乎知道了什么）你什么意思……
白莲儿　（自豪地）姐姐，实话跟你说吧，这都是我做的！
　　　　〔芳汀仿佛被雷电击中了一般，面无表情地愣在原地，一语不发。
白莲儿　工厂里的投诉信是我写的，你在茶馆被人强奸是我安排的，让赵二娘收你进春满园也是我跟她串通的，你的脸……
芳　汀　（打断白莲儿）够了！为什么……我将你视作亲妹妹，你为什么这么对我！
白莲儿　（渐渐收起天真的笑容）你居然还敢问为什么……
　　　　（唱）原是水乡两金兰，
　　　　　　　一朵幽兰一朵莲。
　　　　　　　本应当花开并蒂同娇艳，
　　　　　　　却为何云泥有别地隔天悬？
　　　　　　　人道芳汀倾城貌，

　　　　　不言莲儿也是美红颜。
　　　　　你评弹一曲众人赞,
　　　　　我巧手一双却似笑谈。
　　　　　怨恨在心成恶念,
　　　　　誓让你跌下神坛遭人厌!

芳　　汀　就因为这点小事……

白莲儿　（被激怒,露出凶狠的表情）小事?对!从小到大,被父母拿来跟你比是小事,被所有人忽视是小事,我喜欢的男孩子却喜欢你是小事,永远都活在你的阴影下,这些都他妈是小事!（抹干净激动中流出的眼泪,又恢复往常的笑容）不过现在看来的确都是小事了,看你落到这副田地,我心里也好过了点。对了,忘了告诉你了,你也不用想着回春满园了,你这副样子,没有哪个妓院会要你这种烂货!

芳　　汀　你……你住嘴!

〔芳汀欲上前与白莲儿动手,白莲儿却躲到人群中。

白莲儿　（大喊）来人啊!这个得病的妓女要打人啦!要打我这个好人家的姑娘啊!

路人们　还有没有王法了!臭婊子还敢动手打人,赶紧滚!恶心!

〔众人七嘴八舌的辱骂着芳汀,更有甚者还想对芳汀动手,在众人的辱骂中,芳汀承受不住,崩溃地跑下。

〔众人见芳汀跑走,散去,白莲儿往芳汀跑下的方向追去。

芳　　汀　（幕内唱）恶语伤人如刀剑,
　　　　　满脸伤痕比不上心中恶寒!

〔芳汀跌跌撞撞跑上,不小心绊倒。

芳　　汀　（唱）不顾疼痛四处跑,

〔芳汀爬起来往前走,突然看见马市长的雕像。

芳　　汀　（唱）却只见他,他,他他……他的面庞在眼前……

〔芳汀怔怔地看着马市长的雕像。

芳　　汀　（冷笑）马市长……（突然一口吐沫喷向雕像）呸!
　　　　　（唱）见贼子不由我怒容满面,
　　　　　骂一声好贼子无义儿男!

若不是你不辨是非将我赶，
我怎会落得如此这般。
我若命丧下九泉，
变身厉鬼也要将你缠！

〔芳汀一怒之下用手打马市长的雕像，打得双手血肉模糊，疼痛使芳汀渐渐冷静下来，看着自己流血的手，又看看雕像，雕像静静地矗立在那里似乎是在嘲笑她，明白自己纵是把雕像打穿，也改变不了什么，自嘲的大笑，笑着笑着跪倒在地大哭。平静之后，慢慢站起身。

〔白莲儿跑上场，看到芳汀，似乎松了一口气。

白莲儿　哟，姐姐，刚才真是吓死我了，还以为你要杀了我呢。

〔芳汀似乎没听见一样，转身。

白莲儿　你要去哪？去死吗？

芳　汀　（轻佻地）不，这世上有千万种活法，我要去找最快乐的那种。

白莲儿　什么？

芳　汀　（淡淡的）暗娼之所，南京路。

〔舞台上中心留下一道光，照亮芳汀前进的路。

〔芳汀满不在乎地解下手腕上的红绳，轻轻一扔，姿态妖娆的往舞台后区走，边走边断断续续地哼唱。

芳　汀　（唱【姑苏好风光】）
上有呀天堂，下有呀苏杭。
杭州西湖，苏州有山塘。
哎呀，两处好地方，
哎呀哎哎呀，哎呀，两处好风光。

〔收光。

第二部　双雄会

时间　明朝。
地点　义正庄、舞狮大会。

人物

冉靖忠　一个40岁出头善良机智的通缉犯。

丁　威　一个40岁左右正义固执的捕头。

店老板　一个50岁出头攻于心计武功平平的屌丝。

老板娘　一个年近五十野性性感身形粗壮的母夜叉。

暗　线　一个30岁左右机灵能干的小子。

村民们　四个50岁左右老实本分的村民。

第一场　义正庄

〔客栈前，丁威、暗线同上。

丁　威　（打引子上场）手拿无情棍，单打犯罪人。

暗　线　丁校尉，您交代我搜寻苦役犯冉靖忠的踪迹，今天总算有了下落了。

丁　威　太好了！这个苦役犯狡猾非常，他多年在逃，隐瞒苦役犯的身份隐姓埋名，我们东厂一直追捕无果，今天终于要让我抓住他了，我要将他缉拿归案，绳之以法。

暗　线　他今日必会经过此间客栈，我们不妨设下埋伏，来个瓮中捉鳖。

丁　威　慢，这个人我自有办法，我要亲自捉拿他，你前面带路。

〔丁威、暗线同下场。

老板娘　（内白）啊哈！

〔老板娘上场。

老板娘　我，是这家客栈的老板娘。和我家官人久居此地，夫妻二人在这义正庄上开了一家客栈劫些个不义之财。看今日天气晴和，不免把招牌挂起！官人门外接客啊！

店老板　（内白）来了！

店老板　（【吹腔】）义正庄黑店房，

　　　　　　　特设下巧机关。

　　　　　　　劫钱财不害命，

　　　　　　　那旁又来行路的客商。

〔丁威和暗线同上。

暗　线　到啦。

〔丁威示意暗线下场。

丁　威　请问，这儿是客栈吗？
老板娘　（指招牌）往这儿瞧。
丁　威　装正义。
老板娘　义正庄。
丁　威　哦，这儿就是店？
老板娘　对啦。
店老板　客爷！哎嘿！
　　　　（唱）店老板走上前客官招呼。
　　　　　　　客官，您打尖还是住店哪？
丁　威　我来问你，你这儿可有好酒好菜，宽阔店房？
店老板　这您可是问着了，客官在上，您且听了！
　　　　（唱）店老板出门来，
　　　　　　　这位客您有口福。
　　　　　　　南来的北往的东西四路，
　　　　　　　赶路的等人的来住店屋。
　　　　　　　进门来先有三杯接风酒，
　　　　　　　然后再端上那山东包子吃下肚。
　　　　　　　价格公道您只管来住，临走时……
丁　威　临走时怎么样？
老板娘　（唱）保管伺候得您高高兴兴乐乐呵呵晕晕乎乎乐不思蜀。
丁　威　我一人住一宿多少钱哪？
老板娘　纹银二两。
丁　威　多给你二两，伺候仔细了。（从怀里抛出银子）
老板娘　（接过银两，手一掂）客官请了。
〔老板娘打量丁威，三人进门，夫妻交流，店老板下场。
老板娘　客官用些什么？
丁　威　有什么好吃的往上拿。
〔老板娘有意探询。
老板娘　（唱）问客官家住哪里，
　　　　　　　从哪道而来要往哪里去？

丁　威　（唱）店主婆不必盘问咱，

　　　　　　　　行走江湖无人敢拦。

　　　　　　　　大嫂，怎生无酒呢？

　　　　　　　　要你家拿手酒菜端。

老板娘　（唱）问客官，用什么样酒来？

　　　　　　　　吃什么样菜？

　　　　　　　　把您那心爱的菜名告诉奴。

　　　　　　　　爱吃荤来爱吃素，

　　　　　　　　吩咐下去好下厨。

丁　威　（唱）荤素凉热都可以，

　　　　　　　　望大嫂与我烫上酒一壶。

老板娘　（唱）我低下头来暗思想。

　　　　　　　　有了！

　　　　（接唱）白干老酒烫一壶。

　　　　〔店老板圆场端酒上场，老板娘下药。

老板娘　（唱）吃酒的休嫌咱的杯儿小。

　　　　客官呀，小奴家我们生了来的手拙心粗，您多担待，酒来了，客官请用。

丁　威　哎，且慢！方才言道进门三杯接风酒，此话可当真？

老板娘　自然当真。（沉吟）如此，客官我敬你一杯。

丁　威　大嫂客气了！今日你为主，我为客，这头一杯酒该由我要来敬大嫂才是！

老板娘　客官这么说就是不给我面子了，瞧着客官这一身气派不俗，一看就是这个！（竖大拇指）就是京城的那些大老爷也是比不上的。

丁　威　大嫂过奖了！在下小人物一个不值当什么。

老板娘　客官这么说就是谦虚了！这样奴家这里我就先干为敬了。

　　　　〔二人饮酒，丁威见老板娘无恙，放下心来。继续饮酒，突然觉得不对，丁威挣扎欲起不成，晕倒在桌前，店老板和老板娘二人搜身中发现丁威身上系有腰牌，上写着丁威。门外传来人声。

老板娘　（听见响动）快！有了来了！把他拖下去！

〔二人紧忙把丁威拖下场。冉靖忠上场。

冉靖忠　（唱）被压迫的死囚徒，
　　　　　　　东奔西跑躲追捕。
　　　　　　　唯盼孩子保得住，
　　　　　　　只身一人走江湖。
　　　　（白）天气不早了，该住店了。
　　　〔店老板上场。

店老板　（唱）抬头看那水炉子还未灭，
　　　　　　　忽然一计我上心腹。
　　　　　　　催促老板娘急急手烧开了水，
　　　　　　　老白干酒叫她烫好一壶。

店老板　客官，哎呀！您随我来，客官您要用些什么？
冉靖忠　暂用明灯一盏，热酒一壶。
店老板　是啦！明灯一盏，热酒一壶哇！
　　　〔老板娘手持烛台、酒壶上场斟酒。

老板娘　（唱）左手一支小灯盏，
　　　　　　　右手我把酒壶端。
　　　　　　　袖内藏好迷魂药，
　　　　　　　保管你天昏地也暗。
　　　　　　　客官，灯到酒到。
　　　　（接唱）满满倒上酒一杯，
　　　　　　　地道老白干香味足。
　　　　　　　您还要用些什么？
　　　〔冉靖忠四处打量。

冉靖忠　（背躬，唱【吹腔】）老板娘殷勤足，
　　　　　　　我要多加谨慎。（假喝）

老板娘　客官，您再喝一杯吧！
　　　〔酒过三巡。

冉靖忠　（唱）霎时间酒足饭又饱。
　　　　　　　老板娘，我要歇息去了。
　　　〔店老板拉过老板娘走到一旁。

店老板　这是怎么回事呀？

老板娘　你那个小心眼不用与我装糊涂。你问我？我倒要来问问你呢？

店老板　你问我什么？是不是你这里出了问题。

老板娘　你少在这里胡言乱语，给我把话说清楚。

店老板　之前都没有出现过纰漏，偏偏到这个小白脸这儿就不成了，莫不是你青春他年少，你要撇下我与他做夫妻不成。

老板娘　你给我放屁！分明是你自己不中用，偏要怪到我的头上来。

店老板　告诉你，咱俩可是金梁配玉柱，是爹娘配就的好夫妻，你可少动那些歪心思。

老板娘　且住了你的嘴吧！今儿个不是你的药有问题，就是这个人不对劲。看他样子，倒是有几分难办，不如……（示意店老板）

店老板　这位客官，我看天色不早，您不如就在小店早早歇息吧！

冉靖忠　（看出二人诡计，灵机一动）有劳店家带路！

〔店家与冉靖忠下场。

老板娘　哼！你就是铜打金刚，铁做罗汉，少时也教你领教领教老板娘的手段！

〔老板娘自上场门下。

〔转场，客房内，店老板带着冉靖忠上场。

店老板　客官早些休息。

〔店老板下场，冉靖忠执灯巡视室内，掷灯，上桌，睡下。老板娘上，用水浇湿门轴，拔簪拨门，进门，摸到冉靖忠身旁，冉靖忠惊醒坐起，老板娘卧爬虎，冉靖忠用腿探索，老板娘跪地下腰，接翻软滚背避开。老板娘学猫叫。

老板娘　喵儿……

〔冉靖忠镇定。

冉靖忠　猫儿闹春，不去管它。

〔冉靖忠暗听。老板娘立起，冉靖忠下桌，对摸，手相碰，冉靖忠抓老板娘头，老板娘低头，蹿上桌，翻下，出门，带门倒锁。冉靖忠在屋内拉门，不得开。老板娘自上场门下。冉靖忠挣开手栓，折断链条，伫立倾听动静。老板娘持匕首上，摸到门锁，挥刃削锁，破门而入。冉靖忠见刃光，朝光闪方向试探进击，未触及对手,复退回原位。对摸,偶然相碰,同时一惊,彼此都知道了对手所处地位,循方向摸去,相触。冉靖忠故意不动,等待对手进攻,俟老板娘匕首砍来,扔掉自己的武器,夺老板娘手中匕首。相持不放,老板娘终不支,匕首被冉靖忠夺去;冉靖忠扫老板娘爬虎,将匕首猛向老板娘头部掷出,被老板娘闪过,刃中地上。冉靖忠、老板娘均欲寻匕首,同时握住其柄,抛出匕首,徒手起打;冉靖忠飞脚打老板娘抢背,乘势摸索进攻。对摸,打五折;冉靖忠抄老板娘扭丝爬虎,老板娘乌龙绞柱踢冉靖忠抢背。冉靖忠上桌,老板娘抚腿上痛处,倚桌稍歇,冉靖忠发现桌前有呼吸声,以掌击老板娘脸,揪老板娘上桌,互相扭打,同跳下,接打拿法。冉靖忠拧老板娘滚背;老板娘拟穿窗逃走,被冉靖忠抓住,扔爬虎。冉靖忠举桌砸下,老板娘仰卧踢开,夺门出,冉靖忠追出,抓老板娘旋爬虎,抄倒扎虎,打抢背。老板娘下,冉靖忠追下。

〔此处是老板娘、店老板和冉靖忠三岔口。

〔老板娘、店老板两人跪地求饶。

老板娘
店老板　（同时）好汉饶命!

冉靖忠　将你二人狗眼开,大爷岂是你能害。

老板娘　英雄武艺高强有能耐。

店老板　我二人这里磕头苦苦哀。

〔二人磕头哀求。

冉靖忠　少废话,说,把几路人宰,偷过多少财。

老板娘　冤枉啊,店门才开张,未曾将人害。

店老板　对对,您是头一个。

冉靖忠　哦?我是第一个冤大头往坑里栽?

老板娘　哪儿敢,您是头一个英雄豪杰把我二人败。

店老板　英雄豪杰,这里把头拜。

冉靖忠　谎话一麻袋,让你们阎罗殿里把刀挨。

〔冉靖忠将二人推倒在地,要杀,此时店老板身上掉下来丁威的腰牌。

冉靖忠　（捡起来）虎头腰牌，锦衣校尉丁威，哪里来？
老板娘　刚要把那个人害。
冉靖忠　死了？
店老板　没有没有，还在后面马厩待。
老板娘　不敢把爷骗，句句是真言。
店老板　只求我二人小命捡。
冉靖忠　丁威啊丁威，你也有今天。

　　　　（唱）天罗地网把我断，
　　　　　　　不想丁威遇险难。
　　　　　　　教你命丧在眼前，
　　　　　　　自此逍遥无灾害。

　　　　可是……
　　　　（接唱）乘人之危不光彩，
　　　　　　　捉人（是他）职责难逃开。

　　　　也罢！
　　　　（接唱）不妨将他来试探，
　　　　　　　救出丁威羞他颜。

冉靖忠　你们两个不想把头搬？
老板娘
店老板　（同时）爷爷饶命！

冉靖忠　朝廷的命官你们也敢害，去将此人带到我身边。
　　　　〔店老板与老板娘退下。
　　　　〔冉靖忠乔装，背对观众。
　　　　〔店老板和老板娘将被绑着的丁威带上。
　　　　〔丁威摇摇晃晃，似醒非醒。
　　　　〔冉靖忠摆摆手，让二人离开。
　　　　〔店老板连忙扯着老板娘跑了。
　　　　〔冉靖忠转过身子。
　　　　〔丁威迷迷糊糊地醒来。

丁　威　这是哪儿？
冉靖忠　阴曹地府。

丁　威　你是谁？
冉靖忠　（念）孽镜台前放光芒，
　　　　　　　　两旁刀山煞气壮。
　　　　　　　　生死全凭吾发放，
　　　　　　　　权势赫赫阎罗王。
　　　　　　　　堂下何人，报上名来。
丁　威　锦衣校尉丁威。
冉靖忠　所犯何罪？
丁　威　坦坦荡荡，一生无罪。
冉靖忠　一生无罪，为何入我阴曹地府来。
丁　威　被奸人所害。
冉靖忠　奸人？锦衣卫怕不就是奸人。
丁　威　为公家办事，何来奸恶。
冉靖忠　锦衣卫掌管生死大事，却残害无辜性命，不是奸恶？
丁　威　所杀之人，皆是朝廷蠹虫。
冉靖忠　数以百人，未经实察，都是该死？
丁　威　朝廷命令，职责所在，必须追杀。
冉靖忠　好，既然如此，一碗孟婆汤，投胎去吧。
　　　　〔冉靖忠倒酒。
　　　　〔丁威盯着冉靖忠倒酒的姿势，认出。
丁　威　冉靖忠！
　　　　（念）千刀万剐冉靖忠，
　　　　　　　　乔装打扮来探听。
　　　（丁威我）身在阴曹心如镜，
　　　　　　　　将计就计语不惊。
　　　　　　　慢着。
冉靖忠　哦，还有何事？
丁　威　夙愿未了，不能喝下。
冉靖忠　什么夙愿？
丁　威　一人未死，投胎心有不甘。
冉靖忠　何人？

丁　威　冉靖忠。
冉靖忠　这是何人？教你如此放心不下。
丁　威　一个歹人，早就该死，奈何一直未能捉拿。
冉靖忠　锦衣卫神通广大，还有你们捉不到的人？
丁　威　此人诡计多端，阴险狡诈。
冉靖忠　我看是道高一尺，魔高一丈。
丁　威　不杀此人，我誓不罢休。
冉靖忠　既然如此，待我一观判官册，哎呀。
丁　威　如何？
冉靖忠　此人阳寿一百零八岁，善始善终。
丁　威　怎会如此？
冉靖忠　我看就是你重回阳间，也是杀他不死。
丁　威　既然如此，我也死心了，孟婆汤拿来。
　　　　〔冉靖忠端酒来。
丁　威　慢着。
冉靖忠　还有何事？
丁　威　死时已是不体面，如今浑身束缚，怎么好生投胎。
冉靖忠　既如此，给你解绑。
丁　威　多谢阎罗王。
　　　　〔冉靖忠给丁威解绑。
　　　　〔丁威反击，不想冉靖忠早有防备，两人打起来。
　　　　〔冉靖忠将丁威制服。
冉靖忠　哈哈，刚刚听你死心，就知事情不对，你丁威就是上天入地，都要追我归案，怎肯轻易死心。
丁　威　你！
冉靖忠　有暗器！
丁　威　什么？
　　　　〔丁威四处看。
　　　　〔冉靖忠趁机将虎头腰牌丢向丁威。
　　　　〔丁威接住虎头腰牌。
　　　　〔冉靖忠逃走下场。

冉靖忠　天涯海角，我等着你。

丁　威　好你个冉靖忠。

　　　　（唱）客栈倒霉遇灾害，

　　　　　　　怒火冲冲心难开。

　　　　　　　被那罪犯救我出苦海，

　　　　　　　不留情面捉他回府台。

第二场　赌刀

〔舞狮大队上。

〔冉靖忠装扮成其中一个狮子上场。

冉靖忠　（念）躲避丁威乔假扮，

　　　　　　　舞狮群中将他瞒。

　　　　　　　待我过了此关坎，

　　　　　　　父女相聚喜团圆。

〔冉靖忠边念，边舞狮。

〔丁威骑马上。

丁　威　（念）狡猾靖忠将我骗，

　　　　　　　捉他海角到天边。

　　　　　　　为防意外起祸端，

　　　　　　　布局引他入牢监。

〔丁威在舞狮队中穿梭。

冉靖忠　丁威，果然追到这来了，舞狮队中你怎将我看穿。

丁　威　上天入地的冉靖忠，你就是孙悟空也逃不出我的五指山。

冉靖忠　看我再次戏耍把你骗。

丁　威　看我兵来将挡水来土掩。

〔幕后声："小子们，舞起来。"

丁　威　舞狮队，你就是狮子，我也能取你狮胆。

冉靖忠　休要放豪言。

〔丁威从舞狮队中穿过。

丁　威　这个人？左翻右转脚步间，身形手法已看穿。

冉靖忠　神色有异，莫不是被他发现。

丁　威　冉靖忠，你怎么逃得了我的法眼。

〔丁威抓冉靖忠，冉靖忠挣脱，但身上穿着狮子服，一时难以挣脱。

冉靖忠　兄弟们，有人来捣乱。

〔舞狮队停下动作，围住丁威。

〔冉靖忠想趁乱逃跑。

〔丁威一手抓准冉靖忠，一手甩下身上披风。

丁　威　虎头牌挂腰间，飞鱼服身上穿，绣春刀带身边。锦衣校尉，奉旨抓人犯。

〔舞狮队伍一哄而散，下场。

冉靖忠　被发现，拳脚功夫求生机一线。

丁　威　叫你鱼在砧板，无力回天。

〔冉靖忠扮演狮子和丁威打斗。

〔冉靖忠多次想趁打斗中逃跑，不料身上的衣服老是妨碍他，一边打，冉靖忠一边想脱下身上的衣服。

〔冉靖忠还是被丁威抓住了破绽，将冉靖忠擒拿住，拷上。

丁　威　冉靖忠，你项上人头要把家搬。

冉靖忠　急中生智，命不能断。冉靖忠凤愿未了，心有不甘。

丁　威　哦，你凤愿未了，与我何干？

冉靖忠　看我救你在客栈。

丁　威　戏耍我在那阴间。

冉靖忠　救命之恩抛掷脑后，锦衣校尉果然是杀人不眨眼，冷血心肠不留情面。

丁　威　是何凤愿，说来听听看。

冉靖忠　（唱）冉靖忠我死而无憾，

　　　　　　　只是女儿无人照看。

　　　　　　　但求遗书留下一件，

　　　　　　　安排后世死也心甘。

丁　威　既然如此，让你写下书信一件。

冉靖忠　无有笔墨，无纸一篇。

丁　威　带在身边。

〔丁威从马鞍下面的袋子中取出笔墨。

〔冉靖忠拿着笔，蘸墨水，第一次要下笔，看了看笔上的毫毛，第二次要下笔，拿起砚台又看了看，几次下笔都没有写字。

丁　威　为何不动笔，折腾这五次三番？

冉靖忠　这笔毫毛品相稍欠，墨水色泽太浅。

丁　威　不写，即刻押送牢监。

冉靖忠　我写，这笔我暂且忍耐，只是这墨，我要再磨上几遍。

丁　威　快些，少拖延时间。

〔冉靖忠磨墨，磨得越来越快，突然连砚台带毛笔朝丁威脸上丢，趁着丁威手挡脸的时候，冉靖忠趁机要躲马跑。

丁　威　冉靖忠，别忙，看我手上何物现？

〔丁威从怀里掏出一个香囊。

〔冉靖忠认出是女儿的香囊。

冉靖忠　香囊。

丁　威　怎么身子一僵，面色一凉？

冉靖忠　何人的香囊？

丁　威　你不认识？十二三岁的小姑娘。小小年纪胆魄胸中藏。

冉靖忠　你们把她怎么样？

丁　威　别说，跟你真是像。

冉靖忠　她被带到何地方？

丁　威　京中一宅房。

冉靖忠　放她生路，我愿把命丧。

丁　威　为了素不相识的黄毛丫头，值得你把命丧？

冉靖忠　丁校尉，明人不说暗话，知道她是我心肝肠。

丁　威　我就知道，拿出此香囊，你甘心破肚开膛。

冉靖忠　现在赶赴京师，刻不容缓扬马缰。

丁　威　别着急，冉靖忠，我来与你讲个故事。

冉靖忠　什么故事？

丁　威　从前有个猎户，技艺精湛，手法高超，百里之间的猎物只要被他瞄上一眼……

冉靖忠　怎么样？

丁　威　定会身首异处！

〔丁威抽刀，冉靖忠一惊。

丁　威　如今这猎户碰上个狡猾的猎物，数次逃窜，猎户遍寻无果。今儿个那猎户的枪头终于对上了这个狡猾的猎物。我来问你，若是你是那猎户枪下的猎物，此时间你当如何自处啊？

冉靖忠　我？哈哈……

丁　威　为何发笑？

冉靖忠　丁校尉真是幽默，倘若我是那猎物，我定将自己也变成个猎人。

丁　威　哦？此话怎讲？

冉靖忠　将他的刀枪、坐骑一并抢了过来，归为我用。

〔冉靖忠一把夺过丁威的刀。

丁　威　哈哈！好好好，既然如此，那么冉靖忠，我就给一个机会。

冉靖忠　什么机会？

丁　威　你不是说我们锦衣校尉都冷血无情吗？我给你一次机会救女儿郎。咱俩打个赌，若是你赢了，我立刻将你放。

冉靖忠　正合我意，赌什么？

丁　威　就赌这把刀。

冉靖忠　刀？怎么赌？

丁　威　你先将这刀放在地上，你我二人背对而立，相对行走三步，同时回头，你若是夺过宝刀，我便放你一马，若是我夺过刀来么……

冉靖忠　我便束手就擒，任凭丁校尉处置。

丁　威　好，一言为定。

〔两人背对，三步走后回头。冉靖忠几次想提前回头，后强忍下三声后，回头见丁威并未回头，于是夺刀将刀还给丁威。

丁　威　你本有机会杀我，为何不杀？

冉靖忠　丁校尉觉得我是什么人？乘人之危，将人逼得走投无路，那是你们锦衣卫的行迹，我与你可大大不同。

丁　威　你是逃犯，我是锦衣卫，你虽为人坦荡，但是你我本就不同。

冉靖忠　丁校尉追我如此之久，既知我为人坦荡，又曾搭救于你，就该放我一条生路。

丁　威　（唱）非是我提刀来追你，
　　　　　　　　金科铁律命不容疑。
冉靖忠　（唱）死教条把你眼睛迷，
　　　　　　　　执法人更当有良知。
丁　威　（唱）犯罪伏法天经地义，
　　　　　　　　法理无情多说无益。
丁　威　你莫要多说，我认赌服输，既已和你约定，今日定会放你一马。
冉靖忠　多谢丁校尉承让。
　　　　〔冉靖忠行礼，转身欲走。
冉靖忠　（背躬）只盼莫要再遇上他才好啊！
　　　　〔暗线上。
丁　威　安排的事情你办得怎样？
暗　线　很顺利，现在想来已经和丁校尉的计划一样，小人在京中已经安排妥当。
丁　威　如此甚好，那冉靖忠离开此地定会去寻他女儿，我们正好来个瓮中捉鳖。
暗　线　丁校尉高明！
丁　威　（得意）哼！此事还有谁知晓？
暗　线　无人知晓。丁校尉公事繁忙，何时前往汝南，我定好好招待丁校尉。
丁　威　不日就到，只管办好你的差事，至于其他不要多事就好。下去吧！
暗　线　是！
　　　　〔暗线下场。
丁　威　（咬牙切齿地）冉靖忠啊冉靖忠！管叫你的性命断送我手！
　　　　〔收光。

第三部　津门风云

时间　1935年民国时期。
地点　天津。

人物

冉敬尧　男，45 岁，大资本家，天津商会会长，冉明明的父亲。

冉明明　女，18 岁，爱国女青年，冉敬尧的女儿。

马　杰　男，20 岁，激进爱国青年，天津救人十人团联合会（简称"救人团"）成员。

石　亮　"救人团"成员，爱国青年。

马翻译　汉奸，通过倒卖国宝字画讨好日本人。

管　家　冉府管家。

小弟、群众若干人。

序

〔1931 年，中国东北沦为日本的殖民地。

〔1935 年，北方重镇天津成为各种黑白势力的汇聚地。1925 年，被驱逐出宫的溥仪来到天津租界静园避难，并度过了七年的时光。1932 年，溥仪逃亡东北，成为伪满洲国的皇帝。溥仪离开天津后，一幅价值连城的国宝《江行初雪图》流落到民间，被多方势力垂涎。

〔1935 年，天津爆发"'12·18'大示威"，学生们走向金刚桥演讲游行，将抗日救国运动推向高潮。

〔一群激情的学生冲向金刚桥边，举着各种各样的旗子，高唱《义勇军进行曲》。

〔马杰冲出人群，站到了最高处。

马　杰　日本强盗掠河山，杀我同胞地覆天翻，我们要不要反抗！

众　人　要！

马　杰　民族危难存亡间，妥协退让屡次三番，我们要不要反抗！

众　人　要！

〔冉明明和女仆上场，看见马杰的演讲，不禁凝神。

马　杰　停止内战，一致抗日！打倒日本帝国主义！

众　人　停止内战，一致抗日！打倒日本帝国主义！

〔远方传来几声枪响，众人尖叫惊散。

〔马杰在高处指挥着慌乱的人群，却没人理会他。

冉明明　喂——

〔冉明明从人群中冲出来，在桥下向他招手，向他大喊。

冉明明　日本人来了！快跑啊！！

〔马杰在混乱中听到了冉明明的呼喊，向她点头示意，然后从高处跑下。下场。

〔冉明明抓起地上的红巾，用力摇，吸引了军警的注意。

〔幕后声："抓住她，别让她跑了！"

〔冉明明跑下场。

〔两人在逃跑途中重新上场，再次相遇，有些惊喜地看着对方。

〔随后又被冲散，马杰下。

〔冉明明转身正要离开，胳膊上绑着红袖巾的黑衣人上场，将明明围住，明明正要大喊就被捂住了嘴，戴上了头套，被黑衣人装进麻袋，一起下场。

〔女仆追上场。发觉小姐被带走。

女　仆　小姐——小姐——糟了，要赶紧告诉老爷！

〔女伴下。

〔灯暗，转场。

第一场　初遇

〔阴冷的废弃工厂，铭牌上写：北洋劝业铁工厂。

〔冉明明被绑在舞台一侧，头被布袋蒙住，手被绑。

〔石亮和众小弟上场，手中绑着红巾。

小弟A　救人团的本事高，爱国青年来领导。

小弟B　恰逢游行得高潮，混乱中间，将汉奸的女儿绑。

小弟A　别说是我们手太脏。

小弟B　我们是——

小弟AB（合）全心为国报家乡，正义解难扫路障！

小弟A　老大，那个，（指）就是汉奸的女儿！

〔石亮瞧。

石　亮　好！干得好！汉奸卖国似豺狼，我倒要审审她，和她爹在耍什么花样！

〔冉明明头套被摘下。

冉明明　久逢光明睁眼看……悔不该胡凑热闹热血激昂。逃亡途中跌跌撞撞，金刚桥上的男青年也不知去往何方。唉，现如今落入了他们手上，看来只能谨慎行事，小心为上。

小弟A　她嘀嘀咕咕过半晌……

小弟B　人家是大家闺秀，哪见过咱们这种阵仗？

冉明明　你……你们是谁！到底想怎么样！

石　亮　哼，大费周折将你绑，就是为了弄清底细，探出国宝！

冉明明　国宝？

小弟A　（念）溥仪携国宝逃跑避锋芒，来到天津卫寻求指望。

小弟B　《江行初雪图》被秘密赠予他厢，日本人觊觎许久掀起惊涛骇浪。

小弟A　我们悄悄探访……（圆场）

小弟B　我们悄悄探访……

小弟A　却没想，这国宝到了冉老板手上。

小弟B　我们再而探访……

小弟A　再而探访……

小弟B　却没想，这国宝已沦落到日本人手上！

小弟A　你的父亲冉老爷啊……

小弟B　狼子野心，恶如豺狼！

小弟A　卖国求荣不可原谅！

冉明明　不可能！我父亲仁慈济爱国热心肠，怎会做出这样卖国之事不理国殇！

石　亮　哼，那请问这国宝如何就到了日本人手上？

冉明明　这……这肯定是陷害栽赃，实属冤枉！

小弟A　快讲快讲！

小弟B　快讲快讲！

〔冉明明挣扎。

冉明明　你们污蔑我爹——居心不良！快把我放了！

小弟A　队长，这女人就是不讲！

〔石亮靠近冉明明。

石　亮　冉明明，你可知道你父亲的罪证，可不止一项！

冉明明　任你怎么说来怎么讲，我都不会退让！

石　亮　那我倒要问问你，你父亲的钱，都藏在什么地方？哼，你不要跟我装模作样，我们调查了天津市内所有的银行，都没有发现你父亲的账户，我看……

（念）他是搜刮民脂为虎作伥，私心卖国不敢声张！

小弟B　大商人金钱往来多如繁星，怎会不存银行？

小弟A　他是心虚！

小弟B　他是害怕！

小弟AB　他是明明白白大汉奸！真真切切鬼心肠！（定）

石　亮　事到如今，证据确凿，快快招来，少要花腔。

冉明明　呵，说什么爱国志士冠冕堂皇，不分黑白就将人绑，不了解清楚就定下主张。我告诉你们，让我招供，休想！

小弟A　这汉奸的女儿还真是嚣张。

小弟B　知不知道你这小命，已在我们手上？

石　亮　哼，别以为你一个字都不讲，就能保住你的父亲！

冉明明　你要怎么样！

石　亮　你父亲将你视若珍宝，只要你在我们手上，他肯定会找上门来。

冉明明　你们，你们这帮无赖！强盗！

石　亮　哼，到时候……血债血偿！

小弟A　你就在这好好待着，等你的老爹过来跟你团聚吧！

〔冉明明挣脱，想要逃跑，众人制止她。冉明明突然咬住小弟A的手，小弟A尖叫，两人被拉扯开。小弟A反手给了明明一巴掌，冉明明磕到头，流血了，倒在一边。

小弟A　妈的，够血性，还敢咬老子！

〔小弟A刚准备要再打冉明明。

〔幕后声："队长！马杰回来了！"

石　亮　马杰！

〔石亮迎上去。

〔众人的注意力被吸引。

〔马杰带着伤，上场。

石　亮　怎么受伤了？

马　杰　唉，金刚桥上突生变，幸遇得一贵人解围难，引开各路穷奇兵，得以逃脱忙回还。唉，就是可惜了这难得的机会啊……

石　亮　好兄弟，虽然我们游行失败了，但收获……可是不小。冉胡子行踪难寻觅，可她女儿却在我们手里。

马　杰　真的吗？

石　亮　你来看！（指冉明明）

〔马杰走到冉明明旁边。

〔冉明明抬起头。

〔二人不可置信。

马　杰　你是……（背躬）

冉明明　你是……（背躬）

马　杰　恩人怎变仇人女？

冉明明　英雄怎成眼前敌？

马　杰　她浑身是伤眼泪啼。

冉明明　他支支吾吾把头低。

石　亮　哼，这女人胡搅蛮缠挺硬气，但不肯招供是个难题。还不如就此将计就计，直接……将她小命取……

〔欲掏刀。

马　杰　等一下！

马　杰　官兵虽被我骗离，但途中难免露出踪迹，咱们必须做好准备避免他们的追击，快些带着大伙一起赶快撤离，就将冉明明就交给我来处理，我一定给你一个答复，还你一个道理。

石　亮　这……（犹豫）

〔马杰掏出枪，指着冉明明。

〔马杰厉声。

马　杰　狗汉奸偷奸耍滑伤天害理，快快说出真相，不然一枪毙了你！

〔马杰与冉明明对视。

〔幕后声："队长不好了，情况危急！"

石　亮　……那这女人就交给你，大伙，跟我一起准备撤离！

〔众应声，下。

〔场上只剩下马杰和冉明明二人。

〔马杰收枪。

马　杰　你怎么在这里?

冉明明　你怎么在这里?

〔两人同时说。

马　杰　你是什么人?

冉明明　你是什么人?

〔两人同时说。

马　杰　你先回答我。

冉明明　你先回答我!

〔同时说，两人笑。

〔马杰给明明松绑，马杰坐下来。

马　杰　刚才还没来得及谢谢你。

冉明明　谢什么，我也没想到会遇见你。我家教严格常被关在家里，可是却经常看报明世理。现在的社会战争频发目不暇接，有人坐收渔利有人颠沛流离。你的口号很有道理，现在就是该停止内战，一心看齐。

马　杰　没想到你小小年纪，倒识得大体。嘶——

〔马杰胳膊伤口痛。

冉明明　你受伤了，要不要紧?

〔把裙子撕下一边，给马杰包扎。

冉明明　他们是谁，你怎么跟他们在一起?

马　杰　我们是天津救人团，誓死要将抗日救国坚持到底!

冉明明　不，你和他们不一样。你温文尔雅能讲理，他们不分黑白将我欺。

马　杰　他们怎么了?

冉明明　他们诬陷我父亲，说他是汉奸，害人利己!

〔马杰站起来，远离冉明明。

马　杰　他们没有诬陷你，日本强盗挑征战，汉奸卖国收渔利。你爹他大肆敛财收国宝，如今再高价卖给日本兵。

冉明明　证据呢?

马　杰　证据就是《江行初雪图》，你没有在家里见过吗？

冉明明　我见过……父亲还跟我讲过《初雪图》的故事。江天寒雪纷飞，渔家打渔之艰辛，洒粉作雪，轻盈飞舞，足称前无古人也。爸爸他非常珍爱这个国宝，他还联系了重庆方面的人，说要尽快将它安全转移。

马　杰　可它现在就在日本人手里……你是他的女儿，你当然为他说话。哼，除非我亲眼见到国宝在你爹手里，否则，我不相信！

冉明明　那你跟我回家，我会亲自帮你向父亲求证，国宝到底在哪里！

马　杰　这……

冉明明　怎么了，这你都不敢，还说什么抗日救亡？

〔一阵喧闹。

〔幕后声："马杰，情况不好，咱们必须马上撤离。"

〔幕后声："要是还搞不定，就处置了得了。"

冉明明　他们催你了。

〔冉明明把枪拿出来，放到马杰手中。

冉明明　杀了我还是带我走，你自己选。

〔冉明明闭眼。

〔马杰咬咬牙。

马　杰　也罢！

〔马杰掏出了枪，指着明明。明明惊恐。

〔马杰对着天开了一枪。

〔马杰找出麻袋。

马　杰　你信不信我？

〔明明点头，钻进麻袋。马杰将她扛在肩上。

马　杰　汉奸的女儿已被正法，兄弟们，撤离！

〔一阵喧闹。

〔马杰背明明下场。

第二场　诉情

〔乌云密布的夜晚。

〔马杰背着冉明明穿过一片片树林和草地。

〔石队长带着弟兄们过场。

石队长 （唱）马杰你做事太过分，
　　　　　　　竟敢叛变救敌人。
　　　　　　　若是等我抓到你，
　　　　　　　绝不轻饶你这忘恩负义之人。
　　　　（白）弟兄们，抄家伙，给我分头追！（下场）
〔马杰背着冉明明上场。

马　杰 （唱）一路追来一路撑，
　　　　　　　身受重伤举步维艰。
　　　　　　　想向弟兄们来说明，
　　　　　　　却没辩驳的时间。
　　　　　　　救她性命在眼前，
　　　　　　　走一步看一步另作打算。
〔艰难地爬上一高坡。

冉明明　呀！不好，前面悬崖，快停下来，马杰。
〔马杰一看马上就要冲下悬崖去，紧接右腿一软，两人侧身在地上滚了出去。

马　杰　啊！差点儿冲下去，要不然我俩就没命了。
冉明明　你看，悬崖深不见底，四周又没路可走，这可咋办呀？
马　杰　（停下一看）呀！明明你从这边绕道走，我在这堵着他们，快走。
冉明明　不行，你为了救我把你的兄弟们都得罪了，他们不会放过你的。你走吧，我已经很感谢了，他们要杀的是我，跟你没关系。
马　杰　不，你在广场起义那次救过我的命，要不是你在人群中喊我，我早就被乱枪打死了，我救你是应该的，你快走。
冉明明　要走一起走，要么一块对付他们，大不了就是死嘛！
〔幕后音："马杰，你给我站住，再不站住我们可就开枪了。"传来砰、砰的声音。

马　杰　明明，你相信我吗？
冉明明　嗯。
马　杰　现在我们只能携手一起从悬崖这滚下去，是死是活就看运气了。
冉明明　好，我还是有点害怕。

马　　杰　别怕，闭上眼睛，抱紧我，三、二、一……

〔两人抱着一起滚下了山崖。

石队长　（上场）嘿，他妈的，这俩人还真有胆量，本想着追到悬崖边可把他们逮着了，这倒好，还跳崖了！

群众甲　队长，现在怎么办？

石队长　怎么办，还能怎么办！要不你也从这跳下去？

群众甲　是！

石队长　是什么是，赶快绕着走，确认他们是否死了。（众人下场）

〔悬崖下，明明扶着马杰上场。

冉明明　（发现）别动，你的腿受伤了。（用手帕给马杰擦了一下腿上的血，马杰从地上抓了一把土撒在上面止住了血）

马　　杰　没事，我这皮糙肉厚没人疼，命不值钱。

冉明明　你怎么这样讲，你有我这个朋友呀，怎么就没人心疼了。（用手帕撕成条缠了一下）

〔天突然电闪雷鸣、狂风大作。

马　　杰　走！（把自己的上衣脱下来，遮在冉明明头顶）

冉明明　你自己快穿上，我没问题的。

马　　杰　拿着吧，我比你结实。哎，明明，快看，前面有三间茅屋，我们先去避避雨。

冉明明　（马杰腿上伤口加上雨淋更加疼痛）我来搀你吧。

〔两个人到了茅屋里，啊嚏！

马　　杰　（从墙角找来一堆柴火，点着了，只有一个凳子）来坐这烤会火吧，暖和点。

冉明明　你坐吧，我没事的。（还在拧自己身上淋湿的衣领和衣角）

马　　杰　你来这用火烘干一下就好了。（一看明明有些难为情）我去给你看着门。

冉明明　没事你在这背过身去就好了，门口太冷。

马　　杰　那怎么行，你一个大姑娘多不方便。

冉明明　要不你去把那边那个破帘子拿来给我挡着，不就好了吗。

马　　杰　好！（拿完帘子回来，双手撑着帘子，头向外看着）

〔冉明明开始换衣服，边换边向马杰的方向看。

冉明明　你没看？

马　杰　我没看。

〔沉默。

冉明明　你在干吗？

马　杰　我在看月亮。

冉明明　你在想什么？

马　杰　我在想……到底什么时候，流亡的日子才能结束。

冉明明　你的家人呢？你家人不管你吗？

马　杰　……我的父母，都死在了日本人的手里。

冉明明　那你家里还有其他人吗？

马　杰　我……还有个表妹，还有叔叔婶婶……

冉明明　你自己没成家吗？

马　杰　我……日寇未除，何以为家！

冉明明　你……想过成家吗？（明明一边听马杰说，一边烘衣服）

马　杰　哎！

　　　　（唱）想当年在沈阳家庭美满，

　　　　　　　有吃穿有书念心无杂念。

　　　　　　　自从那日本人占领东北，

　　　　　　　战乱中我的家也难保全。

　　　　　　　后来又发起了九一八事变，

　　　　　　　战火下我父母命丧九泉。

　　　　　　　又想起母亲她工厂打工，

　　　　　　　我从东北逃亡到天津历尽磨难。

　　　　　　　自抗日其他事一概不谈，

　　　　　　　仇恨未报日寇未灭成家艰难。

冉明明　你别太难过了，有我在呢，我们、我们一起抗日。

马　杰　算了，不提这些事情了。

冉明明　我换好了，你可以过来了。

〔马杰走进来。

〔冉明明默默地把烘干的衣服搭在了马杰身上，马杰看了看明明心中甚是喜欢，想想自己的家事，无限感叹！自己一个人坐在

　　　　　　石头上烤火。

冉明明　（望着马杰，唱）

　　　　　　马杰他一番话我心如刀剜，
　　　　　　痛心他无依靠举步维艰。
　　　　　　更难忘这一次救我性命，
　　　　　　想与他在一起不敢明言。
　　　　　　怎奈他只想着报仇雪恨，
　　　　　　解决完眼下事再与他慢谈。

〔冉明明看了看马杰为自己而淋湿了的衣服还放在一边，拿过来烘衣服。马杰此刻对明明心生爱慕。

马　杰　（唱）看明明我心中甚是喜欢，
　　　　　　猛想起我父亲他临终遗言。
　　　　　　小时候已为我定下婚姻事，
　　　　　　成人娶远房表妹何珊珊。
　　　　　　娶明明会违背父亲遗愿，
　　　　　　娶珊珊实在是心有不甘。
　　　　　　我是否应当对她明言？（思考）

〔幕后音："兄弟们，那边有个茅屋，进去找找。"

〔马杰听到声音，迅速起身到门口观察。然后快速回身，扑灭火收拾起衣服躲在柴垛破墙后面。

石队长　（进茅屋）马杰这小子吃了熊心豹子胆，让我们弟兄们追了半天，按说下雨他还受着伤跑不了太远。

群众甲　队长，马杰这小子也真够重色轻友，为女人竟然和弟兄们翻脸。

群众乙　他平时看着也是一本正经，说不定私下里与汉奸的女儿情爱缠绵。

群众丁　没证据我们不可胡乱推断，马杰是大丈夫顶天立地。

群众乙　你以为你和他相识多年，时间久心会变谁敢断言！如果说他俩是普通关系，又怎能跳悬崖做出了断！

群众丁　信不信我们先别下结论，马杰的事总会有澄清那天。

石队长　别吵了，你们在这吵吵有什么用，去生火找点吃的来。

群众甲　是！（刚搬完柴火要点，一看地上）老大，这有刚熄灭的火。

石队长　哦——，（仔细辨别火迹，想到了什么，冲着四周）你想躲到什么时候？我的好兄弟……

〔马杰扑向石队长，拔枪。

石队长　马杰，你私自把汉奸的女儿偷走，还敢拿枪这么指着我。

马　杰　队长，如果冉胡子没有与日本人私通，咱们不就错杀好人了吗？

石队长　才这么短的时间，你就改变了主意。哦，我知道了，你看上她了，你想投奔汉奸独吞她家的财产，你过够了咱们这种流亡的日子，你也想当汉奸享清福了？！

马　杰　弟兄们出生入死这么久，我是什么人你应该清楚。

石队长　我之前是清楚，但是现在，我不清楚！（定）

马　杰　我必须带她回家，当面证实她父亲的身份。

石队长　我要是不让呢。（众兄弟拔枪）

马　杰　我必须要带她走，我会回来给弟兄们一个交代，如果非要逼我，（压紧了一下枪托）那就看谁的枪更快吧。

石队长　马杰……你……好！那如果他父亲是汉奸，你如何给弟兄们交代？

马　杰　如果她父亲是汉奸，我会亲自解决。如果我没做到，这条命就是你的。

石队长　好，你们走吧。

群众乙　队长？

马　杰　石亮……多谢！（下）

群众甲　队长？！就这么放他们走了？

石队长　走？哼，跟着他！等找到冉胡子的老巢，咱们就在冉胡子家周围设一个埋伏圈。如果情况有变，就趁这个机会把他们一锅端了！

群众甲　队长，那马杰呢？

石队长　……革命是不需要叛徒的！

众弟兄　是！

〔收光。

第三场 《初雪图》

〔冉敬尧家中的院子,管家和手下们在院子里忙来忙去。
〔管家指挥着慌乱的众人。

管　　家　事态危急,小姐失踪了。

众　　人　什么?小姐丢了……(议论纷纷)

管　　家　马四,马上去警局找刘警长!张五,去租界联系姚司令!赵六,去黑虎堂找虎帮主!其他人去金刚桥附近去找!所有人都给我精神点!要是小姐找不回来,你们也别回来了!

众　　人　是!

〔众人接连下场。
〔冉敬尧上场。

冉敬尧　(念)匆忙忙来报信大惊一场,急切切忙找那权贵帮忙。她少不经事忽遭难,我如坐针毡将她望。唉,真是前门拒虎,后门进狼。

管　　家　老爷,都布置完了,那我再去打听消息。

〔冉敬尧点头。
〔管家欲下场。

冉敬尧　回来!

〔管家回头。

冉敬尧　告诉他们,谁要是能把我女儿找到,赏金三十万!

管　　家　是!

〔管家下。
〔咚咚咚,敲门声。
〔冉明明幕后声:"爸爸!"
〔管家幕后声:"小姐?老爷,小姐回来了!"

冉敬尧　明明!

〔冉明明跑上场,马杰随后上场。

冉明明　爸爸!

〔冉敬尧迎上。
〔冉明明跑过去紧紧抱住冉敬尧。

冉敬尧　傻闺女，到底是谁将你害，伤成这样？
冉明明　没事了爸爸，你看，我不是已经安全回来了吗？
　　　　〔冉敬尧看到一旁的马杰。
冉敬尧　这位是？
　　　　〔冉明明走向马杰，拉住马杰。
冉明明　他是马杰，是天津工商学院的学生，就是他把我送回来的。
冉敬尧　马杰……（怀疑）小伙子，谢谢你把我女儿送回来，你是我女儿的恩人，我定要感谢你！管家，取钱过来。
马　杰　不用！我不需要钱，我想找您……（暗示）
　　　　〔冉敬尧明白了马杰的用意。
冉敬尧　管家，带明明去包扎伤口，换身衣服。
管　家　是！
冉明明　爸爸，马杰他帮了我很多，他是个好人，你……
冉敬尧　快去！
　　　　〔冉明明忧虑，跟管家一起下场。
冉敬尧　我看马先生是有事情想要问我，来，咱们进屋聊。
　　　　〔冉敬尧、马杰进屋。
马　杰　先生，那我就不绕弯子了，请问《江行初雪图》是不是被您卖给了日本人？
　　　　〔冉敬尧笑一笑。
冉敬尧　你送明明回来果然有别的目的。好，那我问一问你，你是什么人？恐怕你也不是普普通通的学生吧。
马　杰　我也不瞒你冉会长，我确实有别的身份！
冉敬尧　哦？那请问你跟绑架明明的人是什么关系？
马　杰　我们不是绑架，我们是天津救人团，我们都是爱国青年。
冉敬尧　你们救人团我是听说过的……你们在大学里演讲，鼓动学生起义、罢课，但是我不知道你们还搞绑架！
马　杰　……您别管我什么人，你就告诉我，《江行初雪图》现在是不是被卖给了日本人！
冉敬尧　小伙子，我看你口音也不是本地口音，你是哪里人？
马　杰　我自小便在东北长大，那列强入侵把我全家杀，不得已我孤身一人来到天津流亡，暂时只能寄居在姑姑家，靠勤工俭学来读书……唉，说这些有什么用，您到底是不是跟日本人有诸多交往？

〔冉敬尧逗他。

冉敬尧　我？我确实跟日本人打过交道！

马　杰　你果然……

〔冉敬尧哈哈笑。

冉敬尧　我是个商人啊，我为什么不能跟日本人打交道？都是挣钱，我为什么不能挣日本人的钱？

马　杰　可你挣的是卖国钱！

冉敬尧　我卖什么国？台湾不是因为我才割的，青岛不是因为我让的，我只是一个普普通通的商人罢了。

〔冉敬尧把玩着一旁的玉石古董。

冉敬尧　难道所有的爱国人士都必须跟你们一样冲到广场上呐喊才是爱国吗？还是说跟你们一样，不管好人坏人，只要跟日本人扯上关系的人都杀光才是爱国？

马　杰　你！

冉敬尧　年轻人，等你到了我这个位置，你就会知道，"爱国"两个字，是要真正赌上性命，赌上一切的！

〔马杰恼羞成怒。

马　杰　别说这些没用的，回答我的问题！

冉敬尧　你看这玉石，多么晶莹剔透啊，还真是巧，我这玉石也是从东北买回来的，可是花了大价钱，费了好大力气……

马　杰　够了！

〔马杰掏枪，指着冉敬尧的后背。
〔冉敬尧没有转过身，但是心里很清楚马杰掏枪。

马　杰　我最后再问你一遍，《江行初雪图》到底是不是被你卖给了日本人！

冉敬尧　年轻人，拿着枪指着我，你真的想好了吗？
　　　　（念）这少年做事冲动不懂这世态炎凉！

马　杰　（念）听他讲来我真是心里堵来心里慌！

冉敬尧　（念）唉，真是坏人难当，好人难讲。
　　　　〔冉明明匆忙上场。
冉明明　马杰！你干什么！
　　　　〔冉明明阻止马杰。
马　杰　冉会长，您不要跟我绕圈子了，我要的就是你一句话！你……
管　家　老爷！不好了！
　　　　〔管家匆忙上。
管　家　老爷，张景蔚来了，他说是中村大佐派他来的。
马　杰　张景蔚……哼，众所周知的大汉奸都来找你了，你还说自己不是汉奸？
冉敬尧　是不是汉奸听听你就明白了。明明，带他到屏风后面去！
　　　　〔明明带马杰下场。
冉敬尧　有请！
　　　　〔管家应声，下。
　　　　〔张翻译上。
张翻译　冉老板，别来无恙啊。
冉敬尧　有何贵干？
张翻译　我代表大日本皇军而来，有件事……想要当面请教……
冉敬尧　哦？请讲……
张翻译　冉老板，您可是咱们天津商会的会长，您做事情可不能这样！
冉敬尧　我怎么了？
张翻译　我是真没想到，像您这样的身份，竟然会卖假的《江行初雪图》给我！
冉敬尧　开玩笑！是你请的南开大学的马教授、著名国画鉴定师魏老师，当着所有人的面验货鉴定的，怎么现在又说是假的？
张翻译　是，当时我们都在，但是您做的这个赝品实在是太真了，我们都没看出来。幸好后来我又找人看了一眼，您就别瞒我了，这次我找的是溥仪的老师，一眼就看出来了一个极微小的破绽。
　　　　〔冉敬尧不说话。
张翻译　冉会长，咱们都是只认钱的人，这个图，假的我就认了，你把真的给我，该多少钱我一分不少。

冉敬尧　什么真的假的，这个图我就这一张。

张翻译　您是真不知道，我给您交个底吧，这个图我买了不是给我自己，我是替日本人买的，是中村大佐要献给昭和天皇祝寿用的！之前我没敢跟您说，你说要是大佐发现了这《江行初雪图》是假的，他肯定会要了我的命！

冉敬尧　你给谁祝寿我也只有这一幅。当场验的货，现在又说是假的，万一你是后来又找人调换了，也未可知啊！

张翻译　冉会长啊，东三省已经沦陷了，全中国也就不远了，识时务者为俊杰，这件事咱们给日本人办好了，以后的路，还怕不好走吗？

冉敬尧　哼，恭喜你啊张翻译，你摊上了好主子，我恭喜你以后发大财升大官。但是这个图是真的没有，这么说吧，你从我这买走的就是一幅真图！

张翻译　你！

冉敬尧　张翻译，我还要奉劝你一句，你当汉奸，给日本人卖命，你以为你风光一时就能风光一世吗？

张翻译　好！冉敬尧，你终于露出你的真面目了。你今天把话说到这了，后果你可自负！

　　　　〔张翻译把怀里的图狠狠扔在地上。
　　　　〔张翻译愤怒下场。
　　　　〔冉明明、马杰上场。

马　杰　原来您……

　　　　〔冉明明捡起地上的假画，看画。

冉明明　爹，原来这幅图是假的啊，那真的在哪里啊？

冉敬尧　你们过来。

　　　　〔冉敬尧推动书架上的机关，书架翻转过来，一幅图展现在众人眼前。

马　杰　（赞叹）天色清寒，江水微波……

冉明明　（赞叹）江岸小桥，一片初白……

马　杰　没有绝顶的画功，怎能画出这样的绝顶好图！对不起冉先生，是我错怪您了，咝——

〔冉明明激动时，拽了一下马杰，碰到伤口，马杰伤口疼。

冉明明　（问马杰）对不起，我忘记你还有伤了，很疼吧。（问冉敬尧）爸爸，马杰是刚刚在路上过一个大山坡为了保护我才受的伤，我先带他去换药可以吗？

〔冉明明很关心的样子。

〔冉敬尧皱眉头。

冉敬尧　去吧，我也要处理点事情。

〔冉明明带马杰下。

〔冉敬尧看着二人离去，若有所思，拿起电话。

冉敬尧　查一个人，天津救人团，马杰。

〔挂电话。

冉敬尧　（唱）这少年与明明似有蹊跷，

　　　　　　　送女儿回家来不依不饶。

　　　　　　　翻译官来逼问情形不妙，

　　　　　　　便只能带明明赶紧逃亡。

　　　　　　　国宝啊国宝，就随我们到天涯海角。

〔冉敬尧将《江行初雪图》放到盒子里收好。

〔电话再响，接电话。

冉敬尧　……好，明白了！

〔冉敬尧挂电话。

〔冉明明带马杰上场。

冉敬尧　怎么样，马先生，都包扎好了？

马　杰　包扎好了！

冉明明　爸爸，这次多亏了马杰我才能回来，他特别勇敢，他为了我……

〔冉明明亲昵地挽住马杰的胳膊。

冉敬尧　哼！

〔冉明明停下。

冉敬尧　马先生，你是不是还有什么话没跟我女儿说清楚？

马　杰　话？

冉敬尧　你不觉得你是在骗她吗？

冉明明　爸，你说什么呢？

冉敬尧　马杰，天津救人团成员，吉林长春人，父母双亡，两年前来到天津，现在寄居在姑姑家，家在睦南道87号，有一个表妹，名叫何珊珊，21岁，天津女子学院毕业，现在你就住在她家，她就是你的未婚妻！

冉明明　什么！

冉敬尧　小伙子，你明明有未婚妻，为什么还要来招惹我的女儿！

马　杰　不是，不是您说的这样……

冉敬尧　那你告诉我何珊珊是不是你的表妹？

马　杰　是！

冉敬尧　那你是不是住在她家？

马　杰　是！

冉敬尧　她是不是你的未婚妻？

马　杰　……是！

冉敬尧　那你还有什么好说的？

冉明明　爹！

〔冉明明扑到冉敬尧怀里哭。

马　杰　明明！不是这样……听我解释。

冉敬尧　你还需要在这解释吗？

马　杰　好……我明白了，我走！

〔马杰欲下。

冉明明　马杰！

〔冉明明叫住马杰。刚要过去，又被冉敬尧紧紧抓住。

马　杰　唉！

〔马杰狠心下。明明追两步，回头。

冉明明　爹！

〔冉明明再次倒在冉敬尧身上哭。

冉敬尧　好了，乖女儿，爹知道你难受，但这事情已经过去了。我看，这地方也不能再待了，我们要赶快离开这儿。

冉明明　我们去哪儿？

冉敬尧　一个没人知道我们的地方，我去安排一下。

〔冉敬尧下。

〔冉明明一个人，踱步望向窗边。

冉明明　（唱）他心中有愧将我骗，
　　　　　　　谎言拆穿遭埋怨。
　　　　　　　爹一反常态把脸变，
　　　　　　　我一时语塞难转圜。

不行，如果我跟我爹走了，我就再也见不到他了，我……我要去找他问清楚！

〔冉明明跑下。

〔冉敬尧追上。

冉敬尧　明明！回来！

〔无人响应。

冉敬尧　唉！

〔灯灭。

——全剧终

当贾仁遇到阿巴贡

(根据元杂剧《看钱奴》与喜剧《悭吝人》改编)

总编剧:钟鸣

联合编剧:姜锋、赵凯欣、刘才华

人物列表

贾　仁　50岁,元杂剧《看钱奴》中的员外,著名的东方吝啬鬼形象。曾因偷揩鸭油后,一时疏忽被狗添了手,愤恨而亡。努力讨好地府冥使,希求重新转世为富人。

阿巴贡　60岁,莫里哀《悭吝人》中的老爷,著名的西方吝啬鬼形象。在媒婆的劝诱下,要迎娶穷姑娘玛丽娅娜,却无意间成为儿子的情敌。

冥　使　地府的掌权人。利用奸滑的贾仁去谋夺阿巴贡积攒的财富。

克莱昂特　20岁,阿巴贡的儿子。一面受制于吝啬的父亲,经济拮据;一面苦恼于玛丽娅娜母亲的经济要求。

玛丽娅娜　19岁,虽然喜欢克莱昂特,但又受制于自己贪财的母亲。

玛丽娅娜母亲　55岁,希望通过女儿的婚事,获得最大利益。

咖　啡　阿巴贡府仆人。

小鬼若干,仆人若干,宾客若干。

序　幕

〔一群鬼魂在游荡。地府深渊,黑暗,阴森,老旧,让人感到窒息的回声。贾仁的灵魂仿佛在黄泉路上飘摇,时隐时现的小鬼,压抑的哀嚎。

〔突然一束光打在现代化的办公桌上。鬼蜮氛围一瞬间消失，呈现出一丝不苟的整洁办公氛围。仅剩衣冠楚楚的办公人员坐在办公桌后，贾仁站在桌前。

冥 使 （公事公办假正经）您好！（语气逐渐加强）Mr.贾，CY58518号。

贾 仁 （呆滞地环顾四周）你好！

〔贾仁撞到了无形的墙上，（虚拟表演）惊慌地缩到墙根。

冥 使 （语气不改，公事公办，看着贾仁的履历，逼上前去）贾仁？

贾 仁 到。

冥 使 姓名。

贾 仁 贾仁。

冥 使 性别？

贾 仁 男。

冥 使 国籍？

贾 仁 中国。

冥 使 死于元朝，吝啬无比……（往下看贾仁履历。突然大笑，戏曲程式的）哇哈哈哈哈哈哈……

〔贾仁呆滞地看着狂笑的"人"，吓得更瑟缩了。

冥 使 （对观众）地府这个所在呀，鬼前威赫赫，口袋两空空。要想捞外快，向鬼打秋风！（不怀好意地打量贾仁，悄声）呵呵，（"呵呵"用《四进士》里宋士杰用的那种腔调，下同）foolish。（转而对贾仁）我见过为名死的，为权死的，为钱死的——还是老兄你死得好啊（嘲讽的）——烤鸭店中，偷摸鸭油，不料被狗偷吃，一气而亡！（程式性地笑）哇哈哈哈哈哈……

贾 仁 （贾仁打断，从墙角爬起来）什么？你、你是鬼差？地府哪里来的外国鬼？

冥 使 Mr.贾，我是冥使，专司鬼务，全球经济一体化了嘛，多掌握一门外语走遍全世界——哎（欲言又止），说了你也不懂。

贾 仁 那、那个摆渡的呢？奈何桥上的孟婆子呢？

冥 使 摆渡人开设私人收费站，依法取缔了。孟婆非法占道经营，鬼府城管给掀了。在阳光政务的思想指导下，鬼界进入了崭新时代！审判工作有新水平，队伍建设有新境界，廉政整顿有新举

措，鬼界万岁！新时代万万岁！（冥使示意贾仁鼓掌，贾仁配合，示意停止，冥使志得意满）

贾　仁　（兀自讨好地响应着冥使）万岁！万万岁！

冥　使　（收回架势）呵呵。你甭想万岁，你已经被狗气死了。

贾　仁　（不忿）你是不知道那条狗是有多可恨，这手鸭油可是我一个月的伙食，我才刚舔了那么一小点（动作夸张），刚打了个盹儿就被那该死的小畜生——

冥　使　（突然又恢复严肃，打断）甭跟我说，那是隔壁房间负责的，我只管你下辈子。（翻本）转世投胎一只屎壳郎吧！

贾　仁　屎壳郎？（思考）不不不，我要做人！

冥　使　为你考虑啊这是！屎壳郎很符合您吝啬敛财的风格嘛！

贾　仁　屎壳郎？屎壳郎滚的是屎，我滚的可是钱！

冥　使　钱——如粪土……当然我们还有人性化选择——要不做只蟑螂、蚂蚁？蛾子也不错，向往光明？

贾　仁　不！当蛾子就摸不到我的宝贝儿金子了，我要做人！

冥　使　人？贾先生，我们这是积分制，好事加分，坏事扣分。你这个积分不够做人，只能打入畜生道——

贾　仁　我一生勤勤恳恳、兢兢业业从不乱花一分钱！我怎么分不够了！

冥　使　（油滑讽刺地）您听好，您，克扣下人，扣一万分；见死不救，扣两万分；趁人危难低价买走了人家的儿子，扣三万分。恭喜您，荣登我们鬼界负分榜首……（举手状）

贾　仁　难道我就没有做过好事吗？！（急切地追着冥使）大人，你好好查查！

冥　使　（仔细查找，良久）好事吗……有的！小拇指上的鸭油给一只狗舔了，爱护动物，加一分。总计负十九万九千九百九十九分，您这进畜生道，多值啊！

〔贾仁颓然坐倒。

〔冥使偷瞄贾仁。

冥　使　（看着贾仁）呵呵，foolish。

〔贾仁眼前一亮爬起来趴在桌前。

贾　仁　（重复）府里是……大人府里是好啊！我能去府里帮上点什么吗？

冥　使　（指贾仁）嘿，有点意思！我府上是缺点意思，你既然懂我的意思，就知道该意思意思！（作数钱状）

贾　仁　（护住自己口袋，无比心疼，吝啬鬼气质立显）大人，这……

冥　使　（冷笑）哦？呵呵。

贾　仁　大人！大人大人！我来得比较匆忙，这钱还在上面（手势状），要不送我先回去？

冥　使　呵呵。来……

贾　仁　我错了，大人！（抱住冥使）咱再商量商量！

冥　使　我倒是想意思意思，可你这要是不够意思——

贾　仁　可是大人我真没钱！

冥　使　没有吗……呵呵。

贾　仁　啊，大人大人，现在是没钱，可我只要到了一个有钱的地儿，你是知道我的，指不定能够上您的意思！（央求）大人，求您把我发配到个有钱的地界吧！

冥　使　（思考）有钱的地界？那边倒有一个叫阿巴贡，浑身都藏着金子……

贾　仁　（两眼放光）金子！好啊！把他的钱揣到我的……，不，您的兜里，那……

冥　使　恩。（捂嘴尴尬地笑，点点他）

贾　仁　那您的意思……？

冥　使　（满意地）够意思！去吧！

贾　仁　那阿巴贡家？

〔冥使咳嗽声，将手里档案的一张纸翻出来扔在地上。

贾　仁　（念，若有所思的）阿巴贡、克莱昂特……这克莱昂特……

冥　使　他儿子！克莱昂特可是个乖孩子，听（指贾仁）话的乖孩子啊！

贾　仁　听（指自己）话……

〔贾仁下。

冥　使　（看贾仁下）呵呵，foolish。（正色）下一位，您好，CY58519。

第一场　入府

〔音乐声起。

克莱昂特　玛丽娅娜，你别跑——

玛丽娅娜　这儿是你父亲的后花园！

克莱昂特　可这儿只有我们俩！

玛丽娅娜　那也不行！

克莱昂特　你就让我亲一口！

玛丽娅娜　一口也不行！

克莱昂特　就一口——（闭眼作亲嘴状）

玛丽娅娜　（乍惊）呀，阿巴贡老爷——

克莱昂特　（猛地跪下面向观众）爹，那什么我今儿没洗脸，早饭吃的是昨儿您从隔壁家顺过来的，盘子上的油还顺道擦了下鞋。爹，我没浪费钱，真没浪费钱——

玛丽娅娜　（假模假样）哦，你——（偷笑）

克莱昂特　（抢白）我——

玛丽娅娜　（偷笑）瞧你那尿样！

克莱昂特　（觉出不对，回头）好你个娜娜，你耍我，看我不把你——

玛丽娅娜　（克莱昂特追玛丽娅娜跑）臭流氓——

〔两人跑下。

〔贾仁上。

贾　仁　走走走，游游游，

　　　　要说寻钱我不发愁，

　　　　逢人不说那真心话，

　　　　全凭三寸烂舌头！

　　　　马屁拍得你腿抽筋儿，

　　　　老虎嘴上揩点儿油！

　　　　什么金子银子翡翠玛瑙，

　　　　全都乖乖地往我兜里流！

　　　　（贾仁看了看周围）大人可说了，只要我能给他意思意思，我就又能当人了。这当人，我就又能摸到我的金子了！（揞嘴）

	嘿嘿，阿巴贡老爷，克莱昂特少爷，我来了！这阿巴贡还真不一般，光个花园就这么大，大人可真是好眼力——
克莱昂特	娜娜，娜娜，娜娜——
贾　仁	（警觉）娜娜？！莫非是……有了！
	〔贾仁藏在舞台一处。
	〔玛丽娅娜上，克莱昂特跟上。
玛丽娅娜	我怎么就不能生气了！你知道吗，我刚才突然想起，两个小时以前，你竟然说你不想我！（越说越委屈）我的心，好痛！
克莱昂特	我怎么会不想你呢，我无时无刻不在想着你！你知道吗，在我的世界里只有你，你呼吸就是我呼吸，你生气就是我生气，我的脑子里装的全都是你，怎么会说不想你——
玛丽娅娜	不听不听，我什么都不要听！
克莱昂特	（"扑通"跪下）娜娜！！！
玛丽娅娜	你干吗？你起来——
克莱昂特	（特认真地）不！娜娜，我有个惊喜要给你——
克莱昂特	（深情地）你听我说，我没车、没钱、没房、没钻戒，但我有一颗陪你到老的心；等你老了，走不动了，我背你，我给你当拐杖；就算死我也要死在你后面，绝不留你孤单一个人。娜娜，我爱你。
玛丽娅娜	特，我们结婚吧！
克莱昂特	结婚？娜娜——（克莱昂特作势要跑过去拥抱）
玛丽娅娜	（抢白）不！你不要过来，特，让我奔跑过去！
	〔玛丽娅娜朝着克莱昂特夸张地、慢动作地跑过去，蹦到克莱昂特身上，克莱昂特拖着玛丽娅娜幸福地转圈。
克莱昂特	娜娜，你终于肯嫁给我了！
玛丽娅娜	对！我要嫁给你！咱们现在就去见我妈，我要你当着她的面向我求婚！！！
	〔"啪"的一下，玛丽娅娜被摔到了地上。
玛丽娅娜	（生气地）克莱昂特，你——
克莱昂特	（胆怯地，心疼地）我们能不能，不见你妈？
玛丽娅娜	不见我妈，那我们怎么结婚？

克莱昂特　你知道我爸不会给我一分钱！据说我爸他早看上了个姑娘，就是因为请媒婆要花钱，他能硬忍着不给自己续弦！我爸他还——

玛丽娅娜　谁家姑娘能看上你爸那个老抠门！你爸你爸，我是在说我妈！

克莱昂特　你妈？你又不是不知道你妈她那副腔调。（拿腔拿调）"哟，都说儿子好不如闺女生得俏，长大嫁个有钱主儿，为娘我沾边儿挂靠，大半辈子算是不白熬！"可我——

玛丽娅娜　我妈她那是——

〔《他妈妈不喜欢我》音乐起，克莱昂特跟唱，歌词为"她妈妈不喜欢我，因为我是没钱的，没有固定工作，不想她嫁给我；她妈妈不喜欢我，因为我是没钱的，没有固定工作，不想她嫁给我"。

玛丽娅娜　（忧伤地望着克莱昂特）我的特——

贾　仁　咳咳——

玛丽娅娜　有人来了，特，咱们俩的事儿还不能让别人知道，我得走了！你听着，你要想娶我，首先就要过了我妈这一关，一定要到我家提亲！我等你！

克莱昂特　（不舍地）娜娜——我的娜——

〔玛丽娅娜下。

〔纱幕后，玛丽娅娜和阿巴贡擦肩而过。

〔贾仁应声钻了出来。

贾　仁　少爷——

克莱昂特　（看了一眼贾仁，不耐烦地走开，继续望着玛丽娅娜远去的方向）去！

贾　仁　少爷——

克莱昂特　别烦我，让我做个安静的美男子！

贾　仁　（背白）这个傻小子！满脑子都是娶媳妇儿，我要是把他拿住，混进府里就容易多了！且看我略施小计！

贾　仁　克莱昂特少爷！

克莱昂特　你谁啊？滚开！挡了本大少爷的视线！

贾　仁　　少爷，小的是谁不重要，重要的是，小的知道你想娶的是谁！

克莱昂特　（猛回头）你都知道些什么？！

贾　仁　　（献宝似的）玛丽娅娜小姐！

克莱昂特　嘘——这事儿可千万声张不得！我跟你说——（看了眼贾仁）等会儿，我怎么没见过你，（惊吓跳开）你该不会是我爹派来的奸细吧！！

贾　仁　　（"啪"地跪在地上）小的冤枉啊！

克莱昂特　咦，你也爱跪！

贾　仁　　少爷，你要这么说，那可就真是冤枉死小的了！小的是谁，从哪儿来真不重要，关键小的现在是替您着急啊！你说你跟玛小姐好了这么多年，想结婚，卡在丈母娘这儿，就差这最后一哆嗦，你怎么都不着急？！

克莱昂特　急！谁不急谁是孙子！可我这丈母娘，她稀罕的东西我没有！

贾　仁　　嚯，还有你克大少爷没有的东西？！

克莱昂特　（一脸真诚与无奈地）钱！没钱！

贾　仁　　这——别，别这样，好歹咱还是个富二代！

克莱昂特　伪二代！我爹一个子儿都不给我！

贾　仁　　阿巴贡老爷他——

克莱昂特　（抢白）死抠门儿一个！

贾　仁　　（背白）喜欢钱？（兴奋地）和我一样！这就好办了！

克莱昂特　你说什么？

贾　仁　　我是说这事儿它就不好办了！

克莱昂特　（挥手准备离开）算了算了，多说无益，你爱谁谁，哪儿来哪儿回吧。

贾　仁　　（一拍胸脯）可说你遇到了我贾大能耐，今儿这事儿，还真就办得了！

克莱昂特　（折回）贾什么玩意儿？

贾　仁　　贾大能耐！

克莱昂特　贾大白话吧你！

贾　仁　　我问你啊，但凡这世上丈母娘招女婿，她总得图点什么吧？

克莱昂特　图才、图貌、图人品？

贾　仁　　笑掉大牙！小子（zei），真不是吓唬你，现在的女婿要见丈母娘，那得亮出三大件！

克莱昂特　（一脸茫然）哪三件？

贾　仁　　有房，有车，无房贷呀！

克莱昂特　我要是没房，没车，有房贷——

贾　仁　　那就连丈母娘家门儿朝哪儿开你都摸不着！

克莱昂特　爷爷，那我要备齐了这三大件儿，玛丽娅娜就是我的了？（天真）

贾　仁　　咱这才刚够格进门，进了门第一项，"啪"的一下，房产证就得拍在你面前！

克莱昂特　干吗？（兴奋地）要，要给我房子？！

贾　仁　　美得你！是你的房产证上要写上她女儿的名字！这叫离婚有保障！

克莱昂特　（抢白）合着我这婚还没结就先离了！

贾　仁　　人家管这叫丈母娘的变相考验！

克莱昂特　甭说了，大能耐爷爷，我这个情况，您刚才也都听了，被你这么一说，这个这个，去玛丽娅娜家见丈母娘，基本也就没戏了！但是，你，不能眼睁睁地看着我没戏啊！你可是我大能耐爷爷！

贾　仁　　办法嘛，也不是没有！

克莱昂特　（一脸期盼）啊……

贾　仁　　你找个媒婆啊！

克莱昂特　找媒婆？这和我自己去有什么两样！

贾　仁　　喷，是你自己说的，三大件儿你没有，房产证你又不能签！你要财拿不出财，要人品没人品，你怎么去和丈母娘谈！

克莱昂特　（要辩解）我……我……

贾　仁　　（抢白）嘴你都张不开！换个媒婆就不一样了！你去那叫拜访，媒婆去了那叫说媒！俗话说得好，媳妇美不美，全凭说媒的一张嘴，小伙儿帅不帅，全靠说媒的使劲拽！

克莱昂特　那媒婆就能把我拽进她们家当女婿？！

贾　仁　　你呀！就是不懂老女人的心！你想想，她经历了十月怀胎，一朝分娩，那是一把屎一把尿，一把屎一把尿活生生把女儿

	喂了二十多年才喂大的！你现在来说把人闺女领走就领走，丝毫不考虑人当妈的感受，你说你还是个人吗？！
克莱昂特	你说得对！还是找个媒婆去合适！
贾　仁	想明白了？不能硬闯，你得讲求智慧！
克莱昂特	全想明白了！我去了那叫正面冲突！
贾　仁	找个媒婆才能扬长避短，曲线救国！你小子终于开点儿窍了！
克莱昂特	话是这么说，可我去哪儿找这么个媒婆啊？！
贾　仁	（清了清嗓子）嗯——嗯——（从衣服里抽出一块儿手帕，学起媒婆的腔调姿态）哟，今儿这天儿嘿，还真晒得上——
克莱昂特	（瞧了眼贾仁，喜出望外）贾大能耐！
贾　仁	（继续拿腔拿调，走向一边）哎呀，晒死了，晒死了！这太阳大的……
克莱昂特	（点头哈腰地过来请）大能耐爷爷，哦不，贾媒婆——
贾　仁	（拿腔拿调地）谁？（四处看看）你叫我啥？
克莱昂特	可不就是您嘛！我的贾大媒婆！
贾　仁	（揣起手帕，背白）瞧！这就上了套儿了！
贾　仁	（转身）不不不，这我怎么能行呢！我干不了干不了！
克莱昂特	瞧您谦虚的，贾爷爷在上，请受小儿一拜！贾爷爷，我这后半辈子的幸福可全仰仗您了！
贾　仁	嘶——媒婆我也不是没干过，可是这说完了媒，还得去说服你爹，这里边儿的道道儿啊，它复杂呀，一时半会儿掰扯不完，你说我就一过路的，也没法儿跟这儿长住——
克莱昂特	（抢白）没法长住——
贾　仁	（抢白）干不了干不了——
克莱昂特	（抢白）我有办法呀！
贾　仁	……（暗暗高兴地一拍大腿）
克莱昂特	（抢白）我们家缺一管家，你来我们家当管家呀！
贾　仁	（抢白、兴奋）这就进了府喽！！（嘚瑟）foolish，府里是——
克莱昂特	你说什么？
贾　仁	我是说，府里的事儿你做不做得了主？！阿巴贡老爷那儿……
克莱昂特	（一拍胸脯）包在我身上！

〔音效，阿巴贡猫着腰上，一个劲儿地往贾和克腿边凑，寻找什么。

克莱昂特　爹——

阿巴贡　（看都不看一眼）我没钱！

克莱昂特　不是，爹——

阿巴贡　（打断）说了我没钱！我自己看上了个年轻漂亮的姑娘，我都没钱娶她！

克莱昂特　我不要钱，您找什么呢，爹？

阿巴贡　（不耐烦地）我没钱！

〔阿巴贡自顾自地在地上找，贾仁和克莱昂特也加入其中。

阿巴贡　哎呀，终于找到了！

贾　仁
克莱昂特　（合）钱哪？

阿巴贡　（捡起来吹吹）我说昨儿吃饭花生米怎么少一颗，终于被我找着了！

〔吹土，吃掉。

克莱昂特　爸，你也不嫌丢人。

阿巴贡　谁说丢人，看我不打死你个败家小兔崽子。

〔阿巴贡一把抓住克莱昂特放倒在地，压在克莱昂特身上，举手欲打。

贾　仁　停——

〔音效，木鱼。

贾　仁　老爷您您怎么能用鞋打人呢？皮鞋这么老贵的东西，万一把鞋打坏了，您说您心疼不心疼啊！是不是？！我都替您疼！

克莱昂特　爸——

阿巴贡　（乐了）嘿，你小子，那你说，应该用什么打？

贾　仁　手啊！手是肉做的，它打不坏！再说咱们长手不也没花钱吗？

〔音效，大大。

阿巴贡　这句话算是说到点子上了！不花钱，来，特特。

克莱昂特　爹！别闹！我正找您呢！

阿巴贡　（把脸一沉）说了我没钱！一个子儿都没有！

克莱昂特	我不要钱！（兴奋）我给您。（附在阿巴贡耳边）
阿巴贡	什么？管家！（顿时火冒三丈，再次抄起鞋底子追着开打）你这比要钱还要我的命！给我找了个管家，养管家花不花钱！添一张嘴花不花钱！水费要不要钱，电费要不要钱，多一个人得花多少钱，这些你都算没算？！我怎么就生出你这么个王八羔子，天天想着祸害我的钱！我打死你！
克莱昂特	（闪躲）爹，爹，爹,（急中生智）他不要钱！（冲贾仁使眼色）
贾　仁	（心领神会，抢白）是的，老爷，我不要钱！
阿巴贡	（霎时住手，举着鞋回头）你说什么？
贾　仁	（恭恭敬敬作了个揖）老爷，我不要钱！
阿巴贡	你有病吧！（回头继续准备揍儿子）
克莱昂特	（抢白）爸爸爸，你先别动怒，听听，咱听听他怎么说，用耳朵听，又不花钱！
阿巴贡	说的也是，听也不花钱，（穿上鞋）那你说说！怎么个不要钱哪？！
克莱昂特	……（冲贾仁递眼色，指着阿巴贡伸出大拇指，意思让贾仁夸老爷）
贾　仁	老爷！实话跟您说了，我就是慕您大名而来的！您的金钱观就是我的人生信条！只要您能留我在身边，当牛做马不要钱！
阿巴贡	（装作不耐烦）别不要钱不要钱的，不就是白干活嘛，想给我阿巴贡白干活的下人多了去了，不差你这一个！
阿巴贡	（背白，兴奋）不！要！钱！大白天的遇傻子，天上掉馅饼了！
克莱昂特	（给阿巴贡敲背）爹，咱家哪个下人不要钱？
阿巴贡	（抢白）你闭嘴！吃喝拉撒哪一样我不得给他花钱！你懂什么！
贾　仁	（抢白）老爷！粮食我自备！
阿巴贡	（惊讶）自备？！
贾　仁	（抢白）睡觉我可以睡马棚！那儿有草，连床和被都替老爷您省了！
克莱昂特	（背白）我尼玛！这小子还真是拼哪！

贾　仁　老爷您意下如何？

克莱昂特　爹，他都这么说了，您就松松口，暂且让他住下吧！

阿巴贡　这个这个，我还是很为难哪，说实话，主要我身边实在是不缺人哪！

贾　仁　不知老爷府上，有无管账先生？

阿巴贡　管账先生？

贾　仁　哎，理财先生，正所谓你不理财，财不理你呀！老爷，您要是收了我，我保管您日后全家大大小小的日常开支，至少再缩减——（拨算盘）

阿巴贡　（眼红了）缩减——

贾　仁　缩减三分之二！

克莱昂特　（急了）大能耐爷爷，你可不能乱来啊！

阿巴贡　（抢白）哎，一口唾沫一个钉！说出去的话可是泼出去的水！你可别跟我搁这儿满嘴跑火车！三分之二，你有这个能耐？！

贾　仁　（单膝跪地）小的我任凭老爷考察！

阿巴贡　请听一道数学题！说——笼子里有鸡兔3只，共有8只脚，问鸡和兔各几只？

贾　仁　好一道鸡兔同笼啊！

阿巴贡　好眼力，竟然识得这鸡兔同笼！

贾　仁　这……

克莱昂特　爹，这鸡兔同笼也太难了！咱换个简单的——

阿巴贡　（得意）答不上来了吧？！

贾　仁　老爷敢问您的算法是——

阿巴贡　解，设！设笼子里有鸡 x 只，兔 y 只，列 $x+y$ 等于 3，$2x+4y$ 等于 8，解得……

贾　仁　高，实在是高。

克莱昂特　（抢白）贾大师，贾大师，这这，这可怎么办哪——

贾　仁　小的不才有比您更简单的办法！

阿巴贡　哦？！愿闻其详！

贾　仁　假设鸡和兔都训练有素，我吹一声哨，它们抬一只脚。

克莱昂特　　吹一声哨抬一只脚？

贾　　仁　　还请两位配合一下！

〔贾仁掏出哨子，"嘟"一声——

〔阿巴贡、克莱昂特各抬起一只脚！

贾　　仁　　现在是8只脚减3只还剩5只脚！我再吹一声哨儿，再抬一只脚！

〔"嘟"贾仁又吹一声。

〔阿巴贡、克莱昂特两人一屁股摔坐在地上。

〔音效，隆咚咚。

贾　　仁　　大家看，这时候只有两只脚的鸡都一屁股坐地上了！四条腿的兔子，还依然坚挺着！

阿巴贡　　你骂我是鸡！

贾　　仁　　老爷我是兔（模仿兔子，抬起2只脚），现在只剩下2只脚站着的兔，5再减3，可就只剩2只兔子脚了！

阿巴贡　　所以，一共有2只鸡，1只兔！

贾　　仁　　老爷，您瞧我这算法，怎么样？！

克莱昂特　　（兴奋，抢白）高啊！实在是高！抬两次脚，鸡都倒了，站着的就只剩兔儿了！

阿巴贡　　（冲克莱昂特）你闭嘴！（冲贾仁）别以为耍点小聪明，就能蒙混过关！要比聪明，你——

贾　　仁　　（抢白）小的哪能比过老爷您哪！

阿巴贡　　你知道就好！

克莱昂特　　（兴奋）爹，那咱就收了他吧？！

阿巴贡　　（特虚伪）先干着看吧，要不要都不一定，表现不好就扫地出门！我可没钱啊！

克莱昂特　　（兴奋）成了！

贾　　仁　　（作揖）小的谢过老爷！

〔阿巴贡背着手大摇大摆下。

阿巴贡　　（突然折回）等会儿——

贾　　仁　　老爷，您还有什么吩咐？

阿巴贡　　（清嗓子装模作样）咳咳，那个什么，你当真不要钱？

贾　仁　（合）不要钱！绝对不要钱！

〔阿巴贡下。

〔暗场，"不要钱，不要钱！啊哈哈哈哈哈哈……"阿巴贡大笑。

克莱昂特　大能耐爷爷，这回说媒没问题了吧？！

贾　仁　那都不是事儿！

克莱昂特　（兴奋）我的娜娜——我的娜娜——

冥　使　（可幕后，可幕前）本尊黄泉坐，分身红尘来。这几日，说是将有天庭检查团来我地府巡查，清点账务。填补亏空，全靠这笔外快，可不能出了岔子。我得想法子盯紧了。（回头看）这贾仁，还真是"鬼"滑头啊！呵呵，foolish。

贾　仁　兜里钱财少，佳人步步娇。哪个媒婆好？贾仁最有招！（圆场）这就到了！

第二场　说媒

〔玛丽娅娜家。

母　亲　儿哟，都说儿子好不如闺女生得俏，长大嫁个有钱主儿，为娘我沾边儿挂靠，大半辈子算是不白熬！养儿防老哇！（"养儿防老"这句作为母亲口头禅）

〔贾仁敲门。

母　亲　谁呀？（开门）

贾　仁　是我，贾婆子！（面对笑，笑得特假，突变脸）

母　亲　咋那么大灰呢？（把着门不让进）

贾　仁　恭喜啊、贺喜啊，大喜啊！天大的好事找上门来了！

母　亲　好事？

贾　仁　大好事！大喜事！这喜气哟，它就这样，刺溜刺溜（机智地从门缝挤进屋子，此处可有戏曲格挡动作），就挤进你家门了！

母　亲　唉唉，这喜从何说起呀？

〔贾仁自顾自坐下。

贾　仁　你们家养了那么个漂亮姑娘，还愁没有喜事？你们家玛丽娅娜呀，一头好头发闪亮像金子，眼睛是两颗宝石，一笑哟，嘿，满嘴的银子！（财迷状）我是打心眼里喜欢哪！福气啊，大妹子！你怎么生出这样可人意儿的姑娘！可不得给她找个好人家？

母　亲　你是来说亲的？

贾　仁　对！我们少爷对玛丽娅娜，那是每天想、每时想、每分每秒想……你上哪里还能找到这么死心眼的女婿——

母　亲　（打断）停！娶我们家娜娜，必须得……（数板儿或其他形式）一有房，二有地，仆人家丁一大批；三有车，四有马，上交工资没脾气！养儿防老哇！

贾　仁　我们阿巴贡府的少爷：又有房，又有地，万顷家产是他的。也有车，也有马，关键是他俩真爱是第一！

母　亲　真爱第一？真爱能带来钱吗？那克莱昂特就是个空架子，穷小子，兜里没有一个子儿！真爱，只有没钱的人才拿它来骗人！

贾　仁　大妹子，你说，咱们女人到了这个岁数，图的是个什么？

母　亲　图个啥？

贾　仁　图的是后半辈子的依靠啦！找个好女婿，孝顺你！大妹子哟，你的玛丽娅娜想的可比你清楚，她早和克莱昂特少爷好上啦！

母　亲　早好上了？她跟我说，有个公子哥在追求她，就是克莱昂特这穷小子？！她还没吃够受穷的苦？

贾　仁　怎么会受苦呢？嫁财主才受苦呢。你想啊，嫁一个财主，有钱是有钱了，但这钱能给你女儿花吗？我要是个财主，一个子儿都不给别人花！

母　亲　哦？

贾　仁　你想啊，一个财主，他的钱是怎么来的？

母　亲　怎么来的？

贾　仁　他辛辛苦苦、兢兢业业一点一点攒出来的！他自己连只烤鸭都不舍得吃啊，馋了的时候，只能去烤鸭店摸一手鸭油回来蘸饭吃……他还得防着狗！

母　亲　防着狗？

贾　仁　咳——狗都会惦记着他的财产哪！他这么辛苦半辈子攒出来的钱，能随便给半路娶进门来的女人花吗？能随便给这女人的穷老妈子花吗?

母　亲　不给花?可是……(哭腔)养儿防老哇!

贾　仁　换了克莱昂特少爷就不一样了。他爱她,只要有一个子儿就恨不得掰成两半儿给她花。他现在没钱,要是挣了钱,就都是为你女儿才挣的。而且你知道,他是谁的儿子?

母　亲　阿巴贡老爷的。

贾　仁　对啊!老爷百年之后,家产不就都归他了吗?你说,这钱谁管着?

母　亲　谁?

贾　仁　你女儿呀!

母　亲　(沉思)哦……

贾　仁　(志得意满地摇扇子)嘿!你好好想想吧!

阿巴贡　轻轻的,我走了,正如我扭扭捏捏地来。我自己扮成个媒婆儿,省了我好些的家财。达尔布西夫人在家吗?

〔阿巴贡扮西式媒婆上,敲门。贾仁惊,竖起耳朵听。

阿巴贡　(僵硬不自然的)午安!达尔布西夫人!

母　亲　午安!您是?

贾　仁　(旁白)老爷?!他怎么来了!

〔一看是阿巴贡,贾仁迅速用扇子挡起了脸,"哎哟,我肚子疼",躲起来偷听。

阿巴贡　我是——阿、阿巴贡,不,我是说,我是来替阿巴贡家说亲的!

贾　仁　(旁白)哎哟,老爷和我一样会省钱!

母　亲　嗯?又来一个?

阿巴贡　又?

母　亲　(指贾仁)先前这位不就是替——(发现贾仁已经不见)唉,人呢?

阿巴贡　达尔布西夫人,我们阿巴贡老爷的意思,想必您早就明白了。

母　亲　我原本是明白的,现在不明白了。

贾　仁　(旁白)什么情况!天哪,我也不明白了!

阿巴贡　阿巴贡府的条件您是知道的,肯定不会委屈您女儿的。

贾　仁　(旁白)老爷亲自来替少爷说媒?!

母　亲　府上的条件是不错,可是他本人的条件嘛……

阿巴贡　他本人?他本人的条件怎么了?莫非你嫌他长得老?

母　亲　老？贾婆子说了，他是（向自己身上比画）：大长腿，小蛮腰，没有将军肚，没有大秃瓢。

阿巴贡　（羞涩的）那是三十年前的我。三十年后，我（指母亲）就成了我（指自己）……

贾　仁　哦！天哪！老爷这是在给自己说亲！敌情有变！

母　亲　你这到底是给谁说媒呢？

阿巴贡　给我——

〔贾仁急切地跳出来。

贾　仁　（打断）给我——们家老爷！

阿巴贡　你是——

贾　仁　（打断）老姐姐，唉！（揽过阿巴贡）不要钱的管家！（对娜母）我们是一起的！

阿巴贡　呃——噢噢噢！对！

母　亲　（对贾仁）可你的意思——

贾　仁　我的意思是，把玛丽娅娜嫁给财主老爷是最好不过了！

阿巴贡　对，就像我这样的！

贾　仁　（打断，捂住阿巴贡嘴）像我们（揽阿巴贡）这样的，都还想嫁呢！

阿巴贡　（回神儿）呃，对对对！说得我都忘——（贾仁推他）说得我都害羞了呢！（作娇羞状）

母　亲　可你刚刚说的是少爷——

贾　仁　我那是打个比方！你看，如果嫁给阿巴贡少爷这样的穷小子，玛丽娅娜小姐多受罪啊！

母　亲　可是只要他有钱，就会（学贾仁当时的动作）"一个子儿掰两半给我家玛丽娅娜花"呀！

贾　仁　有钱？他哪里来的钱？就算他真的后来有了钱，那时候玛丽娅娜都多大了？一个子儿掰两半？哼！别说掰成瓣儿，就算把金子磨成粉都抹不平玛丽娅娜那么多年辛劳出来的皱纹！

阿巴贡　把金子磨粉？那不是造孽吗？

母　亲　你疯了！

贾　仁　对！您看！上了年纪的人，就是这么成熟、这么理智，不会做出什么把金子磨粉呀，把珍珠随便做扣子用啊，把手上的鸭油让狗给舔了这样的傻事！

阿巴贡 （激动地拍贾仁的肩）说得太好了！是金子就应该放在匣子里藏好！

贾　仁 （拍阿巴贡的肩）是珍珠就该攒好了每天晚上数一遍！

阿巴贡 是好马就该不吃马饲料！

贾　仁 是鸭油就应该自己全舔干净，一点不剩！

〔两人激动地拥抱。

贾　仁 是好姑娘，就该嫁给有钱的财主老爷！

母　亲 （恍惚）该嫁有钱的财主老爷？

贾　仁 对！财主老爷！嫁一个年轻小伙儿，过着过着不也变成老头儿了？迟早都得老，不如赶早老，莫说脸儿嫩，还是黄金好！

阿巴贡 说得好！（牵起贾仁的手）啊！黄金！多么闪耀！

贾　仁 啊！多么闪耀！

阿巴贡 啊！黄金！睁大眼瞧！

贾　仁 啊！睁大眼瞧！（三人不由得同节奏摇摆，恍惚地看着远方）

阿巴贡 啊！黄金……（急促地）啊！

贾　仁 （骤停）怎么了？母亲。

阿巴贡 （捂脸）太闪了！

母　亲 （神往的）啊，黄金，养儿防老哇……阿巴贡老爷家的黄金，有黄金的阿巴贡老爷……

阿巴贡 （紧张的）我没有钱！

母　亲 没钱？

贾　仁 （止住阿巴贡，对娜母）对对对，没钱！财主老爷没有钱！大妹子，要不你先考虑着……我们先去忙了。（拽阿巴贡走，阿巴贡挣扎不走）哎呀，那个西城区的西施、东城区的东施还等着我们帮她们说一门好亲事呢！（假走）

母　亲 （一咬牙）定了定了定了！

贾　仁 （继续假走）还有万泉寺那群小尼姑们呢（指台下）——

母　亲 （急切地掏出象牙扇，塞给阿巴贡）扇子！扇子扇子！这象牙扇子是玛丽娅娜他父亲留给她的，他父亲留的东西不多，好歹算个念想。现在给你，转交给阿巴贡老爷，算是订亲的信物！

〔贾仁和阿巴贡立即凑成一堆，开始研究扇子。

母　亲　我要去告诉玛丽娅娜，我给她找了一门好亲事，一定让她心满意足！

〔娜母下。

阿巴贡　（咬戒指）是真的！真的象牙！

贾　仁　（垂涎地看着）真润！

阿巴贡　真白！

两　人　（同时捂脸）真嫩哪！

阿巴贡　对了，你今天怎么也来了？

贾　仁　我来、我来替您说媒啊！您也看到了，我成功了！

阿巴贡　你怎么知道我要来向玛丽娅娜提亲？

贾　仁　这个……一个好管家，不仅不要钱，还要时时刻刻把老爷放在心上！

阿巴贡　好小子！有你的！我太高兴了！（把扇子递到贾仁面前）这样吧，这把扇子我就——

〔贾仁激动垂涎地伸出手。

阿巴贡　就借你摸一下，就一下！

〔贾仁讪讪地摸了一下。

阿巴贡　贾管家，我呀，早就喜欢上玛丽娅娜了。自打她第一次从我的后花园墙后路过，我的心就一抽。第二次她又路过，我的心就又一抽。后来，不知道为什么，她总是路过路过路过路过……

贾　仁　（对观众）你知道她为什么路过那花园吗？

阿巴贡　我的心，就一抽一抽一抽一抽的！

贾　仁　墙里秋千墙外道，（清唱）墙外佳人好窈窕。墙里老爷偷偷笑，路过直把媚眼抛。笑渐不闻老爷恼，只看得到摸不到！

阿巴贡　对对，就是这个意思，中国话就是（外国口音）精练、唯美！

贾　仁　老爷，我把玛丽娅娜给您从墙外面请进墙里面，怎么样？

阿巴贡　要怎么做？

贾　仁　要想俘获女人的心，先要俘获她们的嘴！请她来咱们府上参加家宴！

阿巴贡　家宴？（花痴状）能把她请来？

贾　仁　请佳人、找贾仁！放心吧！

第三场　家宴

〔咖啡委屈地拖着脚步上。

咖　啡　老爷还不给我发工钱，工钱……我的工钱……（咖啡换冥使声调）呵呵，foolish。

〔阿巴贡府。阿巴贡背对观众，咖啡侍立在旁，带着练功的枪。

咖　啡　老爷，我的工钱……

阿巴贡　（警告的）咖啡？！

咖　啡　在！（壮起胆子）老爷，您六个月没给我发工钱了！我要饿死了！

阿巴贡　别废话，先看看，我这个样子去参加家宴，行吗？

咖　啡　（讨好的）没的说！您是最体面的老爷子！

阿巴贡　老？我有看起来很老吗？

咖　啡　啊，没有没有！来来，（拿出发箍给阿巴贡戴上）您试着戴戴这个，真的帅哥，敢于直面没有刘海的额头！

阿巴贡　这么一来，我额头上的褶子就都露出来了呀。

咖　啡　（拿出一条白发带）没关系，您戴上这个！潮流！不就都挡住了？

阿巴贡　嘿，小子挺聪明！

咖　啡　我娘说，我是"聪明的咖啡"！（憨厚地摸脑袋）嘿嘿嘿……

阿巴贡　不错！看在你这么有心的分上，我结婚的礼钱你就不用交了，和你的工钱一笔勾销！

咖　啡　别啊，老爷，我的工钱……

〔贾仁上。

贾　仁　老爷——

〔阿巴贡回头。

贾　仁　您这是……要去上坟？

阿巴贡　你懂什么，这是潮流！我的玛丽娅娜就要来了，家宴准备得怎么样啦？

贾　仁	回老爷，我准备了东方大餐——烤鸭。
阿巴贡	我跟你说，这十个人的菜嘛，其实做八个人的量就够吃了……
贾　仁	没错！淑女们饭量小！
阿巴贡	这个这个，酒里面，要多掺点水……
贾　仁	必须的！这酒要不加水可容易上头，要不太冲！
咖　啡	冲吗？（喝酒）冲！冲！
阿巴贡	（把咖啡拎了过来）你看他，把上衣弄上了一大片油渍……
贾　仁	没事！让他这样（作在胸前行礼致意状），喏，不就挡住了！
阿巴贡	总之，管家哪，你知道的，我没有钱……
贾　仁	保证最省钱！
阿巴贡	克莱昂特那个小兔崽子不知道为什么对家宴很上心——
贾　仁	（略慌张）那、那是他孝敬您，关心您，帮您准备呢！
阿巴贡	哦，还算有点良心！
阿巴贡	好啦，你要看着点，别让那大手大脚的小兔崽子祸害我的家底儿！
贾　仁	请好吧您哪！
阿巴贡	（突然回头，摸着发带）这真的像上坟？
咖　啡	（傻乎乎地乐）嘿，还真有点像——
贾　仁	（打头）像、相貌多俊哪！

〔阿巴贡下。

咖　啡	（欲追）哎！老爷！我的工钱！（摔倒）
贾　仁	（旁白）见过披红挂彩去相亲的，没见过披麻戴孝的。见过老牛吃嫩草，没见过老牛从小牛嘴里往外叼的！父子相争，贾仁得利！（对咖啡）你过来！跟我准备家宴！
咖　啡	不去！不发工钱！我要饿死了！没力气！
贾　仁	屁话！没力气靠啥要工钱！
咖　啡	也对唉！
贾　仁	傻鸟！
咖　啡	我不傻！我娘说，我是"聪明的咖啡"！嘿嘿嘿！
贾　仁	你叫咖啡？怎么起这么个名字？
咖　啡	老爷说，给我改这个名儿，每天看着我就气饱啦，咖啡都省

得喝！

贾　仁　哦。那你负责什么职务呀？

咖　啡　老爷说一人要多用！这样（指自己衣服），厨子！衣服翻过来穿，马车夫！拿上它（举起枪杆子），保镖！

贾　仁　怎么还是木头的？

咖　啡　老爷说这算是——（耍枪）搅、拌、棒！

贾　仁　来，咖啡，跟我准备去！

咖　啡　不！我要工钱！

贾　仁　聪明的咖啡，我在府里的能耐你是知道的。跟我干，准保你拿回工钱！

咖　啡　好吧。可是老爷要办家宴，又不给食材……

贾　仁　食材有了！我们今天全鸭宴的材料——（拿出鸭子）就是它！

咖　啡　就一只鸭子？！

贾　仁　拿好它！（咖啡拿住鸭子。贾仁撸起袖子，开始摩擦自己的双手）

〔音乐起。贾仁往自己手上倒了酱料，展示自己双手，抹在鸭子身上低头翘着手指认真细致地捏着鸭子肉。

咖　啡　这只残废鸭子得罪您了，您要掐死它？！

贾　仁　（深沉地，瑜伽教练般的）不，这是在做——精油 SPA！要给鸭子一个全身的按摩，水疗会帮鸭子内心囤积的压力找到一个出口，让灵与肉达到极致的平衡……

咖　啡　乖乖，鸭子哪里来的压力？

贾　仁　鸭力嘛！（抓住鸭子两只脚倒拎起来，不停地抖动手腕）这个动作是个关键，看，不能快，不能慢，要符合自然的韵律和宇宙的呼吸。来，呼气，吸气，放松……

〔咖啡也跟着呼气、吸气。

贾　仁　有没有感觉到身体不再紧绷？

咖　啡　（边抖动边回答）有！

贾　仁　有没有感觉到肌肉一丝丝松弛下来？

咖　啡　有！

贾　仁　我问的是鸭子！

〔音乐终。咖啡一个激灵清醒过来。

贾　仁　　只有这样，鸭肉才能柔滑细嫩，口感好！这只鸭子呢，整只做成秘制烤鸭，这心肝肺掏出来就是一道菜，鸭舌鸭掌摆个凉碟儿，鸭头又是个卤菜……

咖　啡　　呀！管家你真聪明！

贾　仁　　你是不知道，当年我这十根指头在鸭子身上这么一摸，油沾到手上这么一看，就知道熟不熟，肥不肥，嫩不嫩。贾管家我上辈子生也鸭子，死也鸭子，这辈子成也鸭子——

咖　啡　　（抢白）败也鸭子！

贾　仁　　胡说！上辈子鸭油被那小畜生舔了是我马虎大意，（警觉地环视四周）这次到嘴边的鸭子可是一整只的，金灿灿、沉甸甸的迷人的好东西（作数钱状）！我计划好久了，就差……咳，总之这次可不能让它飞了！来，送进烤炉！

〔咖啡带鸭子下。

贾　仁　　（对咖啡喊）煮鸭子的水别倒了，最后要做汤！

克莱昂特　贾大师——贾大师——

〔克莱昂特急匆匆上。

贾　仁　　哟，少爷！

〔克莱昂特将贾仁拉过一边儿。

克莱昂特　怎么样了？

贾　仁　　看，那不是，架在炉子上烤着呢。克莱昂特，我是说我的娜娜！要办这么隆重的家宴，是不是娜娜就要嫁给我了！

贾　仁　　（对幕外）瞧着点！快快，鸭油滴下来了，快接着！这可是我都舍不得吃的宝贝！

克莱昂特　（揪回贾仁）你说啊！

贾　仁　　是是是！（对仆人）蠢货！谁让你用手接的！还舔！

克莱昂特　太好了！贾大师，可要好好准备，不能亏待我的娜娜！

贾　仁　　（指幕后）那不是正准备着呢？行了少爷！玛丽娅娜小姐就要来了，你还不快去收拾收拾？

克莱昂特　哦，对对！

〔克莱昂特下。

贾　仁　（心满意足地闻着烤鸭的香味，意味深长地）哈哈，这烤熟的鸭子嘛，就到嘴边了！
咖　啡　（哭腔）管家……鸭子被狗吃了！
贾　仁　什么？！你出来！
　　　　〔咖啡上。
贾　仁　（看咖啡）好呀，小狗崽子！嘴边的鸭油都没擦！
咖　啡　我、我就是用手去接鸭油，然后舔了舔手，太香了……然后，不知道怎么回事就……就舔到鸭子上去了！
贾　仁　我打死你个聪明的咖啡！（两人扭打）
　　　　〔幕外传来宾客声，走动声、谈笑声与传报声："玛丽娅娜小姐到——"
　　　　〔贾仁震惊呆住一瞬。咖啡趁机挣脱，站直，状态瞬间变化，对观众："呵呵，foolish。"
　　　　〔阿巴贡上。
阿巴贡　贾仁，你准备的烤鸭呢？
咖　啡　（从冥使状态恢复）被、被狗吃了！
阿巴贡　（揪贾仁）小子！你敢把我的大事办砸了——
贾　仁　老爷！您别急！
阿巴贡　别急？那你让我的玛丽娅娜吃什么？你是准备拿刀把自己片了还是让我把你片了？难不成我们大家吃空气去？
贾　仁　空气……（推阿巴贡）放心，我有法子，您瞧好吧！
　　　　〔玛丽娅娜、玛丽娅娜母亲、克莱昂特上，宾客寒暄落座。
　　　　〔咖啡给大家分发餐具和小得夸张的酒杯。
贾　仁　（站在桌前，面对观众）各位来宾，今天，贾仁我，给大家带来奢华的东方大餐，其名曰——烤鸭！
母　亲　（激动地）大餐？奢华！
咖　啡　（扯贾仁）鸭子，没有鸭子啦——
　　　　〔贾仁瞪咖啡，示意他注意自己上衣的油渍。咖啡赶忙敬礼挡住。
贾　仁　这可是我们皇帝喜欢的一道菜！在我们国家吃烤鸭是很讲究的。在吃之前，请跟我来做最重要的准备活动——先热热我

们的手！（亮手）

众　　人　　手？！

玛丽娅娜　　贾管家，我们吃东西是用嘴来品尝，这手……

贾　　仁　　（活动双手）人的双手看似与味觉无关，其实却蕴含着惊人的感知力量！吃饭忽略手，是对资源的极大浪费！请大家闭上眼睛（众闭眼），举起我们的双手（神秘的音乐渐起）……现在，我们的这双手……已经不再是手了。它们要用来看、要用来闻，还要用来吃！让手来感知我们心中最强烈的欲望……

〔众人先是同样动作活动着手，渐渐做出不同的动作。

母　　亲　　（往怀里揽钱财状）吃完这餐饭，就拿聘礼钱！

阿巴贡　　（双手勾勒女性曲线）先吃相亲宴，再吃小甜甜！

克莱昂特　　（拥抱状）刀叉作红线，情人两头牵！

玛丽娅娜　　（深情许愿状）饭前团圆坐，饭后做团圆！

咖　　啡　　（抹口水状）鸭子和鸭子，（抹下来的鸭油在指尖搓了搓，想起来钱）工钱和工钱！

贾　　仁　　（看全局在手，得意状）摆下鸿门宴，成功在眼前！好了！烤鸭上桌了！闻着香吗？

众　　人　　（还沉浸在自己的欲望中）香——

贾　　仁　　心里美吗？

众　　人　　（做各自的动作）美！

〔音乐变，《舌尖上的中国》背景乐。

贾　　仁　　法国南部，地中海带来暖湿的气流，爱情正在疯长，又到了抢媳妇的时节。烤鸭里丰富的蛋白质，可以转化为厮打时所必需的能量。饮用阿尔卑斯山泉长大的鸭子，是当地人制作烤鸭首选的食材，能勾起人大吃一顿的欲望——

众　　人　　哦，欲望——

贾　　仁　　听起来难以置信，但是这种鸭子几乎满足了所有人的向往——

众　　人　　哦，向往——

贾　　仁　　端上桌来，一盘烤鸭。皮脆肉嫩，触手即化。（众人伸出手）慢点伸手，小心烫啊。（众人收回手）摸个面饼，来卷烤鸭。

一张小饼，摊开不大。劲使小点，别撕烂它。码上鸭肉，别忘葱花。自由选择，加点黄瓜。涂上面酱，口水滴答。赶紧卷上——咔嚓咔嚓！（克莱昂特和玛丽娅娜互相凝望、偷偷摸对方手、用脚在桌下做小动作；阿巴贡对玛丽娅娜垂涎的动作；娜母对阿巴贡和阿府环境的打量和贪婪；贾仁的控制全场……）

母　亲　　等一下！可不可以再摸一个？
贾　仁　　您自便——意犹未尽，吃饱了吗？伸出手来，鸭油满爪，哈……这是我最喜欢的！（阿巴贡情不自禁地想要去舔手指）不要舔！我给大家的建议是：注意留心附近是否有中小型肉食家畜盯梢，然后，一根手指一碗饭，美味超值赞爆啦！
〔音乐变换，众人快速重复前面的动作，舔手指。
〔音乐结束，大家睁开眼，每个人都在满意地揉着肚子。
〔众人响亮的饱嗝，互看自己一直想着的人。

第四场　争婚

〔阿巴贡府张灯结彩。
〔贾仁上。

贾　仁　　一出空盘计，父子娶一媳。这么聪明的计谋也只有我贾仁想得出来！您算是赶上了，好戏马上开场！金子，金子，我来了——
咖　啡　　女士们、先生们，Are you ready？
〔咖啡闪亮登场，pose。
咖　啡　　主持人就是我，我就是主持人。今夜蓝天白云，阳光明亮！今夜欢声笑语，天赐吉祥！在这个美好的夜晚，我们迎来了阿巴贡老爷和克莱昂特少爷的婚礼！
贾　仁　　（赶紧捂住咖啡的嘴）有请新郎！
〔克莱昂特迎着主持人，喜气洋洋以新郎装扮上。
贾　仁　　哎哟，我的少爷，恭喜恭喜啊！
克莱昂特　同喜同喜，大师多亏您！（互相鞠躬）我这样见娜娜，帅吗？
贾　仁　　新郎官哪有不帅的！

阿巴贡　　新娘，新娘——

　　　　　〔阿巴贡同样新郎打扮上。

贾　仁　　哎哟，我的老爷——

　　　　　〔贾仁生怕穿帮，紧忙迎过去。

阿巴贡　　新娘呢，新娘在哪儿，赶快抓紧拜堂吧！

克莱昂特　（见父亲，傻乎乎作揖）爹，您来了——

　　　　　〔阿巴贡见克莱昂特披红挂花，忙将贾仁拉过一旁。

阿巴贡　　怎么回事？这小子怎么也穿成这样？

咖　啡　　（抢白）老爷，今儿是您和少爷的大喜之夜啊——

贾　仁　　（忙拉过咖啡）是啊，老爷！少爷这不是孝顺您吗！您娶老婆，跟他自个儿娶老婆一样，他高兴哪！穿件新的！

阿巴贡　　穿件新的就穿新的，怎么和我穿的一样！

贾　仁　　（麦当劳甜品站语气）同款服装，第二件半价哟！您瞧，这衣服一穿上，少爷和您一样俊，一样喜气！多长脸！这小模样得吸引多少富婆来包养啊！我看左边那桌72岁的有钱寡妇就挺中意他的！跟我说嫁妆都备了好几箱子！

阿巴贡　　哦！他打扮成这样，是为了帮我赚钱？好儿子！好呀，那就给他挑个好日子，把这小子嫁过去！

咖　啡　　不是老爷——是——

贾　仁　　（抢白）好！嫁过去！（拉过咖啡）还想不想要工钱？！沉默是金！知道不？！

阿巴贡　　有钱寡妇？嫁妆？好！贾仁，这事情你给张罗着！（转身对着克莱昂特，拱手作揖）儿子呀，恭喜恭喜！

克莱昂特　（以为爹祝福自己，拱手回礼）谢谢爹，同喜同喜——（克莱昂特和阿巴贡欲走近）

贾　仁　　（紧张地拉回阿巴贡）哎，老爷老爷，咱们这边儿说话！

阿巴贡　　（盘算着，对贾仁）我跟你说，今天婚宴上的东西留着，那小子结婚的时候还能再用。聘礼钱咱就省啦，要不让克莱昂特倒插门……

贾　仁　　好好！小的记下了，记下了！

克莱昂特　新娘呢，新娘子怎么还不出来啊——

〔贾仁忙跑到克莱昂特一边。

克莱昂特　怎么回事,再不拜堂就误了时辰了,新娘呢?

贾　仁　少爷,您急什么呀!新娘这会儿正为了你描眉画眼儿哪——

克莱昂特　(看了看阿巴贡)刚才忘了问,这老抠神二十年没换过新衣裳了,今儿怎么打扮的跟我一模一样?

贾　仁　少爷,你还不懂老爷嘛!做两套一样的衣服这不是省钱嘛!瞧瞧你爹,一辈子抠门儿,今儿为了儿子结婚,特意穿这么敞亮。这是怕给你丢人,替你长脸哪!父爱满满!苦心一片!

克莱昂特　是咦!是太阳从西边出来!那我得好好谢谢我爹!

克莱昂特　(转向爹)爹,儿子给您,行礼了——(再一次拱手行礼)

贾　仁　(趁机)恭喜啦——

阿巴贡
克莱昂特　(同时拱手)同喜同喜——

咖　啡　(抢白)同喜、同喜、同喜、同喜,(伸手数数),俩四喜丸子!

贾　仁　(拉过阿巴贡)老爷,要不您先去休息休息?晚上有人闹洞房呢!

阿巴贡　还是你小子想得周到。(坏笑下)

〔克莱昂特拉过贾仁。

克莱昂特　贾大师,新娘还没来,不会是我那丈母娘又反悔了吧?!

贾　仁　哪儿能呢少爷,你丈母娘给你订婚用的扇子娜娜都拿着了呢!娜娜把它藏在只有你们两个人知道的地方正等着你呢……你懂的。

克莱昂特　好,娜娜我来了!

〔克莱昂特跑下。

咖　啡　管家,我怎么越看你越觉得缺德呢?!

贾　仁　你不想要工钱了?

咖　啡　父子俩娶一媳妇儿,亏你想得出来!

贾　仁　聪明的咖啡,只要你配合我不让他们俩知道,这金子,就是我们的了!

咖　啡　哦……原来你来府上是为了金子呀——

贾　仁　（捂嘴）好你个咖啡——

阿巴贡　我说咖啡啊——

〔阿巴贡又急匆匆地跑上。

咖　啡　老爷？

阿巴贡　咖啡啊，我越等越着急，越等越着急，这新娘怎么还不来？要不你去迎迎？告诉他们，能省则省，直接洞房就行！

贾　仁　（拉过老爷）咖啡，赶快瞧瞧去！

阿巴贡　对，快瞧瞧，迎迎新娘去！

咖　啡　（背白）要不是为了我的工钱，我才懒得理……（咖啡一震，冥使上身）贾仁这计策就快成了，我可以安心回去，等钱到手。（看向贾仁、阿巴贡）呵呵，foolish。（下）

贾　仁　老爷，恭喜啊！

阿巴贡　多亏你！这一想到要洞房啊，我这颗心就"扑通扑通"，都快从我嗓子眼里蹦出来了！

贾　仁　老爷，要我说，这婚马上就结了，咱要为以后打算！

阿巴贡　打算？

贾　仁　你看，新媳妇您是娶上了，下一步呢，得不得装修新房？咱有房子，省着点花，扯点红布来铺铺盖盖算了，这就得两百克朗。

阿巴贡　两百克朗？！

贾　仁　从今往后家里多了一口人，新的碗筷、被褥、桌椅怎么也得添置吧，这得三百克朗。

阿巴贡　三百克朗！

贾　仁　您也知道，玛丽娅娜家里那情况，嫁过来肯定是没有嫁妆的。以后她就是您来养活了。女人的嘴就不会闲着！别听她们嚷嚷着要减肥了，那只是让自己吃得更精致的借口！精致的点心，就要配精致的餐具！精致的餐具，就要配漂亮的衣裳！漂亮的衣裳，就得配漂亮的包和鞋子！漂亮的包和鞋子——

阿巴贡　停停停停停——

贾　仁　还没说完哪！您别忘了以后每逢情人节还得送礼物！对了，女人都有一种特殊的技能，她们能把什么光棍节啊、圣诞节啊，只要是除了清明节的所有节日都过成情人节！

阿巴贡　天啊！简直就是败家娘们儿！

贾　仁　何止是败家！简直就是跟钱有仇啊！（看阿巴贡的钱袋子）老爷，您这个钱袋子可得收好，这要是带进洞房啊，那就得叫夫妻共同财产了！老爷，您想想，你这一入洞房，钱立马就少一半！

阿巴贡　（立马护住钱袋）我没钱！

贾　仁　（抢白）到时候您想护都护不住！

阿巴贡　那你说怎么办！这婚我不结了？！

贾　仁　要我说，不如给了少爷？

阿巴贡　克莱昂特？

贾　仁　少爷可是你亲儿子，放心。少爷懂事，他可不会乱拿着金子进赌场。

阿巴贡　不行，不行，不行，万一他受不住诱惑——

贾　仁　那咖啡跟了你这么多年，他老实啊？

阿巴贡　更不行！我还欠着他好几年的工钱呢！

贾　仁　老爷，我想到了，可以给你的丈母娘！

阿巴贡　那跟给玛丽娅娜有什么区别！要了我的老命！

贾　仁　这也不行那也不行——

阿巴贡　你得给我想一个我信得过的，既有理财能力，又和我一样不花钱的！

贾　仁　这老爷，你身边的人，我可都说了个遍……

阿巴贡　身边的人？（仔细看看贾仁）还有你！

贾　仁　不行不行，我是个外人，这不合适！

阿巴贡　再合适不过了！府上还有比你更忠诚的人吗？

贾　仁　那没有，我对您是一顶一的忠诚，您指哪儿我打哪儿！

阿巴贡　还有比你更有能力，更不舍得花钱的吗？！

贾　仁　最省钱的是老爷你啊！我不行！

阿巴贡　就是你了！接钱袋儿！（递上钱袋）

〔阿巴贡递，贾仁推，阿巴贡递，贾仁推，可用戏曲身段。

〔贾仁在阿巴贡不备时突然拿过钱袋。

阿巴贡	钱给你，看好了！
贾　仁	啊哈！得来全不费工夫，一切尽在掌握中！有了这些钱，我想投什么胎就投什么胎！我想做什么人就做什么人！（贾仁扯红布，欲下）

〔克莱昂特跑上！

克莱昂特	贾大师，扇子和娜娜都藏在哪儿啊，我转了半天也没找见，带我找娜娜去——
阿巴贡	（舍不得钱回来）管家，要不，要不你再让我看一眼我的钱！
克莱昂特	贾大师，东西在哪儿，娜娜在哪儿——
阿巴贡	钱呢，我的钱呢！
克莱昂特	快告诉我，我怕娜娜等不及了。
阿巴贡	再看一眼，最后一眼，娜娜还在等我呢！

〔音乐，追赶。

克莱昂特 阿巴贡	（合）什么？娜娜？
阿巴贡	钱，我的钱！

〔二人看住贾仁，追下。此时玛丽娅娜母亲扶玛丽娅娜上。

母　亲	（追着阿巴贡）财主老爷，您别跑啊！婚礼还没办呢！洞房还没入呢！我还等着花您的银子呢！（阿巴贡一个跟跄，被娜母抓住。阿巴贡甩开娜母，娜母翻脸）你这人怎么这样！要娶我们娜娜的财主老爷多的是！你别跑，你还我扇子，我找下个姑爷去！你站住！

〔娜母追下。

〔台上留下克莱昂特和玛丽娅娜，两人相视一笑，相拥在一起。

克莱昂特	娜娜！
玛丽娅娜	特特！

〔纱幕中是克莱昂特、玛丽娅娜相拥剪影。

〔幕外形体动作：阿巴贡追贾仁，贾仁在前面，咖啡挡住去路，贾仁让咖啡让开，咖啡不让，示意要钱，贾仁回头望，阿巴贡马上要追上来，没办法只好从口袋里掏钱给咖啡，咖啡拦住阿巴贡，和阿巴贡对抗，贾仁跑。阿巴贡 KO 掉咖啡，

〔追上贾仁，贾仁扔钱袋，阿巴贡捡起，贾仁跑走下。阿巴贡看到空钱袋，欣喜若狂，掏开看里面却是一堆……（报纸或者石头）音乐起，阿巴贡傻了，回头望，却是纱幕下玛丽娅娜和克莱昂特的美好画面，前区阿巴贡冰冷、呆呆地看着。

母　亲　养儿防老，我这下半辈子的希望！

〔贾仁上。

贾　仁　大……大人！钱！我拿到了！给！给！（把钱给冥使）这么多金子，我要投胎做人！做个最有钱的人！

〔冥使接钱袋，数钱（或掂钱袋重量）。

冥　使　这不够啊。贾仁，你不是精于理财吗？这天庭检查团要来检查，地府现有一笔亏空，你要是能把它填补上，我就送你投胎到那烟柳繁华地，温柔富贵乡。

贾　仁　这个好说！您可以收税啊，多立点名目，什么死亡税、投胎税、油锅燃油税！

冥　使　检查团不日就到。可现在地府里那些鬼民早成穷光蛋了，要等他们兜里再有银钱，还要等到——

贾　仁　等到——

冥　使　明年清明节！我等不了！

贾　仁　大人，这鬼是没钱了，可是人有啊（指台下观众）！不如……

〔贾仁附到冥使耳边嘀咕法子，两人不怀好意地指点着观众。冥使疑问，贾仁指观众。冥使点头指观众，贾仁对冥使竖起大拇指。

〔两人踱步到台前，阴森森地扫视全场观众，发出恐怖的、阴谋得逞的笑声。笑声渐大渐猖狂。

〔幕后音："天庭考察团到——"

〔两人笑声骤然止住。冥使"扑通"朝后台跪下，贾仁犹豫一秒跟着跪下。冥使回头看贾仁，低声："呵呵，foolish。"挥手一指贾仁。

〔灯暗。

〔舞台出现一只大手，笼罩贾仁，光暗。起光柱，飞蛾扑火。

——全剧终

附 录

表一 跨文化戏曲改编剧目（1902—2021）

序号	原著	原著作者	戏曲剧目	剧种	首演时间	首演地点	演出单位	主创人员	备注
1	《意大利建国三杰传》	梁启超	《新罗马》	传奇	不详	不详	不详	不详	1902年梁启超流亡日本时根据自著的《意大利建国三杰传》改编，同年刊于《新小说》首期
2	《意大利建国三杰传》	梁启超	《侠情记》	传奇	不详	不详	不详	不详	1902年梁启超流亡日本时根据自著的《意大利建国三杰传》改编，同年刊于《新小说》首期。据梁启超自述，《侠情记》"本《新罗马》传奇中之数出，因《新罗马》按次登载，旷日持久，故同人怂恿割出加将年侠情韵事作为别篇。"但可惜两剧均未写完
3	《经国美谈》	〔日〕矢野文雄（又名矢野龙溪）	《经国美谈》	京剧	不详	不详	不详	"讴歌变俗人"编剧	周宏业曾将其译为中文，刊于1903年商务印书馆出版的《绣像小说》初年曾有演出
4	不详	不详	《瓜种兰因》（又名《波兰亡国惨》）	京剧（连台本戏）	1904年	上海春仙茶园	不详	汪笑侬编、导、演	根据波兰与土耳其战争史实编撰。全剧共十六本，1904年8月首演头本，后陆续上演其余十五本
5	《汤姆叔叔的小屋》	〔美〕哈里特·比彻·斯托	《黑奴吁天录》（又名《前车鉴》）	京剧	1907年	上海春阳社	不详	许啸天编剧；潘月樵、夏月润、夏月珊等主演	19世纪最畅销的小说，并被认为是刺激19世纪50年代废奴主义兴起的一大原因

续表

序号	原著	原著作者	戏曲剧目	剧种	首演时间	首演地点	演出单位	主创人员	备注
6	《茶花女》	[法]小仲马（一般指亚历山大·小仲马）	《新茶花》（又名《20世纪新茶花》）	京剧（连台本戏）	1909年	上海新舞台	不详	赵君玉、赵如泉等主演	根据小说和同名话剧改编
7	《拿破仑》	[德]艾密尔·鲁特维克	《拿破仑》	京剧	1911年4月19—20日	上海新舞台	不详	惜秋编剧；冯子和、夏月珊、赛魁冠、赵文连、夜来香、七盏灯（毛韵珂）、小连生（潘月樵）、夏月润、小保成（何治文）、张顺来等主演	根据西洋戏剧译本改编
8	《哈姆雷特》	[英]威廉·莎士比亚	《杀兄夺嫂》	川剧	民国初年	不详	雅安川剧团	王国仁改编	
9	《电术奇谭》	[日]菊池幽芳	《电术奇谭》	京剧（连台本戏）	1914年3月19日	上海新舞台	不详	赵君玉、潘月樵、夏月珊等主演	根据菊池幽芳的小说和阴春社同话剧改编，描写的是发生在英国的一桩奇案。1903年吴研人庆方的译述《新小说》发表了根据章回体的译述"翻译"并改写为的《电术奇谭》，故事背景改为中国，人物一律改为中国名字
10	《法国血手印》	不详	《法国血手印》	京剧	1914年	北京	不详	贾洪林、小桃红（周蕙芳）等主演	
11	《就是我》	不详	《就是我》	京剧（连台本戏）	1916年4月	上海新舞台	不详	潘月樵、夏月珊、邱治、夏月润等主演	根据侦探小说改编，使用新式机关布景，在当时产生了很大影响，成为新舞台的保留剧目

续表

序号	原著	原著作者	戏曲剧目	剧种	首演时间	首演地点	演出单位	主创人员	备注
12	《法国血手印》	不详	《法国血手印》	京剧	1917年	上海新舞台	不详	夏月润、夏月珊、毛韵珂等主演	根据贾洪林、周惠芳主演的《法国血手印》改编，故事背景由法国改为英国
13	《拿破仑》	[德] 艾密尔·鲁特维克	《拿破仑趣史》	京剧	1918年6月29日	上海新舞台	不详	周瘦鹃编剧；夏月润、欧阳予倩等主演	根据西洋戏剧改编
14	《卖国奴》	[德] 苏德曼	《卖国奴》	京剧	1919年	上海	不详	郑正秋编剧	1921年上海中外书局出版的《古今戏剧大观》第五册有剧情简介
15	《卖国奴》	[德] 苏德曼	《安重根刺伊藤博文》	评剧	辛亥革命后	不详	不详	成兆才编剧	选取《卖国奴》同一题材编成
16	《俄国革命故事》	不详	《夜未央》	京剧	不详	不详	不详	不详	1921年上海中外书局出版的《古今戏剧大观》第二册有剧情简介
17	《威尼斯商人》	[英] 威廉·莎士比亚	《借债还肉》	京剧	1922年	上海	不详	夏月珊编剧；夏月珊等主演	
18	《楞严经》《佛说摩登女经》	不详	《摩登伽女》	京剧	1927年	北京	不详	清逸居士编剧；尚小云等主演	一说根据印度同名歌舞剧改编，讲述了佛陀的弟子阿难与低种姓女子——摩登伽女的故事
19	《侠盗罗宾汉》	不详	《侠盗罗宾汉》	京剧	1941年	天津稽古剧社	不详	张春华、李岭华等主演	根据同名电影改编

续表

序号	原著	原著作者	戏曲剧目	剧种	首演时间	首演地点	演出单位	主创人员	备注
20	《魂断蓝桥》	[美]塞缪尔·N.贝尔曼、汉斯·拉莫、乔治·弗罗斯切尔	《魂断蓝桥》	越剧	1941年	不详	越华舞团	李艳芳、姚水娟等主演	1942年6月至1943年6月，在宁波天然舞台合作演出，徐玉兰、魏兰芳、竺喜娟等合作演出；1944年初至1946年2月，雪声剧团再次复演，钟泯导演
21	《魂断蓝桥》	[美]塞缪尔·N.贝尔曼、汉斯·拉莫、乔治·弗罗斯切尔	《魂断蓝桥》	沪剧	1941年后	不详	不详	不详	沪剧是上海开埠后迅速发展起来的本地剧种。在此之前，只是一种乡村田头山歌，流行于川沙、南汇一带，称为"东乡调"，后来称为"本地滩簧"或"申滩"，到20世纪20年代后又改称为"申曲"。1941年，上海沪剧社成立，正式定名为"沪剧"
22	《哈姆雷特》	[英]威廉·莎士比亚	《窃国盗嫂》	沪剧	1941年后	不详	不详	不详	
23	《罗密欧与朱丽叶》	[英]威廉·莎士比亚	《铁汉娇娃》	沪剧	1941年后	不详	不详	不详	
24	《罗密欧与朱丽叶》	[英]威廉·莎士比亚	《情天恨》	越剧	1942年12月30日	上海大来剧场	不详	于吟导演；袁雪芬、张桂莲主演	
25	电影《月宫宝盒》（又名《巴格达窃贼》）	不详	《月宫宝盒》	京剧	1943年冬	天津稽古剧社	不详	吴云心编剧	取材于阿拉伯神话故事，另有黄帆改编的京剧剧本《月宫盗宝》，连载于1940年创刊的《游艺画刊》第三、四卷

续表

序号	原著	原著作者	戏曲剧目	剧种	首演时间	首演地点	演出单位	主创人员	备注
26	《天方夜谭》	不详	《沙漠王子》	越剧	1946年2月1日	九星大戏院	芳华剧团	徐进编剧；钟泯导演；尹桂芳、竺水招、徐天红、吴小楼、吕云甫、筱桂芳、戚雅仙等主演	1982年1月25日，虹口越剧团在中国剧场复演，尹桂芳艺术顾问，任广智导演，戴忠桂主演，陈曼编剧，福建芳华越剧团演出，尹桂芳再度复演；1989年2月17日上海越剧院再度复演，李莉编剧，沈斌导演，赵志刚、孙智君、史济华、张国华、应国英、顾卫林、汤榆华等主演
27	《李尔王》	〔英〕威廉·莎士比亚	《孝女心》	越剧	1946年	上海龙门大戏院	全香剧团	胡知非编、导；傅全香、姚宝红花、钱妙花主演	
28	《罗密欧与朱丽叶》	〔英〕威廉·莎士比亚	《生死鸳鸯》	京剧	1947年	不详	不详	焦菊隐、朱石麟编剧	1947年完稿，原本计划由李少春、王茹主演，但因通货膨胀，演出情况不详
29	《三剑客》（又名《侠隐记》）	〔法〕大仲马（即亚历山大·仲马）	《山河恋》	越剧	1947年8月	黄金大戏院	越剧"十姐妹"联合公演	南薇、韩义、成容改编；南薇导演；吴小楼、竺水招、王兰、张桂凤、筱丹桂、尹桂芳、范瑞娟、傅全香、袁雪芬等主演	1947年完稿，原本由虹口越剧团在徐汇剧场复演，南薇编剧，韩义导演，程心如、丁育之、孙菊琴、张蓓丽、李蓉芳、陆锦娟、尹美娣、朱惠芳、陆苏美、王美芳等主演，1982年西安市越剧团重新改编，在上海演出

续表

序号	原著	原著作者	戏曲剧目	剧种	首演时间	首演地点	演出单位	主创人员	备注
30	《罗密欧与朱丽叶》	[英]威廉·莎士比亚	《铸情记》	京剧	1948年	北京长安大戏院	北平艺术馆	焦菊隐编剧；翁偶虹导演；王金璐、高玉倩、李金鸿等主演	
31	《奥赛罗》	[英]威廉·莎士比亚	《公主与郡主》	越剧	1950年	上海	上海越剧团	不详	
32	《欧那尼》	[法]维克多·雨果	《英雄与美人》	越剧	1950年12月27日	金都大戏院	芳华剧团	南薇编剧、方正导演；尹桂芳、徐天红、张云霞、张茵等主演	
33	朝鲜唱剧《春香传》	不详	《春香传》	京剧	1953年	北京	北京京剧院四团	吴素秋饰演春香，次年起由言慧珠饰春香	根据朝鲜民主主义人民共和国国立古典艺术剧场同名演出本改编
34	《三座山》	[蒙古]德·那楚克道尔基、策·达木丁苏荣	《三座山》	京剧	1954年6月	北京	中国京剧院二团	范钧宏编剧；马彦祥导演；贾作光编舞；云燕铭、张云溪、张春华、景荣庆、叶盛长等主演	
35	《春香传》朝鲜唱剧	不详	《春香传》	越剧	1954年8月2日	长江剧场	华东越剧实验剧团二团	华东戏曲研究院编审改编；庄志执笔；洪谟导演；石景山、陈兰导演；王文娟、徐玉兰、筱桂芳、钱妙花、孟莉英、徐慧琴等主演	朝鲜民主主义人民共和国外务省安孝相翻译
36	《蝴蝶夫人》	[意]贾科莫·普契尼	《蝴蝶夫人》	沪剧	约1954年	不详	上海沪剧院	丁是娥、解洪元主演	

续表

序号	原著作者	原著	戏曲剧目	剧种	首演时间	首演地点	演出单位	主创人员	备注
37	〔法国〕斯汤达	《红与黑》	《红与黑》	越剧	1956年	不详	飞鸣越剧团	陆锦娟、李蓉芳、沈爱莲、何笑笑主演	
38	不详	《沈清传》（朝鲜古典小说）	《沈清传》	越剧	1957年	不详	杭州越剧团青年队	朝鲜友人崔贞姬担任艺术指导，学楚（执笔）、张尤栋、余惠民、石红等编剧；罗建中等导演；顾玲、张少君等主演	原著为朝韩民间故事
39	〔英〕威廉·莎士比亚	《第十二夜》	《双胞奇缘》	越剧	"文革"前	不详	飞鸣越剧团	陆锦娟、李蓉芳、李明、何笑笑、朱明芳、沈明华、裘加宝等主演	
40	〔法〕莫里哀	《情仇》	《花弄影》	沪剧	"文革"前	不详	施家剧团	汪秀英等主演	汪秀英为沪剧汪派创始人
41	〔英〕王尔德	《温德米尔夫人的扇子》	《少奶奶的扇子》	沪剧	1979年9月	不详	上海沪剧团	江致熙整理改编；万之导演；马莉莉、韩玉辉、张清、陆敬业、邵滨孙主演	民国三十六年（1947）由丁是娥、解洪元、顾月珍领衔的上海沪剧团首演，剧名《和合结》，叶水辉改编；1956年凌爱珍领衔的爱华沪剧团上演此剧时，由白沙（即水辉）改编，万之导演，凌爱珍、袁滨忠、韩玉敏、吴乐声、大可等主演；1961年爱华沪剧团复演，由江致熙重新改编
42	〔美〕艾德加·赖斯·巴勒斯	《人猿泰山》	《人猿泰山》	越剧	1979年至1991年	不详	丽水地区越剧团	何仁山编剧	

续表

序号	原著作者	原著	戏曲剧目	剧种	首演时间	首演地点	演出单位	主创人员	备注
43	〔英〕威廉·莎士比亚	《冬天的故事》	《雨蝶传奇》	越剧	1980年	不详	瑞安越剧团	杨珣艺术指导；张鹤鸣编剧；黄树堂导演；陶慧敏等主演	
44	不详	日本电影《绝唱》	《天上人间》	越剧	1981年	不详	上海越剧院	苏鄂生、纪乃咸改编；李世仪导演；史济华、沈子兰、徐瑞发等主演	吕瑞英担任艺术指导，著名剧作家杜宣为艺术顾问，郭沫若之子郭博及其夫人为生活顾问
45	〔英〕威廉·莎士比亚	《奥赛罗》	《奥赛罗》	京剧	1982年	不详		齐啸云编剧；齐啸云等主演	齐啸云是我国用英语演唱京剧的"第一人"，在京剧《奥赛罗》中，她使用英语进行演唱并大获成功；英语演唱中国传统名剧《赤桑镇》《铡美案》《陈三两》等，并将希腊名剧《巴凯》翻译、改编成京剧
46	〔英〕威廉·莎士比亚	《威尼斯商人》	《天之骄女》	粤剧	1983年	不详	广州粤剧团实验剧团	秦中英改编；红线女、张奇虹导演；李飞龙副导演	
47	〔英〕威廉·莎士比亚	《奥赛罗》	《奥赛罗》	京剧	1983年6月	北京吉祥戏院	北京实验京剧团	邵宏超（执笔）、郑碧贤、逯兴才编剧；郑碧贤导演；李雅兰、马永安、蒋鸿翱等主演	
48	〔丹麦〕安徒生	《海的女儿》	《海国公主》	越剧	1985年	温州戏剧节	瑞安越剧团	张鹤鸣编剧；杨珣（特邀）导演；黄云生助理导演；王晓聪、计娟朱、戴馥の等主演	荣获浙江省第二届戏剧节导演奖，并于1986年赴京巡演
49	〔英〕威廉·莎士比亚	《罗密欧与朱丽叶》	《天长地久》	越剧	1985年9月17日	上海共舞台	虹口越剧团	陈曼改编；韩婷婷、胡蓉华主演	上海共舞台是20世纪30年代上海"四大"京剧舞台之一；1933年更名为"荣记舞台"；1954年更名为"共舞台"

续表

序号	原著	原著作者	戏曲剧目	剧种	首演时间	首演地点	演出单位	主创人员	备注
50	《麦克白》	[英]威廉·莎士比亚	《欲望城国》	京剧	1986年	台北	台湾当代传奇剧场	李慧敏、林秀伟改编；吴兴国导演；吴兴国、魏海敏等主演	
51	《第十二夜》	[英]威廉·莎士比亚	《第十二夜》	越剧	1986年2月9日	第三届上海戏剧节	上海越剧院三团	周水荷改编；胡伟民导演；孙虹江副导演；刘永珍、许杰、孙智君、赵国华技术导演；许杰、孙智君、连玉华、张承好、史济华、顾卫林、胡敏华、周勇强、徐德铭等主演	
52	《冬天的故事》	[英]威廉·莎士比亚	《冬天的故事》	越剧	1986年4月18日	杭州	杭州越剧院一团	张君川任艺术顾问（执笔）、王复民编剧；天马导演；许鸿朗技术导演；金塔荣、王颐玲、张秋虹等主演	
53	《麦克白》	[英]威廉·莎士比亚	《乱世王》	京剧	1986年11月	武汉江夏剧院	武汉市京剧团	周孝先编剧；胡导导演；陈鸿钧、朱绮婉主演	
54	《铁面皇帝》	不详	《铁面皇帝》	越剧	1987年至1989年间	不详	上海卢湾越剧团	光媚、丽副编剧，马科导演；刘丽丽、殷妙英、尤云芳等主演	
55	《无事生非》	[英]威廉·莎士比亚	《无事生非》	黄梅戏	1987年4月	上海儿童艺术剧场	安徽省黄梅戏剧院	金芝编剧、马兰、黄新德、吴琼、蒋建国、王少舫等主演	1987年中国（上海）首届莎士比亚戏剧节参演剧目

续表

序号	原著	原著作者	戏曲剧目	剧种	首演时间	首演地点	演出单位	主创人员	备注
56	《麦克白》	[英]威廉·莎士比亚	《血手记》	昆曲	1987年4月	上海儿童艺术剧场	上海昆剧团	黄佐临任艺术顾问；郑拾风编剧；沈斌、李家耀、张铭荣导演；计镇华、张静娴、方洋等主演	1987年中国首届莎士比亚戏剧节参演剧目；1987年出访英国、瑞典、丹麦，参加了第四十一届爱丁堡国际艺术节和贝尔法斯戏剧节，并在伦敦、爱丁堡、剑桥等20余个城市演出，引起轰动
57	《图兰朵》	[意大利]贾科莫·普契尼	《杜兰公主》	越剧	1987年	不详	南京市越剧院	陈露依执导；沈美娟、华洁、陈侍祥、朱蔺等主演	
58	《麦克白》	[英]威廉·莎士比亚	《血剑》	婺剧	1987年10月	第三届浙江戏剧节	小百花东阳婺剧团	阮东英导演；齐灵姣主演	婺剧，又名"金华戏"
59	《沉船》	[印度]泰戈尔	《飞来姻缘》	越剧	1988年1月	上海共舞台	上海卢湾越剧团	光媚、丽金编剧；金凤导演；刘丽芬、朱祝芬、徐璐、应志琳等主演	
60	《天方夜谭》	不详	《天方夜谭》	越剧	1988年2月	瑞金剧场	上海静安越剧团	红枫、卓云编剧；李卓云任艺术总监；王金劲导演；周雅琴、黄月明、魏兰芳、杨惠丽主演	
61	《美狄亚》	[古希腊]欧里庇得斯	《美狄亚》	河北梆子	1989年	不详	河北省河北梆子剧团青年团	姬君超改编、作曲；罗锦鳞导演；首版由彭慧衡、刘玉玲、麦艳玲主演	后续版本由刘玉玲、殷新泉、郭砚夫、吴世超、杜奎、安宁、刘鹏、金民合、彭艳琴、刘建平、丁立树、高德敏、徐秀娜等主演

续表

序号	原著	原著作者	戏曲剧目	剧种	首演时间	首演地点	演出单位	主创人员	备注
62	《榆树下的欲望》	〔美〕尤金·奥尼尔	《欲海狂潮》	川剧	1989年5月	成都	成都川剧院	徐棻编剧；张曼君（执行导演），李增林导演	荣获"五个一"工程奖、全国地方戏评比一等奖、中国艺术节文华大奖、中国川剧节艺术大奖
63	《哈姆雷特》	〔英〕莎士比亚	《王子复仇记》	京剧	1990年	台北	台湾当代传奇剧场	吴兴国导演；王安祈、吴兴国主演改编	
64	《坂本龙马》	〔日〕真山青果	《坂本龙马》	京剧	1992年初	北京	中国京剧院	吕瑞明编剧；任艺术顾问兼总导演、王树元，吴钰璋、李欣、沈健瑾、徐美玲等主演	1992年是中日邦交正常化二十周年，中国京剧院在日本新制作座赞助下排演
65	《夜莺》	〔丹麦〕安徒生	《夜莺》	京剧	1993年11月5日	北京民族文化宫	中国戏曲学院京剧系	德国籍留学生卡斯滕·奎生导演，刘旸、孔新垣（特邀）、焦克、吕慧敏等主演	
66	《美狄亚》	〔古希腊〕欧里庇得斯	《楼兰女》	京剧	1993年	台北中山纪念馆	台湾当代传奇剧场	吴兴国、林秀伟编剧；魏海敏等主演	
67	《哈姆雷特》	〔英〕莎士比亚	《王子复仇记》	越剧	1994年8月6日	上海人民大舞台	上海越剧院明月剧团	薛允璜改编；袁雪芬、荣广润任艺术顾问；苏乐慈导演，赵志刚、史济华、孙智君、华怡青、张承好等主演	
68	《俄瑞斯忒亚》	〔古希腊〕埃斯库罗斯	《俄瑞斯忒亚》	京剧	1995年	台北	台湾当代传奇剧场	吴兴国编剧；〔美〕理查·纳克森导演；魏海敏主演	李文才担任复排导演

续表

序号	原著	原著作者	戏曲剧目	剧种	首演时间	首演地点	演出单位	主创人员	备注
69	《罗密欧与朱丽叶》	〔英〕威廉·莎士比亚	《卓梅和阿罗》	花灯戏（云南）	1995年至1997年10月	第五届中国戏剧节	玉溪市花灯剧院	朱丽云制作；良华编剧；严欧龙、何瑞芬导演；杨丽琼、沈建南、马忠亮、潘本生、夏从政、徐宝龙、田华、马翔龙、尤华平、严林、徐锐等主演	1999年11月首届上海国际艺术节参演剧目；2000年4月首届中国昆明国际旅游节参演剧目；曾荣获1997年中国曹禺戏剧奖优秀剧目奖以及中国少数民族戏剧"孔雀奖"金奖；主演杨丽琼荣获1998年第十五届中国戏剧梅花奖，马良华荣获1998年中国曹禺戏剧奖剧本奖提名奖
70	《李尔王》	〔英〕威廉·莎士比亚	《岐王梦》	京剧	1995年1月8日	上海逸夫舞台	上海京剧院	王炼、王涌石编剧；欧阳明导演；尚长荣等主演	
71	《第十二夜》	〔英〕威廉·莎士比亚	《天作之合》	粤剧	1995年7月10日	江南大戏院	广州红豆粤剧团	欧凯明、崔玉梅、杨小秋、陈振江主演	2014年9月广州粤剧院红豆粤剧团全团共80人赴香港进行了为期四天的演出
72	《李尔王》	〔英〕威廉·莎士比亚	《李尔在此》	京剧	1998年	台北	台湾当代传奇剧场	吴兴国编剧，导演并主演	独角戏，一人分饰十角
73	《巴黎圣母院》	〔法〕雨果	《大钟楼》	京剧	1999年11月	香港文化中心大剧院	香港"邓宛霞京昆剧院"与北京京剧院、山东京剧院、东京剧院联合推出	王宝玉编剧；徐勤纳导演，邓宛霞、李崇善、周龙、耿天元、王文祉、栾祖谡等主演	

续表

序号	原著	原著作者	戏曲剧目	剧种	首演时间	首演地点	演出单位	主创人员	备注
74	《榆树下的欲望》	[美]尤金·奥尼尔	《榆树孤宅》	河南曲剧	2000年	郑州市凤凰演艺中心	郑州市曲剧团	孟华编剧；谢元、王学峰导演；张兰珍、张来峰、刘俊钦、杨伟龙、田冠军、杨鹏辉、孟莉莉、张建文、栗桂琴、胡建新等主演	
75	《麦克白》	[英]威廉·莎士比亚	《马龙将军》	越剧	2001年11月16日	逸夫舞台	绍兴小百花越剧团	孙强编剧；徐勤纳执导；吴凤花、陈飞主演	
76	《七雄攻忒拜》《安提戈涅》	[古希腊]埃斯库罗斯、索福克勒斯	《武拜城》	河北梆子	2002年5月25日、26日	民族宫剧场	北京河北梆子剧团	郭启宏编剧；罗锦麟导演；彭艳琴、金民合、刘玉玲、王英会等主演	根据埃斯库罗斯的《七雄攻忒拜》和索福克勒斯的《安提戈涅》改编；2002年7月在希腊德尔菲举行的第十一届国际古希腊戏剧节上演出
77	《茶花女》	[法]亚历山大·小仲马	《茶花女·为爱弃爱》	越剧	2002年9月2日	杭州东坡大剧院	浙江越剧团	吴亚芬编剧；卢昂导演；陈艺主演	
78	《奥德赛》	[古希腊]荷马	《奥德赛》	京剧	2002年12月19日	中国戏曲学院大剧场	中国戏曲学院	邵宏超等编剧；姚志强、张威导演；王斌、李力、穆德、薛米娜、许露等主演	
79	《仲夏夜之梦》	[英]威廉·莎士比亚	《仲夏夜之梦》	京剧	2003年	台湾戏曲学院演艺厅	不详	张旭男编剧并导演	

续表

序号	原著	原著作者	戏曲剧目	剧种	首演时间	首演地点	演出单位	主创人员	备注
80	《图兰朵》	[意大利]贾科莫·普契尼	《图兰朵公主》	京剧	2003年11月20日	北京长安大戏院	国家京剧院	孔远、吴江编剧；曹其敬导演；邓敏、黄炳强等主演	2004年10月23日在波兰华沙话剧院演出
81	《沈清传》（朝鲜古典小说）	不详	《沈清传奇》	越剧（清唱剧）	2004年	不详	舟山小百花越剧团	陈娜君策划并主演	原著为韩国民间故事
82	《暴风雨》	[英]威廉·莎士比亚	《暴风雨》	京剧	2004年11月	台北"国家"戏剧院	台湾当代传奇剧场	习志淦编剧；香港电影导演徐克指导；吴兴国、钱柳等主演	获得奥斯卡奖的香港著名造型设计师叶锦添担任服装设计
83	《仲夏夜之梦》	[英]威廉·莎士比亚	《仲夏夜之梦》	京剧	2004年12月22日	中国戏曲学院大剧场	中国戏曲学院	邵宏超编剧；姚志强、穆德导演；中国戏曲学院师生表演	
84	《等待戈多》	[爱尔兰]贝克特	《等待果陀》	京剧	2005年	台北城市舞台	台湾当代传奇剧场	吴兴国编剧并导演；吴兴国、盛鉴、马宝山、林朝绪、朱修洁等主演	
85	《哈姆雷特》	[英]威廉·莎士比亚	《王子复仇记》	京剧	2005年5月26日	上海华东理工大学礼堂	上海京剧院	冯刚编剧；石玉昆导演；傅希如、赵欢、郭睿玥、陈宇等主演	
86	《阿育王》	[古印度]萨可·苏贝	《阿育王》	越剧	2005年11月9日	鄞州文化艺术中心	宁波小百花越剧团	刘鹏春文学统筹；王晓菁编剧；陈大联、张曼君、王巧兴导演；张小君饰、谢进联、吴俊主演	

续表

序号	原著	原著作者	戏曲剧目	剧种	首演时间	首演地点	演出单位	主创人员	备注
87	《培尔·金特》	〔挪威〕易卜生	《培尔·金特》	京剧	2005年12月12日	上海戏剧学院实验剧场	上海戏剧学院戏曲舞蹈学院	卢秋萍编剧；卢秋萍、何畅、赵端、骆洪潮、金苗艾、段琛、吴稚敏、孙建弘共同导演；康晓虎、何畅、石晓瑶、潘洁华、董洪松等主演	上海戏剧学院2006级戏曲导演本科班毕业大戏
88	《春琴抄》	〔日〕谷崎润一郎	《春琴抄》	越剧	2006年3月22日	杭州大剧院	浙江小百花越剧团	曹路生编剧；郭小男导演；章益清、娄亚利、周艳、孙莉、李雯等主演	
89	《悲惨世界》	〔法〕维克多·雨果	《悲惨世界》	京剧	2006年3月25日	中国戏曲学院大剧场	中国戏曲学院	郝荫柏编剧；裴福林导演；张建峰、徐超、王晓燕、杜哲等主演	
90	《海达·高布乐》	〔挪威〕易卜生	《心比天高》	越剧	2006年6月6日	杭城越剧场	杭州越剧院	孙惠柱、费春放、吕灵芝编剧；支涛、展敏导演；周好俊、陈雪萍主演	
91	《贵妇还乡》	〔瑞士〕费里德里希·迪伦马特	《贵妇还乡》	京剧	2006年6月15日	武汉剧院	武汉京剧院	徐棻编剧；谢平安导演；刘薇主演	
92	《三剑客》（又名《三个火枪手》《侠隐记》）	〔法〕亚历山大·大仲马	《情系山河恋》	越剧	2007年2月19日	上海逸夫舞台	上海越剧院与上海文广新闻传媒集团综艺部联合推出	薛允璜、黄嬿改编；童薇薇导演；金烨、蔡燕、杨婷娜、陈颖、唐晓羚、王清、裴丹莉儿、王柔桑、吴佳妮主演	2006年9月8日参加"全球纪念易卜生系列活动"开幕盛典

续表

序号	原著	原著作者	戏曲剧目	剧种	首演时间	首演地点	演出单位	主创人员	备注
93	《茶花女》	[法]亚历山大·小仲马	《茶花女》	越剧	2007年8月15日	萧山剧院	浙江越剧团	吴兆芬编剧；杨小青导演；陈艺、郭敏、周明、余少群、张伟忠、蒋鸿飞、李海明、姚春晓等主演	出品人杨建新，创意人傅全香，总监制赵和平；监制尤姵秋、程新丰、周丽芳云娟；统筹陈正良、
94	《小公务员之死》	[俄]契诃夫	《小吏之死》	京剧	2007年11月27日	上海话剧艺术中心	上海京剧院	龚孝雄编剧；严庆谷导演并主演	独角戏
95	《简·爱》	[英]夏洛蒂·勃朗特	《简·爱》	越剧	2008年5月18日	杭州剧院	杭州越剧院和伊思登艺术团联合推出	余青峰编剧；杨小青导演；周好俊、李海明主演	
96	《樱桃园》	[俄]契诃夫	《樱桃园》	京剧	2008年6月15日	中国戏曲学院大剧场	中国戏曲学院	颜全毅编剧；冉常建导演；王晓燕、鲁肃、刘宸等主演	
97	《巴黎圣母院》	[法]维克多·雨果	《情殇钟楼》	京剧	2008年7月	上海逸夫舞台	上海京剧院	冯刚编剧，石玉昆、严庆谷导演；史依弘、董洪松主演	
98	《熙德》	[意]居塞比·威尔第	《弄臣》	京剧	2008年12月12—14日	台北新舞台	台湾与大陆戏曲艺术家联合推出	辜怀群编剧兼导演；李宝春（台北新剧团）、陈晨、黄宇琳、洪松、樊光耀、常贵祥等两岸演员共同演出	

续表

序号	原著	原著作者	戏曲剧目	剧种	首演时间	首演地点	演出单位	主创人员	备注
99	《温莎的风流娘儿们》	[英]威廉·莎士比亚	《温莎的风流娘儿们》	京剧	2009年3月21—22日	上海戏剧学院	上海戏剧学院2005级戏曲导演本科班	喻名佩、王少颖、赵莹、张晓敏、罗园、何叶雨、童龙、吴哲联合导演；孙建宏、高捷、郑爽、徐明、李勤等主演	上海戏剧学院2005级戏曲导演本科班毕业大戏
100	《熙德》	[法]高乃依	《情仇剑》	京剧	2009年6月26日	国家京剧院实验剧场	国家京剧院	吴江编剧；孙元意导演；马翔飞、王润菁、魏积军等主演	
101	《朱丽小姐》	[瑞典]奥古斯特·斯特林堡	《朱丽小姐》	京剧	2010年3月7日	上海戏剧学院黑匣子剧场	上海戏剧学院	孙惠柱、费春放编剧；赵群、郭宇导演；肖健等主演	2010年纪念瑞典著名戏剧家斯特林堡逝世一百周年参演剧目
102	《老妇还乡》	[瑞士]费里德里希·迪伦马特	《风雨祠堂》	甬剧	2010年4月12日	上海大剧院	宁波市艺术剧院	王信厚编剧；李建平导演；王锦文、沃幸康、严耀忠、孙丹、郑健等主演	
103	《海上夫人》	[挪威]易卜生	《海上夫人》	越剧	2010年10月5日	浙江音乐厅	挪威易卜生剧院与杭州越剧院联合推出	孙惠柱、费春放改编剧；展敏导演；谢群英、徐铭、石惠兰、陈雪萍、王小木、谢莉等主演	由挪威外交部赞助
104	《俄狄浦斯王》	[古希腊]索福克勒斯	《王者俄狄》	京剧	2010年11月4日	杭州剧院	浙江京剧院	孙惠柱编剧；卢昂、翁国生导演；翁国生等主演	2010年浙江省文化厅重点资助项目

337

续表

序号	原著	原著作者	戏曲剧目	剧种	首演时间	首演地点	演出单位	主创人员	备注
105	《罗密欧与朱丽叶》	〔英〕威廉·莎士比亚	《罗密欧与朱丽叶》	京剧	2010年11月6日	兰州职业技术学院	甘肃省兰州职业技术学院与台湾南亚技术学院合作推出	由两校师生共同创编、演出	第二届全国校园戏剧节参演剧目
106	《贵妇还乡》	〔瑞士〕费里德里希·迪伦马特	《贵妇还乡》	川剧（同时融合了其他剧种）	2011年9月2日	北京金都乐苑	中国戏曲学院和瑞士苏黎世大学合作推出	漆台义彦、〔瑞士〕Marvin 改编兼导演；胡佳奎、漆台义彦、杨柳、白哲文等主演	入选中国戏曲学院和瑞士苏黎世艺术大学合作交流项目"共同舞台"；该项目于每年夏季举办
107	《图兰朵》	〔意大利〕贾科莫·普契尼	《中国公主杜兰朵》	川剧	2012年1月1日	川剧艺术中心大剧场	重庆川剧院	魏明伦编剧；谢平安导演；沈铁梅等主演	
108	《贵妇还乡》	〔瑞士〕费里德里希·迪伦马特	《贵妇还乡》	黄梅戏	2012年7月12日	保利剧院	吴琼戏剧工作室	王新纪编剧；梁群导演；吴琼、黄新德等主演	
109	《司卡班的诡计》	〔法〕莫里哀	《司卡班的诡计》	京剧	2012年8月21日	福州	福建省京剧院	陆柏兴编剧；韩宁、〔法〕Robert Angebaud、〔法〕Alan Boone 导演；张飞飞、王连鲁、黄嵩、崔智、刘冰勃等主演	2012—2013年分别在上海、香港、北京、深圳等地巡演

续表

序号	原著	原著作者	戏曲剧目	剧种	首演时间	首演地点	演出单位	主创人员	备注
110	《仲夏夜之梦》	[英]威廉·莎士比亚	《仲夏夜之梦》	京剧	2012年9月27日	马里兰大学	中国戏曲学院与美国马里兰大学联合推出	于凡林、[美]Mitchell Hebert编剧兼总导演；澹台义彦副导演；澹台义彦、郭健颖等主演	2012年9月27日至30日在美国马里兰大学进行首轮公演；2012年10月14至16日在中国戏曲学院大剧场公演
111	《理查三世》	[英]威廉·莎士比亚	《乱世枭雄》	京剧	2012年12月6日、8日	上海戏剧学院剧场	上海戏剧学院2012级戏曲导演本科班	于天虹、马萱、闫陈东泽、房丹、贺敬正、鞠沛霖等联合导演并主演	上海戏剧学院2012级戏曲导演本科班毕业大戏
112	《安娜·克里斯蒂》	[美]尤金·奥尼尔	《安娜》	甬剧	2013年2月3日	宁波市演艺集团	宁波市演艺集团、宁波市甬剧团联合推出	蒋华编剧；王晓鹰、陈涛导演；孙王娟文、赵大刚、严耀忠、郑健等主演	2014年10月8日至15日，赴美国格林奈尔古林大学和宾夕法尼亚州立大学交流演出
113	《榆树下的欲望》	[美]尤金·奥尼尔	《欲》	河北梆子	2013年5月26日	中国戏曲学院小剧场	中国戏曲学院科研与研究生工作处	徐棻编剧；杨艺导演；钱隆、李京鏊主演	根据徐棻的川剧《欲海狂潮》整理改编
114	《贵妇还乡》	[瑞士]费里德里希·迪伦马特	《贵妇还乡》	豫剧	2013年6月23日	北京朝阳规划艺术馆	中国戏曲学院	张帆编剧；梁小芰导演；中国戏曲学院学生主演	

续表

序号	原著	原著作者	戏曲剧目	剧种	首演时间	首演地点	演出单位	主创人员	备注
115	《榆树下的欲望》	[美]尤金·奥尼尔	《杀子》	京剧	2013年7月17日	北京风尚剧场	上海戏剧学院戏曲学院、上海戏剧学院附属戏曲学校联合推出	徐棻编剧；佟姗姗改编并导演；田蔓莎艺术指导，石晓珺、潘洁华等主演	根据徐棻的川剧《欲海狂潮》整理改编
116	《变形记》	[奥地利]卡夫卡	《蜕变》	京剧	2013年8月	爱丁堡艺术节开幕式	台湾当代传奇剧场	吴兴国编剧，导演兼主演	独角戏
117	《麦克白》	[英]威廉·莎士比亚	《麦克白的四款方》（又名《麦克白4》）	京剧	2013年12月1日	深圳市音乐厅	中国戏曲学院导演系	乐波娟编剧；冉常建总导演；乐波娟执行导演，瀋合义彦、张童副导演；吴靖华、张天、宋继刚等主演	2013年12月在香港演艺学院交流演出
118	《麦克白》	[英]威廉·莎士比亚	《麦克白》	豫剧	2014年5月7—10日	香港新光戏院	中国戏曲学院导演系	王永庆改编兼导演；导演系研究生、本科生主演	2014年5月7日至10日，应邀参加香港新世纪论坛和首届亚利青年论坛
119	《朱丽小姐》	[瑞典]斯特林堡	《朱丽小姐》	豫剧	2014年5月16日	中国戏曲学院大剧场	中国戏曲学院表演系	孙惠柱、费春放改编剧，王绍军改编并导演，杨建慧、吴靖华、任天娇等主演	2014年5月参加联合国教科文组织国际戏剧协会举办的第七届亚太大局戏剧院校校长会议暨戏剧展演
120	《俄瑞斯忒亚》	[古希腊]埃斯库罗斯	《城邦恩仇》	评剧	2014年6月17—18日	中国评剧大剧院	中国评剧院	郭启宏编剧，罗锦鳞导演；韩剑光、李春梅、李金铭、李惟铨、高闯、王平、赵岩、张国强等主演	由古希腊悲剧《俄瑞斯忒亚》三部曲改编而成；2014年参加第四届全国地方戏优秀剧目展演（北方片）和第六届奥林匹克戏剧节

340

续表

序号	原著	原著作者	戏曲剧目	剧种	首演时间	首演地点	演出单位	主创人员	备注
121	《第十二夜》	〔英〕威廉·莎士比亚	《第十二夜》	跨界实验戏曲	2014年8月9日至10日	北京9剧场	中国戏曲学院导演系	于凡林、赵淼指导；朱海链、蕙妃导演；孔令鹏、李佳秋、杜帅强、彭芷萱、孟彤彤、姜杉主演	中国戏曲学院2011级戏曲导演本科班毕业大戏，荣获2014"金刺猬"大学生戏剧节优秀剧目奖和最佳创意奖
122	梵剧《璎珞传》	〔古印度〕戒日王	《璎珞传》	粤剧	2014年10月24日	南宁戏剧院	广西南宁市民族文化研究院戏剧院	毛小雨、王彤编剧；乔慧斌导演；黄俊成、马英、刘希瑛主演	2014年第三届中国—东盟（南宁）戏剧周参演剧目
123	《羊脂球》	〔法〕莫泊桑	《羊脂球》	戏曲音乐剧	2014年12月21—22日	中国戏曲学院大学生活动中心	中国戏曲学院	韩萌编剧；王一帆导演；王卓剧导演兼舞蹈编导；任天娇、王献光、郑月敏、于博、王雪莹、刘国冉、王乔乔等主演	中国戏曲学院第二十一届"12·9"戏曲节参赛剧目
124	《浮士德》	〔德〕歌德	《浮士德》	京剧	2015年11月12—13日	清华大学蒙民伟音乐厅	中国国家京剧院与意大利艾米利亚罗马涅剧院基金会联合推出	李美妮编剧；〔意〕Anna Peschke、徐孟珂导演；刘大可、王璐、张佳春、徐孟珂等主演	2017年5月15日，京剧《浮士德》在德国具有百年历史的威斯巴登歌剧院首演
125	《麦克白》	〔英〕威廉·莎士比亚	《夫的人》	昆剧	2015年12月3日	上海话剧艺术中心	上海昆剧团	余青峰编剧；屈曌洁、俞鳗文导演；罗晨雪、谭笑、黎安、吴双等主演	首届上海小剧场戏剧节参演剧目

341

续表

序号	原著	原著作者	戏曲剧目	剧种	首演时间	首演地点	演出单位	主创人员	备注
126	《图兰朵》	[意]贾科莫·普契尼	《如烟情仇》	粤剧、豫剧、河北梆子（混合）	2015年12月11日	中国戏曲学院大剧场	中国戏曲学院2012级戏曲导演本科班	王永庆总编导；黄依群、李小琴编导；中国戏曲学院2012级本科生联合导演并表演	2012级戏曲导演本科班毕业大戏。入选香港新青年论坛与中国戏曲学院联合举办的"京港戏曲文化交流暨社区推广计划"
127	《仲夏夜之梦》	[英]威廉·莎士比亚	《仲夏夜之梦》	京剧	2016年3月24日	台北"国家"戏剧院	台湾当代传奇剧场	张大春编剧，吴兴国、魏海敏等主演	
128	《榆树下的欲望》	[美]尤金·奥尼尔	《饮海狂潮》	豫剧	2017年4月27日	中国戏曲学院大学生活动中心	中国戏曲学院2013级导演系本科导演系学生和演员	徐棻编剧；于凡林总导演；赵淼、蔺台义彦联合执导；导演系学生担任分场导演和演员	中国戏曲学院2013级戏曲导演本科班毕业大戏
129	《浮士德》	[德]歌德	《浮士德》	京剧	2017年9月8日	台北市中山堂	台湾当代传奇剧场	林秀伟编剧，吴兴国导演并主演；朱柏澄、黄若琳、张颐庭等主演	十一位演员和五位乐师分饰七十多个角色
130	《项链》	[法]莫泊桑	《项链》	秦腔	2018年1月	陕西省戏曲研究院	陕西省戏曲研究院	徐新华创作；韩剑英执导；李梅主演	第五届丝绸之路国际艺术节（西安）参演剧目
131	《老人与海》	[美]海明威	《老人与海》	京剧	2018年10月20—22日	上海戏剧学院华山路校区新空间剧场	中国戏曲学院和国家京剧院联合推出	赵景勃艺术顾问；马笑编剧兼导演；刘大可主演	独角戏；第二十届上海国际艺术节"扶青计划"委约作品

续表

序号	原著	原著作者	戏曲剧目	剧种	首演时间	首演地点	演出单位	主创人员	备注
132	《一个陌生女人的来信》	〔奥〕斯蒂芬·茨威格	《一个陌生女人的来信》	越剧	2019年4月12日	中国戏曲学院小剧场	中国戏曲学院研究生跨系部联合创作、南京市越剧团	俞思含编剧；李佳秋导演；张丹丹、冯悦、邵铱清等主演	中国戏曲学院与南京市越剧团艺术科研成果转化项目
133	《俄狄浦斯王》	〔古希腊〕索福克勒斯	《俄狄王》	蒲剧	2021年4月25日	中国戏曲学院大剧场	中国戏曲学院2017级戏曲导演本科班	集体改编；赵二辉、王迎迎、王晓彤总统筹；中国戏曲学院戏曲导演本科班全体学生出演	指导教师陈涛、乔慧斌、潘台义彦。中国戏曲学院2017级戏曲导演本科班毕业大戏，分别以蒲剧、豫剧两个剧种承演，是两部独立的作品
134	《俄狄浦斯王》	〔古希腊〕索福克勒斯	《俄狄王》	豫剧	2021年4月26日	中国戏曲学院大剧场	中国戏曲学院2017级戏曲导演本科班	集体改编；赵二辉、王迎迎、李晓佳总统筹；中国戏曲学院戏曲导演本科班全体学生出演	

备注：①此表根据潘台义彦《中国戏曲改编外国文学名著年鉴附表》重新整理，参见陈戎女主编《当代比较文学》（第三辑），华夏出版社2019年版，第65—96页。

②统计时间自1902年起，截至2021年4月。

表二　台湾当代传奇剧场跨文化戏曲改编剧目（1986—2017）

序号	原著	原著作者	戏曲剧目	剧种	首演时间	首演地点	主创人员	备注
1	《麦克白》	〔英〕威廉·莎士比亚	《欲望城国》	京剧	1986年	台北	李慧敏、林秀伟、吴兴国编剧；吴兴国导演；吴兴国、魏海敏等主演	
2	《哈姆雷特》	〔英〕威廉·莎士比亚	《王子复仇记》	京剧	1990年	台北	吴兴国编剧	
3	《美狄亚》	〔古希腊〕欧里庇得斯	《楼兰女》	京剧	1994年	台北	吴兴国、林秀伟编剧；魏海敏等主演	
4	《俄瑞斯忒亚》	〔古希腊〕埃斯库罗斯	《俄瑞斯忒亚》	京剧	1995年	台北	吴兴国编剧；〔美〕理查·谢克纳导演；魏海敏等主演	
5	《李尔王》	〔英〕威廉·莎士比亚	《李尔在此》	京剧	1998年	台北	吴兴国编剧、导演并主演	独角戏，一人分饰十个角色
6	《暴风雨》	〔英〕威廉·莎士比亚	《暴风雨》	京剧	2004年	台北	习志淦编剧；香港电影导演徐克执导；吴兴国等主演	香港著名造型设计师叶锦添担任服装设计
7	《等待戈多》	〔爱尔兰〕赛缪尔·贝克特	《等待果陀》	京剧	2005年	台北	吴兴国编剧并导演；吴兴国、盛鑑、马宝山、林朝绪、宋修洁等主演	
8	《变形记》	〔奥〕弗兰兹·卡夫卡	《蜕变》	京剧	2013年	爱丁堡艺术节开幕式	吴兴国编剧、导演并主演	独角戏
9	《仲夏夜之梦》	〔英〕威廉·莎士比亚	《仲夏夜之梦》	京剧	2016年	第八届台湾国际艺术节	张大春编剧；吴兴国、魏海敏等主演	
10	《浮士德》	〔德国〕歌德	《浮士德》	京剧	2017年	台北	林秀伟编剧；吴兴国导演并主演	由十一位演员和五位乐师分饰七十多个角色

表三 中国戏曲学院（兼附中）跨文化戏曲改编剧目（1999—2021）

序号	原著	原著作者	戏曲剧目	剧种	首演时间	首演地点	演出单位	主创人员	备注
1	童话《夜莺》	[丹麦]安徒生	《夜莺》	京剧	1999年11月	北京民族文化宫	京剧系	[德]卡斯滕·贡德曼编剧兼作曲；奎生导演，舒桐、焦敬阁、黄鑫祥、王萌、孙宝贺、刘魁魁、张馨月等先后主演	
2	史诗《奥德赛》	[古希腊]荷马	《奥德赛》	诗化戏曲	2002年12月	中国戏曲学院小剧场	继续教育部	邵宏超等编剧；姚志强、穆德、张威导演；王斌、李力、薛米娜、许璐等主演	全剧没有一句唱腔，唱词全部是诗化的念白
3	喜剧《仲夏夜之梦》	[英]威廉·莎士比亚	《仲夏夜之梦》	京剧	2004年12月	中国戏曲学院大剧场	继续教育部	邵宏超等编剧；姚志强、穆德导演；中国戏曲学院师生主演	
4	长篇小说《悲惨世界》	[法]维克多·雨果著	《悲惨世界》	京剧	2005年11月	中国戏曲学院大剧场	戏文系、舞美系、音乐系、导演系、表演系	郝荫柏编剧；裴福林导演；张建峰、徐超、王晓燕、杜喆等主演	
5	悲剧《罗密欧与朱丽叶》	[英]威廉·莎士比亚	《罗密欧与朱丽叶》	实验戏曲	2008年4月	美国宾汉顿大学	表演系、舞美系	陈霖苍导演；姜倩、苏凤助理导演	
6	无	无	《丑角中国行》	新编喜剧	2008年5月	北京市朝阳区文化馆	表演系和法国常春花剧团联合推出	[法]吕卡·弗朗彻奇编剧兼导演；衣麟主演	孕育于2008年"中法文化之春"活动，是一部原创的爱情喜剧，讲述了中国大家闺秀夏梅，被仇人绑架到意大利，

续表

序号	原著	原著作者	戏曲剧目	剧种	首演时间	首演地点	演出单位	主创人员	备注
7	戏剧《樱桃园》	〔俄〕契诃夫	《樱桃园·梦》	京剧	2008年6月	中国戏曲学院大剧场	戏文系、导演系、舞美系、音乐系、表演系	颜全毅编剧；申常建导演；王晓燕、鲁肃、刘宸等主演	参加了亚洲戏剧教育研究中心（ATEC）2008年年会
8	喜剧《仲夏夜之梦》	〔英〕威廉·莎士比亚	《仲夏夜之梦》	实验话剧	2012年9月	美国马里兰大学	舞美系、导演系	于凡、林中方、赫伯特（Mitchell Hebert）共同编剧兼导演；瞻台义彦副导演；鄂健颖等主演	融合了中国戏曲的表现手法和美式话剧的先锋元素；中美演员各半
9	戏剧《贵妇还乡》	〔瑞士〕弗里德里希·迪伦马特	《贵妇还乡》	豫剧	2013年6月	北京市朝阳规划艺术馆	研究生	张帆编剧；梁小芊导演	入围2013年中国大学生戏剧节评选环节
10	悲剧《麦克白》	〔英〕威廉·莎士比亚	《麦克白的四次方》	京剧	2013年12月	深圳市音乐厅	导演系、舞美系、科研与研究生工作处	乐波娟改编剧兼执行导演；申常建总导演；瞻台义彦、张童执行导演；吴靖华、张天、麻丽、米继刚等主演	

续表

序号	原著	原著作者	戏曲剧目	剧种	首演时间	首演地点	演出单位	主创人员	备注
11	悲剧《麦克白》	[英]威廉·莎士比亚	《麦克白》	豫剧	2014年5月	香港新光戏院	导演系	王永庆改编兼导演；导演系研究生及本科生主演	应邀参加香港新世纪论坛和新青年论坛
12	喜剧《第十二夜》	[英]威廉·莎士比亚	《第十二夜》	跨界实验戏曲	2014年6月	北京9剧场	导演系	朱海链、高意妃导演；孔令鹏、李佳秋、朴帅美、彭芷萱、孟正彤、姜杉等主演	中国戏曲学院2011级戏曲导演本科班毕业大戏，荣获2011年"金刺猬"大学生戏剧节优秀剧目奖和最佳创意奖
13	童话《海的女儿》	[丹麦]安徒生	《海的女儿》	豫剧	2014年7月	中国戏曲学院大剧场	科研与研究生工作处	王扬编剧；朴彩弹导演兼主演；钱亚蕊副导演	荣获第十九届"五个一"工程奖戏剧类作品一等奖
14	戏剧《朱丽小姐》	[瑞典]奥古斯特·斯特林堡	《朱丽小姐》	豫剧	2014年11月	北京繁星戏剧村	表演系、音乐系、导演系、舞美系	孙惠柱、费春放编剧；王绍军改编导演；王玉凤副导演	2015年国家艺术基金舞台艺术创作资助项目
15	元杂剧《看钱奴》/喜剧《悭客人》	(元)郑廷玉/[法]莫里哀	《当贾仁遇到阿巴贡》（又名《XXX NO MONEY》）	戏曲音乐剧	2014年11月	中国戏曲学院小剧场	戏文系、导演系、表演系、舞美系、新媒体艺术系、科研与研究生工作处	钟鸣总编剧；刘才华、姜峰联合编剧；钟琪导演	以《看钱奴》为前情，以《悭客人》为今事，让两个著名的吝啬鬼穿越时空直接对话，同时借鉴了中西戏曲和法国闹剧的表现手法
16	中篇小说《羊脂球》	[法]莫泊桑	《羊脂球》	戏曲音乐剧	2014年12月	中国戏曲学院大学生活动中心	戏文系、导演系、表演系、舞美系、新媒体艺术系	韩萌编剧；王一帆导演；王卓副导演兼舞蹈编导；任天昕、王献光、郑月敏、于博、王菁莹、刘国申、王乔乔等主演	中国戏曲学院第二十一届"12·9"戏曲节参演剧目

347

续表

序号	原著	原著作者	戏曲剧目	剧种	首演时间	首演地点	演出单位	主创人员	备注
17	京剧《挑滑车》	无	《最后的武士》	京剧	2015年8月	芬兰赫尔辛基艺术节	导演系、京剧系、新媒体艺术系	吕锁森导演；芬兰籍留学生浩天、安迪主演	所用语言为芬兰语，演员全部是芬兰籍
18	悲剧《安提戈涅》	[古希腊]索福克勒斯	《明月与子翰》	京剧	2015年12月	中国戏曲学院大学生活动中心	附中	孙惠柱编剧；刘路导演	
19	歌剧《图兰朵》	[意大利]贾科莫·普契尼	《如烟情仇》	粤剧、豫剧、河北梆子（混合）	2015年12月	广州江南大戏院	导演系	王永庆总导演；2012级戏曲导演本科班全体同学联合导演主演	入选中国戏曲学院、广州粤剧院以及红线女艺术中心联合策划并发起的"京粤同台"项目
20	悲剧《榆树下的欲望》	[美]尤金·奥尼尔	《欲海狂潮》	跨界实验舞台剧	2016年10月	深圳华夏艺术中心小剧场	导演系、音乐系、表演系、舞美系	于凡林总导演；赵淼、谙合义彦联合执导；2013级戏曲导演本科班全体同学导演并主演	根据徐棻执导的川剧《欲海狂潮》整理改编
21	喜剧《皆大欢喜》	[英]威廉·莎士比亚	《皆大欢喜》	"中国风"莎剧	2016年11月	北京繁星戏剧村	导演系	陈涛、余凤霞、胡博导演	2016年北京青年戏剧节参演剧目
22	喜剧《无事生非》	[英]威廉·莎士比亚	《无事生非》	豫剧	2017年9月	中国戏曲学院大剧场	导演系、音乐系、舞美系、表演系	王绍军、蒋洪广编剧兼导演；中国戏曲学院表演系研究生和多剧种本科班全体师生和多剧种本科班全体同学共同演出	根据金芝黄编剧的黄梅戏《无事生非》整理改编

续表

序号	原著	原著作者	戏曲剧目	剧种	首演时间	首演地点	演出单位	主创人员	备注
23	中篇小说《老人与海》	〔美〕海明威	《老人与海》	京剧	2018年10月	上海戏剧学院新空间剧场	附中	马笑编剧兼导演；刘大可主演	独角戏；第二十届上海国际艺术节"扶青计划"委约作品
24	中篇小说《一个陌生女人的来信》	〔奥〕斯蒂芬·茨威格	《一个陌生女人的来信》	越剧	2019年5月	中国戏曲学院小剧场	戏文系、导演系、表演系、舞美系、新媒体艺术系、科研与研究生工作处	颜全毅剧本指导；俞思含编剧；李佳秋、武远远导演；张丹丹、冯悦等主演	中国戏曲学院研究生跨系部联合创作
25	日本动漫电影《翡翠森林狼与羊》	无	《生死与共》	实验戏曲	2020年1月	中国戏曲学院大剧场	导演系	于凡林总导演；2016级戏曲导演本科班全体同学导演并主演	中国戏曲学院2016级戏曲导演本科班毕业大戏
26	悲剧《俄狄浦斯王》	〔古希腊〕索福克勒斯	《俄狄王》	豫剧、蒲剧	2021年4月	中国戏曲学院大剧场	导演系	2017级戏曲导演本科班全体同学编、导、演	中国戏曲学院2017级戏曲导演本科班毕业大戏，以蒲剧、豫剧两个剧种演，是两部独立的作品

表四 跨文化戏曲改编剧种数据统计（1902—2021）

序号	剧种	改编剧目数量（部）	备注
1	京剧	61	
2	越剧	34	
3	沪剧	6	
4	川剧	4	
5	河北梆子	3	
6	粤剧	3	
7	黄梅戏	2	
8	豫剧	5	
9	昆曲	2	
10	评剧	2	
11	花灯戏	1	
12	河南曲剧	1	
13	婺剧	1	婺剧又称"金华戏"
14	秦腔	1	
15	甬剧	2	
16	蒲剧	1	

备注：①共计 16 个剧种，129 部。

②数据统计自 1902 年起，截至 2021 年 4 月。